Der Funke

EINE HEISSE LIEBESKOMÖDIE (CAROLINA CONNECTIONS BOOK 2)

SYLVIE STEWART

ROLLING HEARTS PRESS

Deutsche Erstauflage Feb 2022

Lektorat / Korrektorat: Alexandra Hirsch, Reimund Kube, und Hannelore Weber

www.sylviestewartauthor.com

sylvie@sylviestewartauthor.com

ISBN (ebook): 978-1-947853-33-1

ISBN (Paperback): 978-1-947853-36-2

Bücher von Sylvie Stewart

Werke von Sylvie Stewart mit deutschen Übersetzungen

E-Book und Taschenbuch (Bei Kindle Unlimited Mitgliedschaft kostenlos)

2022

The Fix / ***Die Baustelle*** (*Carolina Connections* #1)

The Lucky One / ***Das Glückskind*** (*Carolina Connections* #3)

The Game **/** ***Das Spiel*** (*Carolina Connections* Book 4)

The Way You Are **/** ***So wie du bist*** (*Carolina Connections* Book 5)

The Runaround / ***Ausflüchte*** (*Carolina Connections* Book 6)

The Nerd Next Door / *TBD* (*Carolina Kisses,* Book 1)

New Jerk in Town / *TBD* (*Carolina Kisses,* Book 2)

The Last Good Liar / *TBD* (*Carolina Kisses,* Book 3)

2023

Between a Rock and a Royal / *TBD* (*Kings of Carolina* #1)

Blue Bloods and Backroads / *TBD* (*Kings of Carolina* #2)

Stealing Kisses With a King / *TBD* (*Kings of Carolina* #3)

Game Changer / *TBD*

Then Again / *TBD*

About That / *TBD*

Full-On Clinger / TBD

Booby Trapped / TBD

Nuts About You / TBD

Über das Buch

Mark Beckett ist der nervigste, herablassendste, arroganteste Blödmann, den die Erde je gesehen hat. Nur logisch also, dass ich den verdammten Mann nicht mehr aus dem Kopf kriege.

FIONA:

Wie in dem alten Sprichwort bin ich eine Hannadampf in allen Gassen, die sich überall ein bisschen und bei nichts wirklich auskennt. Was mir an Fertigkeiten fehlt, mache ich jedoch durch Enthusiasmus wett – was manche Menschen (*räusper*) irritierend finden. Aber ich habe meine Gründe, das Leben so zu leben, wie ich es tue, mich laufend in Projekte zu stürzen und zu versuchen, die Dinge zum Besseren zu verändern. Und wenn Mark Beckett das nicht gefällt, dann weiß er ja, wo's zur Tür geht. Ich brauche seine Zustimmung nicht … oder seine geilen Küsse.

MARK:

Ich mag die einfachen Dinge im Leben: einen gut gemachten Job, ein kühles Bier, eine heiße Braut … ihr versteht, was ich meine. Aber der Schlamassel, in dem ich mich gerade befinde, ist ganz und gar nicht einfach. Was ich bestimmt nicht gebrauchen kann, ist eine winzige Prinzessin, die ihre Nase in meine Angelegenheiten steckt und mich bewusst in Rage bringt, wo sie nur kann, als wäre das ihr Job. Nur ist Fiona Pierce vielleicht die Einzige, die die Mittel hat, um meine Probleme zu lösen – und die Macht, alles zu verändern.

»Und hat, so klein sie ist, so viel Stärke«
- William Shakespeare, *Ein Sommernachtstraum*

für Heather und Diane

Glück gehabt

FIONA

»Sie müssen so stolz sein«, schwärmte schon wieder ein Paar und folgte mir mit seinen Blicken. Nicht, dass sie mich ansprachen, aber alle hatten bei diesen Veranstaltungen immer ihren Blick auf mich gerichtet. Ich war ein Insekt unter dem Mikroskop – ein gut gekleidetes und geschniegeltes Insekt, aber nichtsdestoweniger ein Insekt. Ich stand pflichtbewusst daneben, als meine Eltern das Kompliment erhielten und meine Mutter an das Paar in der unaufdringlichen feinen Kleidung Luftküsse austeilte.

Würg.

Wir würden doch nicht übertreiben wollen und durchsichtige Tüllspitze oder gar Ausschnitte bis zum Bauchnabel tragen oder etwa, nun ja, eine Farbe, die eine Chance hätte, jemandem ins Auge zu fallen, nicht wahr?

Wie unpassend.

Wie ich noch so ein Gähnfest aushalten sollte ohne wenigstens etwas Glitzerndes vor Augen, war mir ein Rätsel. Kommt schon, Leute! Das ist ja, als hätte auf der Einladung gestanden: »Bekleidung: Begräbnis-Chic.« Ich ließ meinen Blick durch den Raum schweifen – schwarz, schwarz, schwarz – ohhh, dunkelgrau! Moment mal. *Rot!* Ach so, nur das Ausgangsschild – mein Fehler.

Da war ich nun und steckte fest in dieser Empfangsreihe, gewissermaßen, und hatte nicht einmal ein Glas Champagner zur Unterhaltung. Mein einziger kleiner Akt der Rebellion war, dass ich den verführerischsten, knappsten lilafarbenen Spitzenschlüpfer trug, den ich gefunden hatte, der allerdings versteckt war unter meinem (natürlich dezenten) schwarzen Etuikleid von Dior. Auf die feinen roten Lackschuhe von Manolo hatte ich verzichtet – die armen Dinger hingen zuhause in meinem Schrank herum, wahrscheinlich froh, dass sie diese Abendveranstaltung nicht mitmachen mussten.

»Halt die Klappe, Fiona! Positive Gedanken, bitte«, ermahnte mich meine innere Stimme, Schuld.

Ach ja, richtig. *Tut mir leid.*

Ihr seid jetzt also wahrscheinlich neugierig zu erfahren, wieso ich im Mittelpunkt der Aufmerksamkeit bei diesem Empfang stand, und vielleicht habt ihr sogar Mitleid mit mir, dass ich dort ohne Champagner und zu Tode gelangweilt (abgesehen vom Schlüpfer) herumstehen muss. Aber in einer Minute werdet ihr Schuld rechtgeben und denken, dass ich ein Miststück bin.

Seht ihr, wenn all diese Menschen zu meinen Eltern hingehen und sagen: »Sie müssen so stolz sein«, meinen einige von ihnen eigentlich: »Sie haben so ein verdammtes Glück und ein kleiner Teil von mir missgönnt euch das total.« Aber es wäre unschicklich, das tatsächlich auszusprechen, also bleiben sie immer bei ersterem Kommentar.

Ungeachtet der Etikette kann ich immer den Neid in ihren Augen erkennen, zusammen mit der Anstrengung, derer es bedarf, sich ihn nicht anmerken zu lassen. Sie würden alles dafür geben, und ich meine wirklich *alles*, um eine Tochter wie mich zu haben.

Ich weiß. Was für ein Miststück, stimmts?

Aber das ist die reine und ehrliche Wahrheit. Viele dieser Paare würden ihr Leben gern gegen das tauschen, was meine Eltern haben – eine Tochter, die in der Kindheit den Krebs besiegt hat, noch lebt und davon erzählen kann.

»ICH FAND, das ist außergewöhnlich gut gelaufen, du nicht auch?«, fragte meine Mutter, als sie auf dem Sofa neben mir hockte, mit immer noch perfektem Make-up und ihrer blonden Hochsteckfrisur, so elegant wie vor fünf Stunden.

»Definitiv«, stimmte ich zu und zog mir die Schuhe aus, um mir die wunden Füße zu massieren. Ich meine, ich hatte zwar nicht die Manolos tragen können, aber ich war keine Barbarin oder so etwas – ich hatte trotzdem ein Paar Pumps mit Bleistiftabsatz getragen. Mit meinen fünf Fuß und ein Viertel (und du kannst deinen Arsch verwetten, dass ich den extra Viertelzoll immer inkludiere) trage ich immer Stöckelschuhe – je höher, desto besser.

Fakt: Erwachsene nehmen kleine Menschen nicht ernst. Daher tue ich alles, was ich kann, um gleiche Bedingungen zu schaffen. Kriegte ich einen Nickel für jedes Mal, dass ich von irgendeinem herablassenden Arschloch auf dem Kopf getätschelt wurde, wäre ich – nun ja, reich bin ich schon, also wollen wir sagen, ich wäre *ekelhaft* reich.

Um fair zu sein, ich selbst bin eigentlich nicht reich, meine Eltern sind es aber. Und die haben beide offensichtlich lauter Einsen in der Vorschule bekommen, denn sie sind unglaublich gut im Teilen.

Wir haben diese seltsame Beziehung, in der ich einfach nur existiere und sie mir das Geld nachwerfen. Das an sich wäre ziemlich erbärmlich, aber zusätzlich zum Geld werfen sie auch unerschütterliche Liebe, Zuneigung und Unterstützung in meine Richtung. Und ich hoffe, dass ich halbwegs gute Arbeit dabei leiste, das Gleiche für sie zu tun. Viele Menschen sagen, sie hätten die besten Eltern auf der ganzen Welt, ich habe sie aber wirklich. Und das ist, kurz gesagt, wieso ich niemals nein sagen kann, wenn sie mich um meine Hilfe für *The Foundation* bitten. Das, und meine allgegenwärtige Begleiterin, Schuld, natürlich.

»Ah, da sind ja meine hübschen Mädels!«, sagte mein Vater, als er das riesengroße Wohnzimmer meiner Eltern betrat. Er hatte sich die Fliege gelockert und das Smokingjackett ausgezogen und sah nun zwischen uns und dem Display seines Handys hin und her. »Ratet mal, wie viel wir eingenommen haben. Ratet einfach!« Seiner Aufregung nach zu schließen war die Antwort offensichtlich eine gute.

»350.000 Dollar?«, riet meine Mutter.

»Äh, 375.000 Dollar und die Hotel-Schlüsselkarte von Barbara Rogers – ich habe gehört, 80 ist das neue 40«, sagte ich, was mir einen Rempler von meiner Mutter eintrug.

Mein Vater beäugte mich mit der ernstesten Miene, die er zusammenbrachte. »Fiona, du weißt doch, dass bei 75 bei mir Schluss ist – an dem Punkt sind sie mehr Hauskatze als Raubkatze.«

Ich kicherte – was soll ich sagen? Ich bin ein Papa-Mädchen. Habe ich schon erwähnt, wie fantastisch mein Dad ist?

»Also bitte einen Trommelwirbel.« Meine Mutter und ich trommelten gehorsam auf unsere jeweiligen Sofa-Armlehnen, als er verkündete: »432.350 Dollar!«

Mom und ich waren beide begeistert, wie es sich gehörte, und mein Dad ging in die Küche, um eine Flasche Champagner zu holen – endlich würde ich meinen Schampus kriegen!

»Total erschöpfend, aber es war die Sache echt wert.« Meine Mutter seufzte, als sie sich entspannt in die Kissen auf dem stilvollen grauen Sofa zurücksinken ließ, wobei ihr elegantes Kleid irgendwie völlig unzerknittert blieb. Ich stütze meine Strumpffüße auf dem Designer-Couchtisch ab und tat so, als würde ich den auf mich gerichteten strafenden Blick nicht bemerken. »Damit kann man so viel erreichen – ich glaube, das könnte uns über die Marke bringen, damit wir das neue MRT für die Kinder kaufen können.«

Wir reden hier, wo medizinische Terminologien, Einrichtungen und Organisationen derart tief in den alltäglichen Gesprächen verwurzelt sind, dass ich mich manchmal frage, ob wir überhaupt ganze Wörter brauchen, immer in Kurzformen. Wir sind wie eine deprimierende Version des Hin-und-her-Simsens unter Teenagern.

Alles ist »WBC«, »ALL«, »SCT«, »Kinder« und »Bezirk«, um nur ein paar zu nennen. Und das ist gut so, denn würden wir all die tatsächlichen Begriffe verwenden, würden wir nie Zeit haben, ein Gespräch zu Ende zu führen. Zum Beispiel ist es viel einfacher, »ALL« zu sagen, als »akute lymphatische Leukämie«, was zufälligerweise jene Krankheit ist, die unser Leben immer und immer wieder definiert und umdefiniert hat.

Schon gut, schon gut. Hier ist die Info: Als ich neun Jahre alt war, wurde bei mir ALL diagnostiziert, und wegen einer Reihe unglücklicher Testergebnisse und schlechtem Ansprechen auf die Behandlung stellte sich heraus, dass meine Chancen ziemlich beschissen waren. Meine Eltern, die sich nicht entmutigen ließen, nutzten jede ihnen zur Verfügung stehende Ressource und weigerten sich, die Prognose stehen zu lassen. Es waren drei Krankenhäuser, eine klinische Studie, jede alternativmedizinische Behandlungsmethode, die meine Mutter im Internet finden konnte, und schließlich eine Stammzellentransplantation notwendig, bis eine Remission bei mir eintrat. Wenn ich euch erzähle, dass die Akupunktur das Highlight meines Behandlungsplans war, dann versteht ihr, wie meganervig der Rest war. Und jeder, der euch einredet, dass Akupunktur »fabelhaft«

oder »so anregend« ist, ist eine große, dicke, verlogenen Hure. Nur, damit ihr's wisst.

Wo war ich? Ach ja.

Natürlich waren wir alle in Hochstimmung, als wir die gute Nachricht bekamen, dass meine Leukämie rückläufig war und wir endlich zu einem normalen Leben zurückkehren konnten. Das einzige Problem? Es gab kein »Normal«, zu dem wir zurückkehren konnten.

Plötzlich rang unsere ganze Familie mit einer Menge gegensätzlicher Gefühle. In den zwei Jahren, in denen wir gegen die Krankheit angekämpft hatten, hatten wir angenommen, dass das Ziel die Remission wäre. Stattdessen waren wir fast gelähmt von dem simultanen Losbrechen nicht nur der Freude, sondern auch der Angst, von Schuldgefühlen und Trauer. Was, wenn sie zurückkehrt? Wieso haben wir die Remission erreicht, während so viele andere es nicht geschafft haben? Was kommt als Nächstes dran? Und was ist mit dem Gefühl der Unschuld, auf das eine Elfjährige ein Anrecht hat?

Zu diesem Zeitpunkt in meinem Leben trat dann Schuld in mein Bewusstsein und machte es sich dort bequem. Soweit ich das beurteilen kann, verbringt sie ihre Tage damit, missbilligende Töne von sich zu geben, wenn ich mal keinen klaren Kopf habe, und ihre Fähigkeiten als die am spektakulärsten nervende Beifahrerin der Geschichte zu schärfen. Ich würde sie als Hausgast nicht empfehlen.

Nach ein paar Wochen versuchte ich, in das Leben einer typischen Elfjährigen zurückzukehren, doch alles war so anders und schwierig. Mein Gehirn schien nicht mehr auf die gleiche Weise arbeiten zu wollen und Dinge, die mir zuvor leichtgefallen waren, überforderten mich plötzlich. Ich hatte Schwierigkeiten, mir Dinge zu merken, und meine akademische Leistung, die immer herausragend gewesen war, fiel in eine Abwärtsspirale, Tests und Hausaufgaben wurden zu einer enormen Belastung.

Es gab auch körperliche Auswirkungen der Krankheit und deren Behandlung, deren Auffälligste meine Entwicklung war, oder genauer gesagt deren Fehlen. Während andere Mädchen in meinem Alter wie die Bohnenstange in die Höhe schossen und Trainings-BHs trugen, lebte ich im Grunde genommen noch im Körper einer Neunjährigen, im Wachstum und bei der hormonellen Entwicklung zurückgeblieben, wovon weder das eine noch das andere sich vollkommen wieder erholen würde – sehr zu meinem Entsetzen (siehe vorherige Tirade einer kurzen Person).

Zusätzlich zu all diesen Problemen und möglicherweise sogar deretwegen, war mein gesellschaftliches Leben ein Schlamassel. Meine Freunde, Klassenkollegen und Lehrer behandelten mich entweder, als wäre ich aus Glas, oder, als würde ich nicht existieren, zeigten ihr Unbehagen allzu scherzhaft deutlich – was einem jungen Mädchen, das seine Kindheit als richtig geselliger Mensch verbracht und die Welt mit vollkommenem Überschwang und auf die denkbar mädchenhafteste Weise angenommen hatte, besonders wehtat.

Ich sehnte mich danach, in mein entspanntes Leben vor dem Krebs zurückkehren zu können, aber ich wusste, dass ich einfach froh sein sollte am Leben zu sein. Um die Situation für alle entspannter zu machen, beschloss ich, mir ein permanentes Lächeln aufzusetzen, damit niemand mich für undankbar halten oder sich Sorgen um mich machen würde. Das war eine Angewohnheit, die ich auch weiterhin die meiste Zeit beibehielt.

Meine Eltern stürzten sich mittlerweile aus einem kombinierten Gefühl der Dankbarkeit und Buße kopfüber in die Etablierung einer Stiftung für Krebsforschung und Kinderkrebseinrichtungen. Bis heute scheint es manchmal, als wäre es der einzige Lebenszweck meiner Mutter, anderen Familien die zerstörerischen und überwältigenden Auswirkungen des Krebses zu ersparen. Zu anderen Zeitpunkten wird mir bewusst, dass ungefähr vierzig Prozent ihrer Existenz eigentlich dafür reserviert sind, sich über mich zu sorgen und mich zu erdrücken – mit Liebe und Aufmerksamkeit. Obwohl es sich oft wie das gute alte Ersticken anfühlt – ihr wisst schon: wie mit einem Kissen.

Logischerweise ist auch mein Vater sehr involviert in dem, was wir »The Foundation« nennen. Aber irgendjemand muss das große Geld auftreiben. Also führt er das Technikunternehmen der Familie in Raleigh, während meine Mom die Zügel von *The Foundation* in der Hand hat und ich anpacke, wenn ich darum gebeten werde.

Dann, vor ungefähr vier Jahren, als ich mein neuntes Remissionsjubiläum erreicht hatte, beschloss ich, das Nest zu verlassen – ihr wisst schon, jenes voller Kissen – und nach Greensboro zu ziehen, um mich aus eigener Kraft selbständig zu machen. Ich war zwanzig und es fiel mir sehr schwer, eine Richtung zu finden, daher dachte ich mir, dass es mir vielleicht helfen würde selbständiger zu werden.

Meine Eltern wehrten sich anfangs natürlich dagegen, aber sie gaben schließlich nach und kauften mir eine wunderschöne Eigentumswohnung in einem Hochhaus in der Innenstadt, die sagenhafte, deckenhohe Fenster und zwei Balkone hat. Wie ich die liebe! Sie wollten mir ein Haus kaufen, aber ich bin viel zu sehr die mädchenhafte Frau, um selbst verantwortlich sein zu wollen für eigene Geräte und das Gras und so Zeugs. Nein danke. Die High-Heels habe ich aber schon erwähnt, oder? Nun, es gibt einen ganzen Designerschrank passend zu diesen Schuhen, in dem kein einziger Overall hängt. Sie wollten mir auch einen Mercedes kaufen, aber ich habe sie lediglich durch Erwähnen der Auswirkung auf die Umwelt und die Karzinogene niedergeredet und zu einem Prius überredet.

Also hatte ich mein eigenes Heim und mein eigenes Leben in Greensboro, und es lag nur eineinhalb Stunden von Raleigh entfernt, meine Eltern konnten mich also immer noch zu ihrer relativen Zufriedenheit genügend helikopternd umsorgen. Das Einzige, was ich jedoch immer noch nicht hatte, war eine Richtung. Das war bei dem neuen Leben und der neuen Eigentumswohnung anscheinend nicht dabei, so wie ein Geschenk zum Kauf bei Nordstrom. Ich habe die letzten vier Jahre damit verbracht, von einem Job zum nächsten zu schweben, in dem Versuch herauszufinden, was ich mit meinem Leben anfangen will, wobei ich aber sehr wenig Glück hatte.

Das Herumschweben hat mir jedoch ein paar irre Vorteile gebracht – ein paar wirklich urkomische und sagenhafte Erfahrungen und ein paar wirklich urkomische und fantastische Freunde. Der größte davon ist natürlich meine beste Freundin auf der ganzen weiten Welt – Laney.

Sie und ich haben uns kennengelernt, als ich vorübergehend kurz als Empfangskraft in der gleichen Firma arbeitete, in der sie jobbte. Damals zog Laney ein Baby groß, ging aufs College und arbeitete in einem Teilzeitjob.

Natürlich rockt Laney und schaukelt das alles und ich habe die meiste Zeit vollkommene Ehrfurcht vor ihr. Sie ist eine alleinerziehende Mutter eines fünfjährigen kleinen Herzensbrechers namens Rocco (Oh, pardon, er verlangt gerade, dass ich sage, dass er fünf und drei Viertel ist) und sie liegt fast mit meiner Mutter gleich auf in puncto beste Mutter der Welt zu sein. Laneys Unfähigkeit, Stöckelschuhe mit Bleistiftabsatz oder irgendein Kleidungsstück, das nicht aus Baumwolle ist, zu tragen, wird am Ende dazu führen, dass Rocco, wenn er erwachsen ist, ein Mädchen heiraten wird, das genauso schlechten Geschmack hat – und das ist einfach verantwortungslos. Daher kommt sie im Wettbewerb um die beste Mom nur auf den zweiten Platz.

Was meiner besten Freundin an Modegeschmack fehlt, macht sie jedoch mit ihrem Geschmack in Sachen Männern wett. Sie hat neulich einen ernsthaft heißen Mann in der Form eines hinreißenden, sie abgöttisch liebenden Baugottes namens

Nate klargemacht. Oft möchte ich Tränen der Freude heulen wegen seiner Liebe zu und Hingabe an Laney und Rocco – also deswegen und wegen seines Knackarschs.

Was denn? Laney ist es egal, dass ich nach ihm schiele. Manchmal machen wir das sogar gemeinsam. Das ist so ein Bindungsding.

Laney hat es nicht immer leicht gehabt, seit ihr in ihrem ersten Jahr am College irrtümlicherweise ein Kind angehängt worden war und der Wichser von einem Vater sich praktisch davongemacht hat. Daher machte es etwas mit meinem Herzen, sie und Rocco mit einem so tollen Kerl zu sehen. Beinahe frage ich mich, ob das etwas ist, dass ich mir auch für mich selbst wünschen würde. Beinahe.

Aber ich habe meine Eigentumswohnung und meine verschiedenen Jobs und mein hin- und her- Flitzen nach Raleigh, und nicht zu vergessen Schuld, die mir Gesellschaft leistet. Ich bin also versorgt.

Mein Telefon vibrierte am Couchtisch neben meiner leeren Kristallflöte und schickte mir Erinnerungen, die ich am Morgen brauchen würde. Dieser besondere Abend des Nach-Raleigh-Flitzens war zum Glück erst einmal vorbei und war so zu Ende gegangen, wie ich es gernhatte – mit einem Drink und den Menschen, die ich liebe. Nachdem der Champagner zur Feier des Tages ausgetrunken und die Ereignisse des Abends ausreichend seziert worden waren, teilten meine Eltern und ich Gute-Nacht-Küsse aus und fanden, dass es Zeit fürs Bett war.

Der Gedanke, so spät noch nach Greensboro zurückzufahren, war bestenfalls wenig verlockend und wäre, da der Schampus durch meine Adern zirkulierte, auch idiotisch gewesen. An einem guten Tag bin ich schon keine besonders zurechnungsfähige Person – Schuld kann das bezeugen – und ich habe einen gesunden Respekt vor meinen eigenen Grenzen – zu fahren hätte also nur bedeutet das Unglück heraufzubeschwören. Stattdessen pennte ich in meinem alten Schlafzimmer. Das passiert oft genug, so dass ich eine kleine Garderobe und einen

Vorrat an Schönheitsartikeln im Haus meiner Eltern für genau solche Fälle aufbewahre. Ich schaute mir auf meinem Handy die Pläne für den nächsten Tag an und schlüpfte in mein Nachthemd. Kaum lag mein Kopf auf dem Kissen, war ich auch schon weg.

Gott sei Dank, dass es Champagner gibt.

Ach so, richtig. Und dafür, dass er mich leben lässt.

Darf ich jetzt einschlafen, Schuld?

Los, Team!

MARK

WENN ICH NUR EIN Auge öffne, vielleicht ist es dann nicht so schlimm.

Langsam hob ich mein linkes Lid, ließ es aber rasch wieder herunterfallen, als sich das Morgenlicht seine Bahn durch meinen Augapfel hindurch geradewegs zu meinem Gehirn brannte.

Aua.

Letzte Nacht war keine meiner Glanzleistungen gewesen.

Zeit, seinen Mann zu stehen. Nach und nach öffnete ich beide Augen und blinzelte dann in schneller Abfolge, als ich endlich die ungewöhnliche Lampe über mir registrierte. Das Bett bewegte sich leicht, also stoppte ich jegliche Muskelbewegungen. Scheiße!

Ich versuchte, mich an die Ereignisse der letzten Nacht zu erinnern, aber nach den zahlreichen Kurzen an der Bar werden die Dinge ein wenig verschwommen. Alles, was ich über mich selbst wusste, sprach dafür, dass meine Bettgenossin wenigstens von der weiblichen Sorte war, doch andere Details konnte sich jedermann ausdenken. Ich war extrem selbstbewusst in meiner Sexualität, aber genauso vertraute ich der Macht eines Jack Daniels.

Ganz, ganz langsam sah ich zur Seite. Okay, viele dunkle Haare auf dem Kissen – lange dunkle Haare – das war gut. Ich konnte weiteratmen.

Moment mal, nicht so schnell. Ich wollte sie ja nicht aufwecken.

Vorsichtig richtete ich mich auf einem Ellenbogen auf und sah mich um. Mein Hirn hämmerte schmerzhaft in meinem Schädel.

Also nicht mein Schlafzimmer. Und definitiv nicht mein Bettzeug. Dieses hier hatte einen Haufen bunter Mädchenscheiße drauf. Waren das … waren das etwa Einhörner, verdammt? In dem Moment bemerkte ich, dass ich nackt war – nackt mit einem Arsch voll Einhörnern.

O Gott, bitte sage mir, dass ich nicht gerade die Nacht mit einem Teenager verbracht habe! Wie konnte das passieren? Ich war gestern Abend in der Bar gewesen, nicht auf einer Highschool-Party! Ich sah mich verzweifelt nach irgendeinem Beweis um, dass dies tatsächlich das Zimmer einer Erwachsenen war, nicht das eines minderjährigen Mädchens. *Du lieber Jesus, was hab ich da wieder angestellt?!*

Eine pinke Lavalampe am Nachttisch – *Scheiße!*

Ein ausgestopfter Hase auf dem Stuhl in der Ecke – *Scheiße! Scheiße! Scheiße!*

Und der Hase hielt ein Hasenjunges in seinen flauschigen weißen Pfoten.

Heilige Scheiße – ich werde in den Knast wandern.

Ich sah viel zu gut aus, um ins Gefängnis zu gehen, und ich wollte definitiv niemandes Bitch sein. Meine Mom hat mir immer gesagt, dass mein Lächeln mich eines Tages in Schwierigkeiten bringen würde, und soweit war es nun gekommen.

Der Tag war gekommen. Wegen meines perfekten Lächelns würde ich in einer Zwölf-mal-Zwölf-Zelle landen, bei einem Zimmergenossen namens Attila, der wahrscheinlich Lust hätte, mich *sein* Häschen zu nennen.

»Ach, prima, du bist wach!«, ertönte eine schrille Stimme vom Kissen neben meinem. Mein Kopf rotierte und ich konnte den ersten nüchternen Blick auf das Mädchen werfen, das der Grund für meine Inhaftierung sein würde. Okay, also Jack war teils mitverantwortlich, aber egal.

Sie hatte in der Tat lange Haare, die sich gerade in einem Wirrwarr um ihren Kopf befanden, und sie hatte eine dieser kleinen Stupsnasen, die manchmal wirklich niedlich sein können. Nur, da ich einer Zukunft in einem Staatsgefängnis entgegenblickte, fand ich gar nichts niedlich.

Sie zeigte mir ein extrem großes Lächeln und hüpfte fast vergnügt und munter auf und ab, in der Horizontale liegend. Sie war sehr fröhlich. Und jung.

Fröhlich und jung … und vergnügt und munter … fröhlich und jung? Und vergnügt und munter?

Moment mal – jetzt fiel es mir wieder ein! Ich sprang auf, meine völlige Nacktheit ignorierend und suchte auf dem Boden – und da war sie. Eine gottverdammte Cheerleader-Uniform.

Neiiiiin!

»Baby, was ist denn los?«, fragte die kleine Minderjährige, mein Knastköder.

»Du bist eine Cheerleaderin«, war alles, was ich sagen konnte. Oder wimmern.

»Ach nee«, sagte sie und wurde hellhörig. »Erinnerst du dich? Loooooos, Mark!«

Ich zuckte zusammen und sah zu ihr hin. Inmitten ihres Jubels hatte sie die obere Hälfte ihrer Bettdecke eingebüßt und dadurch ihre fülligen Brüste zur Schau gestellt. Ich sprang der Decke hinterher, um sie zuzudecken, offensichtlich missinterpretierte sie meine Absicht jedoch.

»Oh ja, spielen wir wieder Löwe und Löwenbändiger?! Grrrr!«

»Nein!«, schrie ich sie an. »Keine Spiele mehr! Ich muss hier weg. O mein Gott.« Ich legte den Kopf in die Hände und versuchte, die gewaltige Migräne abzuwehren, die sich aufbaute, damit ich mir einen Plan einfallen lassen konnte. Einen Plan, der nicht damit zu tun hatte, dass ein Dreihundertpfundmann mich, **räusper**, mit Karotten fütterte.

»Ist gut«, zwitscherte sie munter. Ich wagte noch einen Blick auf sie und sah, wie sie mit den Schultern zuckte und dann splitterfasernackt aus dem Bett kletterte.

Ich würde nicht nur im Knast, ich würde auch in der Hölle landen.

»Ich muss ohnedies zum Unterricht. Lass deine Nummer da, wenn du willst – vielleicht werde ich dich irgendwann anrufen. Danke für die unterhaltsame Nacht!« Sie schlüpfte in einen Morgenmantel, warf mir eine Kusshand zu und öffnete die Schlafzimmertür, wobei sie sich beim Hinausgehen eine Duschablage schnappte.

Dank sei meinen arschfickenden Glückssternen – ich befand mich in einem Collegewohnheim.

»Wieso passieren immer dir diese unglaublichen Dinge?!«, fragte Brett, als er frustriert auf den Tisch schlug und dann einen Schluck von seinem Bier nahm.

Was ich schon wieder in einer Bar machte, war mir unbegreiflich, aber nach meinem Beinahe-Malheur am vorherigen Abend stand ich noch immer unter Schock. Und ich hatte keine Lust, alleine bei mir Zuhause rumzuhängen. Ich nahm einen kleinen Schluck von meinem Soda und warf ihm einen Blick zu, von dem ich hoffte, dass er sehr genau kommunizierte, für wie blöd ich ihn hielt. »Hast du die Geschichte nicht gerade gehört?« Ich schaute am Tisch umher, auf die anderen beiden Kerle, die bei uns saßen, doch sie schienen nicht zu finden, dass Bretts Kommentar am Ziel vorbeischoss.

»Alter, du hast die Nacht im Wohnheim des Frauencollege mit einer verdammten Cheerleaderin verbracht. Wie alt bist du, Mann? Achtundzwanzig? Neunundzwanzig? Das darf nicht wahr sein. Und du hast nicht nur die cheerleadende Studentin georgelt, sie hat dich dann auch noch eingeladen wiederzukommen und sie nochmal zu orgeln. Das ist wie die Grundlage für das Wichser-Konto jedes Teenagers. Streich das – jedes männlichen Wesens auf der Erde, nicht nur der Teenager«, sagte Brett.

»Ich muss sagen, ich werde das definitiv in Erinnerung behalten«, sagte Gavin, ein Freund von der Arbeit. Gavins Schwester Laney traf sich mit meinem Kumpel Nate, der zufälligerweise auch mein Gewissermaßen-Chef war. Verwirrend, ja, aber dazu kommen wir später.

»Ich hab vielleicht schon 'nen Steifen, wenn ich nur dran denke«, sagte Trey, während er sich eine Handvoll Erdnüsse zum Mund führte.

Wir sahen ihn alle mit einem ordentlichen Maß an Abscheu an.

»Alter, behalt's für dich oder geh heim«, sagte Gavin.

»Du weißt schon, dass diese Nüsse wahrscheinlich von hunderten Kerlen betatscht worden sind, die sich nach dem Pinkeln nicht die Hände gewaschen haben, oder?« Brett zeigte auf die Erdnüsse und Trey ließ sie auf den Tisch fallen.

»Egal«, sagte ich und wischte die Nüsse-Sauerei weg. »Ihr Leute kapiert das Gefühl nicht ganz, das ich hatte, als ich aufgewacht bin und für'n paar Augenblicke gedacht habe, dass ich die Grenzlinie überschritten hatte. Es war … es war … unbeschreiblich. Ich meine, ich hatte eine Scheißangst und ich hab mich total gehasst. Es war furchtbar.« Allein der Gedanke ließ mich ein Schaudern unterdrücken.

»Okay.« Gavin hob eine Hand, als würde er um Redeerlaubnis bitten. »Lass uns einen Moment annehmen, dass das wirklich so schlimm war, wie du sagst.« Ich nickte und er fuhr fort. »Was wäre, wenn du, ich weiß nicht, aufhören würdest zu trinken, bis du umfällst und dann eine völlig fremde Frau orgelst, die vielleicht auch noch einen Daddy hat, der auf dem Flur mit einer Schrotflinte auf dich wartet?« Er zuckte mit den Schultern. »Nur eine Idee.«

Tja. Da hatte er möglicherweise nicht ganz unrecht.

»Iwo«, sagte Trey. »Ich sage, du gehst nächstes Wochenende wieder hin. Ich mach dir gern den Wingman. Ich hab mal Football in der Highschool gespielt – ich verspüre das ungestillte Bedürfnis, wieder einmal jemanden meinen Namen kreischen zu hören – Trey, Trey, Trey!« Er hob sein Bier zu einem Prost und tat so, als würde er unter dem Tisch eine Nummer schieben. Wie war das nochmal? Warum hing ich mit dem Kerl ab?

Ach ja, weil ich auch so'n blöden Scheiß mache.

Gott, war ich verkorkst.

HEUTE SOLLTE ein neuer Tag sein. Ich würde mein Benehmen ändern und anfangen, mich verantwortungsbewusst zu verhalten – na ja, bewuss*ter* zumindest. Es war schließlich total bescheuert, so viel zu trinken, dass (a) ich mich nicht mehr erinnern konnte, mit wem ich 'ne Nummer geschoben hatte, (b) ich mir nicht zu hundert Prozent sicher sein konnte, ob ich ein Kondom benutzt hatte – *ich weiß. Lasst es einfach, okay?* – und (c) es denkbar wäre, dass ich gegen das Gesetz verstoßen habe sowie ungefähr zweihundert Moralkodizes. Für so einen Wichser hatte ich mich eigentlich nie gehalten.

Im Allgemeinen würde ich sagen, dass ich ein ziemlich zuverlässiger Bursche bin. Ich habe einen guten Job bei einer Baufirma namens *Built by Murphy* und dort hält man viel von mir, soviel ich weiß. Die Firma gehört der Familie meines Freundes Nate, und die sind sehr gut zu mir gewesen. Ich habe dort nach der Highschool angefangen, während ich Abendkurse an der Volkshochschule besuchte, und über die Jahre habe ich mich zum Polier hochgearbeitet und dann, jüngst, die Verantwortung für administrative Aufgaben übernommen. Ich werde gut bezahlt, ich arbeite hart und ich mag den Job und die Leute, für die ich arbeite.

Von allen Endzwanzigern, die ich kenne, bin ich eigentlich wahrscheinlich noch der zuverlässigste unter uns – zumindest theoretisch. Ich besitze kein Eigenheim, aber ich miete ein Haus und ich möbliere es mit netten Dingen, die ich auch pflege. Ich weiß, wie es ist, in Scheiße zu wohnen, und ich glaube nicht, dass ich diese Erfahrung noch einmal machen möchte, daher bin ich im Allgemeinen vorsichtig mit meinen Sachen und bei meiner Arbeit. Ich habe einen Truck, der vielleicht nicht das neueste Modell ist, seinen Zweck aber erfüllt. Ich habe hart gearbeitet für meinen Erfolg. Ein weiterer Grund dafür, dass ich so sauer auf mich selbst gewesen bin, als ich das aus den Augen verloren und mich wie ein Idiot benommen hatte.

Nach dem Abend, den ich mit den Jungs verbracht hatte, fiel mir das Einschlafen schwer, ich konnte anscheinend mein Gehirn nicht abschalten. Schuld könnte das Kaffein in der Limo gewesen sein, ich hatte jedoch auch den Verdacht, dass es eher ein schlechtes Gewissen gewesen sein könnte. *Oh doch, auch ich habe ein Gewissen.* Der Großteil meines Gehirns wollte es auf den Jack schieben, aber es gab einen Teil, der mir sagte, dass ich vielleicht ein wenig zu alt war, um so ein Hurenbock zu sein. Oder auch nicht. Das Denken war einfach zu schmerzhaft.

Ich stand schließlich um fünf Uhr auf und joggte eine Runde, bevor ich ins Fitnessstudio ging. Blaine, einem der Trainer, nickte ich zu, als ich den Umkleideraum verließ. Das Fitnessstudio war praktisch leer um diese Zeit an einem Sonntagmorgen, nur ein paar Hartgesottene wie ich waren anwesend. Ich warf mein Handtuch auf eine der Bänke und fing an, Gewichte für meine erste Runde mit Wiederholungen zu stapeln.

Das Fitnessstudio ist mein Zen-Ort. Ich gebe zwar nicht gerne an – okay, das stimmt nicht, ich gebe total gerne an –, aber ich bin wirklich ein superfitter Typ. Ich trainiere gewissenhaft und liebe es, mich selbst herauszufordern und ich zwinge mich gerne, an meine Grenzen zu gehen. Ich mache eine Stunde Kardio, sechs Tage die Woche, und Krafttraining fünf Tage die Woche, wobei ich die Körperbereiche rotiere, um die bestmöglichen Ergebnisse zu erzielen. Und nach den Blicken zu urteilen, die die Frauen mir zuwerfen, erziele ich definitiv die gewünschten Resultate. Und dann ist da dieses Lächeln, von dem meine Mom immer gesprochen hatte, also rechnet euch das selbst aus.

Ich muss mich nicht allzu sehr anstrengen, um eine Frau in mein Bett zu kriegen, wenn ich eine habe will. Was, ich will ehrlich sein, ziemlich oft vorkommt. Ich mag alle Arten von Frauen – kurvige, dünne, kleine, große, blonde, brünette. Solange es nicht die gleiche Frau zweimal ist, bin ich dabei.

Wiederholungen gibt es bei mir nicht. Das ist zu mühsam – Gefühle kommen ins Spiel und dann muss ich versuchen, der Frau aus dem Weg zu gehen. Und das sorgt einfach für Kopfzerbrechen, dass ich nicht brauchen kann. Stattdessen bin ich immer offen und ehrlich und sage jeder Frau, mit der ich zusammen bin, dass ich nur Unterhaltung suche. Eine Nacht des Spaßes und dann trennen wir uns als gute Freunde. Oder präzise gesagt nicht Freunde – eigentlich genau das Gegenteil. Wir trennen uns als Fremde – genau so, wie es sein sollte.

Dass der Hase im Pfeffer liegt, muss also der Alkohol gewesen sein, denn meine Ficken-und-auf-und-davon-Vorgehensweise war sicher nicht das Problem. Das hatte bei mir immer perfekt funktioniert. Und um so viel trinken zu können, wurde ich sowieso langsam zu alt. Ich würde eben nur das

Saufen reduzieren müssen, wie Gavin es vorgeschlagen hatte. Toller Plan.

Sehr ihr, ich hab doch gesagt, das Fitnessstudio ist mein Zen-Ort.

Problem gelöst.

»WARUM SIND diese Mädels so verdammt langweilig?«, fragte ich Nate zum dritten Mal an diesem Abend, als ich zu unserem Tisch zurückkehrte.

»Vielleicht, weil du stocknüchtern bist und ihre Stimmen nicht ausblendest, während du sie innerlich ausziehst?«, gab er zurück.

Nein, das war es nicht. Ich zog sie definitiv vor dem inneren Auge aus. Sie waren einfach scheißlangweilig.

Gavin hatte Nate angeheuert, um bei der Lösung meines Problems mitzuhelfen – man muss seinen jugendlichen Elan und Optimismus schon bewundern. Irgendwie hatten sie mich überredet, am Freitag nach der Arbeit die Happy Hour mitzumachen, damit ich an meiner neuen Technik feilen konnte. Pah!

Ihr Plan sah so aus, dass ich versuchen sollte, ohne Zuhilfenahme von Alkohol eine »passende« Frau zu treffen und dann – *kotz* – sie einfach in ein Gespräch zu verwickeln, anstatt sie zu verführen und sie mit nach Hause zu nehmen. Was sollte daran denn Spaß machen? Was waren wir denn? Highschool-Jungfrauen?

Ach so, ja, richtig, jetzt erinnere ich mich wieder an den Grund für diese kleine Intervention. Ich beschloss, sie zu besänftigen und es auszuprobieren, aber es erschien mir nicht wirklich sinnvoll.

»Wie willst du jemals die richtige Frau treffen, wenn du dich nicht mir ihr unterhalten kannst, bevor du ihn herausholst?«, fragte Nate, während er sein Telefon kontrollierte. Er suchte wahrscheinlich nach Nachrichten von Laney – er stand derart unter ihrem Pantoffel, dass es mir beinahe peinlich für ihn war. Er hatte sich in einen Fickclown verwandelt.

»Ich treffe ständig ›die richtige Frau‹«, erklärte ich ihm. »Ich glaube, du und ich, wir haben unterschiedliche Definitionen von der ›richtigen Frau‹. Meine Definition umfasst die Frau, die an diesem bestimmten Abend die Richtige für meinen Schwanz ist.« Ich machte mit Gavin einen Faustcheck, als Nate den Blick von seinem Telefon hob und mich ansah, wie man einen Hund ansehen würde, der soeben seine eigene Scheiße gefressen hatte.

»Was?«, wollte ich wissen.

»Lass uns für den Augenblick die Sache mit der möglichen Inhaftierung und den Krankheiten, bei denen dir der Schwanz abfällt, beiseiteschieben. Willst du ›so ein Typ‹ sein?«, fragte Nate.

»Du musst das genauer erklären – mein Hirn ist noch benommen von dem Gespräch, das ich gerade mit dieser Göre an der Bar geführt hab. Sie wollte nicht aufhören, über ihren Kakadu zu reden, und ich durfte nicht mal 'n paar geile Witze darüber machen.«

Nate ließ hastig sein Handy auf den Tisch sinken und streckte verzweifelt die Hand von sich. »Der lächerliche Typ, der Mitte dreißig ist und noch immer den Collegegören nachstellt, während seine Freunde längst Familien gründen und keine Gedanken verschwenden müssen an Geschlechtskrankheiten oder verrückte One-Night-Stands!«

»Das war nur einmal, und wie hätte ich denn wissen sollen, dass sie gerade nach die Rehabklinik war?« Ich hielt ihm meinen Finger ins Gesicht und schnappte mir dann meinen Drink, einen Augenblick lang vergessend, dass er keinen Alkohol enthielt. »Seit wann bist du so alt und langweilig geworden?!«, wollte ich wissen und knallte mein Glas hin. »Das ist echt ätzend!« Vielleicht habe ich auch ein wenig gejammert.

»Erzähl das meinem Kakadu«, prustete Gavin und duckte

sich, als meine Faust beinahe mit einer Seite seines Kopfes Tuchfühlung aufnahm. Ich wollte ihn nicht wirklich treffen, aber ich wäre nicht allzu traurig gewesen, wenn er wenigstens von seinem Hocker gefallen wäre, das Arschloch. Heute Abend lief so gar nichts nach meinen Vorstellungen.

»Okay«, sagte Gavin, als er schließlich aufgehört hatte zu lachen und es für sicher befand, seinen Platz auf dem Hocker wieder einzunehmen. »Lass uns hier mal ein bisschen nachrechnen.« Er warf Nate einen kurzen Blick zu. »Ich bin mir nicht sicher, ob ich bei dieser Sache hundertprozentig deiner Meinung bin, Nate.« Sein Blick richtete sich wieder auf mich. »Wie alt bist du?«

»Neunundzwanzig.«

»Also die Hälfte plus sieben – ergibt einundzwanzigeinhalb – lass uns auf der sicheren Seite sein und zweiundzwanzig nehmen. Es ist nicht gesellschaftlich akzeptabel, dass du jemanden datest oder poppst, der unter zweiundzwanzig ist … was bedeutet, das letzte Wochenende war ziemlich beschissen.« Als wüsste ich das nicht bereits.

»Das haben wir bereits ermittelt, vielen Dank, Dr. Drew«, sagte Nate. Warum in aller Welt war *er* denn so aufgeregt? Das war *meine* Mucke heute Abend – er sollte sich gefälligst einreihen.

»Also was ich sagen will, ist, dass du nicht total häuslich sein musst wie unser schwanzloser Wunderknabe hier drüben —« Er deutete auf Nate, der den Mund aufmachte, um etwas dagegen einzuwenden. »Versuch's gar nicht erst – du gehst schließlich mit meiner Schwester. Es ist mein gottgegebenes Recht, dich als Eunuchen zu betrachten.« Gavin sah dann wieder zu mir. »Vielleicht könntest du ein Mädel zuerst zum Essen ausführen – kann nicht schaden, es zu versuchen. Mensch, ich bin viel jünger als du und sogar ich führe die Mädels aus – naja, meistens.«

Also, Scheiße, jetzt hatte man mich Schlampen-beschämt

und ich fühlte mich irgendwie wie eine Kreuzung aus einem Lustmolch und Charlie Sheen – Moment, war das redundant? Nicht wichtig. Stattdessen machte ich mir eine geistige Notiz, mich am Montag testen zu lassen.

Nate wandte sich Gavin mit einer halb ehrfürchtigen, halb amüsierten Miene zu. »Ich würde am liebsten ein Video von deiner kleinen Rede drehen und es Laney zeigen – du hörst dich so erwachsen an, dass sie weinen würde, glaube ich.«

Gavin reagierte nur mit einem Stinkefinger, was die ganze Aussage wieder fraglich machte.

Ich spürte mein Handy in meiner Tasche vibrieren und zog es heraus, um nachzusehen, wer anrief, in der Hoffnung auf eine Ablenkung.

Scheiße. Meine Mom.

Ich war nicht in der richtigen geistigen Verfassung, um in diesem Moment mit ihr zu reden, obwohl sie einen weiteren Beweis dafür lieferte, dass Liebesbeziehungen mehr Sorgen bereiten, als sie es wert sind. Ich nahm von der Zeit Notiz – 8:15 Uhr. Nur ein bisschen noch hierbleiben, dann würde ich auf meinem Heimweg nach ihr sehen.

»Also«, fuhr Nate fort, »ich muss bald zu Laney rüber, aber wenn ihr beide damit fertig seid, es euch mit allen Frauen in der Bar zu verderben, dann brauche ich bei was eure Hilfe.«

»Alles, nur um dieses Thema zu verlassen«, bot ich an.

Er machte eine Pause und faltete und entfaltete die Barserviette, die vor ihm lag. Er sah seltsam drein. Musste er kotzen?

»Alter, muss ich dir die Haare aus dem Gesicht halten oder was? Du siehst aus, als müsstest du kotzen«, sagte Gavin, meine Gedanken widerspiegelnd.

»Nein, ich muss nicht kotzen!«, brüllte Nate und riss die Serviette entzwei.

»Naja, du siehst danach aus. Ach so, warte mal, hast du Dünnpfiff? Soll ich hinter dir rausgehen? Wenn es das ist, bist du mir echt was schuldig!«, murrte Gavin.

»Ich habe keinen Dünnpfiff – Herrgott, Gavin – ich werde deine Schwester fragen, ob sie mich heiraten will!« Er sah aus wie vor den Kopf geschlagen, dass diese Worte seinem Mund entsprungen waren, und er fiel auf die Fresse.

»Scheiße«, war alles, was ich dazu sagen konnte.

»Alter«, sagte Gavin und fiel dann prompt von seinem Hocker.

Hä, sieh dir das an – endlich lief es nach meiner Vorstellung.

Mein Lieblingsfluss in Ägypten

FIONA

»O MEIN GOTT. Ich glaube, ich hatte gerade einen kleinen Orgasmus«, flüsterte Laney vor sich hin, schloss die Augen und leckte sich die Lippen ab, um alle verirrten Soßenreste einzusammeln, die sie eventuell zurückgelassen hatte. »Du bist herzlich willkommen, deine Kochkünste jederzeit in meiner Küche zu praktizieren«, sagte sie, als hätte sie vergessen, dass ich ohnedies mindestens einmal pro Woche in ihrem Haus kochte.

»Danke sehr. Das Vergnügen ist anscheinend ganz auf deiner Seite.« Ich lachte sie an. Ich liebe es, für andere Menschen zu kochen – für nur eine Person zu kochen ist deprimierend. Und Reste sind ätzend, außer natürlich es ist ein chinesisches Menü zum Mitnehmen.

»War das nicht unglaublich, Nate?«, fragte Laney ihren megageilen Freund, der stumm auf ihren Mund starrte, die Gabel stockstill mitten in der Luft. Seine dunklen Haare hatten einen Schnitt nötig, doch das lenkte in keiner Weise von seinem insgesamt äußerst scharfen Aussehen ab.

Ich schnippte mit den Fingern vor seinem perfekt ungepflegten Gesicht herum und plötzlich kam er wieder zu Bewusstsein. »Oh nein, Romeo – keine schmutzigen Gedanken erlaubt am Esstisch. Ich muss schließlich auch hier essen, und ich brauche keine geistigen Bilder von euch zweien, wie ihr hier auf dem Tisch euer Schäferstündchen genießt.«

»Sag ihr, sie soll aufhören zu stöhnen, dann kann ich dir vielleicht entgegenkommen«, richtete Nate sich an mich, doch sein Blick klebte immer noch an meiner besten Freundin.

Okay, das wurde jetzt einfach zu derb. Es war an der Zeit, entweder eine Intervention zu starten oder mich selbst *sehr* bald flachlegen zu lassen.

Laney errötete auf ihrer Seite des Tisches und legte einen Finger an den Mund, um uns zum Schweigen zu bringen, während ihre andere Hand zum Wohnzimmer deutete, wo ihr Sohn Rocco spielte. Er hatte das Abendessen zusammen mit uns begonnen, doch es schien, als hätte mein Schweinefilet nicht ins Schwarze getroffen, was ihn anbelangte und wenn die Anzahl der Rollen, die er konsumiert hatte, ein Zeichen war. Er hatte früher aufstehen dürfen.

Als wäre er gerufen worden, brüllte der kleine Kerl aus dem anderen Zimmer: »Ich habe die ganze Zeit schmutzige Gedanken, Tante Fiona!«

Wir alle verstummten und Laney starrte uns auf eine Art und Weise an, bei der Anna Wintour vor Neid erblassen würde.

»KAAAAAACKE!«

»Rocco!« ermahnte ihn Laney.

»Was?«, fragte er. »Ich denke oft an Kacke. Gibt's was Schmutzigeres?«

Sie schüttelte den Kopf und Anna-Wintour-te uns erneut.

»Was?«, fragten Nate und ich gleichzeitig.

»AAAALSO, DAS IST EINE NEUE ENTWICKLUNG«, sagte ich zu Laney, als sie und ich auf ihrer Couch saßen und nach dem Essen ein Glas Wein tranken. Nate hatte Rocco weggeführt, um ihn fürs Bett vorzubereiten, ohne dass Laneys Hilfe vonnöten gewesen wäre. »Ich weiß, dass Rocco es mag, wenn Nate ihm etwas vorliest. Aber die ganze Prozedur? Ich bin beeindruckt.«

»Ich weiß«, sagte sie mit diesem ärgerlich verträumten Ausdruck im Gesicht. Okay, er war nicht ärgerlich – er war verdammt bezaubernd. »Abgesehen von seiner Art, alles durchzuorganisieren und vielleicht seiner Notre-Dame-Besessenheit kann ich keinen Fehler an ihm finden.«

»Vorwärts, Teerfersen!« Es platzte gleichzeitig aus uns heraus. Mehr ist dazu nicht zu sagen.

»Wird er jetzt endlich bei dir einziehen?«, fragte ich. Er »übernachtete« seit den Ferien bei Laney, und wir hatten jetzt März, daher begriff ich nicht, was sie noch abhielt.

Laneys Stirn legte sich in Falten und der verträumte Blick verschwand. Oje. »Darüber hab ich auch schon nachgedacht. Ich meine, wir haben darüber gesprochen und es kommt mir einfach wie der nächste logische Schritt vor.« Sie deutete zum Flur. »Rocco himmelt ihn total an und ich weiß, dass Nate uns liebt. Aber er hat sich ein bisschen … *komisch* benommen in diesen letzten Wochen.« Ihre Hand ging zu ihrer Wange und rieb an ihr – ihre übliche Angewohnheit, wenn sie gestresst war oder sich unwohl fühlte.

»Es hat wahrscheinlich nur mit der Arbeit zu tun.« Ich tat es ab, in der Hoffnung, dass ich recht hatte. »Und außerdem stand ich vorhin schon kurz davor, mich vom Esstisch zu entfernen, damit ihr beide loslegen und Versteck-das-Schweinefilet ohne mein Beisein spielen könnt – ich würde mir also nicht allzu viele Gedanken machen.«

Sie gab mir einen Klaps auf den Arm und ich verschüttete beinahe meinen Wein.

»He! Vorsicht!«, schimpfte ich mit ihr. »Diese Bluse habe ich eben erst gekauft und ich will sie nicht mit Rotwein beflecken, wenn du nichts dagegen hast. Es ist ja nicht so, dass ich mir was aus *deinem* Schrank borgen könnte für den Heimweg – das wäre peinlich«, zog ich sie auf und schützte mich vor einem weiteren Angriff.

Ich liebe es, ihr wegen ihrer viel zu saloppen Garderobe das Leben schwer zu machen – ich meine, das Mädel trägt Turnschuhe zur Arbeit, um Christus' willen. (Oh, ich meine nicht Jesus mit diesem Ausdruck – »Christus« ist nur mein Kosename für Christian Dior). Aber solange sie mir erlaubt, hin und wieder wie mit meiner persönlichen Barbiepuppe Ankleiden mit ihr zu spielen, bin ich im Allgemeinen ganz zufrieden.

Laney ist vom Typ her eine dieser Frauen, die in den Fünfzigern hätte leben sollen. Allerdings hätte sie als stereotypische Hausfrau keinesfalls lange überlebt, denn ihre Schränke sind die einer Sammelwütigen und ihre Vorstellung von Hausgemachtem eine Tiefkühlpizza. Sie hat jedoch reichlich Busen und Hintern und ich liebe es, ihre, *räusper*, *Vorzüge* zu verkleiden. Sie ist auch gute fünf Zoll größer als ich (*seufz*) und hat dichtes, glänzendes Haar, das ihr wie ein dunkler Umhang fast bist zum Po reicht. Ich versuche ständig, Kleidung für sie zu kaufen, aber sie hat sehr strenge Grenzen, die ich respektieren kann, auch wenn ich sie nicht völlig verstehe. Ein Pullover aus einer Boutique in der Nähe ist okay, aber ein Nachthemdchen von La Perla wird sofort zurückgesandt – allerdings ist es nicht so, dass ich es dann tragen könnte. Ich bitte euch, mein ganzer Körper würde in ihre BH-Schale passen, traurigerweise.

»Meinetwegen.« Wie immer tat sie mich ab. »Also, was *dein* Liebesleben betrifft … irgendwelche heißen Verabredungen in Aussicht?«

»Leider nicht. Meine Muschi kriegt dieses Wochenende keine Creme ab. Kein Schweinefilet in Sicht.« Schmollend streckte ich meine Unterlippe vor. Ich befand mich auf einer Durststrecke, wie in der Sahara, und ich hatte ein verzweifeltes

Bedürfnis, aber da waren keine Kandidaten am Horizont – nur Fata Morganen, bei denen mein Vibrator den Ersatzhengst spielen musste.

»Warum rufst du Terrence nicht an?« fragte Laney so leise, dass ich sie fast nicht hörte. Sie versteckte ihr Gesicht hinter ihren dunklen Haaren.

»Äh, wie bitte?«

Sie sah mich wieder frontal an. »Ich weiß – du willst keine Beziehung, aber wir lieben Terrence«, flehte sie.

»*Du* liebst Terrence. Ich liebe die männlichen Bauteile von Terrence.«

»Gott, du bist so ein Kerl«, sagte sie leicht angewidert.

»Liebe und Bindung sind perfekt und traumhaft für dich und Nate, und das ist fantastisch – für euch. Ich bin einfach nicht so programmiert und du weißt, dass ich für Terrence keine Gefühle dieser Art hege. Wir hatten ein perfektes Arrangement und er hat es vergeigt, weil er mehr wollte. Ich bin mir sicher, dass seine ›Mehr‹-Frau irgendwo dort draußen ist, aber ich bin es nicht.«

Jetzt war Laney an der Reihe mit dem Vorstrecken der Schnutenunterlippe.

»So sehr ich dich liebe, Laney, ich werde keine Beziehung anfangen, nur damit wir gemeinsam ausgehen und eine Brady-Brides-Hochzeit haben können. Obwohl, wenn das irgendwie in einem Paralleluniversum stattfinden würde, dann wäre ich Marcia, nicht wahr? Ich meine, gib's doch zu. Sie hatte immer den besseren Modegeschmack.«

»In Ordnung«, gestand sie ein, welchen Teil betreffend wusste ich nicht, aber ich war froh das Thema beenden zu können.

Auf meiner Heimfahrt wurde ich von Gedanken an unsere Unterhaltung und an Terrence abgelenkt. An ihn zu denken machte mich immer abwechselnd entweder sauer oder nostalgisch. Das Nachdenken über mein Liebesleben rief bei mir im Allgemeinen widersprüchliche Gefühle hervor.

Terrence und ich hatten uns vor etwas mehr als einem Jahr kennengelernt, als ich in Vertretung meiner Mutter zu einer Veranstaltung von *The Foundation* reiste. Ich flog nach DC und musste Zeit in der *Ambassador's Lounge* verbringen, um auf meinen verspäteten Flug zu warten, als ein extrem gutaussehender Pilot in den Raum schritt. Er war groß, hatte kurzgeschnittene Haare, dunkelbraune Haut und ein strahlendes Lächeln im Gesicht.

Ich weiß noch, dass ich mich gefragt habe, wer denn dieser Reaktion wohl hervorrief und hatte einen kurzen Eifersuchtsanfall – oder vielleicht auch nur Sehnsucht – und wollte jemand sein, der diese Art von Freude auslösen konnte. Ich behielt ihn aus dem Augenwinkel im Blick, während er mit einer Flugbegleiterin flirtete, und ich war extrem fasziniert von seinem Lachen. Ich weiß nicht, wie ich es beschreiben soll, aber es gab mir einfach das Gefühl des Glücks und einer seltsamen Sorglosigkeit.

Nachdem die Flugbegleiterin gegangen war, nahm der Mann, der sich später als Terrence Dunbar vorstellte, mir gegenüber Platz. Ich musterte ihn heimlich von meinem Platz aus – und war offensichtlich nicht so subtil, wie ich es vorgehabt hatte, denn es dauerte nicht lange, da fing er ein Gespräch mit mir an. Sein leicht schiefes aber ausgesprochen bezauberndes Lächeln war beinahe so faszinierend wie sein Lachen, und er hatte ein unheimliches Talent dafür, mir das Gefühl zu geben, als wäre ich in diesem Augenblick das Wichtigste auf der Welt für ihn.

Schließlich kam es, dass wir uns eine Stunde lang miteinander unterhielten und lachten, ehe ich zu meinem Gate eilen musste. Ich fand erst später heraus, dass er vorgehabt hatte, sich nur fünf Minuten in der Lounge aufzuhalten, er jedoch geblieben war, um mit mir zu reden. Ich hatte ihm meine Nummer gegeben und er hatte versprochen, anzurufen, wenn er das nächste Mal in der Stadt sein würde.

So fing unser Freunde-mit-Vorteile-Arrangement an. Es war perfekt – keiner von uns wollte die Verwicklungen einer Beziehung, aber wir fanden einander eben attraktiv und unterhaltsam.

Und der Sex war geil.

G-E-I-L.

Aber, wie ich es geahnt hatte, fanden die Dinge ein Ende. Terrence kam eines Wochenendes nach Greensboro zu einem unserer Sex-a-thons und verkündete, dass er die Dinge »auf die nächste Ebene« heben wollte. Ich schäme mich zu gestehen, dass ich ein wenig wütend wurde und ich bin mir sicher, dass ich völlig überreagiert habe, aber ich war sauer, dass er das, was ich für ein perfektes Arrangement gehalten hatte, einfach ruiniert hatte. Ich habe ihm gesagt, was er mit seiner »nächsten Ebene« machen könne, und seither nicht mehr mit ihm gesprochen.

Streng, ich weiß.

Aber es ist zu seinem Besten. Ehrlich. In mir war etwas zerbrochen. Oder genauer gesagt, in mir waren viele Dinge zerbrochen.

Terrence verdient Besseres. Er verdient eine Frau, die ihn anbetet und die er anbeten kann – die ihm Babys mit wunderschöner Haut und einem schiefen Lächeln schenkt. Und diese Frau wird jeden Morgen mit der Zuversicht aufwachen, dass sich alles nur um sie dreht.

Ich weiß, dass Laney enttäuscht war, dass Terrence und ich es nicht schafften, »dass es funktioniert«, um es mit den unsterblichen Worten von Tim Gunn zu sagen, aber in meinem Innersten wusste ich, dass ich damit, dass ich es beendet hatte, das Richtige getan hatte. Sicherlich hatte er Teile von mir zum Leuchten gebracht und die Sachen, die er machen konnte mit seinem – nun ja, ich schweife ab. Es reicht, wenn ich sage: So sehr er meine weiblichen Bauteile auch zum Glühen gebracht hat, mein Herz hat er nicht zum Glühen gebracht. Und als dann klar wurde, dass er dieses Organ einbeziehen wollte, im Gegensatz zu lediglich jenem unter seiner Gürtellinie, wusste ich, dass es an der Zeit war weiterzuziehen.

Wenn ich also so tun muss, als sagte ich das leichthin, um über meine »Probleme« nicht sprechen zu müssen, dann soll es so sein. Ich will es halt nicht wahrhaben, oder *Denial [The Nile] is not just a river in Egypt*, wie es auf Englisch so schön heißt und wie ihr sehr wohl wisst.

Et tu, Pa?

FIONA

»Herr Doktor Brandon hat jetzt Zeit für Sie, Fiona«, sagte Darcy, eine meiner Lieblingsassistentinnen in der Onkologie-Abteilung. Ich riss mich los von meinem Handy, lächelte und folgte ihr, tratschte mit ihr über ihre Kinder und das, was sich in unseren Leben abgespielt hatte in dem Jahr, in dem wir uns nicht gesehen hatten.

Ich war wegen meiner jährlichen »Sichergehen-dass-das-Miststück-nicht-zurückgekommen-ist«-Untersuchung dort – meinem dreizehnten Besuch dieser Art, daher war ich mit der Abfolge gut vertraut. Für diejenigen von euch, die das Glück haben, in die Welt des Krebses noch nicht eingeführt worden zu sein: ein jährlicher Besuch bei seinem *pädiatrischen* Onkologen nach dreizehn Jahren der Remission ist nicht gerade normal. In der Welt meiner überfürsorglichen Mutter ist das jedoch erforderlich – außer ich möchte in ihre tränenfeuchten Augen sehen und ihr versuchen zu erklären, warum ich nicht hingehen muss. Ja, denkste. Und trotz des Fehlens irgendwelcher verdächtigen Symptome, die eine mögliche Erkrankung anzeigen könnten, läuft es mir immer noch kalt den Rücken hinunter, wenn ich mich Doktor Brandons Tür nähere.

»Fiona«, sagte Doktor Brandon, als er hinter seinem Schreibtisch hervorkam und mich in eine dicke Umarmung nahm. »Wie geht es dir, meine Liebe?« Er ist ein großer Mann in seinen Sechzigern, mit breitem Brustkorb und einem feinsäuberlich geschnittenen Bart, der über die Jahre grau geworden war. Seine Lesebrille war eine stets vorhandene Dekoration um seinen Hals und seine Krawatte permanent schief. Es war schön zu sehen, dass sich im letzten Jahr nichts geändert hatte.

»Mir geht's gut«, erklärte ich ihm und umarmte ihn ebenfalls. Ich liebe diesen Mann. Er war mein Retter in der Not, mein heldenhafter Ritter, gewesen, als ich eine vor Angst gelähmte Neunjährige war, und er hat mir gesagt, dass wir den bösen alten Leukämie-Drachen gemeinsam töten würden. Und bis zu diesem Tag halte ich an dieser Heldenverehrung immer noch fest. Ich kann nicht anders – er ist wie der Weihnachtsmann und Pa aus *Little House on the Prarie* in einem supergeilen Kerl.

»Wo arbeitest du denn jetzt?«, fragte er, da er meine Vorliebe kannte, von einem Job zum nächsten zu driften. Ich ließ ihn los und er ging zu dem Stuhl hinter dem riesigen Eichentisch, ein Grinsen im Gesicht. Hatte ich Weihnachtsmann gesagt? Vielleicht doch nicht.

»Haha«, antwortete ich, hatte aber keine wirklich gute Retourkutsche parat. Meinen gegenwärtigen Job hatte ich erst seit zwei Monaten, nachdem ich den letzten gekündigt hatte. Ich war Mädchen für alles in einer Werbefirma gewesen und hatte ekelhafte Schwingungen von meinem Chef bekommen. Kann man mir das verübeln, dass ich gekündigt habe? Nun, technisch gesehen hatte man mich gefeuert, aber wer führte schon Buch? Mein neuer Job war nichts Glamouröses, aber wenigstens war mein Chef cool und er machte mich nicht an.

»Ich arbeite bei einer Landschaftsbaufirma, nehme Gespräche entgegen, mache die Ablage und so Zeugs«, antwortete ich, wobei mir bewusst war, dass sich das nicht aufregend anhörte.

»Gefällt es dir?«, fragte er, wirklich interessiert, wie ich wusste.

Herrje. Ich kam mir vor, als würde ich ihn enttäuschen. »Ja!«, sagte ich fröhlich, in der Hoffnung, zum nächsten Thema weitergehen zu können. Mein Job war nur einen Hauch interessanter, als sich Golf im Fernsehen anzusehen, doch das machte mir nichts aus. Er war stressfrei und verursachte mir keine Kopfschmerzen.

»Hmph.« Er gab ein leises Geräusch von sich, um mitzuteilen, wie wenig überzeugend ich gewesen war. »Na gut. Ich werde dich mal vom Haken lassen und zur Sache kommen.« Er schob sich die Brille vor die Augen und öffnete die Mappe, die auf seinem Tisch lag.

Plötzlich schoss mein Puls in die Höhe und ich hatte das bestimmte Gefühl, dass ich tatsächlich in Ohnmacht fallen könnte. Was stimmte nicht mit mir? Meine Atmung beschleunigte sich. Er wäre doch nicht so nett und entspannt gewesen, wenn es schlechte Neuigkeiten zu übermitteln gab. Pa Ingalls würde das niemals tun!

Atmen, Fiona. Das war vor dreizehn Jahren.

»Deine Bluttests sehen super aus.«

Mini-Herzinfarkt abgewendet. Brrr, Nelly.

Habt ihr gesehen, was ich da gemacht habe? Nelly aus Little House?

Nein? Okay, wie auch immer. Ich war nervös – da kann man sich keine Perfektion erwarten.

Meine Hand ging an meine Brust, wo mein Herz noch immer auf Hochtouren lief. »Wow, ich hatte nicht damit gerechnet, mich nach so langer Zeit derart nervös zu fühlen. Ich meine, ich weiß, dass du mich nur untersuchst, weil meine

Mutter dich piesackt«, bemerkte ich mit dem besten Grinsen, dass ich drauf hatte.

»Du weißt doch, dass ich mich auf deine Besuche immer freue, Schatz. Und dein lächelndes Gesicht versüßt mir immer den Tag.« Ich wusste, was er meinte, ohne dass er es erklären musste. Wir hegen eine unerschütterliche Zuneigung für einander, aber er ist pädiatrischer Onkologe, und in seiner Arbeit ist es ihm nicht vergönnt, täglich gute Nachrichten zu überbringen.

»So wie ich auch«, sagte ich zu ihm. »In gewisser Weise.« Ich lächelte.

Er lachte leise. »Okay, neben den Laborsachen habe ich auch die Ergebnisse vom Kardiologen erhalten und die Dinge sehen auch, was das betrifft, gut aus. Hast du irgendwelche Veränderungen, entweder körperlicher oder geistiger Natur bemerkt, von denen ich wissen sollte?«, fragte er.

Igitt. »Nicht wirklich. Mein Gedächtnis ist noch immer ein bisschen verkorkst, wie immer, und mein Zyklus ist praktisch nicht existent. Ich warte aber noch immer auf diesen Wachstumsschub, von dem ich weiß, dass er sicher jeden Tag kommen wird,« scherzte ich und versuchte den Dialog locker zu gestalten. Ich gab sogar noch ein gekünsteltes Lächeln und ein Daumenhoch oben drauf.

»Kommst du damit klar?«, fragte er. Meinen wenig überzeugenden Versuch witzig zu sein hatte er schlichtweg ignoriert.

»So ziemlich.« Ich hielt mein Handy in die Höhe. »Deswegen habe ich ein smartes Telefon – damit ich es nicht sein muss«, probierte ich es wieder mit einem Witz. Und wieder war er nicht angetan. Ich bekam seine ernüchternde Miene mit und überlegte, nochmal von vorn anzufangen – *ich sag dir was, Doc, das verdammte Ding vibriert so stark, dass es ein Date fast unnötig macht!*

Vielleicht doch nicht.

Schnell! Themenwechsel!

»Also, wie geht's deinen Kindern?«, platzte es aus mir heraus.

Doktor Brandon hat drei erwachsene Kinder und häuft gerade eine Sammlung Enkelkinder an, die wie eine Hasenkolonie jedes Jahr zu wachsen scheint. Es ist, als wären die Frauen in seiner Familie im Wettstreit mit den Duggars, um zu sehen, wessen Gebärmutter zuerst aus ihrem Körper fällt. Das war vielleicht ein wenig feindselig – ich erwartete mir dafür, dass mein Wein an diesem Abend eine Spur sauer schmecken würde.

»Wunderbar, wie immer – Jenny und Isaac haben gerade ein Heilbad in High Point eröffnet – hab ich dir das schon erzählt?«, fragte er, bereits wissend, dass er das nicht getan hatte, aber stolz auf seine Tochter und mit dem Bedürfnis, ein wenig mit ihr anzugeben. »Und drei neue Enkel, seit ich dich das letzte Mal gesehen habe.« Er zeigte auf eine Korktafel an seiner Wand, die zugepflastert war mit Foto über Foto von süßen kleinen Kindern (und einigen, die nicht so süß waren, über die ich aber trotzdem *oohte* und *aahte*). »Was ist mit dir?«, fragte er.

Im ersten Augenblick war ich geschockt. Dann fragte ich mich, was ihn wohl geritten hatte, dass er eine so gefühllose Frage stellte – bis ich seine Pose bemerkte. Er lehnte an seinem Tisch und hatte die Hände perfekt vor sich gefaltet und den Kopf gerade so weit gesenkt, dass er über den Rand seiner Brille schauen konnte.

Ach nee. Predigerpose.

Rückzug!

»Was mit mir ist?« Ich lachte kurz, konnte niemandem etwas vormachen.

»Wann wirst du dir einen netten Mann suchen und sesshaft werden?«

Ich winkte ab. »Doc, ich bin erst vierundzwanzig. Warum so eilig?«

»Mhm, ich weiß, aber das war die letzten vier Male, die ich gefragt habe, auch schon deine Ausrede, und ich weiß ganz sicher, dass du keinen einzigen Freund gehabt hast.«

Ich atmete scharf ein. »Woher weißt du das?!«

»Woher glaubst du, weiß ich das?« Seine linke Augenbraue zuckte.

Verdammte sich einmischende Mutter! Verdammte HIPPA – ich habe viel zu schnell auf meinen privaten Datenschutz verzichtet.

Scheiße!

Doktor Brandon ist ein enger Freund meiner Eltern, da sie bei vielen Projekten mit *The Foundation* zusammengearbeitet hatten, seit er vor vielen Jahren Onkologe geworden war. Er hat Ordinationen in Raleigh und Greensboro, und ich schwöre, seine Anwesenheit in dieser Stadt war ein wesentlicher Grund, weshalb meine Mutter nachgab, als ich hierherziehen wollte. Zusätzlich versäume ich es nie, meine HIPPA-Unterlagen jedes Jahr zu unterschreiben, sodass der liebe Herr Doktor meine medizinischen Daten nach Belieben mit meiner Mutter und meinem Vater besprechen kann. Leider scheint meine Mutter es nicht für unpassend zu halten, sich dafür ihrerseits mit der Bekanntgabe meiner Dating-Historie zu revanchieren. *Verdammt!*

»Ich werde sie enterben«, verkündete ich.

Er lachte. »Sie macht sich nur Sorgen um dich.«

»Tja, sie wird sich noch viel mehr Sorgen machen, wenn ich nach Fiji verschwinde und nicht mehr mit ihr rede.«

»Fiona.« Er sah mich wieder über den Rand seiner Brille an.

Ich konnte nicht anders. Ich ließ den Kopf hängen und faltete die Hände auf dem Schoß. »Was?«

»Was du fühlst, ist ganz und gar nicht unnormal. Vielen Überlebenden fällt es schwer, persönliche und intime Beziehungen aufzubauen. Ich möchte nur nicht, dass du die guten Dinge im Leben aus Angst versäumst. Du glaubst es vielleicht nicht, aber du bist eine der zähesten Personen, die ich kenne, und ich – *wir* – wollen, dass du glücklich bist und ein erfülltes Leben hast. Von einem Job zum nächsten und von einem Kerl zum nächsten zu ziehen, ohne Wurzeln zu schlagen? Macht dich das glücklich?«

Ich fing an, Tränen in den Augen zu bekommen, weil er mir nichts erzählte, was ich nicht bereits wusste. Aber meistens gelingt es mir recht gut ein frohes Gesicht zu machen und die Wahrheit tief unten zu begraben, wo ich sie mir nicht eingestehen muss.

»Ich weiß, dass es nicht so einfach ist, wie es sich bei mir anhört, und ich will dich auch nicht kränken oder beunruhigen, aber ich hätte nicht das Gefühl, meinen Job gut zu machen, sowohl als dein Arzt als auch dein Freund, wenn ich es nicht wenigstens anspreche. Bitte, Fiona, denk nochmal drüber nach und nimm um Himmels willen das Telefon in die Hand und ruf mich an, wenn du reden willst. Ich bin immer für dich da.« Er stand auf. Seine Brille landete wieder um seinen Hals, wo sie sich an seiner schiefen Krawatte absetzte, und er öffnete die Arme für eine weitere Umarmung.

Verdammter Pa! Ich ging zu ihm wie Laura, nachdem jemand an ihren Zöpfen gezogen hatte.

Ich nehme die Hölle, wenn das Fegefeuer dem hier auch nur annähernd ähnelt

MARK

»DAS IST LÄCHERLICH!«, dachte ich mir. Die Frau, die zwei Plätze weiter saß, stand auf und wechselte zu einem Platz am anderen Ende des Raumes. Also hatte ich es vielleicht doch nicht zu mir selbst gesagt.

Ich ließ den Kopf sinken, die Ellbogen auf den Knien, während ich darauf wartete, dass meine Mutter hinter der Doppeltür zur Notfallambulanz auftauchte. Meine Hand rieb an meinen kurzen Haaren, in einem vergeblichen Versuch, einen Teil meines Frustes loszuwerden.

Warum mussten sie diese Wartesaalsitze so unbequem machen? Und was sollte das mit diesem Lesematerial? Sie könnten mir wenigstens *Men's Health* oder sogar *Car and Driver* geben, aber sie hatten nur Frauenmagazine. Und ich wusste bereits, wie ich einer Frau in weniger als fünf Minuten einen Orgasmus bescheren konnte, vielen herzlichen Dank. Dieser Gedanke brachte mich zum ersten Mal an diesem Tag zum Lächeln.

Es war der Freitag nach Nates bedeutsamer Verkündung und das geistige Wiederabspielen von Gavins Rutscher vom Barhocker hatte mich die ganze Woche lang amüsiert.

Was denn? Ich bin eben leicht zu unterhalten.

Wir hatten ihm absolut gar keine Hilfe geben können bezüglich eines guten Antragsplans. Aber Nate hätte es besser wissen müssen. Wenn er einen Rat kriegen wollte, der keine Wiederaufführung von Justin Timberlakes und Andy Sambergs berühmter »Dick-in-a-box«-Darbietung beinhaltete, musste er mit Bailey, seiner Schwester, reden. Wenn er sich an uns orientiert, ist die Antwort nämlich mit ziemlicher Sicherheit ein rechter Haken. Obwohl Bailey, wenn ich mir's recht überlege, ihm noch schlechtere Ratschläge geben würde. Er war also echt aufgeschmissen.

Schon die ganze Woche lang hatte ich mich brav benommen, nichts getrunken und war nicht einmal in die Bars gegangen, um die Lage in puncto Talente zu sondieren. Und was kriegte ich zur Belohnung? Einen Anruf von meiner Mutter um vier Uhr heute Morgen, in dem sie mich um einen Transport in die Notfallambulanz bat. Lasst mich euch sagen, dass das kein Anruf ist, den ein Sohn jemals kriegen möchte, ob früh am Morgen oder zu sonst irgendeiner verdammten Zeit.

Glücklicherweise war sie nicht diejenige, die verletzt worden war.

Nein, als würden die Parzen mich für mein schlechtes Benehmen mit der Studentin bestrafen, war es ausgerechnet mein Vater, der durch sein Verhalten in der Notaufnahme gelandet war – mein Dreckstück von einem Rabenvater, den ich seit acht Jahren nicht mehr gesehen hatte und den ich auch nie wieder zu sehen hoffte. Er war der Grund, weshalb ich im Warteraum durchdrehte, während Mom sich irgendwo im Notfallbehandlungsraum bei dem miesen Saukerl befand.

Warum? Ich hatte keine verdammte Ahnung.

Als ich heute Morgen das Telefon abhob, verstand ich kein

Wort von dem, was meine Mutter sagte, schnappte dann aber doch irgendwas von einem Krankenhaus auf. Als ich sie dann ein wenig beruhigt hatte, konnte sie es erklären.

»Es ist dein Vater«, sagte sie schniefend.

»Was zur Hölle meinst du damit?«, fragte ich, noch halb schlafend aber erleichtert, dass sie nicht verletzt war.

»Das Krankenhaus hat gerade angerufen und gesagt, dass dein Vater gestern spät am Abend per Rettungswagen gebracht worden ist und dass er bewusstlos ist und z-z-zusammengeschlagen wurde.« Sie fing wieder an zu weinen.

Was. Zum. Teufel?

»Mom, beruhige dich. Alles wird gut.«

Das war Bockmist. Der Scheißkerl hatte sie vor dreizehn Jahren sitzenlassen. Und jetzt rief er sie mitten in der Nacht aus dem Krankenhaus an?

»Herzchen, ich möchte dich bitten, dass du mich zum Krankenhaus chauffierst. Ich bin zu durcheinander, um selbst zu fahren. Ich würde einen Unfall bauen.«

»Ich möchte nicht gefühllos sein oder so, Mom, aber warum hat er dich angerufen?«

»Das hat er nicht«, sagte sie. »Das Krankenhaus war's. Er ist bewusstlos und ich vermute, dass ich immer noch sein Notfallkontakt bin.«

Notiz an Selbst: Wenn er aufwacht, schlag ihn wieder bewusstlos.

Hier war ich also, an einem Freitagmorgen im Krankenhaus – anstatt zu arbeiten, wie ich das sollte – und wünschte, ich wäre irgendwo anders aus irgendeinem anderen Grund. Prostatauntersuchung machen lassen? Gerne – Gleitgel auf den Handschuh und rein damit. Nichts könnte schlimmer sein als das hier. Ich konnte mir beim besten Willen nicht vorstellen, warum sich meine Mom auch nur den geringsten Dreck darum kümmerte, was mit meinem Dad passierte.

Wäre ich der Notfallkontakt gewesen, wäre das Gespräch

mit der Schwester kurz gewesen: »Wie war das? Mein Vater wurde verprügelt und ist bewusstlos? Gut. Sagen Sie ihm, dass ich hoffe, dass es schön wehtut.« Klick.

Wie konnte er ihr immer noch etwas bedeuten? Sie zum Weinen bringen? Er hatte genug Tränen verursacht, als er noch in der Nähe war, so dass ich gedacht hatte, sie würde nach all der Zeit nichts mehr mit ihm zu tun haben wollen. Ich hatte mich offensichtlich geirrt.

In meiner Familie aufzuwachsen war kein Honiglecken gewesen. Wir wohnten zwar nicht auf einem Campingplatz und verhungerten auch nicht, aber wir besaßen nicht viel. Meinem Vater fiel es schwer, einen Job zu behalten, überwiegend aufgrund der Tatsache, dass er das faulste menschliche Wesen ist, das jemals auf der Welt gewandelt ist. Sein herausragendes Talent, die Verantwortung von sich auf absolut jeden anderen abzuwälzen, schadete auch nicht. Einmal hat er es dem Familienhund angelastet, dass er den Job verloren hatte, indem er behauptete, der Hund hätte ihn »abgelenkt« und ihn vergessen lassen, dass er Schicht hatte.

Er machte ständig idiotische Dinge wie seine unregelmäßigen Lohnschecks zum Kauf von Dutzenden Rubbellosen anstatt von Milch oder Erdnussbutter zu verwenden. Oder er wurde gefeuert und hatte daraufhin die brillante Idee, Essen zum Mitnehmen im Wert von fünfzig Dollar nach Hause zu bringen. Meinem älteren Bruder Jake und mir fiel es glücklicherweise leicht uns mit Leuten anzufreunden, daher verbrachten wir viel Zeit an den Esstischen anderer Familien.

Meistens kam mein Vater abends nach der Arbeit und Treffen mit anderen Versagern nach Hause und fing an, meiner Mutter zu erklären, was mit ihr nicht stimmte. Oder mir. Oder Jake. Er hatte ein brillantes Geschick, zu unterminieren und herabzusetzen und genau den wunden Punkt zu finden, auf den er dann zeigen konnte.

Bei Jake war es sein natürliches Charisma und seine nicht

ganz so herausragende Leistung in der Schule. Bei mir, so paradox sich das anhört, war es mein überdurchschnittlicher Erfolg in der Schule – sowie meine Dürrheit. Ich war nur etwas weniger unbeholfen als eine betrunkene neugeborene Giraffe. Und bei unserer Mom war es so ziemlich alles, was sie tat, oder manchmal einfach die Tatsache, dass sie existierte.

Ich verbrachte viele schlaflose Nächte damit, mir Konfrontationen auszumalen, die der erwachsene Mark eines Tages mit meinem Vater haben würde, wie ich seine Fehler sorgfältig umreißen und ihn in seine Schranken verweisen würde, ohne jemals zu begreifen, dass ein Mann wie er sich niemals von seiner sturen Auffassung von der eigenen Überlegenheit würde abbringen lassen.

Trotz seiner allgemeinen Verdrießlichkeit und der miserablen Art, wie er unsere Familie behandelte, wurde er bei keinem von uns jemals handgreiflich – mit Ausnahme des gelegentlichen Klapses auf den Hinterkopf.

»Ich kapiere nicht, wie ein Mann jemals eine Frau angreifen kann«, war ein Satz, den ich ihn viele Male von sich geben hörte.

Wir waren schließlich eine gottesfürchtige Familie, und eine Frau zu schlagen wäre eine schwere Sünde gewesen. Er fand allerdings nicht, dass Gott es nicht gern sieht, wenn er seine Familie verbal und emotional missbrauchte oder es versäumte für sie zu sorgen, daher ging er aufs Ganze und entwickelte ein ziemliches Talent für diese Beschäftigungen.

Als wir klein waren, arbeitete meine Mom in der Nachtschicht als Kassiererin in einem Gemischtwarenladen in der Nachbarschaft, damit immer ein Erwachsener da war, der sich um uns kümmerte, falls mein Vater sich in Beschäftigung befand. An jenen Abenden, an denen mein Vater zu betrunken war oder zu sehr damit beschäftigt ein Versager zu sein, holte immer die ältere Dame von der anderen Seite unseres Doppelhauses Jake und mich in ihre Küche.

Sie hieß Frau Finley und war eine Witwe, deren Mann im Koreakrieg gefallen war. Das wussten wir, weil sie uns jedes Mal, wenn wir zu ihr hinübergingen, die gleiche Geschichte erzählte: wie nett er zu ihrer sterbenden Mutter gewesen war, kurz bevor er in den Krieg gezogen war, und wie sehr sie hoffte, jemand sei auch zu ihm so nett gewesen, bevor er starb. Da ich damals noch ein kleines Kind war, registrierte ich die Tragik an der Sache erst viel später.

Frau Finley war eine zarte kleine Frau mit kurzen silbergrauen Haaren, und sie trug immer ähnliche Hauskleider mit vorderem Reißverschluss. Ihr Haus roch nach Rosen, obwohl nirgendwo frische Blumen zu sehen waren, und sie machte Ingwerkekse, die so scharf waren, dass sie unsere Geschmacksnerven lahmlegten. Aus irgendeinem Grund machte sie das noch verlockender für Jake und mich, daher backte sie sie ständig.

Die andere Sache, die ich über Frau Finley wusste, abgesehen von der Tatsache, dass ihr Mann gestorben war und sie seltsame Kekse backte, war, dass sie meinen Vater *nicht* mochte. Nicht im Geringsten.

Da Mom nachts meistens arbeitete, kam immer Geld herein, nur eben nie genug. Im Rückblick ist mir immer unbegreiflich, wie meine Mutter es schaffte, sich tagsüber um uns zu kümmern und trotzdem genug zu schlafen, um die Nachtschicht durchzustehen, aber irgendwie tat sie das. Frau Finley packte zwar mit an, wenn sie konnte, aber größtenteils war meine Mutter allein.

Mit der Zeit zeigte sich jedoch, dass das häusliche Umfeld, dass mein Vater schuf, meiner Mom zu viele Opfer abverlangte. Oftmals hörte ich sie durch ihre Schlafzimmertür weinen und es gab Tage, da kamen wir von der Schule heim und fanden sie auf der Couch, wo sie einfach nur herumgesessen und den ganzen Tag auf den Fernseher gestarrt hatte, anstatt zu essen und den so dringend benötigten Schlaf zu bekommen, damit sie die Nachtschichten durchstand.

Obwohl Jake und ich ahnten, dass das nicht ganz normal war, war das alles, was wir kannten, daher kamen wir nicht auf die Idee, genauer nachzufragen. Als wir dann ein wenig älter waren, erkannten wir dann endlich, glaube ich, die Neigung unserer Mutter zu depressivem Verhalten, und im Laufe der Jahre wurde sie auch immer »anfälliger«. Bin mir nicht sicher, ob dieses Wort es richtig beschreibt, doch es schien zu passen.

Dann passierten zwei Dinge.

Zuerst schloss Jake die Highschool ab und unterschrieb noch am selben Tag bei den Marines. Ich war vierzehn und plötzlich alleine mit einer depressiven Mutter und einem Vater, der ein Gammler war. Zu diesem Zeitpunkt hatte meine Mutter bereits einen besser bezahlten Job als Kellnerin angenommen, aber es kam oft vor, dass sie nicht aus dem Bett kam und ich mir Sorgen machte, sie könnte gefeuert werden. Ich bekam einen Teilzeit-Job als Geschirrabräumer in einer Pizzeria in der Nähe – der Besitzer wusste, dass ich nicht sechzehn war, als ich bei meinem Alter log, aber er hat mich trotzdem angestellt und mich unter der Hand bezahlt, bis ich laut Gesetz arbeiten durfte. Damals haben wir im Beckett-Haushalt oft Pizza gegessen.

Natürlich hatte ich mehr als nur ein paar Ressentiments gegenüber meinem Bruder, weil er uns im Stich gelassen hatte.

Das zweite, das geschah, war besser als das Erste, obwohl ich es vielleicht als einziger so sah. Ungefähr eine Woche vor meinem sechzehnten Geburtstag wachte ich auf, als ich meine Mutter weinen hörte (was nicht ungewöhnlich war, wie ich traurigerweise feststellen muss). Ich entdeckte sie am wackeligen Küchentisch mit einem Blatt Papier in der Hand. Tränen liefen ihr über die Wangen und ihre Augen waren geschwollen und rot. Ich nahm ihr das Papier ab und las die Worte, die in der krakeligen Handschrift meines Vaters gekritzelt waren.

Ich kann mir von dir nicht mehr länger die Laune verderben lassen – ich verdiene Besseres.

So entschied sich mein Vater, unsere Familie zu verlassen. Hätte sein Weggehen meine Mutter nicht so stark getroffen, hätte ich echt 'ne Party zur Feier des Tages veranstaltet. Frau Finley hätte auch bestimmt bei den Dekorationen und den Ingwerkeksen mitgeholfen, leider war sie jedoch im vorangegangenen Sommer gestorben.

Es war friedlich im Schlaf geschehen, und ich erinnere mich noch, dass mein Gedanke damals gewesen ist, dass ich hoffentlich besonders nett zu ihr gewesen war, als ich sie das letzte Mal sah. Obwohl sie nicht da war, um mit mir feiern zu können, war ich mir sicher, dass Frau Finley im Himmel mit einem Freudenschrei auf die Pauke haute, nachdem der Scheißkerl sich endlich aus dem Staub gemacht hatte.

Das ist vor dreizehn Jahren gewesen, und außer bei einem Besuch, als ich Anfang zwanzig war – bei dem er mich um Geld bat –, hatte ich den alten Herrn seither nicht mehr zu Gesicht bekommen.

Soweit ich mich zurückerinnern kann, hielt ich es für meine Aufgabe, mich um meine Mutter zu kümmern und bis zu diesem Tag wünsche ich mir dauernd, ein besserer Sohn zu sein. Ich hätte mich wirklich besser um sie kümmern müssen. Hätte ich das getan, wäre sie vielleicht nicht in der Notaufnahme und würde nicht wegen eines Kerls weinen, der ihre Tränen garantiert nicht verdient hatte.

Ich rieb mir mit den Händen über mein Gesicht, während ich ihn in Gedanken abermals verfluchte. Wie lange würde das denn noch dauern? Mein Arsch schlief schon ein und ich brauchte einen Koffein-Fix. Ich ging zum Hauptschalter und fragte die Krankenschwester, ob in der Nähe irgendwo ein Kaffee zu bekommen wäre. Sie teilte mir mit, dass das Krankenhaus sogar seinen eigenen Starbucks besaß.

Natürlich.

Ich stolperte in die Richtung, in die sie zeigte, und schnüffelte in der Luft nach einer Koffeinspur. Nach ein paar falschen Abzweigungen näherte ich mich endlich dem allgegenwärtigen, grünen und weißen Schild und stellte mich in der Reihe an.

Ich war völlig weggetreten, daher dauerte es einen Moment, bis ich bemerkte, dass mich jemand aus kurzer Entfernung anstarrte.

An einem Tisch in der Ecke befand sich ein winziges Persönchen von einer Frau, dem ich schon einmal begegnet war.

Das Treffen damals war nicht gut verlaufen.

Ich hatte versucht sie anzubaggern, und sie hatte mir nicht nur eine Abfuhr erteilt, sondern mich auch wiederholt und ohne Grund beleidigt. Ausgerechnet an dem zufälligerweise beschissensten Morgen seit langem (ungeachtet des Vorfalls mit der Cheerleaderin) musste ich auf Fiona Pierce treffen.

Nicht fähig, meine Zugehörigkeit zur männlichen Spezies zu beenden, taxierte ich sie und fand sie trotz ihrer winzigen Größe und insgesamt beleidigenden Tons immer noch körperlich ansprechend. Was soll ich sagen? Ich besitze einen Penis.

Sie hat zarte Gesichtszüge aber riesige grüne Augen und hellblondes Haar, das ihr um die Schulter fällt und über die Stirn nach hinten. Es ist fast so, als würde sie auf Schritt und Tritt von einer Brise begleitet werden, die ihr Haar in ständiger Bewegung um ihr Gesicht schweben lässt. Sie hatte einfach … irgendwas. Ein Funke von einem Feuer, das ich schon bemerkt hatte, als ich sie das allererste Mal gesehen hatte, in Laneys Garten. Genau das hatte mich auch in Richtung des Decks getrieben, wo sie gestanden hatte und wo ich dann auf spektakulärste Weise abblitzte. Das war am Tag nach Thanksgiving gewesen, und in den seither vergangenen Monaten hatte ich sie nicht mehr gesehen.

Bis ausgerechnet am heutigen Tag.

Sie trug eine dünne Jacke und einen knielangen Rock und saß mit überkreuzten Beinen da, wobei das eine Bein wippte und so eine hohe Sandalette zur Schau stellte. Einen kurzen Moment lang schweiften meine Gedanken ab und ich stellte mir vor, wie sich diese Absätze in meinen Rücken bohrten, während ihre Beine um meine Hüfte gewickelt waren – und dann fiel mir wieder ein, was für eine Hexe sie war, und ich zwang mich, wieder an den Kaffee zu denken.

Bestimmt habe ich scheiße ausgesehen und das musste die Ursache für das dezente Grinsen in ihrem Gesicht gewesen sein. Ich dachte, ich wäre der Herausforderung nicht gewachsen, mich mit der kleinen Giftnudel zu kabbeln, aber die Tatsache, dass sie weiter den Blick auf mich gerichtet hielt, verriet mir, dass ich in dieser Angelegenheit nicht viel mitzureden hatte.

Für mich war das alles ein wenig verwirrend. Sie war Laneys beste Freundin und – laut Nate – wirklich lieb, lächelte viel und war urkomisch. Er hatte erwähnt, dass sie ein bisschen temperamentvoll war, aber auch das war keine Eilmeldung für mich. Ich konnte die zwei Versionen dieses Mädels in meinem Gehirn einfach nicht in Einklang bringen.

Ich war nun an der Reihe an der Theke, also wandte ich meinen Blick von ihr ab, um zu bestellen. Kurz darauf hörte ich eine Stimme neben mir.

»Lust, dich zu mir zu gesellen?«

Ich drehte mich um und sah Fiona neben mir stehen, Kaffeebecher in der Hand, große, scheinbar unschuldige Augen zu mir nach oben gerichtet. Hmm.

Mit dem Scheitel reichte sie mir kaum bis zum Kinn, trotz der hohen Absätze. Wie klein war diese Frau? Ich beugte mich mit einer besonders übertriebenen Bewegung zu ihr hinunter.

»Tut mir leid, könnten Sie das wiederholen? Ich konnte Sie nicht hören, so weit unten, wie Sie sind.« Ich war fest entschlossen, den ersten Schuss vor ihren Bug abzugeben. Und wie es schien zielte ich tadellos.

Ihre Wangen röteten sich sofort und sie presste die Lippen zusammen. »Ich habe *versucht,* nett zu sein, aber ich verschwende offensichtlich meine Zeit«, zischte sie und wirbelte herum, um zu ihrem Tisch zurück zu stolzieren, ihr Haar glorreich um sie schwingend.

Okay, also vielleicht hatte ich die Situation völlig falsch interpretiert.

Aber sie hatte mich mit ihrer Zickigkeit vollkommen unvorbereitet getroffen bei unserer letzten Begegnung, und ich hegte wohl immer noch ein wenig Groll. Schließlich hatte sie mich, wenn mich meine Erinnerung nicht trügt, einen »Blödmann« und einen »Idioten« genannt und vorgeschlagen, ich solle eine »Tüte Schwänze essen« gehen, alles innerhalb einer Zeitspanne von sechzig Sekunden. Wäre das nicht gegen mich gerichtet gewesen, hätte ich es beeindruckend gefunden. Und dabei hatte ich nur Hallo gesagt – aber vielleicht hatte ich sie »Tinkerbell« genannt und ihr den Kindertisch gezeigt – der Teil war ein wenig verschwommen.

Da ich mir kein weiteres schlechtes Karma leisten konnte, beschloss ich, hinzugehen und mich zu entschuldigen, sowie ich meinen Kaffee bekommen hatte. Ich machte meinen ersten Schluck, um mich zu wappnen für das, was ein reizender Wortwechsel zu werden versprach.

»Hallo, Fiona.« Ich ging hin, doch sie tat so, als würde sie mich nicht hören, während ihre Daumen auf ihrem Handy munter herumtippten – wahrscheinlich, um Laney in einer Textmessage mitzuteilen, was für ein totales Arschloch ich doch war.

Ich sackte auf den Sitzplatz gegenüber. »Es tut mir leid, dass ich das gesagt habe. Es ist ein beschissener Morgen gewesen und nach unserer letzten Begegnung war ich nicht auf Höflichkeit vorbereitet.«

Sie legte ihr Telefon auf den Tisch und beäugte mich nachdenklich eine gefühlte Ewigkeit lang. Dann sagte sie doch noch etwas. »Ich kann das schon verstehen.« Sie warf ihr Haar zurück und nippte an ihrem Kaffee. »Ich nehme deine Entschuldigung an.«

Dann schwiegen wir beide.

Ihr Bein hüpfte.

Ich drehte meinen Kaffeebecher im Kreis herum.

Wir gaben beide vor, das Dekor in dieser Starbucks-Filiale besonders faszinierend zu finden.

Es war scheiß unangenehm.

Beinahe wünschte ich mich zurück in den Wartesaal.

Oder in die Praxis des Proktologen – ja, so schlimm war es beinahe.

Rätsel gelöst: Tony Soprano lebt und wohnt in North Carolina

FIONA

SCHEIẞE, war das peinlich. Warum sagt er nichts? Ich hatte zuletzt gesprochen, und nach den allgemeinen Konversationsregeln war er jetzt dran, verdammt!

Na schön.

»Also …«, sagte ich. *Ich weiß – brillant.*

»Also …«, erwiderte Mark.

Echt jetzt?

Wir waren wie füreinander geschaffen – die dumme Blondine und das noch stumpfsinnigere Kraftpaket.

War sein Nacken noch dicker geworden, seit ich ihn das letzte Mal gesehen hatte? Ich verstand einfach nicht, welchen Sinn all diese Muskeln hatten – sie waren ein bisschen exzessiv.

Versteht mich nicht falsch. Ich liebe die Kräftigkeit eines Kerls, der trainiert und auf sich schaut, und ich würde bei einer schönen Partie Bauch- oder Armmuskeln nicht die Nase rümpfen – auch nicht bei einem netten Arsch natürlich – aber dieser Kerl war wie eine wandelnde Steroidwerbung. Okay, das war vielleicht ein bisschen hart, aber er war einfach so … so … massig. Ich meine, seine Dinger waren zehn Mal größer als meine und das war ganz falsch.

Abgesehen von seiner übertrieben muskulösen Figur ist er allerdings, das musste ich zugeben, irgendwie ein Hottie. Er hat ein tolles Lächeln. Nicht, dass ich es heute schon gesehen hätte, aber ich erinnere mich von unserer letzten Begegnung daran. Und dabei habe ich normalerweise für das ganze Igelschnitt-Ding nichts übrig. Aber ihm steht es einfach so gut. Seine Augen sind auch ein sattes tiefes Braun und – heilige Wimpern – wie war das denn gerecht? Sämtliche Mächte von Sephora konnten keine so schönen Wimpern erzeugen! Na ja, es war allerdings nicht so, als ob ein schönes Lächeln und ein paar Wimpern wiedergutmachen könnten, dass er vollkommen unausstehlich ist.

Schließlich sagte er doch was. »Was führt dich hierher um —«, er sah auf seine Uhr, »zehn Uhr vierundzwanzig an einem Freitagmorgen?«

»Nur eine Vorsorgeuntersuchung«, antwortete ich. Mehr wollte ich zu meinem Besuch bei Doktor Brandon wirklich nicht sagen. »Was ist mit dir? Du hast einen beschissenen Morgen erwähnt.« Ich nippte an meinem Kaffee und hoffte, dass ich unsere Aufmerksamkeit jetzt erfolgreich auf ihn gelenkt hatte.

Er hatte offenbar nicht gelogen, was seinen grottenschlechten Tag betraf, denn er sah aus, als hätte er die ganze Nacht nicht geschlafen. Seine Stirn trug eine scheinbar permanente Falte, die groß genug war, dass ich darin ohne Weiteres meinen Eyeliner-Stift hätte lagern können, und der Bereich unter seinen Augen hatte einen grünlich-grauen Schimmer, den selbst besagte Wimpern nicht verbergen konnten.

»Ja, das könnte man so ausdrücken. Nur so Familienzeug – musste heute am zeitigen Morgen herkommen zur Notfallambulanz.« Er rieb sich mit der Hand über seine hellbraunen Haare.

Ehe ich Zeit hatte, darüber nachzudenken, bedeckte ich seine andere Hand mit meiner. »O Gott, ist alles in Ordnung? Wer ist denn verletzt worden?« Mein Herz schlug und ich bereute plötzlich alle meine auf ihn gerichteten negativen Gedanken. *Muskeln sind toll! Und wer braucht einen blöden Hals?*

Er tat es ab. »Niemand.« Er starrte auf meine Hand, die auf seiner ruhte, und ich konnte seine Miene nicht deuten. Ich entfernte meine Hand so nonchalant wie möglich und benutzte sie, um nach meinem Kaffee zu greifen – auf super-lässig machend. *Oje.*

Mark lehnte sich auf seinem Stuhl zurück und seufzte. »Na ja, jemand, aber er ist niemand Wichtiges. Meine Mom wollte herkommen, um ihn zu besuchen, also habe ich sie hergefahren – das ist alles.«

Ich stieß einen Atemzug aus, von dem ich nicht gewusst hatte, dass ich ihn angehalten hatte, obwohl ich von seiner Bemerkung ein bisschen verwirrt worden war. »Ach, na ja, das ist wenigstens beruhigend, nehme ich mal an.«

»Ja, vermutlich«, sagte er abwesend.

Offensichtlich lief da was, in das ich nicht eingeweiht war – und warum sollte ich das auch sein? Ich kannte den Typen nicht mal. Außer, dass wir ein paar Beleidigungen ausgetauscht und Kaffee miteinander getrunken hatten, waren wir praktisch Fremde. Unsere einzige Verbindung waren ein paar gemeinsame Freunde, und das hatte keine besondere Auswirkung auf das große Ganze.

»Hör zu, ich sollte lieber wieder in den Wartesaal zurück. Ich will nicht, dass meine Mom herauskommt und sich fragt, wo ich bin.« Er erhob sich von seinem Stuhl. »Wir werden uns bestimmt wiedersehen, weil Nate und Laney und Gavin …«. Er verstummte.

Kurz stand er unbeweglich da und sah seltsam erbärmlich

aus in einem alten verblassten T-Shirt und einer Jogginghose. Ich weiß nicht, was über mich kam, aber es kam heraus. »Möchtest du, dass ich dir Gesellschaft leiste, während du wartest?«

Sein Kopf schoss hoch, fast als hätte er vergessen, dass ich da war. Dann blinzelte er ein paar Mal und ich sah, wie sich die Falte auf seiner Stirn ein bisschen legte. »Doch, das wäre schön.«

Mir war noch nie zuvor aufgefallen, wie unbequem die Stühle im Wartesaal der Notfallaufnahme waren. In früheren Zeiten hatte ich viele Nächte mit Warten in ähnlichen Räumen verbracht, mir war jedoch immer viel zu übel gewesen und ich hatte viel zu starke Schmerzen gehabt, als dass die Stühle mich interessiert hätten. Ich machte mir eine geistige Notiz, meine Mom zu bitten, neue Stühle auf die immer länger werdende Liste der Spendensammlungen zu setzen. Nicht, dass das so wichtig wäre, aber manchmal machen gerade die kleinen Dinge den Unterschied.

Ich blätterte durch meine Texte und versuchte nicht laut aufzulachen wegen etwas, dass Laney über Rocco gesimst hatte – total unpassend, in der Notaufnahme zu lachen, ich weiß, aber dieses Kind bringt mich so zum Lachen! Ich muss mich allerdings nicht täglich mit ihm beschäftigen, daher darf ich seine Eskapaden auch lustig finden.

Rocco ist gewissermaßen ein Exhibitionist, zieht es stets vor, in Unterwäsche herumzuhängen und sonst absolut gar nichts.

Bin ich die Einzige, die winzige Retroshorts durch und durch niedlich findet?

Wie auch immer, laut Laneys verzweifeltem Text hatte Rocco versehentlich Nate nackt gesehen und fragte nun ständig, wann sein Würstchen so groß wie Nates sein würde. Dann erwischte sie Rocco dabei, wie er Nates Retroshorts anhatte, fest mit einem Gürtel um den Bauch zugeschnallt, damit sie nicht herunterrutschen konnten, und so durch das Haus spaziert war. Hätte ich nicht neben einem sehr ernsthaft brütenden Mark gesessen, hätte ich mich definitiv zu Tode gelacht.

Laney: *Ich fürchte, dass das ein Schock fürs Leben für ihn war!*

Fiona: *Klappe. Das ist urkomisch. Das sind Augenblicke, die du im Gedächtnis speicherst, um sie dann bei seinem Hochzeitsprobe-Abendessen wieder hervorzuholen. Bitte sag mir, dass du Fotos von ihm in seiner Gürtel-Unterwäsche gemacht hast!*

Laney: *Auf keinen Fall! Jetzt wird Nate niemals einziehen! Er macht sich Sorgen, dass der CPS kommen und ihn festnehmen wird, weil er sich Rocco nackt gezeigt hat!*

Fiona: *Er hat sich ihm doch nicht absichtlich »gezeigt«. Das war ein Versehen. Es kommt oft vor, dass Kleinkinder ihre Eltern nackt sehen. Wie oft ist Rocco schon hereinspaziert, als du nackt warst?*

Laney: *Aber Nate ist KEIN Elternteil von ihm.*

Fiona: *Echt?*

Laney: *Was??!!*

Fiona: *Mach dich nicht lächerlich. Du weißt doch, dass ihr heiraten werdet und noch mehr hübsche Kinder haben werdet, und Nate wird für sie alle der Vater sein.*

Fiona: *Dein Schweigen spricht Bände. Hör auf, dir Sorgen zu machen.*

Laney: *Ich liebe dich.*

Fiona: *Ich liebe dich auch.*

Laney: *O mein Gott – ich bin eine schreckliche Freundin! Hab's total vergessen! Wie war dein Arzttermin?*

Fiona: *Alles GUT.*

Laney: *Hurra! Ich freue mich riesig!*

Fiona: *Ich mich auch.*

Schade nur, dass mein Herz mit meinem Text nicht ganz einverstanden war. Verdammter Pa und seine gedankenanregenden Weisheiten.

Was war bloß mit mir los? Soeben hatte ich gute Nachrichten erhalten und saß neben einem Mann, der zwar behauptete, dass sein Besuch in der Notaufnahme keine große Sache war, der sich aber offensichtlich mit etwas Monumentalem herumschlug.

Schuld wedelte mir mit ihrem Finger zu. Ja, Schuld ist eine Frau. Weil Frauen besser darin sind, auf diese gewisse Art den Kopf zu schütteln und mit dem Finger zu wedeln, dass es auch wirkt. Wäre Schuld ein Kerl, dann würde er mit den Schultern zucken und sagen: »Ach, Pflaster drauf und los.«

Ich verdrängte die negativen Gedanken und sah kurz zu Mark hinüber. Wir hatten die letzte halbe Stunde in einigermaßen geselligem Schweigen miteinander verbracht, aber es war deutlich zu erkennen, dass er anfing rastlos zu werden. Wir hatten beide unseren Kaffee ausgetrunken und er saß da und umklammerte die Knie, während ich mich mit meinem Handy beschäftigte. Ich warf noch einmal einen raschen Blick auf meinen Kalender, ehe ich das Telefon in meine Tasche zurücksteckte und meinen Körper Mark zuwandte.

»Wie hältst du dich?«, fragte ich.

»Was meinst du? Ich warte nur auf meine Mom«, spottete er verächtlich.

»Du bist der vielleicht schlechteste Lügner, den ich in meinem ganzen Leben kennengelernt habe«, informierte ich ihn lächelnd.

»Nicht möglich. Beim Poker spielen bin ich unschlagbar.« Er drehte sich zu mir und – verdammt, diese Wimpern!

»Dann habe ich diese unfähigen Lügner noch nicht kennengelernt, mit denen du Poker spielst«, gab ich zurück.

Dafür bekam ich einen Hauch eines Lächelns.

»Na komm schon, erzähl mir deinen schlechtesten Witz«, sagte ich.

Er sah mich an, als wäre ich gerade aus der Psychiatrischen entflohen.

»Jetzt sieh mich nicht so an. Dein schlechtester Witz. Los.«

Er schüttelte den Kopf. »Fiona, ich will nicht …« Er verstummte.

»Okay, gut. Ich fange an.« Ich setzte mich gerade hin und strich mir die Haare glatt, als würde ich mich auf einen Vortrag vorbereiten. »Wieso essen Krokodile keine Clowns?«

Er sah mich aus den Augenwinkeln an und ich hätte schwören können, dass ich seine Lippen zucken sah. »Na schön. Ich weiß es nicht. Wieso?«

Ich warf ihm einen »Dummkopf«-Blick zu und antwortete: »Sie schmecken komisch.« Im Anschluss daran machte ich eine triumphierende Geste mit gespreizten Händen.

Er schlug die Hand vors Gesicht.

»Echt krass, was? Du bist dran.«

Mark setzte sich auf und sah mich an. »Welchen Sinn genau hat das gleich noch mal?«

Ich setzte zum Antworten an, ehe ich es mir noch einmal überlegte. »Mein Dad und ich haben das immer gemacht, wenn wir gewartet haben—« Ich bremste mich noch rechtzeitig. »Du weißt schon, bei Terminen und so Sachen. Dadurch vergeht die Zeit.«

Es war eigentlich die schönste Erinnerung aus dieser düsteren Zeit in meinem Leben – mein Dad, der mich anlächelte und mir die schlechtesten Witze erzählte, die es gab, um mich von der Angst und den Schmerzen abzulenken, wenn auch nur für einen Augenblick.

Mark stieß ein kurzes, freudloses Lachen aus, dass mich erschreckte.

Was sollte das denn? Ich musste ihn chillen.

»Mach einfach mit. Du bist dran«, stupste ich ihn an.

Erneut warf er mir einen Seitenblick zu, ehe er nachgab. »Na schön, lass mich kurz nachdenken.« Seine Augen sahen kurz zur Decke, dann fuhr er fort: »Okay, halt dich fest. Der ist grauenhaft.«

Ich rutschte in Vorfreude auf meinem Sitz hin und her. Was soll ich sagen? Ich liebe schlechte Witze.

»Welche Kunden werden nie bedient?«

Ich schüttelte den Kopf.

Mark duckte sich und sagte: »Die Urkunde und die Sekunde.«

Ich konnte nicht anders. Ich kicherte.

»Du sollst nicht lachen – der war schrecklich!«

»Deswegen lache ich ja. Das könnte der schlechteste Witz sein, den ich jemals gehört habe.« Ich konnte noch immer nicht aufhören zu kichern.

Mark schüttelte nur den Kopf und ich bekam endlich ein Lächeln direkt ins Gesicht, das gleiche, das ich von Laneys Deck in Erinnerung hatte. Das gleiche, das er eingesetzt hatte, als er sich wie ein totaler Widerling benommen hatte. Ich hatte es fast vergessen.

Aber bevor ich länger darüber nachdenken konnte, öffneten sich die Türen zum inneren Allerheiligsten der Notaufnahme und eine schlanke Frau mit dunkelbraunen Haaren, verquollenen Augen und einem gehetzten Gesichtsausdruck kam heraus. »Mark, Schätzchen«, sagte sie und sah verwirrt und ein wenig verstört drein.

Die Witzezeit war definitiv vorüber.

Mark erhob sich abrupt von seinem Stuhl, ging zu ihr und umarmte sie heftig. Wäre der Anlass nicht so traurig, wäre der Anblick fast ulkig gewesen – eine so zarte Gestalt, die in einer so unglaublich ausladenden Umarmung gefangen genommen wurde. Es sah fast so aus, als hätte er seine Arme zweimal um sie herum wickeln können. Vielleicht hätte das geholfen. Sie sah dermaßen am Boden zerstört aus.

Ich wünschte, ich hätte gewusst, was los war, aber ich rief mir in Erinnerung, dass ich praktisch eine Fremde war, der es nicht zustand sich einzumischen – selbst wenn ich nur helfen wollte.

Eine Weile später entließ er sie aus seiner Umarmung, hielt aber weiter ihre Oberarme fest und blickte ihr ins Gesicht. »Sag es mir«, sagte er und sein Kiefer spannte sich an.

Die Frau, von der ich annehmen musste, dass sie seine Mutter war, wischte sich neue Tränen ab. »Es ist schlimm. Er ist wach, aber er schuldet ein paar echt bösen Menschen etwas Geld und die haben versucht, ihn zu Tode zu p-p-prügeln.« Leise fing sie an zu weinen.

Ich suchte verzweifelt in meiner Tasche nach einem Paket Taschentücher.

»Scheiße«, sagte Mark.

»Ich begreife das nicht«, sagte seine Mutter. »Solche Sachen passieren Menschen im echten Leben doch nicht. Wir müssen ihm helfen. Wir brauchen die Polizei, aber er hat nein gesagt.«

Mark fluchte erneut, als ich endlich das Paket hervorkramte und mich vorsichtig näherte. Ich gab Mark die Taschentücher. Er warf einen kurzen Blick drauf und bot sie dann seiner Mutter an.

Sie wandte ihren Blick mir zu und war sichtlich ein wenig überrascht, eine Fremde bei ihrem Sohn zu sehen. »Danke«, brachte sie heraus und wischte sich die Nase und die Augen.

Mark führte sie zu einem Sitzplatz auf der anderen Seite des Raumes und beugte sich zu ihr hinunter, um leise mit ihr zu reden. Ich konnte nichts verstehen und stand nur unbeholfen da, nicht ganz sicher, was ich tun sollte. Kurz darauf erhob er sich und näherte sich mir. Die tiefen Stirnfalten waren wieder da.

»Ich glaube, ab hier kann ich übernehmen.«

Also, na ja, das war ein bisschen abrupt. »Klar. Natürlich«, sagte ich und berührte seine Hand in einer beruhigenden Geste. »Pass auf dich auf, Mark.«

»Danke. Du ebenfalls«, sagte er abwesend und war bereits wieder auf dem Rückweg zu seiner Mom.

»Okay, also du weißt, dass ich eine furchtbare Tratschtante bin, aber das ist *kein* Tratsch. Das ist nur etwas, das du wissen musst, aber es wird sich leider wie Tratsch anhören«, verkündete ich, als ich an jenem Abend bei Laney zur Tür hereinschneite.

»Äh, hi«, sagte sie, lächelte aber – sie kannte mich zu gut, um nicht zu wissen, dass ich immer so in ihr Haus hereinschneien würde.

»Etwas stimmt mit Mark nicht«, sagte ich, während ich in die Küche stolzierte und eine Flasche Kim Crawford auf ihre Theke stellte – ihre neue *Granit*küchenarbeitsplatte, Dank sei dem süßen Nate. Er modernisierte nach und nach die Küche und die Arbeitsflächen waren die jüngste Neuerung. Davor war das Kochfeld dran gewesen, sehr zu meiner Freude. »Wir müssen uns was überlegen und ihm helfen.« Ich lenkte meine Gedanken zurück zur vorliegenden Situation.

Dann drehte ich mich um und stellte fest, dass sie nicht da war. »Laney?!«

Sie kam um die Ecke. »Tut mir leid, aber hast du mir gerade was über Mark erzählt? Der Mark aus Nates Arbeit?«

»Ja! Menschenskind, versuch mir doch zu folgen!«

»Ich dachte, du hasst Mark.« Sie neigte den Kopf und verschränkte die Arme vor ihrem gigantischen Vorbau. Manchmal bewunderte ich ihre Fähigkeit, gerade aufrecht zu stehen, wo doch da vorne *so* viel war.

»Mäh.«

»Und was soll das wieder bedeuten?«, wollte sie wissen.

»Spielt keine Rolle. Schaff deinen geilen Schnitterich hier rüber ins Zimmer – wir müssen etwas Geschäftliches besprechen.«

»Mein ›geiler Schnitterich‹ ist noch in der Arbeit, du musst also mit mir vorliebnehmen«, sagte sie und blies sich die Haare aus dem Gesicht. Jetzt, wo ich sie mir genau ansah, bemerkte ich, dass sie ein schäbiges T-Shirt anhatte und einen alten Jeans-Overall, die zerzausten Haare teilweise zurückgebunden. In ihrem Gesicht klebte Schmutz – und sie schwitzte.

Ich kreiste meine Finger vor ihr. »Was ist das da? Bist du jetzt Bäuerin? Ich muss sagen, dieser Look begeistert mich wenig.«

»Vielen Dank, Joan Rivers«, sagte sie und rief damit einen kleinen Seufzer des Stolzes bei mir hervor, denn sie hatte eine modische Anspielung gemacht – eine, die sogar einen Sinn ergab (obwohl Joan genau genommen nicht mehr unter uns weilt, aber egal. RIF). »Und nein. Ich räume Gavins Zimmer aus.« Sie zeigte auf den Stapel Umzugskisten im angrenzenden Wohnzimmer.

»Du heilige Scheiße! Zieht er endlich aus? Lass mich raten – zu viele der mitternächtlichen Begegnungen im Flur mit dem Kerl, der gerade damit fertig war, seine Schwester zu bumsen?«

Laney verschluckte sich. An Luft, nahm ich an.

»Jetzt musst du für Rocco nur noch ein Rauschstörungsgerät besorgen, dann kannst du mit Nate so laut du willst ›die Mieze füttern‹ spielen. Bow-chicka-wow-wow.« Ich legte noch einen Hüftschwung drauf, um meine Aussage zu unterstreichen. He, wenn man zu seiner besten Freundin nicht ehrlich sein kann, wann dann?

Sie sah mich mit einem Blick an, den sie sonst für Rocco verwendet, wenn er im Lebensmittelladen von Genitalien singt.

»He, da wir gerade von Rocco reden, wo ist denn mein kleiner Mann?« Ich hatte das dringende Verlangen, ein paar Kitzeleinheiten auszuteilen. Ich ging den Flur hinunter, um nach ihm zu suchen und mir Gavins leeres Zimmer anzusehen.

Laney hatte ihre Stimme wiedergefunden und rief mir nach: »Ich musste ihn die Straße hinunter zu Aiden zum Spielen schicken. Kaum hatte ich die Kartons gepackt, hat er sie wieder ausgepackt. Ich glaube, er will nicht, dass Gavin geht.«

Ich blieb vor Gavins Tür stehen. Hm, das war jetzt aber ein bisschen traurig, als ich das leere Zimmer sah. Nur ein abgezogenes Bett und eine alte Kommode waren übriggeblieben. Alles ein bisschen bedauernswert. Armer Rocco. Von wem sollte er jetzt schlechte Angewohnheiten lernen, wenn Gavin weg war? Ohne seinen Onkel würde er nie lernen, das gesamte Alphabet zu rülpsen. Nate war ein zivilisierterer Mann – er würde ihm höchstens beibringen können, wie man den Hund für einen Furz verantwortlich machte.

Eigentlich mochte ich Gavin sehr, und da ich keine eigenen Geschwister hatte, betrachtete ich ihn irgendwie auch als meinen kleinen Bruder. Als Laney letztes Jahr ihr Haus kaufte, war Gavin zu ihr gezogen, um bei Rocco und der Renovierung des Hauses zu helfen. Nach der Ankunft »Seiner großen, dunklen und heiligen Geilheit« war Gavin jedoch um die Arbeit am Haus herumgekommen. Aber er war ein wichtiger Teil dieser kleinen Familie und obwohl es zwar definitiv an der Zeit war, dass er eigene Wege ging, war es eine bittersüße Angelegenheit.

Laney gesellte sich zu mir und lehnte sich an den Türrahmen. »Dieses dumme Gesicht wird mir fehlen«, seufzte sie. »Aber er hat Rocco viele Übernachtungspartys versprochen und ich muss sagen, dass es hier schon ein wenig eng geworden ist. Ich bin stolz auf ihn.«

»Ich auch«, sagte ich und drückte ihren Arm. Gavin hatte sich in den letzten sechs Monaten von so was wie einer superhaftenden Klette zu einem quasi-unabhängigen Erwachsenen entwickelt. Eine entgleiste Baseball-Karriere hatte ihn zu einer schmarotzenden Wolke der Verdrießlichkeit gemacht, und erst vor Kurzem hatte eine Reihe von Ereignissen ihn in den Hintern getreten, sodass er erwachsen geworden war und nun sein Leben weiterleben musste.

Er arbeitete jetzt in Teilzeit für die Baufirma, die Nates Familie gehörte, und coachte gleichzeitig fortgeschrittene

Spieler an der Baseball Academy in der Stadt. Es kann, muss aber nicht sein, dass ich etwas mit Letzterem zu tun gehabt hatte, aber das werde ich niemals erzählen. *Ja, genau.* Ich habe die Kontakte meiner Eltern total missbraucht, um Gavin ein Interview für den Job zu sichern. Aber zu meiner Verteidigung: er war absolut qualifiziert. Er hatte sich endlich damit abgefunden, dass er niemals an der Big Show teilnehmen würde und fand es sogar toll, anderen Jungs zu helfen, auf ihren Traum hinzuarbeiten.

»Wo wird er hinziehen?«, fragte ich.

»Er und Brett mieten ein Reihenhaus gleich hinter High Point, Richtung Norden.«

»Ich habe Angst um ihre Nachbarn.« Gavin und Brett waren seit der Highschool beste Freunde, und wollen wir's mal so sagen: sie sind Meister darin, den Idioten im Anderen zum Vorschein zu bringen.

»Damit ist nicht zu spaßen«, stimmte sie zu und wischte sich ihr Gesicht mit dem Handrücken ab, wodurch ein weiterer schmutziger Streifen zurückblieb.

Ungern stellte ich mir vor, welche Dinge Laney beim Aufräumen dieses Zimmers gefunden hatte. Vielleicht sollte die ganze Kim Crawford zu ihr gehen.

Oder auch nicht.

»Also erzähl mir die mysteriösen Neuigkeiten, die du über Herrn Beckett hast.« Laney stieß mich am Arm.

»Ist das sein Nachname? Gut. Also ich habe ihn heute Vormittag im Krankenhaus getroffen und er war fast genauso beleidigend, wie bei unserer letzten Begegnung – also anfangs jedenfalls.«

»Hat er noch mehr Witze über Kleinwüchsige gemacht?«

»Ja! Was hat's damit eigentlich auf sich? Ist er von einem politisch unkorrekten Zirkusclown traumatisiert worden, oder was?«

Laney kicherte. »Ich habe keine Ahnung, aber das ist eine stichhaltige Theorie. Und jetzt sprich weiter.«

Es stimmt – ich bin leicht abzulenken, aber Laney hat ein Talent dafür, mich dazu zu bringen, den Faden wieder aufzunehmen, ohne dass ich mir wie eine vollkommene Idiotin vorkomme.

»Zuerst hatte ich geglaubt, dass er einen Kater hat, weil er ganz weggetreten und müde ausgesehen hat, aber in Wirklichkeit hatte er seit dem Morgen auf seine Mutter gewartet. Er hat sie zur Notaufnahme gefahren, wo sie eine verletzte Person besucht hat. Er wollte mir nicht erzählen, wer es war, aber er war total abgelenkt und gestresst. Als seine Mom herauskam, war sie super beunruhigt und Mark schien richtig sauer zu sein. Ich habe gehört, wie seine Mutter gesagt hat, dass der Mann – wer auch immer er ist – bewusstlos geschlagen worden war von jemandem, dem er Geld schuldet, und dass sie versucht hätten, ihn zu töten! Das war alles sehr *Sopranos*, aber ohne irgendwelche witzigen Details.«

»Meinst du das gerade im Ernst?«, fragte Laney und sah skeptisch drein.

»Todernst.« Hoppla. »Ich meine ja! Das ist wirklich passiert.«

Ihre Hände gingen an ihre Hüften. »Heilige Scheiße. Ich werde Nate anrufen.«

»Das wollte ich damit sagen – wir brauchen seine Hilfe!«

»Nein – wir werden mehr Wein brauchen!«

Fangen – Hab dich!

MARK

»Was zum Teufel, Mann?!« Nates Stimme donnerte so laut übers Telefon, dass ich es mir vom Ohr weghalten musste. Ich wusste, dass Shortcake ihren Mund nicht würde halten können.

»Nicht so laut – ich bin nicht schwerhörig.«

»Du hast angerufen und dir aus persönlichen Gründen einen Tag freigenommen, und jetzt höre ich, dass deine Mom was mit einem Kerl hat, der von Kredithaien verfolgt wird. Ich wiederhole: Was zum Teufel, Mann?!«

»Ach, es wird noch schlimmer.«

»Wie kann das sein?«

»Es geht um meinen Vater.«

Stille. Dann: »Du willst mich wohl verarschen.«

»Ich verarsche dich nicht. Auch wenn ich mir Mühe gäbe, würd ich's nicht hinkriegen, dass du derart im Arsch bist.«

»Wo ist er jetzt? Wo seid ihr, du und deine Mutter?«

»Er ist noch im Krankenhaus und ich bin mit ihr bei meiner Mutter zu Hause.«

Als wäre dieser Vormittag nicht schon eine Belohnung an sich gewesen, häufte sich die Scheiße an diesem Tag noch weiter an. Nachdem Fiona uns im Krankenhaus verlassen hatte, hatte ich mit einer Krankenschwester reden und ein paar Informationen über das Ausmaß der Verletzungen des Samenspenders herausfinden können. Er hatte ein gebrochenes Schlüsselbein, gebrochene Rippen, ein gebrochenes Bein (wahrscheinlich von einem mit einem Baseball-Schläger verübten Schlag ans Knie) und ein Schädeltrauma. Na toll. Er musste am Bein und am Knie operiert werden und würde mehrere Tage im Krankenhaus sein. Ich kannte den Status seiner Krankenversicherung nicht und wollte ihn auch nicht kennen.

Zum Glück hatte ich Mom überreden können, nach Hause zu gehen, denn die Schwester hatte mir mitgeteilt, dass der Scheißkerl Ruhe brauchte und starke Schmerzmittel bekommen hatte. Ich bezweifle, dass er sich an das Gespräch mit meiner Mutter überhaupt erinnerte, und dabei sollte es auch bleiben. *Sie* fernzuhalten, würde sich als weitaus schwieriger herausstellen.

Sie hatte den Nachmittag damit verbracht, in Abständen auf- und ab zu gehen und zu weinen, trotz meiner Bemühungen sie abzulenken. Sie rief in der Arbeit an und bekam den Abend frei, obwohl ich persönlich fand, dass das vielleicht ein guter Weg gewesen wäre, die Gedanken von der ganzen Situation freizukriegen. Aber ich brachte sie am späten Nachmittag dazu, etwas zu essen, und konnte sie dann schließlich dazu überreden, sich in ihrem Schlafzimmer hinzulegen.

Ich wusste nicht, was ich tun sollte. Und da ich nicht sagen konnte, was ich sagen wollte, nämlich »Lass ihn einfach dort und vergiss ihn«, war ich total ratlos. Daher hatte ich auf der Couch gesessen und vor mich hin gegrübelt, während meine Mom sich ausruhte.

Am anderen Ende des Telefons hörte ich Nate seufzen. Er

kannte unsere ganze Geschichte mit meinem Dad. »Ich fasse es nicht, dass er sich getraut hat sie anzurufen.«

»Das war auch mein erster Gedanke, aber er war bewusstlos. Kaum zu glauben, aber er hatte sie immer noch als seine Kontaktperson im Notfall geführt – nach dreizehn verdammten Jahren!«

»So ein Arschloch. Und deine Mutter wollte tatsächlich zu ihm?«

»Ich werde die Frauen nie verstehen«, erwiderte ich.

»Man hat mir gesagt, dass das unmöglich ist, also versuch's erst gar nicht. Was wirst du tun?«

Zum x-ten Mal an diesem Tag fuhr ich mir mit der Hand über den Kopf. »Ich habe keine verdammte Ahnung.«

»Sind die Bullen gekommen?«

»Ja, das ist vermutlich so üblich in dieser Art von Situation. Der alte Herr war lange weggetreten, aber angeblich hat er den Bullen erzählt, er hätte nur einen Unfall gehabt. Die können also nichts tun, wenn er der Sache nicht nachgehen und keine Anzeige machen will. Ich vermute, dass er sich vor Angst in die Hose pinkelt. Und Angst sollte er auch haben.«

»Wird deine Mutter auf dich hören, wenn du ihr sagst, dass sie sich von ihm fernhalten soll? Was sie am Wenigsten gebrauchen kann, ist, dass irgend so ein Kredithai bei ihr vorbeischaut, wenn sie erst einmal herausgefunden haben, dass er eine Frau hat – getrennt lebend oder nicht.«

»Scheiße! Daran hab ich noch gar nicht gedacht.« Ich erhob mich abrupt von der Couch. »Das wird von Minute zu Minute schlimmer.«

»Willst du, dass wir morgen vorbeischauen und versuchen, dir dabei zu helfen, wenn du mit ihr redest?«

»Nee, Mann, ich werd schon 'nen Weg finden. Aber danke.«

»Na gut, aber wenn du's dir anders überlegst, ruf mich einfach an. Wir sind für dich da, wenn du uns brauchst.«

»Danke, Mann. Bis später.«

Ich legte auf und starrte mein Telefon an. Ich brauchte tatsächlich Hilfe beim Lösen dieses Problems, aber ich würde nicht auch noch Nate und Laney in diesen Schlamassel mit hineinziehen. Es war nicht ihr Problem – es war ein Familienproblem. Und ich wusste, wer wirklich einen Anruf verdiente.

Ich scrollte durch meine Kontakteliste und drückte auf Anrufen.

»He, Schwachkopf! Was gibt's?«

»Jake, alter Schwanzlutscher. Zeit, dass du deinen Arsch nach Hause schaffst. Dad ist wieder da.«

Es war Sonntagabend und ich saß in meinem Truck vor dem Piedmont Triad International Airport und wartete auf meinen Bruder. Die Zac Brown Band ertönte aus meinen Lautsprechern, schaffte es aber nicht, mich auf andere Gedanken zu bringen. Ich trommelte mit den Fingern auf meinem Lenkrad und fragte mich, was zur Hölle so lang dauerte. Jakes Flug war vor zwanzig Minuten gelandet.

Dann erhaschte ich in meinem Rückspiegel einen Blick auf ihn und der Grund wurde klar. Mein großer Bruder, den Seesack über eine Schulter hängend, stolzierte durch die selbstöffnende Tür in Begleitung einer großen Blondine mit ordentlichem Vorbau. Sie lachte über etwas, das er sagte, und zog den Kopf kokett ein.

Du lieber Gott.

Auf meinen Bruder war Verlass, dass er eine Familienkrise für ein wenig horizontale Erfrischung benutzen würde.

Ich kurbelte mein Fenster herunter und rief: »He, Jake! Deine Frau hat grad angerufen und gesagt, die Wehen haben eingesetzt. Wenn wir 'nen Zahn zulegen, schaffen wir's vielleicht noch zum Durchtrennen der Nabelschnur!«

Jake sah mich an, als würde er gleich auf Vito Corleone mit

meinem Arsch machen, und die Blondine sprintete praktisch in die andere Richtung und rief ihm ein paar ausgewählte Expletive hinterher. Er stapfte zum Truck herüber und warf seinen Seesack hinten drauf. »Ich hatte vergessen, war für ein Arsch du bist«, sagte er, während er sein Gestell in den Beifahrersitz faltete.

Er sah aus wie immer – drei Tage nach der notwenigen Rasur und gebaut wie ein Mack-Truck. Sein Haar war wie meines raspelkurz geschnitten, aber da hörte die Ähnlichkeit auch schon auf. Jakes Aussehen war dunkler, mehr nach meiner Mutter, während meines heller ist, dem Drecksack mehr ähnelt. Jake überragt mich auch um gute vier Zoll, eine Tatsache, die er mich nie vergessen lässt.

»Stets zu Diensten.« Ich legte meine Hände auf das Lenkrad und bog auf die Fahrspur ein.

»Wenn du unter helfen verstehst, jemandem die Tour zu vermasseln, dann brauchst du mehr Hilfe, als mir bewusst war.«

»Ach bitte, der einzige Grund, warum ein Mädel dich ficken würde, ist, dass ihr die Batterien ausgegangen sind.«

Er drehte sich zu mir und kniff die Augen zusammen. »Ich glaube, du solltest jetzt den Mund halten, kleiner Bruder, und dem Loch in deinem Gesicht eine Gelegenheit zur Heilung geben.«

Ich lächelte ihn an. »Ich freue mich auch, dich zu sehen.«

Sein Mundwinkel ging ein kleines Stück nach oben. »Wie auch immer. Fahr einfach – ich kann's kaum erwarten, diese Scheiß-Show hinter mich zu bringen.«

Jake seufzte.

Ich fuhr auf den Highway rauf. »Da geht's uns beiden gleich.«

»JAKE?« Unsere Mom saß auf der Couch und sah drein, als wäre sie aus einem Traum erwacht und sich nicht sicher, ob Jake echt war oder nicht. Sie blinzelte wie wild, als mein Bruder zu ihr ging, ein breites Grinsen im Gesicht.

»Mom!«, rief Jake aus, als er sich hinunterbeugte, um sie zu umarmen und ihr auf die Beine zu helfen. Sie war nicht kleingewachsen, aber sie war dünn und sah in seinen Armen zerbrechlich aus.

Sie erwiderte seine Umarmung und wich dann zurück, damit sie zu ihm aufblicken konnte. »Was machst du hier?«

»Darf man denn nicht ab und zu mal nach Hause kommen?«, neckte er sie.

»Natürlich darfst du das. Es ist nur so eine Überraschung!« Ein Lächeln erhellte ihr Gesicht zum ersten Mal seit letztem Freitag. Gott sei Dank.

»Na ja, du hast mir gefehlt und ich hatte zufälligerweise ein paar freie Tage, also dachte ich mir: ach was!«

Na ja, nicht ganz so, wie es wirklich stattgefunden hatte, aber gut genug.

Die Tatsache, dass sie wegen des zweckdienlichen Timings des Besuchs nicht im Geringsten misstrauisch war, wies darauf hin, wie benebelt sie doch war.

Heute Morgen musste ich sie zum Krankenhaus fahren, damit sie nach meinem Vater sehen konnte, denn sie hatte gedroht, selbst zu fahren, wenn ich sie nicht hinbrachte. Glücklicherweise schlief er, daher bekam sie nicht die Gelegenheit, mit ihm zu reden.

Seit Nates Bemerkung, dass die Schlägertypen möglicherweise auch hinter meiner Mom her sein könnten, war ich höllisch nervös gewesen und wollte sie nur ungern aus den Augen lassen. Aber im Krankenhaus schien alles zu stimmen – nicht, dass ich überhaupt gewusst hätte, wonach ich hätte Ausschau halten sollen. Es ist nicht so, als würden diese Kerle Baseballschläger herumschwingen und T-Shirts mit dem

Aufdruck »0800-Kredithai. Es können Gebühren für SMS anfallen.« tragen würden. Aber nur, um auf Nummer Sicher zu gehen, begleitete ich sie zum Krankenhauszimmer und bekam zum ersten Mal seit acht Jahren meinen alten Herrn zu Gesicht.

Die Zeit – und der Baseballschläger – hatten es nicht gut mit ihm gemeint. Seine Haare waren lang und zottelig und überwiegend grau, nicht mehr der sauber gekämmte rotblonde Kopf aus meiner Kindheit. Der muskulöse Körperbau, den ich niemals vergessen durfte, war auch geschrumpft. Sein Gesicht war angeschwollen und wies aufgrund der Schläge, die er abbekommen hatte, die verschiedensten Schattierungen von Lila, Grün und Gelb auf. Hätte ich ihn in einem anderen Kontext gesehen, wäre da keine einzige Spur eines Erkennungsmerkmals gewesen.

Verschiedene Schläuche und Kabel hingen an seinem Arm und seiner Hand und sein Bein baumelte über dem Bett in der Luft, umhüllt von einem Gips und Bandagen. Ich fragte mich verständnislos, ob das Krankenhaus die richtige Familie kontaktiert hatte. Vielleicht war das alles ein großer Irrtum. Doch dann entdeckte ich das altbekannte verblasste Tattoo, das unter dem Ärmel des Krankenhausnachthemds hervorlugte, und ich wurde prompt in den Shitstorm zurückversetzt, den diese Woche unserem Leben beschert hatte.

Als die Krankenschwester uns dann bestätigte, dass seine Schmerzmittel ihn die meiste Zeit schlafen ließen, gelang es mir, meine Mutter zum Gehen zu überreden.

Ich führte sie zum Mittagessen in die Village Tavern in der Hoffnung, sie aufheitern zu können, aber sie stocherte nur in ihrem Salat herum und blieb abwesend. Vielleicht spürte sie die Wut, die unter meiner Haut zu kochen anfing, und das war der Grund für ihr anhaltendes Schweigen zu dem Thema. Ich wollte jedoch unbedingt, dass sie gesprächiger wird. Glücklicherweise wusste ich da bereits, dass Verstärkung unterwegs war.

»Ich kann's einfach nicht fassen, dass du da bist.« Unsere Mutter starrte Jake entgeistert an. »Als du's zu Weihnachten nicht nach Hause geschafft hast, hab ich mir Sorgen um dich gemacht.« Sie wollte nicht schimpfen, aber ich empfand ein wenig Genugtuung, dass ihre Bemerkung eine Teilschuld auf Jake übertrug. Er verdiente es definitiv, meiner bescheidenen Meinung nach.

Er schaute entsprechend ernüchtert drein. »Ich weiß – es tut mir leid. Ich konnte wirklich nicht raus aus dem Projekt, an dem wir gearbeitet haben. Aber es gibt keinen Grund, dir wegen mir Sorgen zu machen, Mom.«

Mir war nicht ganz klar, wie mein Bruder sich seinen Lebensunterhalt verdiente. Nach seinem Abstecher zu den Marines schien er eine Weile ziellos im Land umherzuwandern, wobei er von Zeit zu Zeit nach Hause kam. Er erledigte Gelegenheitsjobs und kam dann irgendwie zur Landschaftsgestaltung, was ihn nach Florida führte. Das war nicht überraschend, denn ich konnte mir Jake gut vorstellen, wie er reiche Rentner gekonnt überredete, lächerlich teure Springbrunnen umgeben von Pflanzenlabyrinthen und solchem Scheiß anzulegen. Er musste nur das Lächeln aufsetzen, seine Bizeps anspannen und ein kleines »Ach, verflixter Mist« drauflegen, und schon fielen die reichen Damen in Ohnmacht. Mein Lächeln war nicht das einzige, weswegen sich unsere Mom Sorgen gemacht hatte.

»Ich sollte gehen und dir dein Zimmer herrichten.« Mom hob die Hand zu ihrem dunklen Haar. »Bist du hungrig? Ich sollte dir was zu essen machen. Wo sind deine Taschen?« Sie sah sich um.

»Keine Sorge«, sagte Jake ruhig und packte ihre Hand. »Ich habe nur eine Tasche und ich habe schon gegessen. Ich bin auch durchaus in der Lage, ein Bett zu machen. Entspann dich einfach und erzähl mir, was in letzter Zeit so alles los gewesen ist.«

Wir waren übereingekommen, dass Jake sich am besten

dumm stellen und so tun sollte, als wüsste er nicht, dass Dad wieder da war. Hoffentlich würden wir, wenn er sie erst einmal zum Reden gebracht hatte und sie uns mitteilte, was sie dachte, feststellen können, wie sie es sich weiterhin vorstellte..

»Ich muss einen Anruf tätigen«, sagte ich und entschuldigte mich aus dem Raum. Ich ging in die Küche, wo ich ihr Gespräch noch hören konnte. Ein Teil von mir fühlte sich schuldig, weil ich eine List benutzt hatte, aber die Situation war derart verworren, dass ich nicht gut wegsehen konnte.

»Hat Mark dir nichts erzählt … ach, du meine Güte, Jake. Normalerweise hätte ich nicht viel zu erzählen, aber ich habe ein paar Neuigkeiten, von denen ich nicht weiß, wie du sie aufnehmen wirst.«

»Was denn?«, fragte Jake leise.

Sie fuhr fort, ihm die Fakten so zu erzählen, wie wir sie kannten, und zusätzlich eine neue unerfreuliche Information – es schien, als stünde der alte Herr bei diesen Typen mit dreißig Riesen in der Kreide.

»Wow«, sagte Jake, das verdammte Genie.

»Ich weiß«, erwiderte unsere Mutter, dann fuhr sie jedoch fort: »Jake, ich weiß einfach nicht, was ich tun soll. Ich habe ununterbrochen darüber nachgedacht und ich habe das Gefühl, wir müssen ihm helfen.«

Scheiße. Scheiße. Scheiße.

Ich umklammerte mein Handy so fest, dass ich überrascht war, als es nicht zerbrach.

»Hmm, na ja, ich kann vermutlich verstehen, warum du das Gefühl hast.« Wenigstens schaffte es Jake, die Ruhe zu bewahren. »Aber da gibt es viel zu bedenken, Mom.« Er klang wie ein verdammter Talkshow-Therapeut.

»Ich weiß. Ich habe nicht so viel Geld, um diesen Leuten etwas geben zu können. Aber wir könnten uns was einfallen lassen. Er ist immerhin dein Vater.«

In diesem Moment hatte ich das unglaubliche Glück, ein

Zimmer weiter zu sein. Keinesfalls hätte ich meine Miene bei dieser letzten Bemerkung bändigen können.

Unglaublicherweise fuhr Jake in ruhigem Tonfall fort: »Stimmt, aber lass uns das ein bisschen durchdenken. Weißt du, ob er versichert ist? Weißt du, wo er gewohnt hat, als er sich mit diesen Typen eingelassen hat?«

»Äh, na ja, das Krankenhaus sagt, dass er nicht versichert ist.« Sie schien eine Pause zu machen.

»Mom, haben die dich etwas unterschreiben lassen im Krankenhaus?«

»Nein, nichts. Wieso?«

Ich konnte Jakes erleichtertes Seufzen hören, das mein eigenes widerspiegelte.

»Okay, also das ist zumindest schon mal gut. Achte darauf, dass du nichts unterschreibst, sonst musst du für seine Arztrechnung aufkommen. Ihr seid strenggenommen immer noch verheiratet.«

»O Gott – das hatte ich gar nicht bedacht!«

»Ist schon okay. Wir werden das schon hinkriegen. Und war er in North Carolina, als er sich mit diesen Typen eingelassen hat?«

»Ich weiß es nicht. Ich weiß nur, dass sie ihn da gefunden und angegriffen haben. Tatsächlich glaube ich, dass er versucht hat, zu uns nach Hause zu kommen.«

Mist. Mist. Mist.

Wieder blieb Jake gelassen. Ich würde ihm ein Bier spendieren und aufhören müssen, ihn mit abschätzigen Titeln zu beleidigen. »Also abgesehen davon werden wir vorsichtig sein müssen, Mom. Es wäre vielleicht das Beste, wenn wir dem Krankenhaus fernbleiben, für den Fall, dass diese Leute es beobachten und herausbekommen, dass du zu ihm gehörst. Ich habe Angst, sie könnten versuchen, dir irgendwie zu schaden«

»Was? Warum sollten die das tun? Ich habe ihnen doch nichts getan?« Sie klang außer Atem bei diesem Gedanken.

»Solche Leute denken nicht so. Die wollen ihr Geld und tun so ziemlich alles, um es wiederzubekommen. Sieh doch nur, was sie D … Dad angetan haben.« Er stolperte über das Wort und ich konnte ihm das nicht im Geringsten vorwerfen. »Deswegen hat er wahrscheinlich auch die Bullen angelogen.«

»Ach so.«

Ein paar Minuten lang war es still, daher hielt ich es für sicher zurückzukehren. Sie saßen beide auf der Couch und Jakes Arm ruhte auf der Lehne hinter dem Kopf unserer Mom. Wenig überraschend sah sie ein bisschen benommen drein.

»Braucht jemand was zu trinken?«, fragte ich und versuchte es mit Ablenkung, damit meine Mom Zeit hatte, die Realität der Situation zu verdauen. Ich hielt an der unwirklichen Hoffnung fest, dass sie es kapiert und behalten hatte. Um ihren verirrten Glauben, dass etwas anderes als Geld den lieben alten Paps zurück nach Greensboro geführt hatte, würden wir uns später Gedanken machen müssen.

»Na klar«, sagte Jake. »Bring Mom doch ein Glas Wein, und ich nehme ein Bier.«

»Kommt sofort«, sagte ich und war froh, mich wieder in die Küche zurückziehen zu können.

Jake und ich hatten wohl unsere Differenzen, und ich hing wegen seiner abrupten Abreise vor Jahren definitiv noch an meinem Groll fest. Aber in diesem Augenblick?

Es war verdammt gut, meinen Bruder wieder bei uns zu Hause zu haben.

Ein guter bester Freund ist schwer zu finden

FIONA

»ICH WEIß, du hast mir gesagt, dass du und Nate euch darum kümmern würdet, aber aus Gründen, die ich im Moment nicht erforschen kann, krieg ich die ganze Sache einfach nicht aus dem Kopf. Ich weiß, er ist ein großer Junge – weiß Gott, wenn er noch größer wäre, würde er sein eigenes Land brauchen, in das er dann reinpassen würde. Was soll das übrigens? Gibt es nicht einen Punkt, wo eine Person in den Spiegel guckt und kapiert, dass es kümmerliche Menschen auf der Welt gibt, die die Muskeln eher brauchen als er? Hat seine Mutter ihm nie von den muskelkranken Kindern in der Dritten Welt erzählt?« Wie immer faselte ich vor mich hin, als ich die Einkaufstüten in Laneys Küche hievte.

Eine neue Rezeptidee für Filet Mignon hatte meine Gedanken gequält und ich hatte beschlossen, heute Abend meine Versuchskaninchen auszunutzen. »Egal, ich hoffe jedenfalls, dass ihr Filetspitzen mögt, denn ich bin heute Morgen aufgewacht und hatte einen Heißhunger auf schöne saftige Spitzen. Mmm!«

Ich hörte ein scharfes Einatmen, ein unvollständig ersticktes Kichern, ein tiefes leises Lachen und etwas, dass sich nach einem Knurren anhörte, und alles kam gleichzeitig aus dem an Laneys Küche angrenzenden Wohnzimmer.

Ei, ei, ei, scheiß Leben!

Ich musste wirklich aufhören zu schwadronieren, ohne vorher nach Zeugen Ausschau zu halten. Ich drehte mich langsam von der Theke um und ging zu der Halbwand, die die beiden Zimmer trennte.

Einen kurzen Moment lang dachte ich, dass ich tatsächlich vor Scham sterben müsste.

Es tut mir leid, Herr und Frau Pierce, aber wir konnten nichts tun. Es war eine akute systemische Beschämung (dass die medizinische Gemeinschaft fortan als ASB oder vielleicht »Fiona's Plage« bezeichnen wird). Sie hat sie leider selbst hervorgerufen – sie wissen doch, dass ihre Tochter eine vollkommene und totale Spinnerin war, nicht wahr? Abermals, es tut mir leid.

Auf dem Ruhesessel in der Ecke des Raumes saß Laney auf Nates Schoß, beide mit einem blöden Grinsen in ihren dicken doofen Gesichtern. Arschlöcher! Rocco spielte mit ein paar Monster-Trucks am Couchtisch, und wenn ich da nur hätte aufhören können, dann wäre ich nicht gezwungen gewesen, die Gesichter von zwei Männern zu sehen, die auf der Couch saßen, eines streng und vertraut, das andere heiter und mir völlig fremd.

Ach juhu, ich erweiterte mein Publikum jetzt um beliebige Fremde. Warum passierten immer mir diese Dinge?

»Was ist eine Filetspitze?«, fragte Rocco und hob seine süßen braunen Augen mir entgegen.

Ich ignorierte mein glühendes Gesicht und sah das Kind an, das ich zu meinem von nun an einzigen Freund auserkor. »Das ist ein Teilstück des Vorderviertels vom Rind, dessen vorderer Teil eben Brustspitze genannt—«

»Okay!«, unterbrach Laney und konnte kaum ein weiteres Kichern unterdrücken – was hatte die bloß?! »Es ist ein Rollbraten, Rocco.«

»Krass.«

Na gut, mehr für mich.

Dann, anstatt eine Ablenkung zu erzeugen und mir zu erlauben, zur Eingangstür hinauszuschleichen, wie eine echte beste Freundin das täte, deutete Laney auf die Couch und zwang mich, mich wie eine Erwachsene zu benehmen. »Fiona, du erinnerst dich doch noch an Mark, natürlich. Und das ist sein Bruder, Jake. Jake, Fiona. Fiona, Jake.«

Ich zeigte Laney meinen »Ich-ritz-'ne-Bitch«-Blick und versuchte mich wieder zu fassen und die zwei Stufen in das Wohnzimmer hinab zu steigen. Natürlich blieb mein Absatz an der Schwelle hängen und ich hüpfte ein wenig, bevor ich mich an der Wand festhielt, um die Balance wiederzufinden.

Für meinen Stolz gab es jedoch keine Rettung.

Ich ging weiter zur Couch und sah hoch, zu Jake, der nun höflich dastand und mir die Hand entgegenstreckte. Mit was hat deren Mutter diese Jungs gefüttert? Ich nahm seine Hand, während ich auch sein etwas unanständiges Lächeln aufnahm. Fragt mich nicht, woher ich wusste, dass es unanständig war. Es war einfach so.

»Ich freue mich sehr, Sie kennenzulernen, Fiona«, sagte er und schien ganz erheitert. Oh ja, dieser Kerl bedeutete Schwierigkeiten.

»Ich auch«, gelang mir die Antwort. »Ich bin die ganze Woche noch da, falls Sie sich noch eine Show ansehen möchten.«

Jake kicherte und ich sah um ihn herum – was keine leichte Angelegenheit war, denn es schien, als wären die Brüder beide gierig, was Muskeln betraf –, um Mark zu finden, der aus irgendeinem Grund ein finsteres Gesicht machte. Okay, vielleicht war er ja sauer, dass ich mich über seinen Körperbau ausgelassen hatte oder vielleicht war es meine Unfähigkeit, mich aus den Angelegenheiten anderer rauszuhalten.

Wie auch immer.

»Hallo, Mark«, murmelte ich.

»Shortcake«, war das Einzige, was er sagte,

Oh nein, das hat er nicht!

»Also!«, rief Nate. »Was ist mit dieser Rinderbrust? Hört sich toll an!«

So sehr es mich reizte zu behaupten, dass es nicht genügend Nahrungsmittel für alle gab, und dann eine wichtige Verabredung zu erfinden, die meine Anwesenheit erforderte (denn ihr müsst wissen, die Montagabende sind für Empfangssekretärinnen in der Landschaftsgestaltung meist voll ausgebucht mit Arbeit), stand ich es klaglos durch und kochte für alle das Abendessen. Wem wollte ich was vormachen? Laney wusste, dass ich immer zu viel Essen zubereitete, also hätte ich sie sowieso nicht täuschen können.

Ich muss sagen, ich war mit dem Ergebnis meiner Bemühungen recht zufrieden, und nach den kleinen Stöhnern und dem Nichtstattfinden von Konversation am Esstisch zu urteilen, würde ich sagen, dass mein Rinderrollbraten mit Bourbon und Honig auch bei allen gut ankam – Rocco ausgenommen. Ihm hat mein Kartoffelpüree mit geröstetem Knoblauch zu seinem Hotdog gut geschmeckt. Angehender Feinschmecker in spe.

Zumindest nahm ich an, dass es das Essen war, das alle schweigen ließ, nicht die komische Anspannung zwischen Mark und mir. Oder war ich die Einzige, die sie spürte? Er hatte mich verwirrt. Ich hatte das ganze Wochenende an ihn und die

Szene im Krankenhaus gedacht, hatte ihn nicht aus dem Kopf gekriegt. Und während ich kochte, erwischte ich ihn mehrmals dabei, wie er mich anstarrte – und das brachte mich soweit durcheinander, dass ich beinahe die Glasur hätte verbrennen lassen.

Oje! Aus meinem Kopf, du brutaler Kerl!

»Fiona«, sagte Jake schließlich und wischte sich den Mund mit einer Serviette ab. »Würdest du mich heiraten?«

Ha! Wusst ich's doch! Wie hättest du einen Rinderbraten auch nicht mögen können?! Ich lächelte ihn an.

»Das hängt davon ab, Jake. Was kannst du beisteuern, sprichwörtlich auftischen?« Ich nahm meinen letzten Bissen und nippte an meinem Wein, fest entschlossen, mich auf Bruder Nummer zwei zu konzentrieren. Er war selbst jamjam und nicht ohne, aber es fehlten ihm die Wimpern und die allgemeine Mürrischkeit von Mark. Moment mal. Was?

»Ich kann dir eine Gartenoase bauen und wahrscheinlich ein Ticket für die geilste Bunco-Nacht in Florida besorgen«, sagte Jake nach kurzem Nachdenken.

»Verlockend«, sagte ich und tat so, als würde ich über sein Angebot nachdenken. »Aber ich wohne in einer Wohnung. Und mir ist Mahjong lieber. Ich hoffe, du verstehst das – es liegt nicht an dir, sondern an mir.«

»Du willst also damit sagen, dass ich eine Chance habe.«

Laney und ich lachten und dann schaltete sich Nate ein: »Aber mal im Ernst, Fiona, das war so gut. Ich werde meine Workouts steigern müssen, wenn du mich immer so füttern willst.«

Ich lächelte Nate an und warf dann heimlich Mark einen Blick zu, denn ich war mir sicher, dass er Nate anbieten würde, ihn zu trainieren oder so, doch er saß nur zurückgelehnt auf seinem Stuhl, beäugte mich und nippte an seinem Bier. Hmm.

»Darf ich gehen?«, fragte Rocco und sein dezentes Lispeln

machte die Frage zu dem möglicherweise Bezauberndsten, das ich jemals gehört hatte.

»Na klar, Baby«, antwortete Laney, und der kleine Mann rannte zu seinem Zimmer.

Ich stand auf und fing an mir das Geschirr zu schnappen, doch Laney und Nate stoppten mich gleichzeitig, wie es bei ihnen in Fiona-Nächten so üblich war. Ich weiß nicht, warum ich es überhaupt versuchte.

Und dann, weil ich meine große Klappe anscheinend nicht halten konnte, fuhr ich fort, mich in alle Angelegenheiten der anderen einzumischen. »Also wie geht es eurer Mom?«, fragte ich Mark und Jake.

Jake sah Mark an und sie machten so ein stilles Bruderkommunikation-Ding, bevor Mark schließlich antwortete: »Es geht ihr gut.«

Jeder normale Mensch hätte begriffen, dass diese kurze und bündige Antwort signalisierte, dass es an der Zeit war, das Thema zu wechseln. Und ich? Ich machte weiter, aus irgendeinem lächerlichen Grund. »Und ihrem Freund, der verletzt wurde?«

Mark warf Nate an der Küchentheke einen Blick zu, vielleicht weil er annahm, dass Nate mich über ein paar Details informiert hatte – was er *nicht* getan hatte, sehr zu meinem Ärger. Es war mir nicht einmal gelungen, Laney zum Reden zu bewegen.

Diese Idee, dass Rocco mein neuer bester Freund sein würde, gewann zusehends an Bedeutung. Klar, er war bloß ein Kind, aber wenn ich ihm genug Eiscreme fütterte, würde er sicher mit mir einkaufen gehen. Und außerdem bin ich richtig gut darin, über krasse Ding zu reden, die Jungs total beeindruckend finden.

Jake war derjenige, der schließlich das Wort ergriff. »Es war eigentlich unser Vater, und er ist ziemlich schlecht beisammen, aber er wird durchkommen.« Mark warf ihm einen warnenden Blick zu, während mir die Kinnlade bis zum Tisch herunterfiel.

O mein Gott! Es war mir nicht in den Sinn gekommen, dass es Marks Vater sein könnte. Das war auf jeden Fall eine Erklärung dafür, wieso er und seine Mom im Krankenhaus dermaßen aufgeregt gewesen waren. »Es tut mir ja so leid! Ich hatte ja keine Ahnung«, sagte ich. »Das muss sehr erschütternd sein. Ich bin froh, dass er wieder gesund wird.« Ich plapperte weiter.

»Damit wärst du die einzige Person«, murmelte Mark und brachte mich damit wirkungsvoll zum Schweigen.

»Mark, alle hier wissen, was los ist, warum guckst du nicht, ob jemand hier Ideen hat, wie man das rasch lösen könnte?«, wandte Jake sich an seinen Bruder.

Ich hob die Hand wie ein Kindergartenkind. »Äh, ich glaube, ich kapiere nicht ganz, was los ist.«

»Und wir wollen dich nicht mit unseren Problemen belasten, Shortcake. Richtig, Jake?« Sein Blick war so scharf, dass es schon fast wieder komisch war.

Das war alles so schockierend, dass ich vergaß, wegen der »Shortcake«-Bezeichnung böse zu sein.

Jake sah zwischen Mark und mir hin und her, als würde er plötzlich etwas Interessantes begreifen. Hm? Dann grinste er wie der gottverdammte Tunichtgut, als den ich ihn erkannt hatte, und ich konnte das *Bling* praktisch von dem frechen Funkeln in seinen Augen abprallen hören.

Ach, zum Teufel, nein! Schnell in den Rückwärtsgang des Trucks, bevor jemand auf irgendwelche Gedanken kommt.

Jake fuhr fort: »Ich bin mir sicher, Fiona würde gerne helfen. Also kurz gesagt, Fiona, unser Dad ist ein Mistkerl, wegen dem unsere Mom irgendwie immer noch einen Knacks weghat – obwohl er sie vor Jahren verlassen hat –, und er wird von Kredithaien verfolgt, weil er sich blöderweise einen Arsch voll Geld bei ihnen geborgt hat. Jetzt ist er wieder in der Stadt, wie wir vermuten, um uns in diesen Shitstorm mit hineinzuziehen, und das einzige, woran unsere Mutter denken kann, ist, wie sie ihm helfen und Schrägstrich oder zurückgewinnen kann.«

»Heiliger Bimbam!«, war alles, was aus meinem Mund kam.

»Das kannst du laut sagen«, sagte Laney vom Spülbecken aus.

Danach zogen wir alle mit unseren Getränken zurück ins Wohnzimmer und machten uns an einen kleinen Gedankenaustausch. Soweit ich es beurteilen konnte, war das Ziel, ihre Mutter nicht nur von ihrem Vater, sondern auch von der Abteilung Rechnungswesen und diesen Ganoven, die ihren Mistkerl von einem Vater niedergeprügelt hatten, fernzuhalten.

»Nicht, dass ich gefühllos angesichts des vorliegenden ernsten Themas sein möchte«, fing ich an, »aber hat denn niemand sonst das Bild von Chevy Chase in einem Haifischkostüm vor Augen, wenn das Wort ›Kredithai‹ erwähnt wird?«

»Gott sei Dank, dass ich es nicht als Erster erwähnt habe, aber es hat mich arg unter den Nägeln gejuckt!«, sagte Nate, der darauf von Laney einen heftigen Klaps auf den Arm bekam.

»Haltet die Klappe, ihr beiden. Bin ich die einzige Erwachsene hier?«, schimpfte sie. »Und außerdem war das *land shark*, nicht *loan shark*«, fügte sie leise hinzu. »Wenn ihr schon Arschlöcher sein müsst, dann achtet wenigstens darauf, dass es stimmt.«

Nate und ich grinsten uns nur an und zuckten mit den Schultern, ehe wir unsere Mienen bändigten. Nate räusperte sich und ich sah auf meinen Schoß hinab.

»Die ganze Sache ist aber so seltsam surreal, oder nicht?«, bemerkte Mark.

Puh – mein großes Maul war ihm also doch nicht schon wieder auf den Sack gegangen.

»Warum können wir nicht die Bullen rufen?«, fragte Laney.

»Weil der alte Herr wenigstens einen gewissen Rest von

einem Selbsterhaltungstrieb besitzt. Wenn er zu den Bullen geht, landet er höchstwahrscheinlich in Betonschuhen, und solange er am Leben ist, besteht eine größere Chance, dass sie weiter an ihm dranbleiben und nicht nach Verwandten suchen«, erklärte Jake, der dann seine Aufmerksamkeit auf mich richtete und sagte: »Ich habe mir immer schon ein echtes Gespräch gewünscht, in das ich das Wort Betonschuhe einbauen kann.«

Ich konnte nicht anders – ich kicherte ein bisschen. Bis ich Marks Gesichtsausdruck sah. Wenn ich Jake wäre, würde ich mir eine andere Mitfahrgelegenheit zurück nach Hause suchen, damit er nicht derjenige war, der in den Betonschuhen landete.

Was sollte das? Er muss sein Höschen schön hurtig aus der Ritze ziehen, ehe sein finsteres Gesicht vorzeitige Falten erzeugt. Versteht er denn nichts von Hautpflege?

»Also wie sieht hier das Spielende aus?«, fragte Nate. »Nicht, dass ich brutal klingen will, aber wollt ihr ihn diesen Kerlen ausliefern? Oder wollt ihr ihn nach Mexiko davonzaubern oder so was? Wollt ihr das Geld auftreiben und ihm dann drohen, dass er nie wieder zurückkommen soll?«

»Ich sage, die sollen sich ruhig noch mal über ihn hermachen«, sagte Mark.

Aua.

»So einfach ist das nicht und das weißt du, kleiner Bruder«, sagte Jake.

Ahh.

»Ich weiß, aber ein Kerl darf doch wohl noch träumen, oder nicht?«

»Okay, also Option eins fällt weg«, stellte Nate fest. »Was ist mit Option zwei?«

»Was hält die Typen davon ab, Mom zu jagen, wenn das Arschloch plötzlich verschwindet?«, fragte Jake.

»Wir wissen nicht mal, ob die sie auf dem Radar haben«, erwiderte Mark.

»Man sollte sie von denen am besten fernhalten«, schloss Laney.

»Ja, das ist ja das Problem. Sie will involviert sein«, gab Mark zurück.

»Na dann werden wir einen Weg finden müssen, wie wir sie von der Bildfläche verschwinden lassen können, ohne dass sie es gleich durchschaut, während ihr Jungs euch um den Rest kümmert«, sagte ich mit einem dezenten Lächeln, während meine Gedanken bereits um Pläne kreisten.

Ich sah Laney an. »Bist du dabei?«

»Klaro.«

Nate legte den Kopf in die Hände und murmelte: »Jetzt geht's los.«

Was liebe ich doch ein schönes Projekt.

Also vielleicht ist das so ein Ding

MARK

»ICH FASSE ES NICHT, dass ich mich von euch habe dazu überreden lassen«, murrte Mark beim Heimweg von Laneys Haus.

Das Essen war unglaublich gewesen – Shortcake konnte wie eine echte Meisterin kochen. Ich hatte mehr als nur ein paar Minuten damit verbracht, ihr dabei zuzusehen, wie sie hackte, rührte und röstete, und ich sah gerne mit an, wie diese Handlungen entspannte Freude in ihre zarten Gesichtszüge zauberten. Es fühlte sich jedoch seltsam vertraut an, daher versuchte ich meine Aufmerksamkeit gewaltsam auf andere Dinge zu lenken. Mit wenig Erfolg.

Ich würde lügen, würde ich behaupten, dass ich seit der Notaufnahme nicht an sie gedacht hatte. Wie sie mich an solch einem Tag hatte zum Lachen bringen können, war mir ein völliges Rätsel; eines von vielen, was diese Frau betraf. Das Problem war, dass ich keine Zeit für weitere Komplikationen in meinem Leben hatte, und ihr stand »Komplikationen« schon ins Gesicht geschrieben. Es ist nicht so, dass ich sie orgeln und dann nie wieder treffen würde. Keine Option.

Aber nachdem ich heute Abend diese kleine Schimpfkanonade über meinen Körper gehört hatte, konnte ich nicht anders, als sie »Shortcake« zu nennen. Wenn mich mein Gedächtnis nicht trügt, war das Teil meiner Eröffnungsworte gewesen, als wir uns das erste Mal begegneten. Damals hatte es ihr nicht gefallen und jetzt machte es sie sicher auch mordssauer. Ein wenig Spaß musste aber sein.

Und ich gebe zu, nach dem anfangs unangenehmen Gefühl, dass wir eine meiner Ansicht nach private Familienangelegenheit besprachen, war es in gewisser Weise doch eine Erleichterung, die Last ein wenig teilen zu können. Selbst wenn das bedeutete, sie mit Fiona zu teilen. Wie immer hatte Nate ein großes Talent dafür, die Dinge in handliche Stücke zu zerteilen, und als der Abend zu Ende war, hatte ich das Gefühl, dass wir so etwas wie einen Schlachtplan hatten.

Einmal hatten Fiona und Laney sich entschuldigt, angeblich um Rocco zu Bett zu bringen, doch es war klar, dass sie Pläne schmiedeten.

Das machte mich nervös.

Ich wusste logischerweise, dass meine Mom viel Scheiße überstehen konnte, aber meiner Meinung nach sollte man immer behutsam mit ihr umgehen.

Als sie ins Zimmer zurückkehrten, versuchten es die Mädels mit Feingefühl, während sie Fragen über meine Mom stellten – wo sie arbeitete, wann sie frei hatte, wofür sie sich interessierte. Schließlich verzichteten sie ganz auf Verstellung und fragten einfach nach ihrer Nummer. Jake beantwortete die meisten ihrer Fragen, obwohl ich keine Ahnung hatte, woher er das wusste, obwohl er in einem entfernten Staat wohnte. Vielleicht achtete er mehr auf diese Dinge, als ich ihm zutraute.

Ich, der den ernsten Ton, den der Abend hervorgebracht hatte, gründlich satthatte, strengte einen Themenwechsel an und bald schon stritten wir uns über College-Basketball – ich liebe es ja so, Nate wegen seiner Treue zu Notre Dame zu hänseln.

Einmal, nach einer besonders gut platzierten Beleidigung, ließ ich das Mikro fallen, entschuldigte mich und suchte die Toilette auf. Als ich fertig war und auf den Flur hinaustrat, wurde meine Aufmerksamkeit von einem leisen melodischen Geräusch gefesselt, das aus einem der Zimmer kam. Ich ging nach links, um nachzusehen, anstatt rechts abzubiegen und mich wieder zur Gruppe zu gesellen. Vielleicht lauschte Rocco Musik, anstatt zu schlafen. Ich war schon an einigen Abenden hier gewesen und wusste, dass das Kind gerne seine Schlafenszeit so lange wie möglich hinauszögerte.

Als ich zu seiner Tür kam und hineinguckte, sah ich jedoch Fiona, die auf seiner Bettkante hockte und ihm leise vorsang. Die Szene war zugleich einnehmend und bizarr. Da war diese klugscheißende, dominante Frau – kaum größer als ihr pyjamatragender Schützling – und sang dem schläfrigen kleinen Jungen ein altes Beatles-Lied vor. Sie hatte sich in Schale geworfen, trug hohe Stöckelschuhe und was, wie ich nur vermuten konnte, ein sauteures Designer-Outfit war, schien aber seltsamerweise wie dafür geschaffen, auf einem Berg zerknitterter Löschfahrzeug-Bettwäsche zu sitzen.

Meine Haut wurde warm. Ich fühlte mich langsam wie ein Eindringling, ein Voyeur, und versuchte mich rückwärts davonzuschleichen. In der Eile stieß ich mit meinem Stiefel versehentlich gegen den Türrahmen und zog sofort Fionas Aufmerksamkeit auf mich.

Sie stand plötzlich auf und vergaß ihre Aufgabe, dann sah sie rasch nach, ob Rocco auch wirklich schlief. Diese geilen Haare flatterten ihr um das Gesicht und sie versuchte, eine Seite hinter ihr Ohr zu klemmen, als sie zu Boden sah und sich leise auf den Flur hinausbegab. Ihre Wangen waren gerötet.

»Du hast eine schöne Stimme«, flüsterte ich; ich konnte nicht anders.

»Oh, danke.« Anscheinend war das nicht, was sie von mir zu hören erwartet hatte. »Ich habe nur versucht, ihm beim Wiedereinschlafen zu helfen. Albtraum«, erklärte sie leise und war offensichtlich noch immer unangenehm berührt, dass sie dabei ertappt worden war.

»Ich habe meinem Hund immer vorgesungen«, platzte ich heraus.

Was?! Halt die Klappe, du Arschloch!

Ich weiß nicht, was mich geritten hatte, dass ich das sagte, außer vielleicht dass ich nicht wollte, dass es ihr peinlich war, dass ich bei einem wirklich süßen Ereignis anwesend gewesen war – das und, na ja, dass es eben stimmte. Daisy hatte es geliebt, wenn ich ihr vorsang – dieser Hund war ein riesiger Fan von Notorious B.I.G gewesen.

Fiona lächelte und sah zu mir auf. Dann fing sie an zu kichern und ich beruhigte sie, während ich Roccos Tür schloss.

»Es tut mir leid. Das war wirklich unhöflich. Das war süß. Wirklich.« Sie versuchte,sich zusammenzureißen.

»Ich habe keine Ahnung, warum ich das gesagt habe«, murmelte ich. »Wenn du damit fertig bist, mich auszulachen, lass uns zurückgehen und Nate noch ein bisschen quälen.« Ich versuchte sie finster anzusehen, aber es funktionierte nicht.

Sie knabberte an ihrer Lippe.

Verdammt, war das geil.

»Einverstanden«, sagte sie schließlich und stolzierte den Weg zum Wohnzimmer zurück.

Vermutlich hatte es mich, als ich ihr auf den hübschen kleinen Hintern starrte, als sie vor mir ging, schon ein klein wenig erwischt.

Als Jake und ich uns später an diesem Abend erhoben, um zu gehen, umarmte uns Laney, während Fiona ein wenig unbeholfen danebenstand. Sie schien sich schließlich aber doch zu fangen und entschied sich für ein Lächeln und Winken für Jake und einen Schlag auf meinen Arm, wonach sie ihren Blick einen Hauch zu lange auf dem Bizeps ruhen ließ, den sie vorhin attackiert hatte. War es möglich, dass die kleine Miss »Geh-und-friss-einen-Sack-Schwänze« mich doch nicht so unangenehm fand?

Interessant.

Jake unterbrach meine Träumereien. »Was? Diesen Leuten bedeutest du offensichtlich etwas – was kann es denn schaden, wenn du sie helfen lässt?«, fragte er vom Beifahrersitz meines Trucks aus.

»Fiona bin ich doch total scheißegal. Sie ist nur eine gelangweilte kleine – Betonung auf *kleine* – reiche Göre, die ein Projekt sucht.« Ich wusste, dass ich mit dem Leugnen ein wenig zu dick auftrug.

»Was immer du sagst, Mann.«

»Was soll das denn heißen?« Ich nahm die Augen von der Straße, um ihn anzustarren.

»Es ist so offensichtlich. Ihr beide macht das Ganze ›Ich-hasse-dich-so-sehr-ich-will-dich-zu-Tode-ficken‹-Ding.«

»Das ist *kein Ding*!« Und nein, tun wir nicht. Sie denkt, ich wäre ein Steroid-besessener Idiot und ich finde sie nicht mal attraktiv. Ich habe kleine Kinder gesehen, die hatten größere Titten als sie.« Okay, das war ein bisschen übertrieben. Und fies. Dann sind ihre Titten eben nicht groß, aber sie sind definitiv da. Und vielleicht habe ich bemerkt, vielleicht auch nicht, dass sie aufrecht und spitz sind. So wie sie irgendwie.

Scheiße.

»Wenn du mich fragst, ich finde, sie ist heiß, wenn nicht ein bisschen … wie lautet das Wort, dass ich suche?« Jake schloss konzentriert die Augen und ich hoffte, dass er es einfach fallenlassen würde. »Hyper?«, probierte er und schüttelte dann den Kopf. »Theatralisch?« Er drehte sich zu mir.

»Ich glaube, das Wort, nach dem du suchst, ist ›blond‹«

»Das ist es!« Er zeigte mit dem Finger auf mich und ich verdrehte die Augen. »Ich glaube, eine scharfe kleine Blondine wäre nicht das Schlechteste«, sagte er sinnierend und mit einem raschen Blick zu mir.

Ich unterdrückte das Hochkommen in meiner Brust. Er war so qualvoll offensichtlich bei seiner Ködertechnik, dass er mir fast leidtat. »Ach, Mensch, Jake«, sagte ich todernst. »Bitte bumse sie nicht, Mann.« Ich drehte mich zu ihm und redete in meiner normalen Stimme weiter: »Ist das der Teil, wo ich besitzergreifend knurren sollte?«

»Okay, Schwachkopf. Touché. Aber ich weiß, du findest, sie ist heiß«, sagte er, grinste und flüsterte, »Shortcake.«

Ich zeigte ihm den Stinkefinger. »Es ist egal, was ich denke – sie hasst mich und im Moment kann ich sowieso keinesfalls noch mehr Drama gebrauchen. Apropos, was zur Hölle werden diese beiden Hexen mit unserer Mutter anstellen?«

»Wer zum Teufel weiß das schon, aber sie scheinen etwas in petto zu haben, deswegen bin ich voll dafür, sie mal machen zu lassen, während wir uns um den Rest kümmern.«

Und dann, ganz nebenbei, sagte er: »He, hast du gewusst, dass Mom in unserem alten Zimmer noch Trophäen aus der Mittelschule im Regal hat?«

Ich zuckte zusammen. Ein Teil von mir war froh, dass wir das Thema von dem winzigen Teufel fallenließen, aber der andere Teil war noch nicht bereit, über Moms Verhalten zu reden. »Das ist mir bewusst.« Es war kein Geheimnis, dass sie mit einem Bein in der Vergangenheit lebte – eine Vergangenheit, die sie irgendwie schaffte zu verschnulzen.

»Wer hebt denn Debattierteam-Trophäen auf? Ich meine, Sporttrophäen vielleicht …«, stachelte er mich auf. »Ich habe die Dinger gestern Abend gesehen und mich zu Tode amüsiert. Ich wette, Mom hat ein ganzes Album mit Bildern irgendwo versteckt, auf denen ein pickeliger kleiner Mark mit schiefer

Krawatte wie ein neunzig Pfund schwerer Politiker auf irgendeinem Podium einen Vortrag hält.« Er lachte leise.

Ich wollte ihm nicht sagen, dass er recht hatte. »Lach dich ruhig kaputt, Arschloch.«

Er schien den Verstand verloren zu haben, denn genau das tat er und hat sich fast krankgelacht auf meinem Beifahrersitz.

»Wenn du dich anpinkelst, dann werde ich ranfahren und dir eine auf die Kehle verpassen, ich schwör's.« Er hielt seinen Zeigefinger hoch, um anzuzeigen, dass er eine Minute brauchte. »Im Ernst, von dreitausend Spermien bist du derjenige, der's geschafft hat? Das hält man ja im Kopf nicht aus.« Und das brachte ihn wieder zum Lachen.

Mom arbeitete eine Abendschicht in ihrem Kellnerinnenjob, doch ich beschloss, mit ins Haus zu kommen, anstatt Jake nur abzusetzen. In der Hoffnung, nach ihr sehen zu können. Wir waren erleichtert, dass sie es kommentarlos in die Arbeit geschafft hatte und insbesondere ohne zu versuchen, wieder beim Krankenhaus vorbeizuschauen. Ich hoffte, dass die Information, die Jake letzte Nacht hatte fallen lassen, Eindruck auf sie gemacht hatte, dennoch wollte ich es selbst sehen.

Beim Betreten des Zuhauses meiner Kindheit dachte ich eigentlich kaum noch an meinen Vater, in den letzten Tagen hatte sich das jedoch geändert. Wenn ich jetzt in das kleine Zweifamilienhaus trat, sah ich nur den fleckigen, abgenutzten Teppich vor dem Lehnstuhl, wo mein Vater seine lehmverkrusteten Arbeitsstiefel immer abgelegt und sich dann später über die schmutzigen Böden beschwert hatte. Und den Spiegel über dem Eingangstisch mit dem Sprung in der Ecke, der daher rührte, dass er während einer seiner Schimpfkanonaden heruntergefallen war, nur um dann in derselben Nacht von meiner Mutter aufgehoben und repariert zu werden. Dann war da der wackelige Eichentisch in der Küche, wo Jake und ich bei unseren Versuchen, uns das Zurückreden zu verkneifen, als der alte Herr kaum verborgene Beleidigungen und Kritisierungen von sich schleuderte, uns so fest auf die Zunge bissen, dass wir fast zu bluten anfingen.

Ich konnte ihn auf dem entferntesten Stuhl sitzen sehen, so hell wie der Tag, die Haare zurückgekämmt, einen vollen Teller vor sich und eine Dose Old Style in der Hand. »Joey Walker, das ist ein toller Junge. Ich wette um Geld mit dir, dass sein Vater verdammt stolz auf ihn ist. Hast du den Pass gesehen, den er gestern Abend geworfen hat? Und ich habe bemerkt, dass er bei den Damen auch nicht übel abschneidet, hm? Hast du die Cheerleaderin gesehen, bei der er sich nach dem Spiel eingeschmeichelt hat? Hui!«

»Kennst du ihn?«, hatte er mich gefragt. »Was rede ich da?« Dann hatte er gekichert. »Natürlich kennst du so einen Kerl nicht.« Sein Fokus hatte sich auf meinen Bruder verlagert. »Jake, du kennst ihn. Vielleicht, wenn du dich beim Training mehr anstrengen würdest, würdest du mehr Spielzeit wie Joey bekommen, hm? Das ist vielleicht ein Junge. Reich mir mal die Kartoffeln, Mary.« Mary war selbstverständlich der Spitzname, den er mir gab.

Mein Schweben in Erinnerungen wurde unterbrochen, als Jake vor mich trat. Meine Augen rissen sich vom Tisch los, um auf Jake und das IPA in seiner ausgestreckten Hand zu fokussieren.

»Nö, Mann, ich muss bald heimfahren.«

»Wie du willst«, erwiderte er und ließ sich aufs Sofa fallen. Wenigstens war das nicht die gleiche Couch wie in unserer Kindheit. Ich hatte meine Mom letztes Jahr endlich dazu gebracht, einer neuen zuzustimmen, als die Federn in der alten sich buchstäblich durch die abgewetzten Kissen bohrten. Diese neue war nichts Ausgefallenes, aber meine Mom hatte mir gestattet, sie für sie zu kaufen, und wenigstens musste ich nicht mehr riskieren die Nüsse abgeschnitten zu kriegen, wenn ich mich draufsetzte.

Sie reagierte immer gereizt, wenn ich versuchte, Sachen in ihrem Haus zu reparieren und bestand darauf, dass es gut war, so wie es war, und dass sie nicht wollte, dass ich mein Geld für sie ausgab. Da ich in der Baubranche arbeite, hatte ich jedoch ein paar Verbesserungen an dem Gebäude vornehmen können, mittels Restmaterial von anderen Projekten. So hatte sie einen neuen Boden im Eingangsbereich und Arbeitsplatten in der Küche bekommen. Den Küchenboden hatte ich aus der Tasche zahlen müssen, aber das sagte ich ihr nicht. Ich wollte nur, dass sie einmal in ihrem Leben etwas Schönes hatte.

»Verdammt, es ist seltsam, wieder hier zu sein.«, sagte Jake, während er einen Schluck nahm und sich umsah.

»Wie lange ist es überhaupt her?« Meine Frage war von meiner plötzlichen schlechten Laune geprägt, obwohl ich sehr wohl wusste, wie lange es her war, und sie nur stellte, um zu erreichen, dass er es aussprach. Ich fing an, in dem kleinen Zimmer auf und ab zu gehen.

Meine Stimmung nicht wahrnehmend, erwiderte Jake: »Ich glaube, es ist über ein Jahr her – vorletzte Weihnachten etwa.«

Meine Antwort war ein Ächzen.

»Was ist dir denn plötzlich in den Arsch gekrochen?«, fragte mein Bruder, der es zwar versuchte, dem es aber nicht gelang, eine lässig amüsierte Miene zu machen.

»Ach, ich weiß nicht – bin vielleicht 'n bisschen müde«, sagte ich durch zusammengebissene Zähne hindurch. Im Zimmer bekam man langsam Platzangst. Ich wollte den alten Lehnstuhl aufheben und ihn auf die Bordkante hinauswerfen. Scheiße, was hatte ich denn bloß?

»Ach, spuck es einfach aus – ich wusste sowieso, dass das kommen würde, also leg los.« Jake schleuderte einladend einen Arm zur Seite.

»Tu nicht so, als würde ich so eine Art Teenager-Wutausbruch haben – wenn wir darüber reden wollen, wer der Erwachsene in diesem Raum ist, dann wissen wir beide, glaube ich, dass es scheißsicher nicht du bist!«

Er kratzte sich seitlich an seinem dunklen Dreitagebart. »Tut mir leid, okay.! Ich war achtzehn. Der einzige Gedanke, der mir kam, war, wie ich verdammt noch mal aus dem Haus dieses Mannes rauskam, bevor ich ihn umbrachte. »Kannst du dich nicht mehr erinnern, wie das war, achtzehn zu sein? In dem Alter sind wir doch alle egoistische Idioten.«

Ich hörte mit dem Herumgehen auf und starrte ihn ungläubig an. WZT?!

»Ja, Jake. Ich erinnere mich sehr wohl, wie achtzehn zu sein war – offensichtlich liegen Welten zwischen unseren Erfahrungen. Du bist weggerannt, um ›dich zu finden‹ und ich bin hier festgesessen!« Er öffnete den Mund, um mich zu unterbrechen, aber ich hatte einen Lauf. »*Mein* Achtzehn bedeutete, dass ich mich um Mom kümmern und sicherstellen musste, dass sie ihre Medikamente täglich einnahm – sicherstellen, dass sie in die Arbeit kam, damit sie ein Dach über dem Kopf behalten konnte und ihre Versicherung nicht verlor. Es bedeutete, in der Stadt zu bleiben, in Vollzeit zu arbeiten und Kurse an der Volkshochschule zu besuchen, denn Gott weiß, was passiert wäre, wäre niemand hiergeblieben, um ein Auge auf die Dinge zu haben. So war das, achtzehn zu sein, Jake«, zischte ich.

Herrgott, es fühlte sich gut an, das loszuwerden, aber gleichzeitig fühlte ich mich wie eine Art Scheißkerl – das war praktisch Schnee von vorgestern und ich glich langsam wirklich einem Teenager mit einem Wutanfall.

Scheiße.

Ich sank neben ihm auf der Couch zusammen, jeglicher Kampfgeist war mir entwichen.

»Wie lange genau hast du schon darauf gewartet, mir das zu sagen?« Er stieß mich am Arm.

»Ach, nur fünfzehn Jahre ungefähr. Nicht lange.« Ich seufzte.

»Tut mir leid, kleiner Bruder. Ich weiß, dass das keine Entschuldigung ist, aber ich war ein junges, egoistisches Arschloch, der nicht weiter als in die unmittelbare Zukunft blicken konnte. Wenn es dich tröstet, ich habe es ungefähr dreißig Minuten nach Beginn des Trainingslagers bereut, dass ich bei den Marines angeheuert hatte.«

»Ein bisschen vielleicht. Moment mal. Ich dachte, du mochtest die Marines?« Ich drehte mich zu ihm.

»Ich glaube nicht, dass irgendjemand die Marines ›mag‹. Im Endeffekt habe ich dann schon viel gelernt und ich bin dadurch auch erwachsen geworden. Mensch, so viel ist sicher. Danach hätte ich aber nach Hause kommen sollen. Ich hätte dir helfen sollen, auf Mom aufzupassen. Ich wusste bloß nicht, wie ich es bei dir wiedergutmachen sollte, und dann habe ich es immer wieder hinausgeschoben und mir gesagt, dass du bei dem Scheiß sowieso immer besser gewesen bist als ich. Ich weiß, dass das dumm war.«

»Scheiße.« Ich klaute ihm sein Bier. »Jetzt bist du ja da. Und du scheinst zu Mom viel besser durchdringen zu können, als ich es kann.«

Er schnappte sich das andere Bier, das ich vor ein paar Minuten abgelehnt hatte. »Das ist, weil ich die letzten paar Jahre damit verbracht habe, mein Talent bei reizenden alten Damen zu schärfen.«

»Nicht. Das hört sich verdammt beunruhigend an.«

»Arschloch.« Er gab mir erneut einen Schubs.

»Schwachkopf.« Ich gab ihm einen härteren Stoß zurück und schaffte es, ihn von der Couch zu stoßen.

Ich *wusste*, dass ich stärker war als er.

»Du wirst hier in der Stadt ins Fitnessstudio gehen müssen, wenn du mit mir mithalten willst, Bruderherz.«

In dem Moment ging die Eingangstür auf und unsere Mom

kam herein, entdeckte mich auf der Couch und Jake auf den Boden gestreut. Sie lächelte. »Was für eine nette Überraschung – meine zwei Jungs hängen miteinander ab. Fühlt sich an wie in alten Zeiten.« Sie schien gut gelaunt zu sein.

»He, Mom«, sagten wir gleichzeitig, was mir das Gefühl gab, als wären wir tatsächlich wieder Kinder.

»Wie war die Arbeit?«, fragte Jake, während er sich vom Boden erhob und versuchte, dabei sein Bier nicht zu verschütten.

»Wie immer – alles paletti.« Sie legte ihre Tasche auf den Eingangstisch und wandte sich wieder uns zu. »Ach, und ich habe einen so seltsamen Anruf gekriegt. Es war das Mädchen, dass dich unlängst im Krankenhaus begleitet hat – Fiona?«

Oh, Scheibenkleister.

»Was hat sie gesagt?« Aus Angst wollte ich nicht fragen, tat es aber dennoch. Das war so, wie wenn man einen Verband abzieht – am besten schnell, damit es rasch vorbei ist.

»Das war ganz seltsam. Sie hat mich zum Essen eingeladen.« Sie hatte ein zartes Lächeln im Gesicht, erinnerte sich offensichtlich an Einzelheiten des Gesprächs. Dann stieß sie ein kurzes Lachen aus.

Interessant.

»Auf jeden Fall gehen wir am Mittwoch aus.« Sie ging zur Küche und rief hinter sich: »Braucht ihr Jungs eine Jause?«

»Immer«, erwiderte Jake.

Ich blieb stumm, war zu sehr damit beschäftigt, was Fiona bloß gesagt hatte, dass sie nicht nur eine so unerwartete Reaktion bei meiner Mutter hervorrief, sondern sie sogar dazu gebracht hatte, einem Mittagessen mit einer völligen Fremden zuzustimmen.

Wusst ich's doch. Shortcake war eine Hexe.

Mit mir kann das A-Team nicht mithalten

FIONA

ICH WAR wie der verdammte Hannibal vom A-Team. Dieser Plan lief ja wie ein Mo-Fo! Und es war keine Lüge, wenn ich sagte, dass ich ein gutes Projekt mag – das war ein Gebiet, wo sich mein Talent, Listen anzulegen, als äußerst nützlich erwies.

Noch bevor die Beckett-Jungs Laneys Haus verlassen hatten, hatten sie und ich uns eine solide Strategie ausgedacht. Der Plan beinhaltete, deren Mom anzurufen, die auf den Namen Kelly hörte, wie wir erfuhren, und sie zu einem Willkommensdinner einzuladen, das wir für Jake abhalten wollten. Wer freut sich nicht über eine Ausrede, leckeres Essen zu verspeisen und Wein zu trinken und dabei neue Freunde zu finden? Natürlich war der wahre Zweck des Anrufs, Kelly dazu zu bewegen, einen Teil ihrer Freizeit mit uns zu verbringen, um so ihre Gedanken von ihrem Ehemann und ihren Hintern vom Krankenhaus fernzuhalten.

Ich rief sie auf ihrem Handy an und erwischte sie zufällig auf ihrem Heimweg von der Arbeit. Das Vorstellen war zwar ein bisschen peinlich, denn ich musste das Krankenhaus erwähnen, aber ich beschönigte es rasch mit meiner typischen Flatterhaftigkeit und fuhr direkt fort.

Vielleicht habe ich versehentlich angedeutet, dass ihre Söhne und ich uns schon länger kannten, als das eigentlich der Fall war. Okay, also ich log geradeheraus. Aber es war ja für einen guten Zweck! Und ich kannte sie ja tatsächlich über Nate, den ich über Laney kannte – und wenn etwas Kevin Bacon involviert, dann ist es okay. Und weil wir gerade von Kevin Bacon reden, der Heini ist beängstigend dünn geworden – iss 'n Sandwich, Mann.

Wie auch immer. Ich fragte Kelly nach Jakes Lieblingsspeise seiner Kindheit und schlug dann vor, dass ein paar peinliche Fotos eine gute Ergänzung wären, währenddessen ich sie in ein freundliches Gespräch verwickelte.

Nicht allzu überrascht stellte ich fest, dass sie eine sehr nette Frau war und viel Humor besaß. Und ich wusste auch schon genau, wie ich eine Mutter von zwei erwachsenen Jungs dazu bringen konnte, dass sie sich für mich erwärmte. Jede Mutter hört gerne etwas Gutes über ihre Söhne, während sie auch versteht, dass ein Mädchen, dass deren Fehler nicht sah, ein leichtes Opfer war und niemals Erfolg haben würde. Besonders nicht bei den zwei Bestien, die sie aufgezogen hatte.

Als der Anruf zu Ende war, hatte ich einen Termin für ein Mittagessen mit Kelly, Laney und mir an Kellys nächstem freien Tag fest vereinbart. Sie verabschiedete sich fröhlich und versprach,Fotos mitzubringen. Insgeheim hoffte ich, dass es auch ein paar peinliche Schnappschüsse von Mark geben würde, danach gefragt habe ich jedoch nicht.

»Und so macht man das«, verkündete ich Laney, als ich auf die Taste zum Beenden des Gesprächs drückte und mein Handy auf die Arbeitsplatte legte.

»Ich muss sagen, ich bin ziemlich beeindruckt. Du warst saumäßig charmant!«

»Was für ein nettes Kompliment.« Ich starrte sie schelmisch an.

»Du weißt schon, was ich meine.« Sie zog die Augenbrauen zusammen. »Du kannst mit jedem reden und du bist nie schüchtern oder so – das ist wirklich eine außergewöhnliche Gabe.«

»Ahh, das ist lieb. Aber du musst wissen, dass das nur ist, weil ich es derart gewohnt bin, mich lächerlich zu machen, dass es mich nicht mehr juckt. Ich öffne einfach den Mund und es kommt Scheiße raus.« Ich hielt einen Augenblick inne. »Moment mal, das hat sich nicht richtig angehört, oder? Siehst du? Es stimmt!«

Sie lachte mich an, als Nate um die Ecke in die Küche kam. Einen Augenblick lang betrachtete ich ihn bewundernd, wie ich das oft tue, und musste ihn seltsamerweise mit Mark vergleichen. Waren Nates Arme ein bisschen dürr geworden, seit ich ihn das letzte Mal gesehen hatte? Nein. Nicht möglich – das war erst vor ein paar Tagen gewesen.

Meine Gedanken schweiften zurück zu dem Augenblick im Eingangsbereich, als ich dummerweise beschlossen hatte, dass ein Stoß gegen den Arm ein passender Abschied für Mark wäre. Sein Arm war wie Stahl und anscheinend entwickelte ich eine Vorliebe für Stahl. Ich hatte ihn dort im Eingangsbereich praktisch ausgezogen vor meinem geistigen Auge – wie armselig. Und so, wie er mich angesehen hatte, glaube ich nicht, dass das unbemerkt geblieben war. Verdammt. Es muss wohl diese Geschichte über seinen Hund gewesen sein, die mir ans Herz gegangen war. Doppelt verdammt.

»Was ist denn so lustig?«, fragte Nate und zog meine Aufmerksamkeit auf sich.

»Fiona«, erwiderte Laney, die mich noch immer anlächelte.

»Na klar«, war seine Reaktion, also stieß ich ihn an den Arm. Was war heute Abend mit mir los? Wenigstens Nate war so freundlich so zu tun, als hätte es wehgetan.

»Also ich kapier's nicht wirklich«, sagte Laney.

»Was? Er hat mich beleidigt, also habe ich ihn geschlagen.« Klang ich ein bisschen defensiv?

»Nicht das«, sagte sie. »Wenn mir jemand einen Haufen Geld schuldet, warum sollte ich dann versuchen, ihn zu töten? Dann würde ich mein Geld doch nie zurückkriegen.«

Nate lehnte sich an die Theke und verschränkte die Arme. »Nicht, dass ich persönliche Erfahrung damit habe, klarerweise, aber ich habe genug Filme gesehen, dass mich manche Menschen durchaus für einen Experten halten.« Laney und ich sahen ihn an und verdrehten beide unsere Augen, doch er fuhr unbeeindruckt fort. »Meine Theorie ist, dass sie entweder nie vorgehabt hatten ihn zu töten – nur schwer genug zu verletzen, um ihn zu Tode zu erschrecken – oder er hat sie so sehr beschissen, dass sie sich dachten, sie machen ihn einfach kalt und nehmen sich all seinen Besitz. Dann hätten sie wenigstens etwas – und sie würden sich den Rest dann von seinen Verwandten und Bekannten holen. Natürlich ist es das, was Mark und Jake die meisten Sorgen bereitet.«

Das hörte sich alles logisch an, würde ich sagen. Es machte mich auch richtig sauer – was hatte Kelly getan, dass sie auch nur die Androhung von so etwas verdiente? Ich wurde dadurch nur noch entschlossener, ihnen allen auszuhelfen und sie dabei als Freundin zu gewinnen. Wir Mädels müssen schließlich zusammenhalten. Vaginas, vereinigt euch!

Es muss eine potenzielle Superheldengeschichte zu diesem tollen Slogan geben! Schade, dass ich nicht auf Comics stehe.

Ich schaffte es, bis Mittwoch, den Tag unseres Mittagessens mit Kelly, durchzuhalten, ohne zu oft an Mark zu denken – oder seine Arme. Und das soll heißen, dass ich nur ein paarmal unter der Dusche und vielleicht ein paarmal bei der Arbeit, wenn ich die Ablage machen sollte, an ihn gedacht habe. Gar nicht schlecht. Aber selbst ich, die Königin des bedeutungslosen Sex, konnte zugeben, dass das durchaus zu einem Problem werden konnte. Ich meine, jemanden nur so zum Spaß zu bumsen, der Teil unseres Freundschaftsnetzwerkes war, war eine fürchterliche Idee. Selbst wenn diese Person zufälligerweise scharf war und seinem Hund vorsang. Ich musste einfach versuchen mir in Erinnerung zu rufen, wie gut er mich ärgern konnte, dann würde ich ihn gar nicht haben wollen. Ja – guter Plan.

Genau genommen hatte ich nur eine Stunde Zeit fürs Mittagessen, aber ich war gut im Erschleichen von mehr Zeit hier und da – es war eines der großen Rätsel im Leben, wieso ich so oft gefeuert wurde. Da Laney dazu neigte, sich an die Richtlinien ihrer Firma tatsächlich zu halten, beschlossen wir, uns mehr in der Nähe ihres Büros zu unserer mittäglichen Mädelsrunde zu treffen.

Als ich mich in meiner besten Skinny-Jeans und einem Hammer-Paar Tory-Burch-Sandalen in das kleine italienische Bistro wagte, entdeckte ich Kelly sofort und mir fiel plötzlich auf, wie sehr sie Jake ähnlichsah – dunkle Haare, dunkler Teint und auffällige Wangenknochen. Kelly war auch recht groß gewachsen, was natürlich nicht viel heißen will, wenn ich es sage, und war recht hübsch, wenn ihr nicht die Tränen über die Wangen liefen, wie bei unserer letzten Begegnung.

Mir war auch klar, dass sie eine dieser Frauen war, die nicht wusste, wie sie ihre Schönheit hervorheben konnte, und sehr wenig Zeit für sich selbst aufwendet. Sie trug eine alte Jeans, eine um zwei Nummern zu große Strickweste, und kein Tüpfelchen Make-up. Ich witterte ein weiteres Projekt am Horizont und meine Inneren Modekennerin gab ein vergnügtes meckerndes Lachen von sich. Im Unterschied zu Schuld war sie ein wunderbarer Hausgast.

Kelly hatte mich noch nicht bemerkt, als sie neben der

Empfangstheke stand und ihre Tasche fest umklammert hielt, während sie nervös von einem Fuß auf den anderen trat.

»Kelly!« Ich ging freundlich lächelnd auf sie zu. Sie wendete den Blick zu mir und ein wunderschönes Lächeln ließ ihr Gesicht erstrahlen. Was zum Teufel bewog diese Frau dazu, sich wegen einem Loser wie ihrem Deppen von einem Ehemann vor Kummer zu verzehren? Ich umfasste ihre Hand mit meinen Händen. »Es ist so schön, Sie richtig kennenlernen zu können.«

»Sie auch, Fiona – vielen Dank für die Einladung«, sagte sie ein wenig schüchtern.

»Gern geschehen«, erwiderte ich und sah mich dann um. »Ich sehe Laney noch nicht, aber lassen Sie uns vorausgehen und einen Tisch wählen.«

Sie nickte, und bis wir dann an einem Fenstertisch Platz genommen und die Speisekarten gereicht bekommen hatten, war auch Laney eingetroffen.

»Sie müssen Kelly sein«, begrüßte sie Laney und schüttelte Kellys Hand.

»Ja«, sagte sie lächelnd. »Ich habe viel über Sie gehört, Laney. Nach allem, was man hört, ist Nate ein echter Glückspilz.«

Laney errötete leicht, als sie sich auf ihren Stuhl setzte.

»Ja«, stimmte ich zu. »Nate hat oft Erfolg.« Ich öffnete meine Speisekarte.

Laney atmete scharf ein, aber Kelly stieß einen Lacher aus.

»Sie müssen sie entschuldigen, Kelly. Ich würde ja versuchen, es zu erklären, aber es gibt wirklich nichts dazu zu sagen.« Laney durchbohrte mich mit ihrem Blick. Anna Wintour war wieder da.

»Bitte machen Sie sich wegen mir keine Sorgen«, erwiderte Kelly und lächelte dezent. »Bis zu meinem Gespräch mit Fiona am Montag, war mir nicht bewusst, wie dringend ich es nötig hatte, wieder mal richtig lachen zu können.«

Laney streckte den Arm aus und berührte ihre Hand. »Das wette ich – ich weiß, dass Sie und Ihre Jungs viel Stress gehabt haben in der vergangenen Woche.«

»Ja, na ja ...« Kelly sah auf ihren Schoß hinab und Laney und ich tauschten besorgte Blick aus. Wir sollten sie doch eigentlich ablenken, nicht nervös machen. Scheiße. »Umso mehr Grund, sich auf bessere Dinge zu konzentrieren – wie das Abendessen, dass Sie für Jake veranstalten. Das ist sehr lieb von Ihnen«, sagte Kelly und hob den Blick wieder zu uns. Sie spielte mit ihrem Wasserglas, warf es dabei fast um.

Ich verstand das als Stichwort für ein neues Thema und sagte: »Ach – haben Sie daran gedacht, die Bilder mitzubringen? Ich bin ja so neugierig darauf!«

Ihr Gesichtsausdruck erhellte sich sofort und die Anspannung in meinem Magen ließ nach. Kelly zog einen Briefumschlag aus ihrer Tasche und reichte ihn mir. Ich lehnte mich näher zu Laney hin, damit wir beide schauen konnten.

Du liebe Mutter von Judas Thaddäus! Wir haben den Haupttreffer gemacht!

Da waren natürlich die bezaubernden Windelfotos und dann die traditionellen Kleinkind-hält-Bruder-als-Baby-Bilder. Doch dann stießen wir auf Gold in puncto Erpressungsmaterial. Ein Foto nach dem anderen von den beiden Brüdern zusammen, Jake meist in einer Brust-heraus-Pose oder beim Herzeigen seiner jugendlichen Bizepsmuskeln. Und dann war da Mark – Mark mit einer runden Brille mit Metallgestell, die Haare verwuschelt. Ein Mark, der wahrscheinlich so viel Gewicht auf die Waage brachte wie ein Chihuahua und wahrscheinlich auch Muskeln von dessen Größe hatte.

Als wir schließlich zum letzten Foto kamen – eines, auf dem Jake Mark im Schwitzkasten hatte, Marks knochiges kleines Hinterteil zur Kamera – weinten Laney und ich beide Tränen.

Kelly griff herüber und nahm ein Bild in die Hand. »Sie

waren hinreißend, nicht wahr?« Darauf mussten Laney und ich erst recht wieder wild kichernd loslachen.

»Sie hatten schon … etwas«, brachte Laney heraus und wischte sich mit dem Finger unter dem Auge.

»Ich hätte nur nie erwartet, dass Mark«, ich streckte die Arme in der klassischen Riesen-Fisch-Geschichte-Pose aus, »derart dürr gewesen ist. Ich meine, ich wäre ja nicht mal an ihn rangekommen.« Ich lachte. Innerlich jedoch »muhahha«-te ich, wie jeder gute Bösewicht es täte.

»Ach Gott, ich weiß. Er war definitiv ein Spätentwickler. Aber so ein lieber Junge – ist er immer noch.« Mit mütterlicher Liebe betrachtete sie das Foto.

»Wir werden definitiv ein paar von denen vergrößern – ich denke in Lebensgröße!«, verkündete Laney und ging sie noch einmal durch.

Ich hing noch immer an der »Lieber-Junge«-Bemerkung und dem Blick in Kellys Augen. Nein! Mark sollte nicht lieb sein – er sollte unverschämt und unerträglich sein, damit ich ignorieren konnte, dass ich mich zu ihm hingezogen fühlte. Scheiße.

Zum Glück kam die Kellnerin, um unsere Bestellung aufzunehmen, dadurch konnte ich an etwas anderes denken. Zum Beispiel, welche Art von Nachtisch ich nach dem Essen wählen würde.

Wir hatten eine lebhafte Konversation während des Mittagessens, und obwohl Kelly gewiss nicht gesellig war oder besonders schnell aus sich herausging, nahm sie sehr wohl daran teil und schien sich gegen Ende des Mahles dann auch wohler zu fühlen in unserer Gesellschaft. Es war jedoch klar zu erkennen, dass, wie sehr sie auch versuchte, Anteil zu nehmen und ein fröhliches Gesicht zu machen, ein Schleier der Traurigkeit sie umhüllte, der mich Marks beschützendes Verhalten seiner Mutter gegenüber begreifen ließ.

Die Zerbrechlichkeit eines Elternteils war ein völlig neuartiges Konzept für mich. Ich war es nämlich, die den Großteil meines Lebens als die fragile verbracht hatte, während diejenigen, die älter waren als ich, mir durchweg ihre Stärke liehen. Wie war das Leben für den jungen Mark gewesen, dass er diese gegenteilige Rolle übernahm? Es war offensichtlich, dass das Gemüt seiner Mutter nicht einfach nur das Ergebnis jüngster Ereignisse war, sondern über Jahre des Ringens hinweg sich entwickelt hatte.

Dieser Gedanke dämpfte meine gute Laune, aber ich behielt mein Lächeln, als wir auf dem Parkplatz alle unsere eigenen Wege gingen und ich mich zurück zur Arbeit aufmachte – den ganzen Weg darüber nachdenkend, wie der dürre kleine Mark lieb zu seiner Mutter war und dann der gutaussehende erwachsene Mark das Gleiche tat. Hol der Teufel den Mann. Er und seine blöden Wimpern und nicht so abstoßenden Muskeln gingen mir unter die Haut – ich konnte es spüren!

Ich hörte, wie mein Handy mir eine neue Textnachricht ankündigte. Am Freitagmorgen, als ich hinter meinem Schreibtisch saß und mich zu erinnern versuchte, was mich mein Chef Jax auf seinem Weg zur Tür hinaus zu tun gebeten hatte. Meine Hände waren beschäftigt gewesen, daher hatte ich es mir nicht aufgeschrieben, und ich hatte kein Glück mit dem Erinnern. Na gut. Ich nahm mein Handy und sah eine Nummer, die ich nicht erkannte, zusammen mit einer sehr seltsamen Botschaft.

Unbekannte Nummer: *Ich brauche deine Hilfe!*

Ich stellte mir vor, wie ich plötzlich in einer dieser Filmszenen war, wo das Entführungsopfer ein zurückgelassenes Telefon entdeckt und wahllos eine Nummer wählt, in der Hoffnung, ein guter Samariter am anderen Ende der Leitung würde seine oder ihre Rettung sein. Auf jeden Fall könnte ich das hinkriegen!

Fiona: *Ich bin da. Wie heißt du? Soll ich die Polizei rufen?*

Unbekannte Nummer: *Hä?*

Es war schlimmer, als ich gedacht hatte. Diese Person war offensichtlich in einen begrenzten Raum gebracht worden und hatte nicht mehr viel Luft zum Atmen. Wie ließe sich sonst diese Verwirrung erklären?

Fiona: *Wie viel Luft hast du noch? Weißt du, wo du bist? Ich muss der Polizei etwas geben!*

Ich hoffte bloß, dass ich nicht zu spät kam. Schuld würde es mich niemals vergessen lassen, wenn ich diese arme Person sterben lasse!

Unbekannte Nummer: *Bist du grade high, Shortcake?*

Shortcake?

Shortcake!

Das war kein verzweifeltes Entführungsopfer. Es war Mark Verdammter Beckett.

Fiona: *Mark?*

Unbekannte Nummer: *Für wen zum Teufel hast du mich denn gehalten?*

Fiona: *Wie bist du an meine Nummer gekommen?*

Ich speicherte schnell seinen Namen in meine Kontakte, damit er mich nicht wieder kalt erwischen konnte.

Mark: *Sherlock Holmes hat's dazu nicht gebraucht.*

Oje!

Mark: Was zum Teufel war das ganze Zeug mit der Polizei und Luft?

Da ich nicht dazu neigte, Schande aktiv zu suchen – sie bevorzugte es, mich selbst zu finden – beschloss ich, dieses Thema zu überspringen.

Fiona: *Was willst du?*

Mark: *Meine Mom hat vor morgen ins Krankenhaus zu fahren, und wir können es ihr nicht ausreden.*

Mist! Hier ging es um Kelly, ich durfte also nicht gemein sein und ihm sagen, er solle sich verpissen.

Fiona: *Wann?*

Mark: *Am Morgen irgendwann. Sie arbeitet nachmittags.*

Fiona: *Bin dran. Bis später.*

Mark: *Danke, Shortcake. Schulde dir was.*

Fiona: *Hör auf, mich so zu nennen.*

Mark: *Es ist ein Kosename.*

Fiona: *Kose mit dem!*

Ich ließ dem ein wunderschönes Mittelfinger-Emoji folgen. Danke, Steve Jobs, dass du mir die Mittel dazu gegeben hast, meine Gefühle adäquat auszudrücken.

Spielplatzregeln

MARK

Ich musste lachen, als ich mein Handy auf den Schreibtisch legte. Ich quälte diese kleine Giftnudel und jetzt, wo ich mir keine Sorgen mehr um meine Mom morgen machen musste, fühlte ich mich schon viel entspannter.

»Worüber lachst du?«, fragte Bailey, als sie ins Büro kam. »Und steh von meinem Stuhl auf.«

Bailey Murphy ist Nates jüngere Schwester und die, die ich nie hatte – oder unbedingt wollte. Wie Nate, arbeitet sie für die Baufirma der Familie und verbringt ihre Tage hauptsächlich mit dem Entwerfen von Inneneinrichtungen und Raumplanung. Den Rest der Zeit verbringt sie damit, Nate und mich zu beleidigen, soweit ich das erkennen kann. Na ja, das und malen. Bailey ist eigentlich im Grunde Künstlerin, aber sie spürt die Verpflichtung der Familie gegenüber, und einen richtigen Job zu haben verhindert auch, dass sie in einem Karton hausen muss – oder dem Untergeschoss ihrer Eltern. Ich bin mir nicht sicher, was sie als schlimmer betrachten würde.

»Ich war zuerst da«, sagte ich und wies auf das Offensichtliche hin.

»Was bist du? Acht?«, antwortete sie und griff dann nach meinem Handy. Ich schnappte es mir, bevor sie es packen konnte.

Bailey ist nur ein paar Zentimeter kleiner als ich und steht zum Glück nicht auf hohe Stöckelschuhe wie eine andere Person, die ich kenne, daher überragt sie mich nie. Weiß Gott, das würde ihr jedoch gefallen, daher achte ich darauf, ihr niemals vorzuschlagen, sie solle sich wie ein richtiges Mädchen anziehen. Objektiv betrachtet ist sie ja ganz attraktiv – lange blonde Haare, strahlend blaue Augen, ordentlicher Vorbau – aber es ist unmöglich, sie als etwas anderes als einfach nur *Bailey* zu betrachten.

»Du kannst es mir auch gleich sagen, ich werde es sowieso irgendwann herausfinden.«

Sie war sich für Taschendiebstahl oder Erpressung nicht zu schade, daher gab ich nach.

»Ich habe nur Fiona gesimst. Es macht mir ungeheure Freude sie zu quälen.«

»Ah, das ist so entzückend. Ich kann mir nicht erklären, warum du noch Single bist«, sagte sie todernst und machte sich daran, mich von ihrem Stuhl herunter zu zerren. Törichte Frau.

Ich ignorierte sie einfach, während sie sich noch eine Minute lang abmühte.

»Du bist nicht hübsch genug, um so ein Miststück zu sein, Beckett.« Sie hörte auf an mir zu ziehen und zeigte mir stattdessen den Stinkefinger.

Was war das, dass mir die Frauen heute alle den Mittelfinger zeigten?

»Oh, tut mir leid«, sagte ich, Unschuld vortäuschend, und erhob mich von dem Stuhl. »Wolltest du hier sitzen?«

»Arschloch«, sagte sie und plumpste auf den Stuhl wie der anmutige Engel, der sie ist.

»Wer hat dir denn heute Morgen in die Cheerios gepisst?«, fragte ich sie.

»Bäh. Niemand hat in meine … irgendwas gepisst. Einfach nur igitt.« Sie sah mich angewidert an – wie jemanden, der, nun ja, einem ins Müsli gepinkelt hat.

»Komm schon«, beschwatzte ich sie. »Erzähl Onkel Mark alles darüber.« Ich nahm mir den Sitzplatz ihr gegenüber und verschränkte meine Arme auf dem Schreibtisch.

Ihr angewiderter Blick verwandelte sich zu einem eher beunruhigten Stirnrunzeln.

»Bist du immer so widerlich oder fällt mir das erst jetzt auf?«

»Halt die Klappe und erzähl mir, was los ist.«

Sie wedelte mit der Hand, als würde sie ein lästiges Insekt vertreiben. »Es ist nichts – Ich bin nur frustriert – ich werde schon drüber hinwegkommen.«

»Weshalb frustriert? Dinge bei der Arbeit oder … persönliche Dinge? Ich würde ja »Männerprobleme« sagen, aber so wie du dich anziehst, bin ich mir nie sicher, auf welchem Ufer du stehst.« Ich deutete auf ihr Outfit bestehend aus einer khakifarbenen Hose und einem Polo der Firma.

Sie zeigte mir ein breites falsches Lächeln. »Ich hoffe, die Steroide werden sie verschrumpeln lassen und eine Maus frisst sie, während du schläfst.«

Meine Hand bedeckte sofort meinen Reißverschluss in dem Versuch, meine Eier vor ihren Beleidigungen zu schützen. »He – du weißt, dass ich mir den Scheiß nicht bieten lasse!«

»Was immer du sagst, Buffy. Wie auch immer, es ist nichts, worüber du dir Sorgen machen musst – ich werde darüber hinwegkommen und bis Montag wieder in Ordnung sein.«

»Bist du dir sicher, dass du nicht darüber reden möchtest? Ich kann mich bemühen, nett zu sein und zuzuhören. Pfadfinder-Ehrenwort.« Ich salutierte oder vielleicht signalisierte ich auch ein vulkanisches Codezeichen, ich bin mir nicht wirklich sicher – ich war nie bei den Pfadfindern. Aber sie bedeutete mir wirklich etwas und ich wollte sie nicht traurig sehen. Wenn es aber um Mädchenscheiß ging, würde ich es sicher bereuen.

»Ich bin mir absolut sicher. Und jetzt, bevor wir uns um den saulangweiligen Papierkram kümmern, möchte ich etwas über Fiona hören.« Sie wackelte mit den Augenbrauen.

»*Du* musst *mir* also nichts erzählen, ich *dir* aber schon?«

»Jawohl.«

»Na ja, es gibt über Fiona sowieso nichts zu sagen. Sie hilft mir nur bei der Situation mit meinen Eltern, mit dem zusätzlichen Bonus, dass man leicht auf ihr herumhacken kann. Du weißt doch, wie sehr ich das liebe.«

»Das ist mir bewusst«, erwiderte sie, lehnte sich auf ihrem Stuhl vor und suchte nach einigen Dokumenten auf ihrem Tisch.

»Ich frage mich«, sinnierte ich, »wie kommt es, dass du und Fiona beide blonde Haare habt, aber sie die einzige ist, die *blond* ist?«

Bailey musterte mich, fing an zu sprechen, überlegte es sich und sagte dann schließlich: »Du weißt doch, dass ich gesagt habe, dass du dich benimmst, als wärst du acht. Ich denke, es ist das Gleiche, was du mit ihr machst.«

»Hä?«

»Du weißt schon: Du ziehst an ihren Zöpfen auf dem Pausenhof, nennst sie hässlich, spuckst in ihr Apfelmus beim Mittagessen ...«

»Spucke in ihre ... was zum Teufel für eine Schule hast du denn besucht?!«

Sie winkte wieder ab. »Andy Pulaski, erste Klasse – der Junge war in mich verliebt, wusste aber nicht, wie er es zeigen sollte.«

»Bist du dir sicher, dass er dich nicht eigentlich verabscheut hat? Hört sich an, als hätte er dich auf den Tod nicht ausstehen können.«

»Äh, vermutlich werden wir es nie genau wissen. Was ich sagen will, ist: dass du Fiona neckst, das ist so leicht zu durchschauen – du solltest sie einfach einladen und die Sache wäre erledigt.«

»Ich will nicht mir ihr ausgehen!«, beharrte ich. »Und außerdem necke ich dich ständig und das bedeutet nicht, dass ich dich poppen will.«

»Ja, aber ich bin die Ausnahme von der Regel. Wir kennen uns schon zu lange. Und abgesehen davon finde ich dich ungefähr so begehrenswert wie William Shatner's linke Nuss.«

»Aua.«

»Die Wahrheit ist schmerzlich, Beckett. Lad sie einfach ein. Was ist das Schlimmste, das passieren kann?«

Offensichtlich kannte sie Fiona nicht sehr gut, sonst hätte sie diese Frage niemals gestellt. Ich bin mir relativ sicher, dass Shortcake eigenhändig und ganz allein die Zombie-Apokalypse herbeiführen könnte und dann einfach mit den Schultern zucken und einen Besuch im Einkaufszentrum vorschlagen würde.

»Sie geht wohin?«, fragte ich Jake.

Ich fuhr von der Arbeit heim an diesem Abend, als Jake anrief, um mir zu sagen, dass Mom ihre Pläne für morgen Vormittag geändert hatte. Gott sei Dank.

»Hab ich dir doch gesagt – irgend so ein Spa oder sowas.«

Ich hatte ihn beim ersten Mal schon verstanden, aber ich hatte es nur nicht glauben können. Unsere Mutter war in ihrem ganzen Leben noch in keinem Spa gewesen. Sie ist kein Spa-Typ.

Aber ich kannte eine kleine Person, die das definitiv war.

»Fiona«, sagte ich.

»Fiona«, wiederholte Jake. »Ich weiß nicht, wie zum Teufel sie das geschafft hat, aber die Frau ist ein Genie.«

Vielleicht nicht das Wort, das ich wählen würde, aber ich war trotzdem dankbar.

»Wie auch immer«, fuhr Jake fort, »ich habe heute im Krankenhaus angerufen, und die planen, den alten Herrn morgen in eine Rehaklinik des Bezirks zu verlegen.«

»Weiß Mom das?«

»Ich glaube nicht. Sie war nicht mehr dort, seit wir sie am Sonntag gewarnt haben, aber ich kann nicht mit Sicherheit sagen, ob sie nicht angerufen und nach seinem Zustand gefragt hat. Jedenfalls denke ich, das könnte eine gute Gelegenheit für uns sein, das Gebäude zu überwachen und zu schauen, ob wir jemanden entdecken, während er verlegt wird – du weißt schon, schauen, ob jemand genau aufpasst oder ihm sogar folgt.«

»Ich fasse es nicht, dass ich das sage, aber was du sagst, macht Sinn. Das wäre ein prima Zeitpunkt für jemanden, sich ihm zu nähern – wenn er in gewisser Weise draußen im Freien ist, ohne Sicherheitspersonal, um das man sich kümmern muss.«

»Das habe ich mir auch gedacht.«

»Okay, hast du eine Ahnung, wann sie ihn verlegen?«

»Irgendwann am Vormitttag, aber genauer haben sie es nicht gesagt«, erklärte er mir.

»Okay, ich werde den Kaffee und die Donuts mitbringen und dich um 7:30 Uhr abholen.«

»Hört sich nach einem guten Plan an, kleiner Bruder.«

Ich konnte nicht fassen, dass wir vor einem Krankenhaus nach bösen Kerlen Ausschau halten würden. Mein Leben hatte sich plötzlich in einen Buddy-Film verwandelt.

Ich war am nächsten Morgen früher als sonst ins Fitnessstudio gegangen, fest entschlossen, ein Workout einzuschieben, ehe ich den ganzen Tag auf meinen vier Buchstaben sitzen würde. Im Gegensatz zu der Erfahrung, die manche Menschen machten, war ein Workout für mich energiebringend, also wusste ich, dass ich auf den Tag vorbereitet sein würde. Nachdem ich geduscht und mir eine alte Jeans und ein langärmeliges Thermoshirt angezogen hatte, fuhr ich zu meiner Mom, wobei ich unterwegs anhielt, um Erfrischungen zu kaufen.

»Raus aus den Federn, Leute!«, brüllte ich, als ich die Eingangstür bei meiner Mom aufsperrte und mich selbst einließ.

»Hey, Schätzchen«, kam ihre Stimme aus der Küche. Ich folgte ihr und fand sie in einem alten rosafarbenen Morgenmantel am Tisch sitzend, mit einer Tasse Kaffee und einem Haufen Post. »Was machst du so früh hier an einem Samstagmorgen?«

»Jake und ich haben ein paar Dinge zu erledigen«, log ich halb, als ich einen frischen Latte von dem Tablett rüberreichte, das ich in der Hand hielt.

»Wow – danke!«, sagte sie und musste nicht nachsehen, welche Art von Getränk ich für sie geholt hatte.

In dem Moment schlenderte Jake in die Küche, so ähnlich gekleidet wie ich, nur die Farbe unserer Shirts unterschieden uns. Er ging direkt auf das Getränketablett zu und hob den Deckel des einzigen dort unberührt gebliebenen Kaffees – wir tranken beide unseren Kaffee schwarz. Nachdem er einen großen Schluck genommen hatte, sprach er endlich. »Fertig?«, fragte er mich.

»Fertig«, erwiderte ich. »Bis später, Mom«, sagte ich.

»Ja ja«, sagte sie, abgelenkt von einem Brief auf ihrem Berg Post. »Wir sehen uns später.«

Wir fuhren größtenteils schweigend zum Krankenhaus, nippten an unseren Kaffees und Jake verschlang zwei der Donuts aus der Tüte zwischen unseren Sitzen. Ich drehte das Radio auf, um uns eine Ablenkung zu bieten, obwohl das nicht viel brachte, außer die Notwendigkeit von Konversation zu eliminieren.

Als wir schließlich vor dem Krankenhaus vorfuhren, parkte ich auf dem Besucherparkplatz und schaltete den Motor ab. »Also, das war's dann wohl. Ich finde, wir hätten etwas mitbringen sollen – einen Schlagring oder ein Taschenmesser. Ich fühle mich unvorbereitet.«

»Das Ziel ist nicht, verhaftet zu werden, Dumpfbacke. Wir warten und beobachten nur – keine große Sache. Los«, sagte er, öffnete die Beifahrertür und stieg aus.

Wir wagten uns durch den Haupteingang des Krankenhauses und bis in den ersten Stock hinauf, wo sich das Zimmer unseres alten Herrn befand. Auf der Schwesternstation war reger Betrieb und es strömten ständig Menschen den Gang hinauf und hinunter. Wie zur Hölle sollten wir diese Typen entdecken, angenommen sie tauchten überhaupt auf?

Als würde er meine Irritation wahrnehmen, flüsterte Jake: »Beruhige dich, verdammt noch mal. Hol einfach dein Handy raus und benimm dich wie ein normaler Mensch, Dummkopf.«

Wir lehnten uns die nächste Stunde oder so einige Türen vom Zimmer des Arschloches entfernt an die Wand und schlenderten abwechselnd in (hoffentlich) lässiger Manier auf dem Gang herum. Die einzige angenehme Ablenkung war eine schönheitsoperierte rothaarige Krankenschwester, die selbst auch ganz »zufällig« lässig an unserem Platz auf dem Flur vorbeispazierte. Sie musterte uns mit ihrem Blick, jedes Mal, wenn sie vorbeiging, und wir erwiderten den Gefallen, aber nach dem ersten Mal war mir einfach nicht mehr danach. Jake andererseits hatte definitiv Lust.

»Wie heißt du, Schätzchen?«, fragte er sie auf der dritten Runde.

»Lexie«, antwortete sie und neigte den Kopf zur Seite. »Wie heißt du?«

»Ich heiße Jake. Das ist der Mark. Glaubst du, du könntest mir bei etwas helfen, Lexie?«

»Sicher.« Sie lächelte zu ihm hoch.

»Der Patient in Zimmer 320, den eure Leute heute verlegen werden – ist da jemand dagewesen und hat Fragen gestellt?«

Plötzlich sah sie unsicher drein. »Oh, ich darf keine Informationen über Patienten ausgeben. Tut mir leid.« Sie versuchte noch ein Lächeln, scheinbar enttäuscht darüber, dass sie ihm nicht geben konnte, was er wollte.

»Nein, ich brauche keine Patienteninformationen – ich frage mich nur, ob irgendwelche Besucher herumgehangen sind oder nach ihm gefragt haben.«

Sie wollte schon kehrtmachen, daher übernahm ich. »Hör zu, Lexie, der Kerl dort ist unser Paps und wir machen uns Sorgen, es könnten ein paar Leute, die nicht so freundlich sind, nach ihm suchen. Wir versuchen, ihn zu beschützen.«

»Ach so.« Sie schien darüber nachzudenken. »Ähm, wo du das erwähnst, ich hab schon ein paar Kerle, die ein bisschen fehl am Platz ausgesehen haben, gestern herumlungern sehen. Die sind immer wieder am Zimmer vorbeispaziert und haben offensichtlich gelauscht. Wir haben dann den Sicherheitsdienst gerufen, aber sie sind abgehauen, bevor die Sicherheitsleute eingetroffen sind. Bis jetzt habe ich nicht viel darüber nachgedacht. Wir kriegen hier oft seltsame Menschen – meistens solche, denen vom Warten langweilig geworden ist.«

Mark und ich tauschten einen Blick aus. Scheiße. »Weißt du noch, wie sie ausgesehen haben?«, fragte sie Jake.

Aus Konzentration biss sie sich auf die Unterlippe. »Sie waren irgendwie unauffällig, wisst ihr, einfach Allerweltskerle. Sie trugen Baseball-Kappen – ich glaube, eine hatte ein rotes

Logo drauf. Der andere Typ hatte eine Lederjacke an und sie trugen beide Jeans. Das ist ungefähr alles, woran ich mich erinnern kann. Soll ich den Sicherheitsdienst rufen?«

»Nein, ist schon in Ordnung«, sagte ich. »Weißt du zufällig noch, ob einer von denen Gesichtsbehaarung oder eine auffällige Tätowierung oder sowas hatte?« Ja genau, ich hab TV geguckt. Ich kenne mich ein wenig aus.

»Oh ja, der eine hatte ein Ziegenbärtchen – an das erinnere ich mich. Keine Tattoos, an die ich mich erinnern kann, aber sie trugen beide lange Ärmel, also …«, sagte sie und verstummte.

»Danke, Lexie«, sagte Jake und zwinkerte ihr dann zu. »Nur eins noch. Glaubst du, du könntest herausfinden, um wieviel Uhr unser Paps transferiert wird, ohne eine große Sache daraus zu machen – wir wollen eigentlich nicht, dass er weiß, dass wir hier sind.«

Sie sah uns eigenartig an und stemmte die Hände in die Hüften. »Zeigt mir eure Ausweise, dann werde ich nachsehen, was ich tun kann.« Cleveres Mädel.

Jake lächelte sie an, holte seine Brieftasche hervor, zog seinen Führerschein heraus und reichte ihn ihr. Lexie nahm ihn zur Schwesternstation mit und fing an im Computer zu tippen. Scheinbar zufrieden mit dem, was sie fand, kehre sie ein paar Minuten später mit dem Führerschein in der ausgestreckten Hand zurück.

»Okay, Jake Beckett. Ich kann dir sagen, dass der Reha-Transport um 11:00 Uhr ankommen soll und er bis dahin entlassen sein sollte.«

Jake nahm den Ausweis und zeigte ihr ein Grinsen. »Danke, Lexie. Du bist sehr hilfreich gewesen. Und nun, könntest du mir vielleicht noch bei einer einzigen weiteren Sache helfen?«

»Das hast du schon vor fünf Minuten gesagt. Ich bin eigentlich zum Arbeiten hier, weißt du«, schimpfte sie, allerdings mit einem Lächeln. »Was könntest du denn bloß noch brauchen?«

»Deine Nummer wäre schon mal ein Anfang.«

»Weißt du, es könnte an der Zeit sein, dass du dich mal auf was anderes verlegst und mit einer Frau ausgehst, die Titten hat, für die sie nicht bezahlt hat. Dadurch gewinnst du Zutritt zu einer ganz neuen Zielgruppe«, schlug ich Jake vor, als wir zum Parkplatz hinaus gingen. Ich bekam aber nur einen scharfen Blick und eine gehobene Augenbraue als Erwiderung.

Wir waren wieder im Truck, den ich etwas verschoben hatte, damit wir eine bessere Sicht hatten. Auf diese Weise konnten wir beobachten, hoffentlich unbemerkt, wenn unser Vater herauskam und die Augen offen halten nach allem, was verdächtig aussah.

Nachdem wir eine weitere halbe Stunde gewartet hatten, nur mit dem Radio und unseren Gedanken, sagte Jake: »Weißt du, ich wollte mal beim FBI sein, als ich noch jünger war.« Er tippte auf die Radiotasten und suchte nach richtiger Musik anstatt der Werbung oder schwatzenden Discjockeys.

»Im Ernst?«

»Ja. Ich dachte, das wäre cool und es hörte sich auch interessant an – ich könnte im echten Leben ein knallharter Typ sein. Obwohl mir jetzt, wo ich erwachsen bin, klargeworden ist, dass es bei dem Job nicht wirklich darum geht.«

»Warum bist du dann nicht aufs College und hast versucht zum FBI zu kommen, anstatt gleich nach der Highschool Soldat zu werden?«

»Was glaubst du, warum?« Er lehnte sich auf seinem Sitz zurück, er hatte einen guten Sender gefunden.

Ja, richtig. »Dad hat's irgendwie herausgefunden«, sagte ich eher als Feststellung, denn als Frage.

»Du weißt es ja – er hat sich zu Tode gelacht und mir gesagt, dass die Regierung niemals einen Deppen wie mich anheuern würde, außer zum Schuheputzen.«

Gott, was war unser Dad doch für ein Arschloch.

»Trotzdem hättest du ihm nicht erlauben dürfen, dir im Wege zu stehen«, sagte ich, wissend, dass das bestenfalls wenig hilfreich war.

Er antwortete lediglich mit einem Ächzen und zeigte dann auf ein Auto, das aus einer erstklassigen Parklücke rausfuhr. Ich legte beim Truck rasch den Rückwärtsgang ein und manövrierte zu der neuen Parklücke.

»Jedenfalls scheinst du ja was Tolles am Laufen zu haben mit der Landschaftsplanung, oder?« Aus irgendeinem Grund war ich entschlossen, ihn aus seinen düsteren Gedanken zu holen – witzig, angesichts unserer gegenwärtigen Umstände.

»Klar«, erwiderte er. »He – hat Fiona nicht gesagt, dass sie für eine Gartengestaltungsfirma arbeitet?« Er versuchte, nonchalant rüberzukommen. Ohne Erfolg.

»Äh, ja. Warum?«, fragte ich vorsichtig, unsicher, ob ich wissen wollte, wo das hinführte.

»Ach, nur so.« Jake zuckte mit den Achseln.

Ja, das glaube ich sofort. Das war, als würde ein Hund fragen, wo die Schuhe gelagert werden, und es dann als reine Neugierde ausgeben.

Ich machte eine abschätzige Bewegung. »Was—«, setzte ich an, Jake unterbrach mich jedoch und zeigte plötzlich durch das Fenster auf der Fahrerseite.

»Sieh dir das an«, sagte er leise, aber mit einer Intensität, die mich verdammt schnell verstummen ließ.

Ich drehte den Kopf, um durch das Fenster zu sehen, und sah zwei Kerle neben einer schwarzen Limousine stehen und rauchen. Einer trug eine schwarze Kappe mit einem *Red-Sox*-Logo und der andere hatte eine schwarze Lederjacke an und trug einen dunklen Spitzbart.

Scheiße. Mist. Verdammt.

In diesem Augenblick wünschte ich mir wirklich, Jake wäre

tatsächlich seinem Jugendtraum gefolgt und hätte einen Arsch voll Verstärkung rufen können. Aber so, wie es immer gewesen war und wie es wahrscheinlich immer sein würde, waren wir allein bei der Bewältigung des herannahenden Shitstorms.

Die Macht der Pedi

FIONA

»Ich weiß nicht so recht«, sagte Kelly und rutschte unruhig auf dem Vordersitz meines Prius herum, als ich vor dem *Youtopia Day Spa* in High Point parkte.

»Was meinst du damit? Gratis Mani-Pedi! Was gibt's Besseres im Leben?«, machte ich ihr Mut. Mit dem Grad ihres Unbehagens hatte ich nicht gerechnet. Ich meine, gedacht hatte ich mir schon, dass sie selten die Gelegenheit bekam, sich so etwas zu gönnen, aber sie sah ja regelrecht verängstigt aus. Ich warf einen kurzen Blick zum Rücksitz, in der Hoffnung, Laney würde einschreiten und die Situation irgendwie reparieren.

Wie immer meine Gedanken lesend, lehnte sie sich vor und beäugte das Schild des Spas durch die Windschutzscheibe hindurch. »Ich habe seit *Ewigkeiten* keine Pediküre mehr gehabt. Hattest du schon mal eine, Kelly?«

»Noch nicht.« Kelly schüttelte den Kopf und klemmte sich eine lose Haarsträhne hinters Ohr.

»Ich hatte beim ersten Mal auch so ein befremdliches

Gefühl, aber sobald die Frau angefangen hat, die Knoten aus meinen Unterschenkeln zu massieren, war ich überzeugt.« Laney seufzte.

»Das machen die?«, fragte Kelly ungläubig.

»Einfach himmlisch«, bestätigte ich.

»Mädels, ihr seid zwei junge Frauen in euren Zwanzigern mit, wie ich mir sicher bin, schönen, jungen Füßen wie Twens. Meine sehen eher aus wie etwas aus einem Horrorfilm. Mir wäre das zu peinlich. Vielleicht werde ich die Maniküre nehmen.«

»Nein!«, schrien wir beide gleichzeitig.

»Die Pediküre ist der beste Teil – und die haben immer Massagestühle …« Laney warf den Köder aus und bereitete sich darauf vor, Kelly einzuholen.

»Und ich bin mir sicher, dass sie viel, viel Schlimmeres gesehen haben, als was immer du denkst, dass es sich in diesen Schuhen verbirgt. Ich verspreche dir – sie werden mit keiner Wimper zucken.«

»Blödsinn. Vielleicht. Ich weiß nicht … Kann sein. Okay. Na schön, ich mach's.«

»Juhuuu!« Laney und ich machten beide einen fröhlichen Autotanz.

»Ihr Mädels seid durchgeknallt«, bemerkte Kelly, aber sie lächelte, als sie ihre Tür öffnete und ausstieg.

Ich war ohnedies für eine Mani-Pedi fällig gewesen, daher hing ich, sobald mein Mittelfinger-Text an Mark abgeschickt war, am Telefon und fragte Doktor Brandon nach mehr Details zum neuen Spa seiner Tochter. Er hatte sich gerne bereiterklärt, mir Jennys Kontaktdaten zu geben, und ich entkam dem Telefongespräch schon nach wenigen kurzen Fragen zu meinem Wohlergehen. Insgesamt ein erfolgreicher Chat, fand ich.

Ich rief Jenny tatsächlich an, in der Hoffnung, dass sie drei freie Termine haben würde –womit ich mein Glück überstrapazierte, schließlich war Freitagnachmittag und ich wollte einen

Termin vormittags am Sonnabend. Wie es der Zufall wollte – ein Glück für mich, nicht so sehr für Jenny –, lief das neue Spa noch nicht so gut und sie hatte tatsächlich mehr als genügend freie Zeitfenster für uns. Sie bot uns sogar allen Gratisleistungen im Tausch gegen ehrliche Online-Bewertungen an, in der Hoffnung, dadurch mehr Besucher anlocken zu können. Ich versuchte zu protestieren, aber sie wollte davon nichts wissen, daher plante ich einfach, unseren Facharbeiterinnen mordsmäßig gutes Trinkgeld zu geben.

Termine vereinbart und Laney mit an Bord, rief ich Kelly an und erzählte ihr von unserer Freundin der Familie, die gerade ein Spa eröffnet hatte und Leute brauchte, die reinkamen und das Angebot kostenlos ausprobierten. Basierend auf ihrem Zögern war mir nun klar, dass ich sie mitunter ein wenig bedrängt hatte – mit übertriebener Begeisterung und Freundlichkeit, wie ich hoffte.

Doch das war die perfekte Gelegenheit, zwei Fliegen mit einer Klappe zu schlagen. Ich würde Kelly vom Krankenhaus und den widerlichen Fieslingen (ihr Ehemann eingeschlossen) fernhalten und ich konnte mit dem großen Plan meiner inneren Modekennerin für eine Kelly-Rundumveränderung beginnen (nicht bösgemeintes gackerndes Lachen einfügen). Ich kannte niemanden, der es mehr verdiente als sie, und wenn sie sich offen dafür zeigte, dann würde ich auf ihr kleben wie Weiß auf Reis oder Laney auf Nate oder was auch immer.

Wir traten durch die Eingangstür und waren sofort umgeben von einem herrlichen würzig-minzigem Duft und einer Hintergrundmusik, die sich nach Glöckchen anhörte. Der gesamte Empfangsbereich des Spas war in einem erdigen Grün in Kombination mit creme- und rostfarbenen Akzenten gestrichen und ein wunderschöner Steinbrunnen stand in der Ecke und blubberte leise vor sich hin. An einer Wand stand eine Reihe bequemer Stühle, und im gesamten Bereich waren verlockende Produkte ausgestellt.

So hatte ich mir tatsächlich den Warteraum im Himmel vorgestellt. Es fehlten nur ein paar Putti und ein riesiges goldenes Tor.

»Fiona!«, hörte ich meinen Namen gerufen und als ich mich umdrehte sah ich Jenny, die hinter dem eleganten cremefarbenen Empfangstresen hervorkam. Wir umarmten einander und ich gratulierte ihr zu ihrem neuen Spa. Sie und ich, wir kannten uns gewissermaßen dadurch, dass unsere Familien jahrelang dieselben Wohltätigkeitsveranstaltungen und Feiern besucht hatten. Sie war in ihren Dreißigern und hatte drei Kinder, obwohl man ihr das nicht ansehen würde – sie war schlank und hübsch und sie rockte einen umwerfenden Kopf voller rotbrauner Locken.

»Es sieht so schön aus!«, sagte ich ihr. »Bald wirst du die Kunden abweisen müssen.«

»Dein Wort in Gottes Ohr«, antwortete sie mit einem Lächeln, dann stellte sie sich Laney und Kelly vor. »Kommt mit nach hinten, Mädels. Ich habe schon alles für euch vorbereitet – ihr müsst nur eure Farben wählen und euch dann entspannen.« Sie führte uns nach hinten, wo mehr vom gleichen Nirwana war, diesmal aber mit Massagestühlen.

Wir suchten uns alle unsere Farben aus – ich entschied mich für ein Zitrus-Thema, während Laney eine Blaupalette und Kelly Durchsichtig wählte.

Durchsichtig.

Ich war nicht dafür. Ich packte das Fläschchen und stellte es schön brav zurück. »Du kannst keinen Klarlack wählen! Zumindest musst du, wenn du schon den durchsichtigen Look willst, eine französische Maniküre nehmen.«

»Was ist das?«, fragte sie und ich unterließ es, mich zu bekreuzigen – nur knapp. Ich sah mir die Farbenreihe an und zog ein hübsches Hellrosa und ein etwas dunkleres heraus. »Wie wär's mit diesen hier? Der hellere ist für deine Hände und der andere für die Füße. Du wirst wahrscheinlich die Einzige sein, die deine Zehen sehen wird, warum also nicht ein bisschen Spaß haben?«

Sie stimmte zu und wir setzten uns alle auf unsere bequemen Stühle vor den Maniküretischen. Jenny verkündete, dass sie meine machen würde, und sie stellte uns Laneys Facharbeiterin Evelyn und Kellys Facharbeiterin Nari vor.

»Das ist die erste Mani-Pedi für Kelly, also geh nicht zu hart ran bei ihr, Nari«, scherzte Laney.

»Du machst Witze«, erwiderte Nari. »Entspannen Sie sich einfach und ich werde mich gut um Sie kümmern. Wir werden Sie vom Spa gar nicht mehr fernhalten können, wenn wir erst einmal mit Ihnen fertig sind.« Sie lächelte Kelly an und bekam das Lächeln erwidert.

Puh.

Dreißig Minuten später saßen wir nebeneinander auf unseren Massagestühlen, während Jenny und die Mädels an unseren Füßen arbeiteten.

Kelly stieß einen riesigen Seufzer aus. »Ich fasse es nicht, dass ich das noch nie gemacht habe. Was habe ich mir dabei bloß gedacht?« Sie hatte die Augen geschlossen und den Kopf zurückgelehnt.

Nari lachte, während sie das raue reinigende Zeug auf Kellys Beine auftrug. »Hab ich Ihnen doch gesagt.«

»Und ich weiß nicht, was du gemeint hast, als du gesagt hast, dass deine Füße wie von einem alten Menschen sind oder so«, sagte ich.

»Sind sie doch«, beharrte sie. »Ich arbeite seit fünfunddreißig Jahren in einem stehenden Beruf. Das macht etwas mit den Füßen einer Frau.«

»Nari, sei ehrlich. Wie schlimm sind ihre Füße?«

Ohne zu zögern erwiderte Nari: »Nicht einmal unter den hundert hässlichsten Füßen. Ihr würdet nicht glauben. was ich alles schon gesehen habe.«

»Amen!«, sagten Jenny und Evelyn gleichzeitig.

Wir mussten alle lachen, sogar Kelly.

Ich entschied, dass ich an diesem Punkt ansetzen konnte. »Jenny, bietest du auch noch andere Leistungen an? Außer Nägel und Massagen?«, fragte ich.

»Wir fangen erstmal nur damit an im Moment, aber wir haben noch Platz und wir werden Haarstyling, Gesichtsbehandlungen und Wachsen anbieten, wenn wir es bald hinkriegen, das es gut läuft. Ich bin eigentlich Coiffeuse, aber ich bin auch zertifizierte Nageltechnikerin, daher mache ich das eben jetzt.«

Exzellent.

»Meinst du nicht, dass Kelly mit einem hübschen gestuften Bob toll aussehen würde?«

»Ooohhh«, sagte Laney. »Gefällt mir.«

Jenny betrachtete Kelly mit ihrem professionellen Blick. »Das würde absolut funktionieren, mit ein paar karamellfarbenen Strähnen. Das würde es bringen.«

»Stopp, Mädels«, sagte Kelly, die wieder zurückgelehnt mit geschlossenen Augen dasaß. »Ich gewöhne mich gerade erst an den Gedanken mit den bemalten Nägeln, also drängt mich nicht. Und außerdem muss man sowas regelmäßig machen, und ich würde lieber essen als hübsches Haar zu haben.«

Ich wusste, dass ich sie nicht bedrängen durfte, also ließ ich es. In gewisser Weise. »Dann werden wir eben die Strähnen auslassen«, sagte ich leise und Kelly schubste mich am Arm.

Ein tatsächlicher Schubser? Das war toll. Ich sah zu ihr hinüber und ihre Augen waren noch immer geschlossen. Allerdings hatte sie ein Grinsen im Gesicht.

Ich hatte versprochen, Kelly rechtzeitig nach Hause zu bringen, damit sie noch ein paar Dinge erledigen und sich für die Arbeit fertigmachen konnte – und ich habe mein Versprechen gehalten, fuhr vor der Zeit vor ihrem Haus vor. Auf dem Rückweg war sie wieder leise geworden, aber ich hoffte, dass das nur war, weil sie super entspannt war. Wie sich herausstellte, war dem nicht ganz so.

Sie drehte sich auf ihrem Sitz so, dass sie sowohl Laney als auch mich sehen konnte. »Könntet ihr Mädels für eine Minute reinkommen? Ich habe etwas, bei dem ich eure Meinung brauche.« Sie sah wieder so nervös wie nur was aus.

Scheiße.

Wir antworteten nicht mal. Wir öffneten nur unsere Türen und folgten ihr ins Haus. Es war eine Seite eines alten Doppelhauses und es war ein bisschen altmodisch, wie ich es, um ehrlich zu sein, irgendwie auch erwartet hatte. Ich konnte erkennen, wo kleine Erneuerungen vorgenommen worden waren, hier und da, aber nichts kaschierte das Alter und die Abnutzung des Gebäudes. Die Fliese im Eingangsbereich schien neu zu sein, aber der Teppich hatte definitiv schon bessere Tage gesehen. Eine schöne Couch stand an einer Wand des Wohnzimmers, aber der Rest der Möbel sah alt und mitgenommen aus. Der Küchentresen und der Küchenboden waren nicht die ursprünglichen des Hauses, und ich konnte Marks Hand in all dem erkennen. Trotz dieser Mischung aus alt und neu war das ganze Gebäude ordentlich aufgeräumt und es lag wenig Kram herum. Kelly mochte ihren Wohnraum definitiv ordentlich aufgeräumt.

Sie führte uns zu dem Tisch in der kleinen Küche und bat uns, Platz zu nehmen. Als wir alle saßen, zog sie einen Briefumschlag aus dem Haufen Post, der auf dem Tisch vor uns lag. Sie reichte ihn Laney.

»Bedeutet das, was ich glaube, dass es bedeutet?«, fragte Kelly.

Laney öffnete den Briefumschlag, nahm den Brief heraus und las ihn durch. »Mist«, fluchte sie und reichte ihn mir.

Es war ein leeres Blatt Papier, auf das nur ein paar Wörter gedruckt waren.

Sie haben eine Woche. 32.000$ in bar.

»Scheiße«, sagte ich und legte das Blatt nieder.

Wir starrten uns alle nur an.

»Ich habe mir dauernd gesagt, dass es ein schlechter Scherz sein muss oder so, aber das ist es nicht, oder?«

»Wir müssen Mark anrufen«, sagte ich.

»Nein!«, rief Kelly. »Ich will ihm oder Jake keine Sorgen bereiten. Ich werde mir etwas einfallen lassen.«

»Aber das darfst du nicht!«, betonte Laney. »Du brauchst ihre Hilfe! Und wir sollten auch die Bullen anrufen – das ist eine Drohung!« Sie zeigte auf das Blatt. »Es ist eine Sache, wenn dein Mann die Bullen nicht rufen will, aber jetzt bedrohen sie dich, also kannst du sie rufen!«

Kelly schüttelte nur den Kopf. »Aber das ist keine wirkliche Drohung. Es gibt nichts, was die Polizei dagegen unternehmen könnte«, sagte sie.

Laney und ich lasen beide noch einmal den Brief. Sie hatte recht. Er war absichtlich vage gehalten.

»Ich werde morgen zum Krankenhaus fahren, um Jim zu besuchen, und herausfinden, wo das Geld ist. Dann werde ich es diesen Leuten bringen.« Sie zeigte auf das Blatt Papier.

»Wie kommst du darauf, dass er noch was davon hat? Hätte er es nicht beim ersten Mal ausgehändigt, anstatt sich halb zu Tode prügeln zu lassen?«, fragte ich und wunderte mich, ob Kelly noch klar dachte.

Kelly schüttelte wieder den Kopf. »Ich weiß nicht – ihr kennt Jim nicht. Er ist so … stur und sich immer sicher, dass er recht hat. Er könnte zumindest noch einen Teil davon besitzen. Jedenfalls werde ich es morgen herausfinden. Wenn er es nicht hat, werde ich mir etwas anderes einfallen lassen. Diese Typen wissen offensichtlich von mir, aber sie wissen nicht, dass es die Jungs gibt – und ich will auch, dass es so bleibt.«

»Ich verstehe ja, dass du sie beschützen willst, Kelly, aber sie würden das Gleiche für dich tun wollen. Sie machen sich Sorgen um dich.«

»Ich weiß, aber das müssen sie nicht. Sobald wir diese Geldsache hingekriegt haben, wird alles wieder normal.«

Laney und ich sahen uns gegenseitig an.

»Normal wie in ›letzte-Woche-normal‹ oder normal wie in ›mit Jim‹?«, fragte ich und fürchtete mich vor der Antwort.

»Was meinst du damit?« Sie schien ehrlich verwirrt.

»Na ja, so wie Mark das erzählt hat, nicht dass es mich etwas angeht, musst du wissen, aber so wie Sie das erzählt haben, hat sich das irgendwie angehört, als hättest du vielleicht, weißt du, noch so 'ne Art—«

»Ach, um Himmels willen«, unterbrach mich Laney. »Was sie versucht zu fragen ist, ob du noch Gefühle für deinen Ehemann hegst und ihn zurückhaben willst.«

Kelly Kopf ging ruckartig nach hinten. »Wie kommst du denn darauf?«

Ich murmelte: »Mark und Jake haben möglicherweise das Eine oder Andere erwähnt …«

»Ach so«, sagte sie und sah auf den Tisch hinab. Sie blieb eine Weile stumm, ehe sie wieder sprach. »Die ganze Mitten-in-der-Nacht-Krankenhaussache war einfach so verrückt – ich bin mir nicht mal sicher, was ich zu Ihnen gesagt habe. Es war alles so schockierend, wisst ihr?« Sie hob den Kopf. »Jim wiederzusehen, besonders unter diesen Umständen – ich habe ein paar Tage gebraucht, bis ich wieder klar denken konnte.«

»Also … willst du ihn gar nicht zurück?«, fragte Laney.

Kelly tat einen kurzen Lacher, der null Heiterkeit enthielt. Sie legte den Kopf in den Nacken und blinzelte, als würde sie Tränen wegdrücken wollen.

Wir warteten stumm, in der Hoffnung, dass sie ausholen würde. Nachdem sie ihre Gefühle in den Griff bekommen und ihre Augen wieder auf uns gerichtet hatte, tat sie das auch.

»Meine Jungs, die erinnern sich an all die schlimmen Dinge, wisst ihr?«

Laney und ich nickten beide, warteten, dass sie fortfuhr, aber mit Angst vor dem, was wir zu hören bekommen würden.

»Aber ich erinnere mich an den Anfang. Ich war so verliebt und ich muss glauben, dass Jim es auch war. Es gibt nichts Magischeres als die junge Liebe. Und Gott, waren wir jung! Ich war siebzehn. Er war neunzehn und sollte mein heldenhafter Retter in der Not sein, der mich in ein Leben entführt, das so überaus wunderbar sein würde. Es fühlte sich an, als könnte niemand auf der Welt auch nur annähernd eine Liebe so rein und stark wie unsere haben – sie würde ewig halten. Wir waren Kinder.« Sie zuckte mit den Schultern.

»Die Sache ist die, dass die Veränderung langsam stattfindet, nicht über Nacht. Dinge … geschehen. Das wahre Leben findet statt. Weiß Gott, ich hätte eine bessere Mutter sein und einschreiten sollen, als Jim aus dem Rahmen fiel. Aber rückblickend lässt sich das immer leicht sagen. Wenn ich zurückschaue, erinnere ich mich nur daran, dass ich müde war und Ausreden erfand – wenigstens hat er uns nicht geschlagen, wenigstens hatte er mit Drogen nichts am Hut. Ich begreife, dass das keine echte Ausrede ist und es niemals sein wird. Er war so geschickt, wie er uns heruntergemacht hat und uns das Gefühl gegeben hat, dass wir dankbar dafür sein sollten, dass er uns überhaupt duldete.«

Wieder lachte sie ungerührt. »Ich bin nicht blöd. Ich will ihn nicht wirklich zurück.« Sie fuhr sich mit der Hand durch ihr langes Haar und sah wieder zur Decke. »Vermutlich will ein Teil von mir einfach nur das Gefühl haben, es wert zu sein, dass *irgendjemand* wegen mir zurückkommen will, selbst wenn es mein nichtsnutziger Ehemann ist. Ich weiß, das hört sich lächerlich an. Es *ist* lächerlich.«

Mein Herz zerbrach in eine Million Teile und in meinem Hals steckte ein dermaßen großer Kloß aus Tränen, dass ich es nicht wagte, etwas zu sagen. Ein Blick zu Laney verriet mir, dass sie ähnlich betroffen war. Tränen, die sie nicht hatte zurückhalten können, liefen ihr über die Wangen.

Ich streckte meine Hand aus und drückte Kellys. Laney tat das Gleiche auf der anderen Seite. Wir klammerten uns fest, als ging es um unser Leben.

Es gab zwei Dinge, derer ich mir in diesem Augenblick sicher war. Erstens, dass das etwas war, das nicht einmal ein ganzer Tag im Spa anknacksen konnte. Und zweitens, dass ich die Scheiße aus Jim Beckett herausprügeln würde. Sie mochten winzig sein, aber diese Fäuste würden fliegen.

Lou und Terry und der unerwartete Schlag

MARK

Fiona: Wo bist du?

Auf keinen Fall würde ich Fiona verraten, dass ich in meinem Truck vor dem Krankenhaus sitze und mir zwei Schlägertypen anschaue, die möglicherweise vorhaben, meinen Vater zu entführen oder zu töten, sobald er herauskam.

Ich ignorierte ihren Text.

Es war 12:30 Uhr und wir hatten noch immer kein Zeichen von unserem alten Herrn oder dem Transferfahrzeug zu Gesicht bekommen. Jake war soeben von einer kleinen Aufklärungsmission zurückgekehrt, bei der er von hinten durch das Krankenhaus gegangen war und nach der er nun bestätigte, dass unser Vater sich immer noch dort befand. Wie es im Gesundheitswesen typisch war, lief nicht alles nach Zeitplan.

Die Gorillas – ich probierte verschiedene Begriffe aus, um sie zu bezeichnen, und ich habe vielleicht den passenden gefunden – waren in der schwarzen Limousine und Jake und ich taten unser verdammt Bestes, nicht aufzufallen.

Mein Handy läutete wieder.

Fiona: *Wo zum Teufel steckst du?*

»Willst du das nicht beantworten?«, fragte mich Jake, der sich auf seinem Sitz vorlehnte und so rastlos wie ich dreinschaute.

»Nein.«

Bevor ich einen Muskel bewegen konnte, hatte er mir das Handy aus der Hand gerissen und mir eine Hand aufs Gesicht gelegt, um mich von ihm wegzudrücken.

»Fiona«, sagte er süffisant lächelnd, als ich mir mein Handy zurückschnappte und gegen seinen Arm schlug.

»Beim nächsten Mal wird es dein hübsches kleines Gesicht sein«, warnte ich ihn.

Mein Handy läutete abermals und Jake unterdrückte ein Lachen.

Fiona: *Wenn du mir nicht sagst, wo du bist, Mark, dann werde ich dieses Bild auf Instagram, Twitter und meiner Facebook-Seite veröffentlichen.*

Darauf folgte etwas, bei dem ich Schwierigkeiten hatte, es in meinen Kopf zu bekommen. Es war ein Foto aus der Zeit, als ich zwölf und Jake vielleicht sechzehn war. Er stand ohne Hemd da, ließ den Bizeps an einem Arm spielen, während er mich mit dem anderen fast zu Tode würgte. Ich wog vielleicht achtzig Pfund in triefend nassem Zustand und trug meine verdammte Brille und eine Fliege. Wie zum Teufel ist sie an das Bild gekommen?

Und dann fiel mir wieder ein, mit wem ich es zu tun hatte.

Mark: *Nichts übereilen, Shortcake. Ich bin beim Krankenhaus.*

Fiona: *Perfekt. Bin unterwegs.*

Scheiße!

Mark: *NICHT HERKOMMEN!*

Fiona: *Komm mir nicht mit Großbuchstaben! Ich kann hingehen, wohin ich will!*

Wenn die Gorillas mich nicht zuerst erwischen, würde diese Frau mich ins Grab bringen.

Mark: *Im Ernst, Fiona. Die bösen Kerle sind da. Bleib weg und halte meine Mutter fern!*

Fiona: *Scheiße. Okay.*

Ich konnte wieder frei atmen.

Fiona: *Geht's dir gut?*

Mark: *Uns geht's gut. Beobachten nur im Moment. Noch nichts geschehen.*

Fiona: *Soll ich die Polizei rufen?*

Mark: *Nein! Was hast du immer mit der Polizei? Ist das so ein Fetisch-Ding?*

Fiona: *Was? Bitte sprich Deutsch.*

Mark: *Keine Bullen. Dad wird in die Reha verlegt. NICHT meiner Mom erzählen.*

Fiona: *Sie ist sowieso bei der Arbeit. Hatte eine schöne Zeit im Spa.*

Jesus H. Christus.

Mark: *Wir werden dem Reha-Transfer folgen, um sicherzustellen, dass er dort auch heil ankommt. Werde dir später simsen.*

Fiona: *Pass auf dich auf. Bis später.*

Ich las ihren letzten Text und bemerkte dann, dass Jake mich mit einem überheblichen Grinsen anstarrte. »Ist dir klar, dass dein Gesicht ungefähr dreißig Gefühlsregungen durchlaufen hat in den letzten fünf Minuten und du einmal sogar gebrummt hast?«

»Nein, hab ich nicht.«

Er nickte und hatte noch immer das Scheißgrinsen im Gesicht kleben. »Dich hat's schlimm erwischt, kleiner Bruder.«

»Meinetwegen. Sie macht mich einfach verrückt«, log ich.

Er setzte ein falsches Frustgesicht auf und ballte die Fäuste. »Oooh, dieses kleine Biest, sie macht mich einfach so verrückt, dass ich sie bald bis zum Gehtnichtmehr ficken werde.«

Was für ein Arschloch. »Weiß du was, Jake? Alles, woran ich

im Moment denken kann, ist, wie sehr ich all die Menschen beneide, die dir noch nie begegnet sind.«

Er lachte, vollkommen ohne Anstoß genommen zu haben. Mistkerl.

»Oh, Scheiße«, sagte er und seine Miene wurde ernst. »Da kommt der Transfer.« Er zeigte durch die Windschutzscheibe auf ein Fahrzeug, dass einer Kombination aus Rettungs- und Kastenwagen glich. An der Seite standen die Worte »Guildford County«. Dieses Fahrzeug brachte entweder jemanden in die Reha oder ins Gefängnis. Beides würde passen.

Ich blickte hin zu der Limousine und sah, dass der Fahrer seine Tür geöffnet hatte.

Jake und ich öffneten beide die unseren, aber wir hatten noch nicht entschieden, was genau wir tun würden.

»Ich denke, du hast vielleicht recht gehabt mit dem Schlagring, kleiner Bruder«, sagte er leise.

Mein Herz raste wie wild, als das Fahrzeug stehenblieb und der Verlegungsfahrer ausstieg. Er war kein großer Kerl – keineswegs.

In genau dem Moment ging die automatische Doppeltür des Krankenhauses auf und da war unser alter Herr auf einer Krankentrage und sah um einiges besser aus als bei unserer letzten Begegnung. Eine einzelne Frau in einem Krankenhauskittel schob die Trage. Wir brauchten mehr Menschen in der Gegend, vorzugsweise mit Muskeln und Waffen.

»Ist er das?«, fragte Jake, die Stimme überrascht. Ich hatte vergessen, dass er unseren Vater seit fünfzehn Jahren nicht mehr gesehen hatte.

»Jap.«

»Er sieht so …«, fing Jake an.

»Alt aus. Ich weiß«, sagte ich.

»Ich wollte klein sagen, aber ja. Ach, du heilige Scheiße.«

»Weil wir grad von heiliger Scheiße reden. Los geht's«, sagte ich, während ich auf die Limousine zeigte, wo beide Männer jetzt ausgestiegen waren und langsam das Transferfahrzeug ansteuerten.

Wir ließen ihnen einen Vorsprung und schlossen uns dann hinter ihnen an, darauf bedacht, einen großen Abstand zu halten.

Sie waren ungefähr zwanzig Fuß vom Fahrzeug entfernt, als der eine mit dem Spitzbart brüllte: »He, Jim! Na so was, dass du hier bist! Hab dich seit Vegas nicht mehr gesehen.«

Wir legten einen Zahn zu und verringerten den Abstand ein wenig. Ich konnte sehen, wie mein Vater ihnen den Kopf zuwandte und das Wort »Fuck« mit den Lippen bildete.

Der Pfleger und der Fahrer schienen zu zögern, waren sich nicht ganz sicher, ob das ein freundliches Treffen war oder nicht.

Das wäre dann ein entschiedenes »Nein«.

»Lou, Terry, hey«, sagte der alte Mann, Fröhlichkeit vorgebend. »Äh, ihr seht ja, dass ich im Moment nicht so recht Besucher empfangen kann.«

»Ja. Was ist passiert, Mann?«, sagte Lou oder Terry, welcher auch immer den *Sox*-Hut aufhatte. Zu diesem Zeitpunkt befanden sie sich ungefähr fünf Fuß von der Trage entfernt. Der Fahrer und der Pfleger, die offenbar entschieden hatten, dass das ein freundlicher Austausch von Höflichkeiten war, gingen ihren Aufgaben nach und fingen an, unseren Vater in den rückwärtigen Teil des Fahrzeugs zu laden.

»Ach, wisst ihr …«, sagte der alte Mann, scheißnervös.

»Ach ja«, sagte der Gorilla mit dem Spitzbart. »Ich glaube, ich hab was drüber gehört. Du solltest besser aufpassen, mit wem du rumhängst, Jim. Vielleicht solltest du mehr Zeit zu Hause verbringen – bei deiner hübschen Frau.«

»Ach, Scheiße«, sagte Jake neben mir.

»Ja, vielleicht«, sagte der alte Mistkerl nur. Saukerl.

»Wir werden nächste Woche bei ihrem Haus halten und für

dich nach ihr sehen – nachsehen, wie es ihr geht, während du dich erholst. Hört sich gut an?«

»Äh …«, sagte mein Dreckstück von einem Scheißvater.

»Dann ist ja alles geklärt. Nächsten Samstag. Bis später, Jim.«

Und sie spazierten davon, direkt an uns vorbei und zurück zu der Limousine. Jake und ich taten so, als würden wir uns unterhalten, als sie vorbeigingen, und die Türen des Transferfahrzeugs schlugen mit einem Knall zu.

Es war amtlich. Unser alter Herr war der beschissenste Ehemann und Vater der Welt, und wir befanden uns alle bis zum Hals in der Scheiße.

Wie sich herausstellte, bekam ich keine Gelegenheit, Fiona die Neuigkeiten zu simsen – sie hatte nicht genug Geduld, um zu warten. Bis zum frühen Nachmittag hatte sie nämlich Jakes Nummer gefunden und wir hatten beide drei neue Texte mit einer wiederholten Drohung, dass sie weitere belastende Fotos posten würde, wenn ich »ihren Arsch nicht sofort anrief«.

Ich hatte auch einen Entschuldigungstext von Laney.

Und noch einen von Nate.

Wann genau war Shortcake zu einem wesentlichen Spieler in diesem Debakel geworden? Wie hatte sie sich da so tief hineingeschlichen, dass sie jetzt ein regelmäßiges »Briefing« benötigte?

Dennoch wollte ich mich nicht verbreitetem Spott in den Sozialen Medien aussetzen, also wählte ich die Nummer der kleinen Hexe, während mein Bruder es sich in meiner Küche bequem machte und sich eine Limo aus dem Kühlschrank holte.

»Die Bösewichte wissen über deine Mom Bescheid«, sagte sie gleich nach dem Annehmen des Gesprächs. »Sie wollte nicht, dass ich es dir erzähle, und ich habe mir das stundenlang hin und her überlegt, aber ich mache mir solche Sorgen um sie, dass ich es dir einfach sagen musste. Und jetzt werde ich wahrscheinlich in die Hölle fahren oder zumindest wird das Karma es auf mich abgesehen haben. Ich werde mir wahrscheinlich das Bein brechen oder den Job verlieren – klar wird das bestimmt passieren, aber egal. Jedenfalls bin ich bereit dazu, die Konsequenzen zu tragen, wenn das bedeutet, dass wir deine Mom beschützen können. Ich habe mir schon gedacht, dass wir einen Leibwächter für sie engagieren oder, du weißt schon, ihr einen Kampfhund besorgen könnten. Obwohl ich nicht recht weiß, was wir mit dem Hund machen würden, wenn das vorbei ist. In meinem Wohnhaus sind Hunde über dreißig Pfund nicht erlaubt und ich bezweifle, dass wir einen guten Kampfhund, der so klein ist, finden würden. Und wenn ich es mir jetzt so überlege, bin ich mir nicht sicher, ob ich einen aggressiven Hund als Haustier überhaupt würde haben wollen. Meinst du, wir sollten lieber beim Leibwächter bleiben? Vielleicht könnte ich einen scharfen Typen in ihrer Alterskategorie finden und es wäre dann wie in dem Film *The Bodyguard*, außer dass er und deine Mom am Ende zusammenbleiben könnten. Ach, und es würde auch niemand sterben«, endete sie mit einem atemlosen Keuchen.

»Shortcake!«, schrie ich schließlich, als sie eine Pause machte.

»Ja?«

»Klappe!«, sagte ich, in dem Versuch, alles in mir aufzunehmen. Sie war wie ein Waldbrand – einmal entfacht, war es sauschwierig sie zu stoppen.

»Rüpel!«, erwiderte sie, hielt sie aber tatsächlich.

»Ich weiß, dass die über meine Mom Bescheid wissen. Die Frage ist nur, woher weißt du das?« Ich wappnete mich geistig gegen eine Antwort, von der ich wusste, dass sie mir nicht gefallen würde.

»Die haben ihr einen Drohbrief geschickt. Können wir jetzt bitte die Bullen rufen?«

Scheiße.

»Halte durch. Wo bist du?«

»Bei mir.«

»Wo ist das?«

Sie gab mir die Adresse und ich sagte ihr, dass ich sofort hinfahren würde.

»Ruf einfach rauf, dann mach ich dir auf, wenn du da bist. In der Zwischenzeit werde ich den Fahrer meiner Eltern anrufen und ihn fragen, ob er irgendwelche scharfen älteren Leibwächter kennt. Fahrer wissen solche Sachen meist, nicht wahr?«

Ich konnte es nicht mehr ertragen – ich legte auf.

Ich stellte mein Handy auf stumm, für den Fall, dass sie nochmal anrief, und gab dann alle Details an Jake weiter.

Lasst mich das neu formulieren – ich gab alle *sachdienlichen* Details an Jake weiter. Ich ließ das Verrückte, wo es war – in einem Hochhaus in der Innenstadt.

»Ich fahre jetzt zu Fiona, um so viel wie möglich herauszufinden. Ich werde dich bei Mom absetzen und du wirst nachsehen, ob du diesen Brief findest.«

»Scheiße. Okay.«, sagte er und wir gingen beide wieder hinaus. »Also echt, Florida ist viel weniger dramatisch als North Carolina.«

»Ich denke, wenn dieser Scheiß vorüber ist, werde ich vielleicht einen Urlaub brauchen – du solltest dich am besten auf einen Besucher vorbereiten.«

Ich parkte auf der Straße, einen Block von dem Hochhaus entfernt. Verdammt, diese Frau war das fleischgewordene Geld. Ich arbeite in dem Geschäft und ich weiß, wie viel Eigentumswohnungen in einem Gebäude wie diesem kosten.

Mehr als eine Nummer zu groß für mich, so wie sie auch.

Moment, stopp. Ich wollte sowieso nicht in ihrer Liga sein. Das ist das, was Beziehungsleute denken. Ich date nicht – ich ficke und haue ab. Also wen interessiert es, wie viel Geld eine Mieze hat? Das hat nie eine Rolle gespielt, wenn sie unter mir war. Nicht, dass Fiona unter mir sein würde, oder über mir, oder an der Wand oder auf dem Küchentisch – he, so oft, wie die Fick-mich-Stöckel anhat, wer kann es mir schon verdenken, wenn mein männliches Gehirn von Zeit zu Zeit dorthin wandert? Oder die ganze Zeit. Verdammt.

Ich drückte ihre Klingel.

Keine Antwort.

Ich drückte ihre Klingel noch einmal.

Noch immer keine Antwort.

Ich rief sie am Telefon an.

Nach fünf Mal Läuten hob sie endlich ab.

»Ja?«

»Lass mich rein, Shortcake. Ich ernte hier draußen schon komische Blicke.«

Hier war tatsächlich ein Typ, der mir beim mehrmaligen Klingeln zusah und es für notwendig hielt, zu bemerken: »Verdammt, Mann, du musst sie aber echt sauer gemacht haben.«

»Oh, tut mir leid. Wolltest du mich sprechen? Denn es hat sich keineswegs so angehört, als du *einfach aufgelegt hast!*«, brüllte sie.

»Es war nur eine schlechte Verbindung«, log ich eklatant.

Sie murmelte etwas Unverständliches und dann hörte ich den Türöffner summen. Ich war kein Trottel – ich packte die Tür so schnell, wie es menschenmöglich war, denn ich war mir sicher, dass es keine zweite Chance geben würde, ungeachtet von Kredithaien und Schlägertypen und des Bedürfnisses meiner kleinen Giftnudel, eine Weltverbesserin zu sein.

Der gesamte Eingangsbereich war in einem sehr schnörkellosen, modernen Stil dekoriert und entworfen. Ein bisschen zu minimalistisch für meinen Geschmack, aber andererseits schien es so zu sein, dass reiche Menschen immer mehr für weniger zahlten. Ich fand den Aufzug und war, wie ich zugeben muss, ein wenig enttäuscht, dass sie nicht im Penthouse, sondern eine Etage darunter wohnte. Hätte sie ein ganzes Penthouse für sich allein gehabt, dann wäre es mir wohl leichter gefallen, sie als verwöhntes, kleines reiches Mädchen, das sich nur zum Spaß und nebenbei mit den dramatischen Ereignissen meiner Familie beschäftigte, abzutun. Nicht, dass eine Eigentumswohnung im vierzehnten Stock dieses Gebäudes zu verachten wäre.

Ich stellte mir Fiona im baufälligen Haus meiner Mutter vor und spürte einen Anflug von Beschämung und Zorn, was ich nicht ganz in Einklang bringen konnte. Fiona war zugleich zu gut für den entsetzlichen Ort und nicht gut genug dafür – oder meine Mutter oder mich oder Jake eigentlich. Es ergab keinen Sinn, aber das vertraute Gefühl, niemals gut genug zu sein, produzierte eine unglaubliche Menge an Groll, der sich mit der Zeit ansammelte wie ein dorniges Unkraut und oft unschuldige Passanten stach. Es musste sich erst noch herausstellen, ob Fiona in diese Kategorie fiel oder nicht. Auf jeden Fall war sie mir nie als besonders unschuldig erschienen.

Der Fahrstuhl brachte mich in ihr Stockwerk und ich fand ihre Tür, die ein paar Zentimeter offen stand. Ich verstand das als Einladung und betrat ihre Eigentumswohnung, bereit für ihre Verbalattacke und auch die Möglichkeit eines körperlichen Angriffs.

Ich sah mir den Ort an. Jawohl, Geld.

Das Apartment und die Einrichtung waren nicht besonders spießig oder protzig, es war nur eben alles dort drinnen teuer. Teuer auf die Art, dass es nicht sofort schrie, dass es unbezahlbar war, aber es würde wahrscheinlich automatisch staubige Cargohosen oder Bier in der Dose abschrecken. Der Besitzer besagter Gegenstände würde sich auf mysteriöse Weise auf den Flur gestoßen wiederfinden, ohne genau zu verstehen, wie er dorthin gekommen war, während die Couchkissen drinnen sich ihre imaginären Hände reiben und sagen würden: »Also nachdem das jetzt erledigt ist, lass uns weitermachen mit dem Sagenhaft-reich-Sein.«

Ich war so abgelenkt durch meine Betrachtung der Wohnung, dass ich Fiona anfangs gar nicht wahrnahm. Dann fragte ich mich, wieso ich sie nicht sofort entdeckt hatte. Sie trug ausnahmsweise mal keine Stöckelschuhe. Sie war sogar barfuß. Sie trug auch eine hautenge Jeans und ein einfaches T-Shirt mit breitem Halsausschnitt – das, machen wir uns doch nichts vor, wahrscheinlich genauso viel gekostet hat wie die Couch, die ich meiner Mom gekauft hatte. Ihr Haar schwebte wie immer um ihr Gesicht herum und ich stellte fest, dass sie kein Make-up trug.

Meine Shortcake stand auf der Schwelle zur Küche und hatte einen verletzten Ausdruck im Gesicht sowie rotgeschwollene Augen. Sie hatte geweint. Allein aufgrund des Gedankens, dass ich oder meine Situation die Ursache für ihre Tränen war, wollte ich jedes negative, sarkastische, beleidigende Ding zurücknehmen, das ich jemals über sie gedacht oder zu ihr gesagt hatte. Mein Bauch war aufgewühlt und zugleich von dem größten unerwarteten Schlag getroffen, den ich jemals gefühlt oder mir vorgestellt hatte. Denn trotz meiner großen Töne, meiner Vorgeschichte und dem Hausverstand im Allgemeinen war sie *meine* Shortcake.

Sie gehörte mir.

Was auf Gottes grüner Erde würde ich mit dieser Erkenntnis anfangen? Es stellte sich heraus, dass dort zu stehen wie ein großer Scheißesel der einzige Zug war, den ich machen konnte.

Brillant.

Wir leben schließlich in einer Demokratie

FIONA

Zu meiner Verteidigung muss ich sagen, ich dachte nicht wirklich, dass er auftauchen würde, nachdem er einfach wie ein Arschloch aufgelegt hatte. Aber als mir dann klarwurde, dass er tatsächlich unten stand und nicht wieder gehen würde, weigerte ich mich, mich zurechtzumachen oder auch nur einen Hauch Lippenbalsam aufzutragen und drückte einfach auf den Türöffner. Na wenn schon, sah ich eben aus wie eine zwölfjährige Obdachlose. Ach, Moment, dieser Gedanke war zu deprimierend – ich würde ein obdachloses zwölfjähriges Mädchen doch total zu meiner Sache machen und sie adoptieren wollen. Na wenn schon, dann sah ich eben aus wie eine sehr kleine Cracknutte. Schon besser. Mark würde mich einfach so nehmen müssen, wie ich war. Nein, ich meinte nicht mich *nehmen*, ich meinte mich *erdulden*. Das habe ich gemeint. Moment mal. Hatte ich mich eben mit einer Cracknutte verglichen? *Reiß dich zusammen, Fiona!*

Als die Tür aufschwang und Mark eintrat, stockte mir ein

bisschen der Atem. Er trug ein *sehr* enganliegendes olivgrünes langärmeliges Thermalshirt, eine alte Jeans, die an all den *richtigen* Stellen abgewetzt war, und Arbeitsschuhe. Er hatte diese zerknitterte Stirn und einen Ein- oder Zweitagebart im Gesicht, und meine weiblichen Bauteile fanden, dass ihnen der Look sehr gut gefiel. Unten rum entfachte sich ein Feuer nur durch das Zündholz seiner Bartstoppeln und den Funken seiner schieren Schärfe. Wie hatte ich … *das* … alles bloß für … übertrieben halten können? Er war verdammt teuflisch sexy!

Er sah aus, als hätte er gerade den Laufsteg verlassen, und ich sah aus, als spazierte ich gerade aus einer Crackhöhle. Das lief der vertrauten Ordnung der Dinge in meinem Leben völlig entgegen. *Ich* war Laufsteg! *Er* war vom Typ Fitnessfanatiker – unhöflich und eingebildet. Richtig?

Ach, natürlich nicht. Ich wusste seit mindestens einer Woche, dass er mehr als das war. Viel mehr.

Sein Blick fand mich schließlich und Uterus meldete sich: *»Eileiter, Vagina und ich haben abgestimmt und das Ergebnis liegt vor – BESPRINGE IHN!«*

Schöner Mist. Mit Eileitern und Uterus konnte ich normalerweise vernünftig reden. Aber mit Vagina? Sie konnte ich von nichts abbringen. Sie steckte ja sogar oft unter einer Decke mit Inneren Modekennerin, weil sie beide Schuld hassten und heißem Sex zugetan waren. Gott sei Dank hatte sich Klitoris nicht eingeschaltet, sonst wäre ich längst am anderen Ende des Zimmers und würde auf Mark klettern wie auf den Berg, der er war. Everest konnte mir gestohlen bleiben! Ich würde Beckett erobern!

Halt. Verdammt noch mal. Die Fresse.

Ich musste meine fünf Sinne zusammennehmen. Hier ging es nicht um Cracknutten, die weibliche Anatomie oder Berge, die erklommen werden wollten. Hier ging es um eine sehr reale Bedrohung und ich musste meinen verdammten Verstand klarkriegen.

»Shortcake«, sagte er nur, während seine Schultern herabsanken und er seine defensive Einstellung, die er beim Betreten meiner Wohnung gehabt hatte, ablegte. »Was soll das?«

Ich war verwirrt. »Ähm, meine Wohnung?«, sagte ich mehr fragend als feststellend.

»Nein, das habe ich nicht gemeint. Die Tränen, Shortcake.« Er näherte sich langsam und seine Schenkelmuskel dehnten seine Jeans.

Höschenauszieher, so eine Person!

»Nenn mich nicht so«, sagte ich nur halb so entrüstet, wie ich es vorgehabt hatte.

Da stand er bereits direkt vor mir. Ich sah nach unten und war mir plötzlich meines Aussehens peinlich bewusst, wo ich doch vor wenigen Minuten noch unerschütterlich entschlossen gewesen war.

Ich spürte seinen Finger an meinem Kinn, der mein Gesicht hob, damit er mich direkt ansehen konnte, ohne sich herabbeugen zu müssen. Mir wurde klar, dass er mich da zum ersten Mal überhaupt berührte, und ich spürte das Entstehen von Gänsehaut auf meinen Armen. Es war wirklich ziemlich lächerlich, wie groß er war im Vergleich zu mir. Ich fragte mich kurz, wie diese Muskeln hießen, die sich über dem Schlüsselbein eines Menschen wölbten und diese Neigung erzeugten, die Mark hatte. Dann verwarf ich den Gedanken völlig, als ich seinen Geruch wahrnahm und beinahe in Ohnmacht fiel. Was war das? Was auch immer es war, es hatte die Wirkung eines Eisbechers mit Karamellsoße auf alle meine diversen weiblichen Teile, denn sie fielen alle gleichzeitig in Ohnmacht, sodass es in meiner Verantwortung lag, den gesamten Körper aufrecht zu halten. Blöde Ziegen!

»Ich nenne dich gerne so«, erwiderte er leise. »Bitte verdirb es mir nicht.«

Ich unterlag offensichtlich einer Art Zauber, mit dem er mich belegt hatte, denn ich sagte unerklärlicherweise: »Okay.«

Okay?! Was? Ich hasste es, wenn die Leute auf meine Größe hinwiesen – das war so herablassend. Als wäre ich mir meiner Größe nicht schon bewusst genug und es musste mich nur eine verrückt große Person auf etwas hinweisen, das mein winziges, dem Maßstab entsprechendes Gehirn unmöglich allein herausfinden konnte! *Wow, vielen Dank, dass Sie mich darauf hinweisen – Ich habe mich schon gefragt, wieso ich hier unten so viel mehr Sauerstoff habe. Fahren Sie nur ruhig fort mit ihren Angelegenheiten, Sie verrückt großgewachsenes menschliches Wesen.* Oje!

Aber anscheinend wandte Mark jetzt irgendeinen Zauber bei mir an, denn ich kapitulierte wie ein Welpe vor einem mit Erdnussbutter befüllten Kong.

»Was zum Teufel, Fiona?«, schrie ein neuer Teil meines Unterbewusstseins. Der war mir noch nicht bekannt. *»Stolz«*, stellte sie sich vor.

Oooooh. Wow. Freut mich, dich kennenzulernen – ich glaube, wir brauchen dich gerade jetzt.

»Ja, ohne Scheiß«, sagte sie. Aber ehe sie noch mehr sagen konnte, mischte sich Mark ein.

»Ich mag es nicht, dich weinen zu sehen. Sind diese Tränen wegen meiner Mom? Bitte sag mir stattdessen, dass du dir nur etwas Trauriges im Fernsehen angesehen oder einen riesigen Ausverkauf verpasst hast«, sagte er, während sein Daumen über meine rechte Wange fuhr.

Meine Knie zitterten und ich konnte nur hören, wie Stolz als sehr schwaches Echo in meinem Hinterkopf schrie: *»Standhaft bleiben!«*

»Ich will nur … nicht, dass einer von euch verletzt wird«, war das, was ich ohne erneutes Zusammenbrechen schaffte.

An diesem Nachmittag hatte ich gewartet, bis ich Laney abgesetzt hatte und mich sicher in meinem eigenen Raum niedergelassen hatte, bevor ich zusammengebrochen war. Ich weinte mir die Augen aus, weil alles so ungerecht war. Warum waren manche Menschen so grausam? Warum hatte Kelly einen

Scheißehemann, der, obwohl er jahrelang verschwunden gewesen war, noch immer Schmerz auf sie und ihre Kinder herabregnen lassen konnte? Wieso hatte meine Familie Geld, wo doch sie diejenige war, die es brauchte, um ihre Familie zu beschützen? Und warum mussten Menschen wie ich, die diese finanziellen Ressourcen besaßen, einen anderen Krieg führen – einen, den das Geld nicht gewinnen konnte? Alles war so falsch ausgerichtet.

Natürlich wusste ich, ohne zu fragen, dass jegliche Art der Freundschaft, die ich jemals mit einem Mitglied ihrer Familie haben würde, zerstört wäre, würde ich das Geld anbieten. Ich wäre ewig das kleine reiche Mädchen, dass ihr »überzähliges Kleingeld« anbot und dabei gar nicht merkte, welche Anstrengungen es kostete, ein normales Leben zu leben. Wenn es nur das gewesen wäre, hätte ich es dessen ungeachtet wahrscheinlich riskiert, aber ich wusste, dass sie mein Geld nie im Leben annehmen würden. Ich war nicht die einzige Klientin von Stolz, das wusste ich mit Sicherheit.

Also tat ich, was jede normale Frau tun würde – ich saß in meinem Apartment, brach in Tränen aus und verschlang einen halben Liter *Ben and Jerry's*. Okay, vielleicht hatte ich auch ein paar Gläser Wein, und erst nach dem ersten Schluck fiel mir ein, dass Wein und Eiscreme sich nicht wirklich gut vertragen. Irgendjemand muss eine mit Alkohol durchzogene Eiscreme erfinden. Ach ja, das sind Frozen Margaritas ja wohl irgendwie. Na schön. Weiter geht's.

Jedenfalls hatte zu diesem Zeitpunkt das Telefon geläutet und es war Mark gewesen, der mich *endlich* zurückrief, also riss ich mich am Riemen und erzählte ihm das von seiner Mom und dem Brief, obwohl Schuld mir deswegen die Hölle heiß gemacht hatte. Ach, was wusste die denn schon?!

Allerdings traf ich doch die Entscheidung, einige von Kellys Angelegenheiten nicht auszuplaudern – auf jeden Fall den emotionalen und sehr persönlichen Kampf, den sie mit uns geteilt hatte, aber auch die Tatsache, dass sie Jim morgen besuchen würde. Ich hoffte, dass die bösen Kerle bei ihrem Plan bleiben und sie bis zum nächsten Wochenende allein lassen würden, aber es war trotzdem ein bisschen riskant. Und ich wusste, wenn ich es Mark erzähle, würden er und Jake versuchen sie aufzuhalten – um sie zu beschützen, wie üblich.

Ihre Fürsorge und Besorgnis um sie war in der Tat sehr lieb und hatte meine volle Sympathie, aber ich wusste nur zu gut, wie es sich anfühlte, ständig der Empfänger solcher Fürsorge zu sein. Es war immer gut gemeint und kam von einem Ort der Liebe, doch ständig daran erinnert zu werden, wie verletzlich, wie zerbrechlich man ist, kann die unbeabsichtigte Wirkung haben, dass man sich noch gebrochener fühlt. Es kann einen vergessen lassen, dass man sehr wohl stark sein *kann*, wenn man eine Chance dazu bekommt. Deswegen wollte ich Kelly diese Chance geben, und hoffentlich würde es sich nicht als Fehler herausstellen. Daher plante ich selbst auch noch einen kleinen morgendlichen Überwachsungseinsatz. Ich habe *Enter the Dragon* gesehen – ich habe mir ein paar Dinge abgeschaut. Niemand würde Kelly auch nur ein Haar krümmen.

»Shortcake«, sagte Mark wieder und nahm mich dann in die gleiche Umarmung, die ich ihn bei seiner Mutter letzte Woche anwenden sah – die, wo es schien, als würden seine Arme mich zweimal umwickeln können.

Und ich brauchte das.

Ich genoss es.

Ich stieß einen riesigen unfreiwilligen Seufzer aus und vergrub mich tief in seine Brust, wo ich abermals von seinem Duft verzehrt wurde – etwas Holziges und Erdiges – und die Gänsehaut wurde zu einem Ganzkörperzittern.

»Ist dir kalt?«, fragte er.

»Ja«, log ich.

Da beugte er sich herab, hob mich hoch, als wäre ich ein Kind, und trug mich hinüber zum Sofa, wo er sich mit mir quer über seinem Schoß ausgestreckt niederplumpsen ließ – fast so, als wäre er Santa und ich ein großes Baby, nur auf eine sexy Art und Weise. Okay, vergesst das ganze Santa-Ding – diese Analogie ist völlig unpassend. Konzentriert euch nur auf den scharfen Typen.

Er packte die Kaschmirdecke, die ich auf der Sofalehne hängen hatte, packte mich fest darin ein und zog sie mir fast bis zum Kinn hoch. Ich war gezwungen ihn doof anzulächeln.

»Besser?« Er lächelte zurück und sah mich mit diesen unglaublichen braunen Augen an, die rundherum von diesen obszönen Wimpern umgrenzt waren.

»*Was dauert denn so lange?*«, fragte Uterus.

»*Ja. Schluss mit dem Geschluchze – setz dich endlich auf sein Gesicht!*«, schaltete sich Vagina ein.

»*Klappe, ihr schmutzigen kleinen Huren!*«, schimpfte Stolz.

Ich musste mich sehr anstrengen, um diese Ziegen zu blockieren, sonst hätte ich definitiv den Hausverstand zum Fenster hinausgeworfen und angefangen Mark zu befummeln.

»Also«, unterbrach Mark die turbulenten Gedankenströme in meinem Gehirn, »erzähl mir mehr über diesen Brief und alles, was geschehen ist.«

Ach so, richtig, zurück zum regulär vorgesehenen Programmablauf – außer, dass ich auf seinem Schoß saß und sein Daumen meinen Arm streichelte.

»Ähm, na ja, wir sind zum Spa gefahren und das hat richtig Spaß gemacht – deine Mom ist übrigens toll – und haben uns Mani-Pedis machen lassen. Siehst du?« Ich hob die Füße unter der Decke hervor, um ihm meine Zehen zu zeigen.

Er grinste. »Sehr schön, Shortcake.«

»Und ich musste deine Mutter dazu überreden, dass sie sich die Nägel mit einer echten Farbe lackieren lässt, anstatt mit Klarlack – kaum zu glauben, aber das hat sie gewählt.« Ich sah wieder auf in sein Gesicht und ich konnte seinen inneren Kampf um Geduld praktisch sehen.

Ach, richtig, dann halt zurück zum Thema.

»Jedenfalls hat uns deine Mom, als wir fertig waren und sie absetzten, gebeten, ins Haus zu kommen und uns etwas anzusehen. Es war der Brief von diesen Kredithaien.«

»Was genau stand denn drin?«, fragte er, Anspannung um den Mund. Sein Daumen hatte aufgehört, sich zu bewegen.

Ich konzentrierte mich und versuchte, mich an den Brief zu erinnern. »Da stand sowas wie: ›Sie haben eine Woche Zeit. 32.000$.‹ Ich bin mir ziemlich sicher, dass das der Wortlaut war, weil Laney und ich darauf bestanden, dass es eine Drohung war, und deine Mutter die Bullen rufen sollte, aber Kelly hat darauf hingewiesen, dass wegen der Art, wie die das geschrieben haben, das nicht unbedingt so gesehen werden würde.«

»Scheiße. Der Preis ist um zwei Riesen raufgegangen. Vermutlich sollte mich das nicht wundern«, sagte Mark und schüttelte den Kopf. »Und das passt zur Zeitschiene, die wir beim Krankenhaus mitgekriegt haben.«

»Also was ist dort drüben genau passiert? Ich habe mir Sorgen gemacht.«

Er sah mich konzentriert an und beugte sich vor, ohne Scherz, und küsste mich auf den Oberkopf!

Was lief hier ab? Bin ich eine Woche lang in Ohnmacht gewesen und wir waren jetzt Menschen, die sich umarmten und küssten? Oder hatte inmitten eines Komas, in dem ich gelegen und an das ich mich nicht erinnern kann, seine Mutter beschlossen, mich zu adoptieren und zu seiner Schwester zu machen, die er liebevoll aufs Haupt küsst? Hilfe! Ich weiß nicht, was los ist!

»Beruhige dich und hör zu«, sagte Schuld. *»Er muss jetzt viel aufnehmen, also gib ihm ein bisschen Spielraum, ohne wie eine Dreizehnjährige bei ihrem ersten Schwarm gleich durchzudrehen.«*

Gut.

Sein Daumen fing an Kreise zu ziehen, diesmal auf meinem

Handrücken. Oooh, das sah richtig gut aus mit meiner neuen Maniküre.

Marks Stimme holte mich zurück von der Betrachtung unserer Hände. »Eigentlich nicht viel. Die Schlägertypen sind zu meinem alten Herrn hin und haben eine kaum versteckte Drohung gegen meine Mutter ausgesprochen, wenn sie ihr Geld nicht bis nächsten Samstag bekommen. Das Arschloch ist einfach nur dort gelegen wie der nutzlose Haufen Knochen, der er ist.«

Ich führte meine Hand an meinen Hals. »O mein Gott – die arme Kelly. Das ist so ungerecht! Was sollen wir tun?«

»Na ja, zuerst werden *Jake und ich*«, sagte er und sah mich dabei scharf an, »unsere Mom davon überzeugen, dass wir alles im Griff haben. Dann werden wir eine Kontaktperson im Krankenhaus nutzen, um an die Adresse des alten Herrn zu kommen. Ausgehend von dem, was diese Typen gesagt haben, wohnt er wahrscheinlich nicht hier in North Carolina – sondern ist nur wegen des möglichen Verstecks hergekommen und um der Parasit zu sein, der er ist. Wir werden dort mal herumschnüffeln und nachsehen, ob wir was finden, dass wir verkaufen können – oder ob er dumm genug ist, was eine sichere Annahme zum jetzigen Zeitpunkt ist – mal nachsehen, ob er Geld versteckt hat. Das heißt, falls die Schläger die Bude nicht bereits gefilzt haben.«

Ich nickte mit dem Kopf. Das hörte sich fürs Erste nach einem ordentlichen Plan an.

»Was hat meine Mom zu dem Brief gesagt?«

Hmm, hier wurde es jetzt kniffelig. Ich bin mir relativ sicher, dass man jemanden nicht anlügen soll, während er einen knuddelt und gerade auf den Kopf geküsst hat.

»Sie war natürlich beunruhigt. Ich weiß nicht. Wir haben nur Mädelszeug geredet?«

»Ist das eine Frage?«

»Ähm, nein?« Verdammt noch mal.

»Nochmal, ist das eine Frage, Shortcake? Was willst du mir sagen?«

Ich schnaubte. »Manche Dinge sind einfach privat, Mark – unter Frauen.«

»Aber es gibt nichts Wichtiges, was du mir nicht erzählst, oder?«

Ich versuchte auszuweichen. »Na ja, wenn du Geschichten aus deiner Kindheit für wichtig hältst …«, sagte ich und verstummte langsam, in der Hoffnung, dass ich ihn ausreichend abgelenkt hatte.

»Ja, was das angeht – ich fasse es nicht, dass meine Mutter dir diese Bilder gegeben hat!«

»Ahh«, neckte ich ihn. »Ist es dir peinlich, dass du einmal so winzig wie ich gewesen bist?«

Er kniff nur die Augen zusammen und drückte mich.

»Vorsicht, starker Mann, du könntest mich mit deinem großen Körper zerquetschen, wenn du nicht aufpasst. Ich muss aber sagen, dass ich, nachdem ich diese Bilder gesehen habe, jetzt ein wenig Einblick habe, warum du und dein Fitnessstudio eine so innige Männerbeziehung habt.«

Er machte ein abschätziges Geräusch. »Was auch immer. Ich bleibe eben gerne in Form, Shortcake.«

»Mhm«, sagte ich und mustert ihn genüsslich von oben bis unten.

In diesem Augenblick wurde mir intensiv bewusst, dass sich etwas sehr spezifisch unter meinem Hintern bewegte. Wollen wir mal sagen: eine Art *Erhebung*.

Du meine Güte.

Du meine Güte!

Ich setzte mich abrupt auf und sprang förmlich von seinem Schoß hoch – das war ja so verwirrend! Ich warf mich hinüber ans andere Ende des Sofas und schleuderte ihm die Kaschmirdecke auf den Schoß, um jegliche Beweise zu verhüllen. Meine plötzlichen Bewegungen führten zu etwas Gestöhne und

Geächze von Mark. Vielleicht war ich nicht sehr graziös gewesen in meiner Panik, dem Verwirrung-stiftenden Penis-Salutieren zu entfliehen. Oje. Bringt mich gleich um.

Was hatte ich bloß? Ich fühlte mich total zu ihm hingezogen, und jetzt hatte ich auch noch harte Beweise (*ach, kommt schon, ich konnte nicht widerstehen*), dass er sich auch zu mir hingezogen fühlte. *Er* ließ sich nur auf Gelegenheitssex ein – ich ließ mich nur auf Gelegenheitssex ein. Auf Papier sollten wir jetzt gerade poppen. Also nicht direkt auf Papier, denn das würde Papierschnitte an einigen extrem unpassenden – *ach, ihr wisst schon, was ich meine!*

Nur war es nicht so einfach, und das wussten wir beide.

Zeit für eine Ablenkung!

Ich wagte einen heimlichen Blick auf Mark. Er schien sich immer noch von meinem unbeabsichtigten Angriff auf seine männlichen Teile zu erholen.

»Also da ist eine Sache, die ihr, glaube ich, nicht bedacht habt bei eurem großen Plan, die Wohnung eures Dads zu durchwühlen.«

»Ach ja?«, murmelte er mit geschlossenen Augen, den Kopf am Rückenteil des Sofas abgelegt, als wäre er gerade einen Marathon gelaufen. Echt jetzt? Wie schmerzhaft kann es denn schon tatsächlich gewesen sein?

»Ja. Angenommen, er wohnt weit weg. Wenn ihr, du und Jake, beide hinfahrt, dann wird niemand hier sein, um eure Mom zu beschützen, falls die Schlägertypen beschließen, früher vorbeizuschauen.«

Seine Augen öffneten sich und wandten sich mir zu. »Mist. Du hast recht.« Er setzte sich auf, scheinbar wieder normal. »Vielleicht kann ich Nate bitten … Nein, ich will ihn nicht irgendwelchen Gefahren aussetzen, insbesondere, weil er sich doch um eine Familie kümmern muss.«

Auf jeden. »Deswegen werde ich dich begleiten und Jake wird bei deiner Mom bleiben.«

Was? Was habe ich eben gesagt?

»Wie? Nein«, sagte Mark.

Puh.

Dann neigte er den Kopf, musterte mich langsam von Kopf bis Fuß (gleiches Recht für alle und so weiter, nehme ich an) und verkündete mit vollkommener Gewissheit: »Eigentlich ist das eine tolle Idee. Kannst du dir freinehmen, falls nötig?«

Scheiße. Jetzt hatte ich es wirklich getan.

»Juhuu!«, riefen alle weiblichen Bauteile, sogar Schuld und Stolz, denn die Hilfsbereitschaft ist eine gute Eigenschaft bei einem Menschen.

»Na klar«, war alles, was ich sagen konnte. Es schien, als wäre ich überstimmt.

Ich glaube, ich bin die einzige Person, die ich kenne, die in einer Demokratie lebt, die aus einem Haufen imaginärer Verrückter und nur einem echten Menschen besteht.

Na gut … Roadtrip! Ich hoffte nur, dass das meine Überwachung nicht beeinträchtigte. Ich war eine ganz schön beschäftigte, krasse, mutige Frau.

Der Christopher Columbus des Mögens

MARK

Ich hatte absolut keine verdammte Ahnung, was ich tat. Das war ähnlich wie einer neuen Welt zu trotzen – noch nie hatte ich für eine Frau etwas empfunden. Und ganz bestimmt hatte ich nie eine auf dem Schoß halten wollen, außer natürlich sie saß rittlings auf mir.

Nachdem Fiona meinem Ständer einen Tritt gegeben und bei ihrem Versuch von meinem Schoß zu krabbeln, meine Nüsse praktisch zerquetscht hatte, hatte ich gedacht, dass alles verloren sei und sie sich abgestoßen fühlen würde. Dann fiel mir ein, wie sie mich gründlich taxiert hatte – ebenjene Prüfung hatte besagten Ständer verursacht –, und ich erkannte den Aufgescheuchtes-Reh-Ausdruck in ihrem Gesicht.

Sie war genauso verdutzt wie ich und was noch wichtiger war, so erregt wie ich. Ich wusste bereits, dass sie mir gehörte, so fremd mir dieser Gedanke auch war, aber ich vermutete, dass sie sich dessen noch nicht bewusst war, dass ich ihr gehörte. Was sich alles beheben ließe durch die geballte Zeit, die uns auf der Hinreise und in der Folge bei der Durchsuchung der Wohnung meines Vaters, wo auch immer das sein mochte, für uns alleine bleiben würde.

Also zurück zu dem Plan. Ein Anruf bei Jake war angebracht, also holte ich mein Handy aus meiner Gesäßtasche und tippte auf seine Kontaktdaten für den Verbindungsaufbau, Shortcake dabei stets im Auge behaltend. Sie zappelte wie verrückt in der Ecke des Sofas herum. Das war verdammt niedlich. Und nachdem mein Schwanz sich wieder erholt hatte, schrie er erneut nach Anerkennung. Sobald mein Bruder abhob, tat er jedoch, was sich gehörte – und beruhigte sich verdammt noch mal.

»Jo«, grüßte Jake.

»He, was gefunden?«

»Gar nichts. Sie muss ihn mitgenommen haben. Bist du bei Fiona?«

»Ja. Kümmer dich nicht um das Auffinden des Briefes. Im Endeffekt wissen wir's ja bereits: Samstag läuft die Frist ab, aber die Summe wurde erhöht – zweiunddreißig Riesen.«

»Scheiße.«

»Ja. Also der Plan, die Wohnung zu durchsuchen, steht noch, aber Fiona hat richtigerweise auf etwas aufmerksam gemacht. Wenn wir beide fort sind, wer wird dann auf Mom achtgeben, falls die Gorillas unruhig werden?«

»Stimmt – Mist.«

»Daher meine ich, dass du immer noch die Adresse von Lexie besorgen solltest, aber dann werden Fiona und ich dorthin fahren.« Ich behielt sie im Blick und sie lächelte nervös. Dann stand sie auf und ging in die Küche, unterwegs eine Trinkbewegung mimend. Fürs Erste ließ ich sie mal gehen.

»Was zum Teufel, Mann?!«

Ich bewahrte eine ruhige Haltung. »Wir haben es im Griff.«

»Ich hoffe, dass du weißt, was du tust«, sagte er.

»Keine verdammte Ahnung«, erwiderte ich, sobald Fiona außer Hörweite war.

Woraufhin Jake sich kaputtlachte.

»OKAY, ALLES IST VORBEREITET«, sagte ich Fiona, als sie endlich zur Couch zurückkahm, ein Glas Rotwein in der einen und ein Bier in der anderen Hand. »Jake wird sich morgen die Adresse holen und dann können wir, je nachdem, wo wir hinmüssen, entweder morgen Nachmittag oder Montagmorgen losfahren. Wie passt das zu deinem Zeitplan?«

Mir fiel auf, dass sie sich so weit wie nur möglich von mir entfernt hinsetzte, als sie ihr Glas am Tischende abstellte und ihr Handy von seinem Platz am Couchtisch aufhob. Sie tippte kurz darauf herum und hielt das Handy dann an ihr Ohr.

»He, Ollie. Fiona hier«, grüßte sie die Person am anderen Ende der Leitung, dann hielt sie inne und lachte, bevor sie sagte: »Ach, du kennst mich zu gut.« Und dann kicherte sie.

Ich entschied, dass ich diesen Ollie hasste.

»Ja, ich hatte gehofft, die Dinge vertauschen zu können und den Montag und wahrscheinlich Dienstag freizukriegen … mhm … mhm … Ach, wirklich? Mhm. Okay, danke Schätzchen. Bis später.« Und sie legte auf.

Schätzchen?

»Und?«, fragte ich mit zusammengepressten Zähnen, in der Hoffnung, ihr würde nicht auffallen, wie fest ich mich an meine Bierflasche klammerte. Das war neu. Anscheinend war ich ein besitzergreifender, eifersüchtiger Typ.

»Ollie wird das bei Jax ausbügeln, damit ich Montag und Dienstag freikriege, für den Fall, dass es so lange dauert.«

»Ollie, hm?«, fragte ich und versagte kolossal in meinen Bemühungen, nonchalant zu wirken.

Fiona wandte sich mir zu und neigte den Kopf zur Seite.

Dann überkam ein dezentes Grinsen ihr Gesicht und ich wollte sie wieder auf meinen Schoß ziehen und es ihr gleich wegküssen.

»Ja. Ollie. Er ist großartig«, sagte sie ach so lässig, während sie ihr Weinglas aufhob und einen Schluck nahm.

Ich knurrte. Ha – schien als hätte Jake doch einmal recht – ich knurrte tatsächlich in Fionas Anwesenheit.

Okay, also würden wir das Spielchen jetzt auf diese Weise spielen? Sie würde davonlaufen wie ein verängstigter Hase und sich dann umdrehen und versuchen, mich eifersüchtig zu machen? Dieser Hase wusste anscheinend nicht, mit wem sie es zu tun hatte.

Ich erhob mich vom Sofa und nahm einen letzten Zug von meinem noch recht vollen Bier. »Also, Shortcake, ich sollte mich wahrscheinlich aufmachen – muss mich um einigen Scheiß kümmern.«

Ihr Kopf fuhr hoch und sie verschluckte fast ihren Wein. »Schon?«

Ha! Spiel nicht mit dem Stier, wenn du die Hörner nicht willst, kleiner Hase. Ich spiele, um zu gewinnen und ich hasse es zu verlieren, besonders jetzt, wo ich weiß, was ich will.

»Jawohl. Ich werde dir die Details am Telefon mitteilen, sobald Jake die Information hat.« Ich streckte mich pro forma und wusste, dass mein Shirt sich hob und einen Teil meines Bauches und meiner Schamhaarlinie freilegte. Ich hörte ein leises Wimmern auf ihrer Seite der Couch, tat jedoch so, als würde ich es nicht bemerken. »Danke für das Bier«, sagte ich auf meinem Weg zur Tür.

Ich hörte, wie sie sich von der Couch aufrappelte und ihr Glas in ihrer Eile, es abzustellen, beinahe auf den Tisch knallen ließ. »Ah, okay. Ich werde dich zur Tür bringen.« Ich spürte, dass sie sie sich mir in diesem Moment von hinten näherte, als ich die Türklinke in die Hand nahm.

Ich drehte mich kurz um und sah, wie ihre Zunge herausgestreckt war, um über ihre Unterlippe zu fahren. Verdammt, das war nicht so einfach, wie ich mir das vorgestellt hatte, aber ich blieb standfest. »Bis später, Shortcake.« Ich trat auf den Flur hinaus und zog die Tür hinter mir zu, ehe ich mich so leise wie möglich an sie lehnen musste. Ich sah hinunter auf meine aufgewölbte Jeans und versprach meinem Schwanz insgeheim, dass ich es wiedergutmachen würde.

»Atlantic City? Im Ernst?«, fragte ich Jake.

»Keine Verarschung.«

Das wurde ja immer besser.

Es war Sonntagnachmittag und ich befand mich im Wagen auf meiner momentanen Baustelle, als Jakes Anruf kam. Ich hatte beschlossen, an einem Sonntag herzukommen, um die Dinge vor meiner unerwarteten Auszeit vorzubereiten. Die Jungs hatten mir versichert, dass sie mich vertreten würden, ich wollte ihnen aber nicht stärker auf den Sack gehen als nötig. So viel wie möglich zu organisieren würde die Sache einfacher machen und dafür sorgen, dass während meiner Abwesenheit alles glattlief. Aber all die Blaupausen, Entwürfe und Arbeitsaufträge, die vor mir herumlagen, waren für mich schnell vergessen, als ich die Worte »Atlantic City« hörte.

Atlantic City an sich war nicht das Komische. Dass unser Vater dort wohnte aber schon; es war das ärgste Klischee, das es gab. Jake und mir blieb aber nicht verborgen, dass das der Ort war, von dem unser alter Herr immer gesprochen hatte, als wäre es eine Art Mekka, das wir alle eines Tages besuchen würden, wenn wir Geld hatten und eine große Sache daraus machen konnten. Ich glaube, er hatte damit gerechnet, dass er den Urlaub beim Glücksspiel verbringen könnte, während unsere Mom uns zu kinderfreundlichen Betätigungen und Veranstaltungsorten brachte. Er würde so wenig Zeit wie nur möglich mit uns verbringen und es den allerbesten aller Familienurlaube nennen.

Also hätten wir uns vermutlich nicht allzu sehr wundern sollen, als Jakes Flirten mit Lexie diese Informationen ans Tageslicht brachte. Jake hatte es auf der Landkarte gesucht, und es war nur eine achtstündige Fahrt – kein Problem für eine Fahrt bei Nacht, aber nicht wirklich machbar in einer Hin- und Rückfahrt an einem Tag.

Fiona und ich würden uns in einem Hotel einmieten müssen.

»Na schön, Mann«, sagte ich. »Texte mir die Adresse, dann werde ich Fiona informieren, dass wir am Morgen losfahren.«

»Kein Problem. Ich hoffe verflixt noch mal, dass ihr Leute was findet. Mein ganzes Geld ist angelegt und ich komm nicht schnell genug ran. Ich werde mir in der Zwischenzeit den Kopf zerbrechen und schauen, ob mir ein Weg einfällt, wie wir uns auf die Schnelle einen Haufen Geld ausborgen könnten.«

»Hoffentlich wird's nicht soweit kommen, aber wenn doch, hab ich einen gespart und verfügbar. Nicht genug, aber etwas.«

»Na ja, dann werden wir wohl sehen«, sagte Jake. »Übrigens. Ich bin bei Mom und sie ist nicht da – war den ganzen Nachmittag nicht hier. Denkst du, wir sollten uns Sorgen machen?«

»Nee, ist wahrscheinlich angerufen worden, um jemanden in der Arbeit zu vertreten.«

»Okay. Ich werde die Adresse simsen. Bis später, kleiner Bruder.«

Ich legte auf und wollte eben auf Anrufen tippen, um Fiona anzurufen, entschied mich dann aber stattdessen dafür, sie anzusimsen. Ich wollte immer noch nicht zu viel preisgeben.

Mark: *Ziel New Jersey – morgen früh.*

Fiona: *Okay. Uhrzeit?*

Mark: *7:00 und pack eine Tasche – Ich werde dich abholen.*

Fiona: *Okay. Ich werde die Musik mitbringen.*

Mark: *Sicher nicht, Shortcake. Mein Auto, meine Lieder.*

Fiona: *Von mir aus.*

Daran fügte sie ein Teufelsgesicht-Emoji an. He, das war besser als ein Stinkefinger. Ich legte mein Handy weg und machte mich wieder an die Arbeit, diesmal allerdings grinsend.

Was ein junger Depp nicht lernt, lernt ein alter nimmermehr

FIONA

Ich legte mein Handy wieder weg und sah über den Tisch zu Kelly, dankbar, dass Mark mich angesimst und nicht angerufen hatte. Ich wusste nicht, ob ich dauerhaft auf lässig machen könnte, wenn ich tatsächlich mit ihm reden müsste, angesichts dessen, was ich gerade von seiner Mom erfahren hatte. Mehr konnte ich nicht tun als ein wenig Frechheit in den Wortwechsel einzubauen, damit er nicht misstrauisch wurde.

Wie sich herausstellte, bin ich nicht so raffiniert, wie ich gedacht hatte. Als ich mich am Morgen zu meiner supergeheimen Überwachung hinausgewagt hatte, war ich alle Arten von zuversichtlich gewesen. Aber anscheinend läuft es der allerersten Regel für eine super-geheime Observierung zuwider, wenn man seinen leuchtend blauen Prius beim Gebäudeeingang parkt. Ich vermute außerdem, dass es sich mit Regel Nummer zwei nicht verträgt, wenn man sein Radio voll aufdreht und *Twenty One Pilots* rausplärrt.

Ich kam eben zu dem guten Teil von »*Stressed Out*«, als ich jemanden meinem Namen rufen und an das Beifahrerseitenfenster klopfen hörte.

Kelly.

Hoppla.

Ich drehte die Musik leiser und setzte mein bestes verlegenes Lächeln auf, während ich das Fenster herunterkurbelte.

Sie verschränkte beide Arme am Türrahmen und starrte mich an. »Ich werde nicht mal fragen«, sagte sie und schüttelte den Kopf.

Ich erwog, eine Geschichte zu erfinden, warum ich dort war, aber nicht einmal ich bin talentiert genug für diesen Grad von Bockmist. Stattdessen zeigte ich auf sie und sagte: »Ich halte dir den Rücken frei. Geh du nur und mach dein Ding, und ich werde nach den bösen Buben Ausschau halten!« Wie sich herausstellte, hatte mich das Lesen von Liebesromanen mit militärischem Schauplatz wichtigen Jargon für diese Art von Operation gelehrt.

Sie schüttelte nur abermals den Kopf, in Resignation, vermutete ich, und sagte: »Wenn das so ist, dann solltest du vielleicht dein Auto wegbringen und die Musik leiser drehen, wenn du keine Aufmerksamkeit auf dich ziehen willst.« Es schien, als hätte da jemand bessere Filme gesehen als ich.

»Verstanden!« Ich hielt den Daumen hoch und legte den Rückwärtsgang ein. Sie sah mir beim Einparken zu und ich winkte, bevor sie sich umdrehte und das Gebäude betrat. Ich sah auf mein Handy, ob es Erinnerungen gab, dann ob Texte eingetroffen waren, und dann spielte ich eine Runde Solitaire. Dieses Observieren war todlangweilig. Ich konnte nicht fassen, dass ich auch noch den Kaffee vergessen hatte!

Nach einer gefühlten Ewigkeit, in Wirklichkeit wahrscheinlich nur circa zwanzig Minuten, entdeckte ich Kelly, die durch die Eingangstür des Gebäudes so gut wie herausgerannt kam. Sie steuerte direkt auf mein Auto zu und ich ließ rasch das Fenster wieder herunter.

Ihre Wangen waren rot und ihre Augen ein bisschen wild, als sie zu mir hereinschaute. »Heilige Scheiße!«, sagte sie nur, bevor sie zurücktrat und sich auf dem Parkplatz umsah. »Lass uns von hier verschwinden. Such du irgendeinen Ort aus, ich werde dir folgen«, sagte sie und rannte dann zu ihrem Wagen.

Das musste sie mir nicht zweimal sagen. Ich legte den Gang ein und steuerte schnurstracks den Starbucks an, den ich in Rekordzeit erreichte. Ich musste an mich halten, um nicht vor Spannung zu explodieren, während wir uns unsere Getränke holten und schließlich an einen abgelegenen Tisch in einer Ecke setzten.

»Mensch, spuck's schon aus!«, befahl ich, und Kelly kam endlich zur Sache.

Wie sich herausstellte, war die Verlegung von Jim in die Reha kein großes Geheimnis und sie hatte nur im Krankenhaus nachfragen müssen, um an die Information zu gelangen. Dann war sie hingefahren, um ihn zu konfrontieren, und hatte mich sofort in meiner super-geheimen Beobachtungsposition bei der verdammten Eingangstür entdeckt. Scheibenkleister. Ich drängte sie den Teil schnell zu überspringen und zu den schmutzigen Details weiterzugehen.

»Als ich mich dann angemeldet hatte und endlich sein Zimmer gefunden hatte, war ich so nervös«, sagte sie.

»Natürlich.« Ich nickte verständnisvoll und nippte an meinem Kaffee mit Eiswürfeln.

»Aber ich habe mir selbst gut zugeredet und bin dann direkt hineingeplatzt. Er hat einen Zimmergenossen und ich glaube, den habe ich mit dem Ausdruck in meinem Gesicht möglicherweise verschreckt «, sagte Kelly mit einem kleinen Lächeln. »Jedenfalls bin ich schnurstracks zum Bett marschiert und habe einfach nur ›Jim‹ in einem richtig bissigen Tonfall gesagt.« Ihr Gesicht verzog sich zu einem perfekt passenden, hochnäsigen Gesichtsausdruck. Toll.

»Was hat er gemacht? Was hat er gesagt?« Es schien, als hätte sich all meine Geduld auf dem Parkplatz erschöpft.

»Ich habe keine Ahnung, was ich an diesem Mann jemals gefunden habe – du würdest es nicht glauben. Er hat mich angelächelt. *Angelächelt!* Und dann fuhr er fort mit: »Kelly, Schatz, du siehst großartig aus – ich bin so froh, dass du gekommen bist – blablabla.«

»Das hat er doch wohl nicht!« Die Kinnlade fiel mir herunter. Was für ein Mistkerl. »Ich muss Laney anrufen und sie dafür an den Lautsprecher holen. Macht es dir was aus?«

Kelly winkte mich nur weiter, selbstbewusst wie nur was, und ich wählte Laney an. Sie hob sofort ab und wir brachten sie auf den aktuellen Stand, ehe Kelly fortfuhr. Laney muss genauso gespannt gewesen sein wie ich die Geschichte zu hören, denn sie hat mich nicht mal zusammengeschissen, weil ich sie nicht zu der super-geheimen Überwachung hinzugezogen hatte.

»Also ich habe ihm gesagt, er soll den Scheiß lassen«, sagte Kelly mit einem kleinen Lächeln. »Glücklicherweise konnte er sich überhaupt nicht daran erinnern, dass er mich im Krankenhaus schon mal gesehen hatte, weil er so vollgepumpt gewesen war mit Medikamenten, daher konnte ich bei den Details ein wenig schummeln. Ich habe ihm gesagt, dass ich bereits wüsste, warum er wieder in der Stadt ist, und dass ich ihm auf keinen Fall aus dem Schlamassel heraushelfen würde, den er angerichtet hat. Mag sein, dass ich auch noch weitere Körperverletzungen angedroht habe.« Sie bedeckte ihren Mund, offensichtlich ein wenig überrascht über ihren eigenen Mut.

»Gut gemacht«, schaltete sich Laney ein.

»Oh, jetzt kommt's erst«, fuhr Kelly fort und richtete sich auf ihrem Stuhl auf. Es gefiel mir sehr, sie so feurig zu sehen – es war eine Abwechslung gegenüber der duckmäuserischen Frau, die ich letzte Woche kennengelernt hatte. »Er hat total versucht, einen Rückzieher zu machen, als ihm klar war, dass ich nicht hereinfallen würde auf seinen Mist mit dem ›ach, Schätzchen, hilf einem Kerl nur mal aus‹. Er ist so ein Idiot. Er hat mir erzählt, dass er einen Hinweis auf eine ›sichere Sache‹ hätte und deswegen das Bargeld brauchte, das er sich geborgt hatte. Das Problem ist, dass das Geld für diese sichere Sache bis nächste Woche in den Händen der Investoren sein muss und er hat noch etwas zu wenig.« Sie grinste und hob die Augenbrauen.

Ich schnappte nach Luft und fuhr mir mit der Hand zum Mund. »Du willst aber nicht sagen, dass du …!«

Ich habe möglicherweise ein Monster erschaffen.

»Und ob ich das habe!«, sagte Kelly und lehnte sich zurück auf ihrem Stuhl.

»Was getan?!«, kreischte Laney über den Lautsprecher des Handys. »Was?!«

Kelly drehte ihren Kaffeebecher auf dem Tisch. »Ich hab ihm gesagt, dass ich vielleicht ein wenig Geld auf die Seite gelegt habe und mitunter selbst an einer Investition interessiert sein könnte. Aber ich habe klargestellt, dass ich es ihm nicht einfach geben würde. Ich wollte vollständig involviert sein und sichergehen, dass er nicht einfach mit meinem Bargeld davonrennen würde. Er versuchte, sich beleidigt zu geben, aber ich habe ihn dann darauf hingewiesen, dass er derjenige ist, der ursprünglich in *meine* Stadt gekommen ist, daher wusste ich, dass er keine andere Möglichkeit hatte an mehr Geld zu kommen.«

»Also Moment mal. Er hat das Geld von den Kredithaien noch?«, fragte Laney.

»Jap«, sagte Kelly.

»O mein Gott«, sagten Laney und ich.

»Und jetzt das Beste«, fuhr Kelly fort, total in Schwung. »Da er nicht nur ein riesiger Idiot ist, sondern auch der größte Stinkstiefel der Welt, hat er es geschafft, so ziemlich jeden, den er jemals gekannt hat, zu befremden. Und jetzt, wo er flachliegt und nicht von alleine nach Hause kommt – was zufälligerweise

Atlantic City ist –, um den Großteil des Geldes zu holen, wen, glaubt ihr, schickt er hin?«

An diesem Punkt konnte ich meine Heiterkeit nicht mehr zurückhalten. Laney und ich fuhren fort, uns totzulachen.

»Was für ein Schwachkopf!«, hörte ich Laney am Telefon rufen.

»Ach, das ist noch nicht alles.« Kellys Miene verfinsterte sich plötzlich. »Da er für eine Weile sicher in der Reha verwahrt ist, ist sein Plan, es auszusitzen, bis er die Auszahlung von der sicheren Sache kriegt. Dann wird er dem Kredithai sein Geld zurückzahlen, mit weiteren Zinsen, sodass die Sache dann für ihn erledigt wäre. Er sagt, dass wir bis dahin beide reich sein würden.«

Sie holte Luft und fuhr dann fort: »Es war ihm aber sehr wichtig, dass ich sein Geld sofort hole und es ihm bis Sonnabend in die Hände lege.« Sie sah mich vielsagend an. »Er hat keine Ahnung, dass mich diese Kerle direkt bedroht haben und ich weiß, dass am Sonnabend die Frist ausläuft.«

Da beruhigte ich mich wieder vollkommen. »Er wollte also, dass du deinen Arsch einfach dorthin bewegst und er mit dem Geld in einer sicheren Anstalt sitzt?«

»Jawohl«, antwortete Kelly ruhig.

»Ich werde das Arschloch umbringen!«, rief Laney über das Telefon.

»Du wirst dich hinter Mark und Jake anstellen müssen, wenn die das herausfinden«, sagte ich.

»Nein!«, rief Kelly. »Wie gesagt, ich will nicht, dass sie sich da einmischen. Ich werde mit meinem Chef reden und hoffentlich ein paar Tage frei kriegen, damit ich dorthin fahren und das Geld holen kann. Jim hat mir erzählt, wo er es versteckt hat, also wird es nicht lange dauern. Und sollte ich nicht freikriegen, werde ich mich einfach damit abfinden und mir einen neuen Job suchen müssen – es wäre nicht das erste Mal, das ich arbeitslos bin. Aber lieber arbeitslos als tot, stimmt's?«, sagte sie.

Es war an dieser Stelle in dem Gespräch, dass Marks Text eingetroffen war, in dem er sagte, dass wir am Morgen nach New Jersey fahren würden. Nach unserem kurzen hin- und her- Simsen, sah ich Kelly an.

»Äh, ich muss dir etwas erzählen.«

Sie sah mich misstrauisch an, als ich fortfuhr.

»Mark und ich planen bereits eine Fahrt nach Atlantic City morgen früh.« Ich schloss ein Auge und drehte den Kopf ein bisschen, um mich gegen ihre Reaktion zu wappnen.

»Was?!«, sagten sie und Laney unisono.

»Na ja«, versuchte ich mich zu verteidigen, »Jake und Mark hatten vorgehabt, dorthin zu fahren und Jims Wohnung zu durchsuchen und ich habe sie darauf hingewiesen, dass es vielleicht eine gute Idee wäre, wenn einer von ihnen hierbliebe, für den Fall, dass die Schläger in der Zwischenzeit dich aufsuchen. Also habe ich mich zur Verfügung gestellt, Mark zu begleiten.«

»Warte, warte, warte«, unterbrach mich Kelly. »Woher wissen die, dass die Schläger hinter mir her sind? Und woher wissen sie, wo Jim wohnt?«

An dieser Stelle entschied ich, ob ich mich selbst oder Mark und Jake verpfeifen sollte, weil sie ihre Heldentaten vor ihrer Mom geheim gehalten hatten. Bei dem Schlamassel, den ich angerichtet hatte, ließ Schuld den Kopf hängen, und ich entschied, dass eine vollständige Enthüllung wahrscheinlich das Beste war. Also erzählte ich Kelly die ganze Sache über mich und wie ich Mark die Sache mit dem Brief gestanden hatte – aber nicht von ihrem Besuch bei Jim in der Reha – und woher sie bereits wussten, dass sie sich in Gefahr befand, weil er und Jake die Kerle beim Krankenhaus hatten reden hören.

»Schau, Kelly, du bedeutest uns allen eben viel und wir wollen nicht, dass du verletzt wirst. Sei nicht böse auf uns.« Ich setzte meine beste Unschuldsmiene auf.

Sie seufzte. »Ich weiß doch, Schätzchen. Ich hätte mit sowas rechnen müssen, als du vorhin bei der Reha aufgetaucht bist. Und hätte ich nicht selbst auch einen kleinen Schwindel abgezogen, wäre ich vielleicht mehr beunruhigt.« Sie streckte die Hand aus und drückte die meine. »Außerdem weiß ich, dass man Mark nicht stoppen kann, wenn er sich erst einmal etwas in den Kopf gesetzt hat. Solange alle vorsichtig sind und wir das durchziehen können, ohne dass jemandem etwas passiert, dann werde ich schon damit klarkommen.«

»Fiona …«, hörte ich Laney sagen.

»Ja?«

»Bist du dir sicher, dass du weißt, was du tust?«

»Mach dir wegen mir keine Sorgen. Wir werden uns unauffällig verhalten, das Geld holen und gleich zurückfahren. Ich verspreche es.« Dann wandte ich mich wieder zu Kelly. »Eine Sache noch – könntest du Mark meiden, bis wir weg sind, und nicht wie ›Mama-Bär‹ über ihn herfallen? Ich werde sowieso alles beichten müssen, bevor wir Atlantic City erreichen, und auf diese Weise hätte er einen Tag oder so, um sich zu beruhigen und wird dann nicht so heftig Kritik austeilen, weil du Jim alleine besucht hast. Win-win«, erklärte ich.

Sie schien darüber nachzudenken. »Das hört sich eigentlich nach einem ziemlich guten Plan an, jetzt wo du es erläuterst.« Sie zeigte mir ein zartes Lächeln.

»Dann wollen wir die Sache mal angehen!«, sagte ich und prostete ihr mit meinem Kaffee zu.

Am nächsten Morgen war ich in aller Frühe auf, fest entschlossen, alles aus meiner gemeinsamen Zeit mit Mark herauszuholen, ehe ich ihn mit meinen Neuigkeiten gleich wieder stinksauer machen musste. Hoffentlich würde er sich davon rasch wieder erholen. Auf lange Sicht gesehen löste es das Problem ja im Prinzip sehr wohl, also musste er damit zufrieden sein, oder?

Ich kontrollierte noch einmal meine Tasche, ehe ich den Fahrstuhl betrat, um hinunterzufahren und Mark zu treffen. Trotz seiner gestrigen Ablehnung meines irren Talents als DJ, hatte ich drei neue Playlisten auf meinem Handy und war fest entschlossen, ihn mit meinem superben Musikgeschmack für mich zu gewinnen. Ebenfalls auf meinem Telefon befand sich eine detaillierte Beschreibung des Geldverstecks, daher musste ich sicherstellen, dass ich nicht vergaß es mitzunehmen. Es war ja nicht so, dass ich auch nur eine Stunde ohne mein Handy überleben konnte, geschweige denn einen ganzen Roadtrip.

Ich trat hinaus in die Frühlingssonne und zog mir meine Sonnenbrille von Prada über die Augen herunter. Ich war bequem angezogen für die Autofahrt, das bedeutete jedoch nicht, dass ich die Designerkleidung weglassen musste. Anstatt hoher Stöckelschuhe hatte ich Plateau-Espadrilles und einen hinreißenden seidenen Spielanzug mit Paisley-Muster und Dreiviertelärmeln gewählt. Ich hatte auch einen dünnen Pullover dabei, da ich wusste, dass wir uns in Richtung kühleres Wetter begaben. Meine Reisetasche – okay, mein Koffer – enthielt einen Vorrat an Frühlings- und Winterkleidung, denn ich wusste nicht, womit ich zu rechnen hatte.

Sobald ich den Bürgersteig betrat, entdeckte ich Mark, der aus seinem Truck stieg. Ich atmete tief durch. Er war ebenfalls locker gekleidet, aber nicht, dass mich das locker gemacht hätte – es ließ sogar meinen Herzschlag schneller werden und meine Handflächen schwitzen. Er hatte mich noch nicht gesehen, also ließ ich mir Zeit und taxierte ihn ausgiebig. Er trug eine graue Cargohose, die gleichen Arbeitsschuhe und ein verdammt enges T-Shirt unter einem gebleichten Denim-Button-down-Hemd. Das Jeanshemd war komplett aufgeknöpft und die Ärmel waren aufgerollt, sodass es seine sehnigen Unterarme zeigte. Ich erinnerte mich an diese Arme, wie sie am Sonnabend um mich geschlungen gewesen waren und versuchte zu schlucken, doch plötzlich war mein Rachen trocken.

Gerade, als mein Blick sein Gesicht erreichte, sah er mich dort stehen. Ich dachte, er würde mich ebenfalls taxieren, doch sein Blick fuhr nur einmal beiläufig über mich, ehe er sich auf meine Koffer fixierte.

Was? Wo war der flirtende, liebevolle Mark vom Sonnabend? Ich wollte wenigstens einen Kuss auf den Kopf. Gott sei Dank war ich es ja so sehr gewohnt verwirrt zu sein, sonst hätte mich diese Wende der Ereignisse ins Trudeln gebracht.

»Echt jetzt?«, fragte er, die Hände an den Hüften.

»Was?« Meine Hände ruhten in Erwiderung defensiv auf meinen.

Er schleuderte eine Hand vor, deutete auf meinen Koffer. Ich erwog kurz, dass er vielleicht so beeindruckt wie ich war, dass Diane von Fürstenberg eine Designerlinie bei Reisegepäck hatte, doch dann fiel mir ein, mit wem ich es zu tun hatte.

»Wir fahren nur für *eine Nacht* dorthin, Shortcake.«

Ich schnaubte und hob mein Kinn. »Na ja, es wird dort oben doch kalt sein und ich möchte vorbereitet sein.« Also vielleicht würde ich ja nicht unbedingt *zwei* Paar Stiefel benötigen, aber das eine Paar hatte einen breiteren Absatz, für den unwahrscheinlichen Fall, dass wir vor Gangstern davonrennen mussten. Das war immerhin New Jersey.

Und vielleicht, nur vielleicht, hatte ich ein paar zusätzliche Gegenstände eingepackt, um sicherzugehen, dass ich besonders hübsch aussah. Mein Verstand sagte mir immer noch, dass ein kleines Abenteuer keine gute Idee war, aber ich hatte kein großes Vertrauen in meine Selbstbeherrschung. Hatte ich schon erwähnt, dass es lange her ist, seit ich das letzte Mal flachgelegt worden bin? Basierend auf der jüngsten Schimpfkanonade meiner weiblichen Bauteile, nahm ich an, dass die Menschen in Australien über den Status meines Intimlebens Bescheid wussten. Wir lechzten alle nach ein wenig Zuneigung der nicht batteriebetriebenen Art.

»Und außerdem«, sagte ich zu Mark, »hast du diesen riesigen Truck. Was kümmert dich das?«

Endlich musterte er mich von oben bis unten abschätzend, wie ich es erwartet hatte, und schien gedanklich den Zusammenhang herzustellen, dass ein voller Koffer eine Auswahl an Ablenkungen für sein männliches Gehirn sicherstellte. In diesem Augenblick bekam ich ein Schulterzucken und ein leichtes Grinsen. »Wie du willst.«

Aha! Jetzt hatte ich ihn.

Er näherte sich und drang direkt in meinen persönlichen Raum vor. Ich weigerte mich zurückzutreten, in der Annahme, dass das so eine Art Test war. Nach seinem lässigen Abgang aus meiner Wohnung gestern führte er offensichtlich etwas im Schilde. Er hob nur eine Augenbraue, zusammen mit einem Mundwinkel, und griff dann nach unten zu meinem Koffer, ohne jemals den Blickkontakt zu unterbrechen. Er hob den Koffer, als würde er nicht mehr als eine Handtasche wiegen, und legte ihn auf die Ladefläche seines Trucks. Ich wollte etwas einwenden, aus Sorge, was geschehen würde, sollte es zu regnen beginnen, doch dann hielt ich mich zurück. Ich würde etliche Schlachten kämpfen müssen auf dieser Reise und diese hier war es definitiv nicht wert.

Ich nahm seine Hand, als sie mir angeboten wurde, um mir in die Fahrerkabine des Trucks zu helfen. Ich bin mir ziemlich sicher, dass mein Kopf nur bis zum Türgriff reichte, doch da war dieses Trittbrett-Ding, auf das ich steigen konnte, daher musste er mich nicht komplett bis auf den Sitz hochheben. Ich machte es mir bequem, während er vorne um den Wagen ging, und ich holte mein Handy heraus, bevor ich mich anschnallte. Mark sprang ohne Mühe auf den Fahrersitz und startete den Motor.

»Also«, sagte ich, »ich habe drei Playlisten vorbereitet. Bist du zufällig ein Fan von Justin Bieber?«

Seine Hand erstarrte am Schlüssel und ich konnte seinen Kiefer förmlich knacken hören.

Heißa – das würde lustig werden.

Geschüttelt und gerührt

MARK

Das würde ein Albtraum werden.

Fiona saß in ihrem verdammt hübschen kleinen Outfit und spielte auf ihrem Handy herum, zweifelsohne, weil sie versuchte herauszufinden, wie sie sich kabellos mit dem Soundsystem meines Trucks verbinden konnte. Damit sollte sie eine Weile beschäftigt sein, angesichts dessen, dass mein Truck nur über ein gutes altes Radio und einen CD-Player verfügte. In der Zwischenzeit bog ich auf die Fahrspur ein und nahm Kurs auf den Interstate-Highway.

Sie war anscheinend bereit, ein neues Thema anzufangen. »Können wir für einen Kaffee halten?«

Langsam fing ich an zu begreifen, wie lange dieser Ausflug tatsächlich dauern würde. »Na klar. Sobald wir die Stadt verlassen haben, können wir uns einen Kaffee bei einem Drive-in holen, aber wenn du danach dann alle zehn Minuten wirst pinkeln müssen, dann solltest du den kleinsten nehmen, den es gibt.«

»Was immer du sagst, großer Mann.«

Ich war überrascht, dass sie sich nicht widersetzte.

»Apropos groß«, sagte sie und ich verschluckte mich an meinem eigenen Speichel.

»Geht's dir gut?«, fragte sie und schlug mir auf den Rücken.

Ich gab mir allergrößte Mühe, mich wieder zu fangen. »Mir geht's gut. Was wolltest du sagen?«

»Na ja, seit ich diese niedlichen Bilder von dir als Kind gesehen habe, wollte ich dich über diese ganze Trainingssache befragen. Was genau machst du, um *das* alles zu bekommen?« Sie deutete vage auf und ab in meine Richtung.

»Wieso?« Was hatte sie vor?

»Ich wollte mich nur mit dir unterhalten. Mann, du musst nicht so empfindlich sein.« Sie wandte sich wieder ihrem Handy zu und schmollte ein wenig frustriert.

»Ich gehe ins Fitnessstudio«, erwiderte ich.

»Ach nee«, sagte sie und ich konnte das Augenrollen in ihrer Stimme schon hören. »Was ich meine, ist, was machst du im Fitnessstudio?«

»Eine Menge – Kardio, ein paar Geräte und überwiegend freie Gewichte. Hast du vor, mit einem Trainingsplan zu beginnen, Shortcake?«

»Ähm, nein. Ich mache kein Körpertraining«, sagte sie, als hätte ich vorgeschlagen, sie solle einem BDSM-Klub beitreten oder ein markenloses Exemplar von … irgendwas kaufen.

»Wie kann man bloß nicht trainieren? Das ist so ungesund!«

»Ich mag es nicht.« Sie schnippte einen unsichtbaren Faden von ihrem Schenkel. »Ich finde die ganze Sache irgendwie lächerlich.«

»Wie bitte?« Ich war schockiert und auch ein wenig beleidigt, um ehrlich zu sein.

Sie fing an mich aufzuklären. »Wenn du zum Beispiel das Gewichtheben nimmst – das ist nur ein ständiges Aufheben und wieder Hinstellen von Dingen. Was hat das für einen Sinn?«

Es fehlte mir buchstäblich die Antwort darauf. Apropos lächerlich – ich fragte mich langsam, ob diese Frau tatsächlich von dieser Erde war oder ob sie nicht in Wirklichkeit eine Außerirdische war, entsandt, um meine Geduld und meinen Verstand auf die Probe zu stellen.

Sie fuhr fort: »Und außerdem macht mich das ganz verschwitzt und so weiter.« Sie schüttelte sich am ganzen Körper.

»So weißt du, dass du es richtig machst.«

»Nein danke. Ich ernähre mich im Allgemeinen recht gesund, also denke ich, dass ich in gutem Zustand bin.«

»Wie du willst«, sagte ich, während ich meinen toten Winkel kontrollierte und auf den I-40 auffuhr. »Aber komm dann nicht weinend zu mir gerannt, wenn du den Dreißiger erreichst und dein Stoffwechsel schlappmacht. Jetzt bist du ja niedlich, aber ihr kleinen Miezen müsst aufpassen, wenn die Kilos anfangen sich anzulegen.« Ich konnte nicht anders – ich liebte es, sie zu einer Reaktion zu provozieren. Und sie hatte das irgendwie auch verdient, nachdem sie völlig abgetan hatte, was ich als einen wesentlichen Teil meines Lifestyles betrachtete.

Sie schnappte empört nach Luft, wie ich es vorausgesehen hatte. »Ich kann nicht fassen, dass du das eben gesagt hast!« Sie schlug mir auf den Arm.

»He! Der Fahrer darf nicht angegriffen werden.« Ich drehte das Radio lauter, nur um sie noch mehr zu ärgern. Ein altes Lied von Rascal Flatts erfüllte die Fahrerkabine.

Sie griff herüber und legte den Ein/Aus-Schalter um. »Hast du mich soeben klein *und* dick genannt?«

»Nein, Shortcake. Du musst besser zuhören. Ich habe gesagt, du wirst dick *werden*.« Ich versuchte, es misslang mir jedoch, nicht zu grinsen. Das war ein Spaß.

»Ich kann nicht glauben, dass du *jemals* flachgelegt wirst, so wie du mit Frauen redest.«

»Dabei wird nicht viel geredet, Schätzchen.« Ich hob eine Augenbraue und neigte meinen Kopf zu ihr. Sie sah mich an, als hätte ich sie eben gebeten an meinem Finger zu riechen. Gott, ich kriegte das prima hin, das Arschlochsein.

Wie war das noch mal? Warum tat ich das hier?

Ach ja, richtig. Wir hatten eine weite Reise vor uns und ich konnte es mir nicht leisten, dass sie ganz brav und liebenswert war, wie sie es an diesem Wochenende in ihrer Wohnung gewesen war, sonst würde ich etwas Dummes tun und ihr von meinen Gefühlen erzählen. Sie dachte sowieso bereits, sie hätte die Oberhand, was mich betraf, und das durfte so nicht weitergehen.

Obwohl sie unglaublich geil ist, wenn sie wütend ist. Daher war es durchaus möglich, dass wir es nicht bis nach Jersey schaffen würden, ohne dass ich ranfuhr und sie befummelte.

Tut nicht so überrascht – mittlerweile solltet ihr mich schon kennen.

»Musstest du hart trainieren, um zu so einem Arschloch zu werden, oder ist das in deinem Gencode?«, fragte sie und machte einen erschrockenen Atemzug, als ihr bewusst wurde, was sie soeben gesagt hatte.

Der Spaß war wohl vorüber. Ich konnte es ihr nicht verübeln – es war mir gelungen, sie aufzubringen. Was nicht hieß, dass es sich toll anfühlte mit meinem Vater verglichen zu werden, ob bös gemeint oder nicht.

»Mark, es tut mir leid«, sagte Fiona leise. »So habe ich es nicht gemeint. Ich …«

»Ist schon okay, Shortcake. Ich hab's verdient. Ich habe mich wie ein Esel benommen – es ist einfach zu leicht dich sauer zu machen, so dass ich nicht anders konnte.«

»Nein—«, setzte sie an, aber ich unterbrach sie.

»Wirklich, es macht nichts. Und ich meine das so, wie ein

Kerl sagt, dass es in Ordnung ist, nicht wie eine Frau.« Ich grinste sie an, damit sie wusste, dass alles in Ordnung war.

»Prima«, sagte sie, verschränkte die Arme und rutschte auf ihrem Sitz nach unten. Das dezente Lächeln, dass sie für sich behalten wollte, entging mir nicht.

Wir hielten, um zu tanken, ungefähr auf halben Weg, und Fiona rannte praktisch zur Toilette. Ich wusste, es war nur ein Bluff gewesen, als sie versprochen hatte, der von ihr bestellte große Kaffee würde uns nicht aufhalten.

Nachdem ich getankt hatte, beschloss ich hinein zu gehen und mir ein Getränk und einen Imbiss zu holen. Ich entdeckte Fiona, wie sie ebenfalls vor dem Snackregal stand, eine große Tüte Cheetos in einer Hand und ein leuchtend rotes Slush-Eis in der anderen.

Ich trat von hinten an sie heran und flüsterte ihr ins Ohr: »Ich sehe, dass du diese super-gesunde Auswahl triffst, von der du mir erzählt hast.«

Sie fuhr erschrocken hoch und ließ beinahe ihren Slush fallen. »Jag mir nicht so einen Schreck ein!«

Ich kicherte nur und schnappte mir eine Tüte Erdnüsse für mich.

»Ich weiß nicht, was das mit diesen Roadtrips ist, aber mein Körper schickt irgendwie ein Signal an mein Gehirn, dass ich sehr unanständige Dinge tun soll«, sagte sie, während sie nach dem Snickers-Riegel griff.

Ich verschluckte mich beinahe. »Erzähl doch mal«, brachte ich noch heraus.

»Hä?« Sie schüttelte nur den Kopf und stolzierte zur Kasse. Ich ließ mir beim Wählen des Getränkes Zeit, bevor ich ihr folgte.

Diese Reise würde noch länger dauern, als ich gedacht hatte.

Als wir wieder hinaustraten in den Sonnenschein, setzte sie ihre Sonnenbrille auf und sagte: »Weißt du, das mit Justin Bieber hab ich nur zum Spaß gesagt. In Wirklichkeit habe ich einen ausgezeichneten Musikgeschmack. Ich habe sogar Countrymusik auf meinen Playlists, nur damit du's weißt.« Sie lächelte mich süffisant an.

»Nun, es ist egal, was du hast, denn es gibt keine Möglichkeit, es in meinem Truck abzuspielen, außer du hast vor, es dir über Kopfhörer anzuhören.«

»Was meinst du damit? Man steckt's einfach rein oder man macht das ganze Bluetooth-Zeug.«

»Shortcake, in welchem Jahr wurde mein Truck gebaut, was meinst du?«

Sie sah von mir zum Truck und wieder zurück. »Ach so«, sagte sie nur und schlenderte dann zur Beifahrertür.

Ich folgte, um ihr hinein zu helfen, und gab mir einen Tritt in den Hintern. Dafür, dass ich vergessen hatte, dass wir aus total verschiedenen Welten stammten. Sie war ganz die oberen Zehntausend und ich war ganz »Iss deine Kruste, denn mehr Essen ist nicht im Haus«. Wie zum Teufel war ich auf den Gedanken gekommen, dass irgendeine Art Beziehung – meine erste Beziehung –zwischen uns funktionieren könnte?

Ich half ihr hoch in die Fahrerkabine und stakste zurück zur Fahrerseite, plötzlich in gedämpfter Stimmung. Erst ein paar Meter die Straße hinunter bemerkte ich, dass Fiona einen Haufen Mist aus ihrer Tasche ausgegraben hatte und das Zeug zwischen uns auf der Sitzbank ausbreitete.

»Was machst du dort drüben?«, fragte ich.

»Ich setze eine meiner vielen Fähigkeiten ein – Einfallsreichtum.«

Und dann, aus einem winzigen schwarzen Kasten auf dem

Sitz, ertönten die kristallklaren Klänge »*Kiss Me Slowly*« von Parachute.

Ich sah mir den Kasten an und dann zu Fiona. Sie zeigte mir ein umwerfendes Lächeln, auf das hin ich sofort am Straßenrand stehenbleiben wollte, und dann schloss sie nur die Augen und legte den Kopf in den Nacken und seufzte.

Gut, ich bin beeindruckt. Meine kleine Shortcake steckte voller Überraschungen.

Das hatte ich nun davon, dass ich Fiona hatte navigieren lassen. Und ausnahmsweise einmal benahm ich mich nicht wie ein Arschloch, was die Geschlechterrollen anging. Sie und ihr GPS hatten uns perfekt an unser Ziel gebracht – oder besser gesagt: *ihr* Ziel.

»Ja, wir sind da«, sagte sie zum dritten Mal, während sie sich in den Pullover schmiegte und den Türgriff packte. Die Temperatur hier war entschieden niedriger als in North Carolina.

Ich hielt sie am Arm, um sie zu bremsen.

»Wir werden nicht in einem verdammten Fünf-Sterne-Hotel wohnen, Fiona! Der Parkservice alleine kostet schon mehr als eine Nacht im Days Inn, wo du uns hättest hinbringen sollen, wie ich es dir *gesagt* habe!«

»Erstens ist das ein *Vier*-Sterne-Hotel und zweitens verwende ich Treuepunkte, es wird also nichts kosten. Stornier einfach deine Buchung.«

»Du wusstest, dass ich sauer sein würde, also hast du mir das absichtlich nicht gesagt«, fauchte ich sie an.

»Genau.« Sie zeigte mir ein fröhliches Lächeln und hüpfte aus dem Truck. »Ich werde für uns einchecken, während du dich um den Truck kümmerst. Ach, und vergiss nicht dem Hoteldiener ein Trinkgeld zu geben.« Sie zwinkerte und schlenderte zum Eingang davon, ihren niedlichen kleinen Hintern schwingend.

Scheiße.

Nun, den Hoteldiener würde ich auf keinen Fall meinen Truck parken lassen. Nachdem wir eingecheckt hatten, würden wir ihn gleich wieder vom Parkplatz holen müssen, damit wir zur Wohnung meines alten Herrn fahren konnten. Das bedeutete zweimal Trinkgeld – wird's nicht geben. Widerwillig ließ ich zu, dass der Page Fionas Koffer nahm und gab ihm ein paar Dollar Trinkgeld. Dann winkte ich den Hoteldiener fort und machte mich auf die Suche nach einem Parkplatz auf der Straße. Im Days Inn wäre das niemals ein Thema gewesen.

Eine halbe Stunde später ging ich durch den Eingang des übertrieben teuren Hotels und zog mein Handy heraus. Es hatte sich herausgestellt, dass der Parkservice ein Schwindelgeschäft war – es gab genau null Parkplätze am Straßenrand innerhalb einer Meile von diesem Gebäude entfernt. Gut, dass ich fit war – noch etwas, dass ich zu der Liste von Gründen, weshalb Fiona Workouts machen sollte, hinzufügen konnte.

Oder auch nicht.

Ehrlich gesagt würde ich sie nur ungern anders sehen, als sie bereits ist.

Ich hatte schon überlegt, zum Tresen zu gehen und wegen meines Zimmers zu fragen, aber ich dachte mir, dass ein Anruf bei Fiona vonnöten sein würde, denn es lief bestimmt auf ihren Namen. Sie hob ab und sprach, noch ehe ich ein Wort sagen konnte.

»Wo zum Teufel hast du gesteckt? Egal, antworte nicht darauf – komm einfach rauf. Wir sind in Zimmer 1244.« Sie legte auf, ehe ich eine Silbe sagen konnte.

Ein Zimmer? Das ist soeben interessanter geworden.

Leider war dieses Hotel riesengroß und es war, als müsste man sich durch etwas navigieren, das der Vorstellung eines Reichen von einem Maislabyrinth entsprach. Es war fast so, als wollten sie nicht, dass man die Fahrstühle fand, damit man einfach seine ganze Zeit auf der Hauptetage verbrachte und sein Geld verpulverte. Ach, Moment mal, ich bin mir sicher, genau das war der Sinn. Bis ich endlich die Fahrstühle gefunden hatte und im zwölften Stock angekommen war, ließ meine Geduld nach.

Ich klopfte an die Tür von Zimmer 1244 und sie wurde sofort von Fiona geöffnet, die sich in der Zeit, die ich zum Parken des Autos und Auffinden des Zimmers benötigt hatte, in die exakte Replik eines Skihäschens aus einem James-Bond-Film verwandelt hatte. Sie trug Fellstiefel, eine hautenge Hose und einen flauschigen cremeweißen Pullover mit einem breiten drapierten Ausschnitt. Das Licht im Zimmer war gedimmt und ein Feuer prasselte im Kamin hinter ihr – ja, das Zimmer hatte einen Kamin. Ich hatte das Gefühl, dass ich in ein alternatives Universum transportiert worden war. Beinahe rechnete ich damit, dass ein Butler aus dem Nichts auftauchen und mich fragen würde, wie ich meinen Martini wollte.

»Wie lange genau bist du schon hier ohne mich?«, fragte ich noch immer unter Schock.

Sie trat zurück, um mich einzulassen, und schloss dann die Tür hinter sich. »Ja, was das betrifft: Wieso zum Teufel hast du so lange gebraucht? Hast du dir einen Ringkampf mit dem Hoteldiener wegen deiner Autoschlüssel geliefert?«

Ich sah mich weiter um und bemerkte, dass es zusätzlich zu dem Wohnzimmer mit dem zuvor erwähnten Kamin eine komplette Küche, eine Essnische und mehrere Türen gab, die zu anderen Zimmern führten. Ich antwortete abwesend: »Nein, ich hab ihn meinen Truck nicht parken lassen.«

»Was?« Sie hatte die Hände an den Hüften und ihr Haar schwebte wie immer um ihr Gesicht. Gott, war sie atemberaubend. Ich spürte wieder diesen Schlag in die Magengrube.

Ich schüttelte den Kopf, um zu Sinnen zu kommen. »Wir fahren in so ungefähr fünf Minuten zur Wohnung vom alten

Herrn. Warum sollte ich dafür zahlen, mir mein Auto für fünf Minuten parken zu lassen?«

Sie holte tief Luft und biss sich dann auf die Unterlippe und schloss ein Auge.

Scheiße. Das konnte nichts Gutes bedeuten.

»Mark, es gibt etwas, das ich dir sagen muss.«

Ja, das sind die vielleicht am meisten gefürchtetsten Worte in der deutschen Sprache für jeden Kerl – und aus gutem Grund. Es folgen ihnen normalerweise Sätze wie »Ich bin schwanger« oder vielleicht »Ich habe Filzläuse« oder »Tut mir leid, Mann. Ich wusste nicht, dass sie deine Mutter ist«. Plötzlich bekam ich Flashbacks vom Krankenhaus, als ich die Vorstellung einer Prostatauntersuchung willkommen geheißen hatte, um meiner Realität zu entfliehen. Was zum Teufel lief in meinem Leben schief, dass diese ganzen Alternativen meine tatsächlichen Umstände besiegten? Ich wappnete mich und zwang mich, ihr in die Augen zu sehen.

Sie holte nochmal tief Luft und sagte dann schnell: »Ich weiß, wo das Geld ist.«

Das Für und Wider von Rettern in der Not und Ofenkartoffeln

FIONA

Ich hatte ein Auge immer noch zu, in der Hoffnung, es würde mich vor einem Teil des Rückschlages schützen, von dem ich wusste, dass er komme würde.

Ein Teil von mir – okay, es waren hauptsächlich Innere Modekennerin und Vagina – hatte sich gedacht, dass er, wenn ich mich hübsch anzog und die richtige Stimmung erzeugte, die Neuigkeiten ein bisschen besser aufnehmen würde. Ich hatte mir eingebildet, dass es eine Wirkung haben würde. Nichtsdestotrotz ließ ich den Pagen ein Feuer anzünden, und ich hatte mich umgezogen, in mein bestes gemütliches New-England-Outfit, auch wenn das nur New Jersey war. Ich hatte uns auch eine wunderschöne kleine Suite mit zwei Schlafzimmern in einer oberen Etage mit einem Balkon und tollen Aussichten gebucht, obwohl es verdammt frostig war. He, das waren meine Punkte – da kann ich sie doch wohl nutzen.

»Wie bitte?« Sein Kiefer war angespannt und seine Augen

zusammengekniffen. Jawohl, keine Wertschätzung der Atmosphäre.

»Ich weiß, wo das Geld von der Kredithaien ist.« An dieser Stelle veränderte ich die Situation und beschloss, dass Zuversicht der richtige Ton wäre, also hob ich das Kinn und sah ihm direkt in die Augen, jetzt mit beiden von meinen.

»Willst du mich grade verarschen?« Er kam auf mich zu.

»Nein, ich verarsche dich nicht. Dein Dad hat es gar nicht ausgegeben. Er hat es für ein größeres Geschäft versteckt und wir müssen es holen – das heißt, falls die bösen Jungs nicht schon herausgefunden haben, wo es ist. Aber ehrlich, wenn sie das haben, dann bezweifele ich, dass sie dann noch hinter deinen Eltern her wären.«

Er sah sich um, als würde er irgendwo im Raum nach einer Erklärung suchen, ehe er seine Augen und sein verdammt angespanntes Gesicht wieder auf mich richtete. »Könntest du mir vielleicht erklären, was zur Hölle hier vor sich geht?« Er versuchte den Tonfall bedächtig zu halten, aber das war, als würde man versuchen, einen Waschbären in einer Papiertüte festhalten zu wollen – oder seine Brust in einem dieser lächerlich hautengen T-Shirts. Gab's diese Shirts denn nicht in Größer? Ich schwöre, das sah aus, als würden die meisten seiner Shirts nur an einem Baby gut sitzen, um Himmels willen. Tat er das absichtlich, um mich abzulenken?

Ach ja, richtig, zurück zum vorliegenden Thema. Ich erzählte ihm die Kurzversion der Abenteuer seiner Mutter und tat mein Bestes, um ein positives Licht auf die Sache zu werfen, indem ich ihm versicherte, dass ich ihr mit meiner Observierung Rückendeckung gegeben hatte – ich dachte, die Macho-Phrasen würden das vielleicht glaubwürdiger erscheinen lassen. Fehlanzeige. Ich wusste, dass er sich Sorgen machte, seine Mutter könnte in Gefahr sein, doch dann richtete er das Ganze gegen mich.

Na da hat er die Rechnung aber ohne mich gemacht!

»Seit wann leitest du diese Operation?«, schnauzte er mich an.

»Tu ich doch nicht! Wenn das jemand tut, dann deine Mom. Sie hat sich endlich Eier wachsen lassen und die Führung übernommen!«, hielt ich ihm dafür vor.

»Sie hat was? Rede nicht so über meine Mutter. Das war alles deine Idee, oder nicht? Bevor du aufgetaucht bist, hätte meine Mom so etwas nie getan.«

Ich schnaubte und stampfte mit meinem süßen bestiefelten Fuß. »Und warum ist das wohl so, Mark? Ist sie zu schwach und verwundbar, um sich um die Angelegenheiten wie ein Mann zu kümmern?« Ich ließ den Sarkasmus von meiner Zunge tropfen.

»Du weißt nichts über sie – oder meine Familie!« Er drehte sich um und stapfte zur Küche. Dann, als ihm bewusst wurde, dass er von dort nirgends hingehen konnte, drehte er um und stapfte zur Tür.

Als würde ich ihn davonmarschieren lassen!

Ich senkte die Stimmer und versuchte die Wut und die Anspannung zu lösen. »Ich weiß mehr darüber, als du glaubst, und ich weiß, dass deine Mom nicht annähernd so verhätschelt werden muss, wie du annimmst. Du musst die Augen öffnen und erkennen, dass sie, obwohl sie mit vielen Dingen zu kämpfen gehabt hat, *nicht* schwach ist. Sie ist eine starke Person, die nur nicht die Gelegenheit bekommen hat, es zu zeigen. Du bist zu sehr damit beschäftigt, dich um sie zu kümmern, um zu bemerken, dass sie ihren eigenen Weg finden muss, zu ihren eigenen Bedingungen, Mark.« Plötzlich flehte ich ihn an und ich hatte solche Angst, dass er davonlaufen würde.

»Du weißt also alles über alles, ja?«, fragte er, aber ich bemerkte, dass sein Ton, wie meiner, sich ein wenig beruhigt hatte und er nicht mehr den Türgriff in der Hand hatte. Allerdings hatte er mir den Rücken zugewandt, daher konnte ich mir seiner Gefühle nicht sicher sein, ohne seine Augen zu sehen.

»Nein, Mark. Ich weiß überhaupt nicht viel vom Gesamtbild. Aber ich weiß, dass du ein wunderbarer und fürsorglicher Sohn bist. Ich weiß, dass du sie mehr als alles andere liebst. Aber du kannst sie nicht vor allem schützen. Und das solltest du auch nicht.«

Schließlich drehte er sich um und sah mich wieder an. »Und es ist so leicht? Einfach loslassen?«

»Natürlich nicht. Es ist nicht alles oder nichts. Aber lass uns die Dinge Schritt für Schritt angehen. Wir haben hier eine tolle Spur und es gibt etwas, das wir endlich tun können, um aus diesem Schlamassel rauszukommen.« Ich machte einen zögerlichen Schritt auf ihn zu.

Er fuhr sich deutlich frustriert mit einer Hand über den Kopf und schleuderte sie dann mir entgegen, in einem letzten verzweifelten Versuch, seine nachlassende Schimpftirade zu verlängern. »Fiona, du kannst nicht einfach deine Nase in die Angelegenheiten anderer Leute stecken und glauben, du wüsstest, was für alle das Beste ist.«

Herrje! Ich hatte es so satt, beschuldigt zu werden, wenn ich doch nur helfen wollte! »Mark, ich werde was immer ich will, wo immer ich will hineinstecken. Du kannst mir nicht sagen, wo ich meine … meine … meinen Schmarren hineinstecken soll! Ich werde ihn hineinstecken, wo ich will.«

Nimm das!

Er grinste und schüttelte leicht den Kopf. »Du wirst ihn hineinstecken, wo du willst, hm?«

Hm? Wieso war das plötzlich lustig?

»Ja!«. erwiderte ich todernst, während ich die Arme vor der Brust verschränkte.

Er musterte mich von Kopf bis Fuß und warf dann unerklärlicherweise den Kopf zurück und brüllte vor Lachen.

»Was denn?!«

Er lachte einfach weiter und knickte dann vor Lachkrämpfen um.

»Hast du deinen Verstand total verloren?«

Vielleicht hatte er einen Schock. Ist manisches Lachen ein Symptom? Nein, bin mir ziemlich sicher, dass es das nicht ist.

»Na ja«, sagte ich, »ich vermute, das bekommt man, wenn man mit Gavin und Brett so viel abhängt. Soll ich einen Arzt rufen?«

Er bewegte sich wieder auf mich zu, nachdem er so heftig gelacht hatte, dass sich auf seinen lächerlichen Wimpern tatsächlich Tränen gesammelt hatten. Nicht sicher, was er vorhatte, trat ich einen Schritt zurück – ich meine, wer konnte schon wissen, was er in seinem gegenwärtigen Geisteszustand vorhatte? Unerschrocken kam er noch näher und bückte sich abrupt, packte mich bei meinen Schenkeln und hob mich vom Boden hoch.

»Iiih!«, kreischte ich, denn ich konnte mich nicht befreien und war vollkommen verwirrt, was da geschah.

Er kicherte noch einmal und sagte nur: »Shortcake«, als er mich an seinem Körper heruntergleiten ließ, bis wir Nase zu Nase waren.

Ooh, prickelnd.

Sein Blick traf auf meinen, ehe er hinunter zu meinem Mund wanderte und ich begriff, was geschah. Mark Beckett würde mich küssen!

Ich sah zu, wie sein Kopf sich leicht auf eine Seite neigte, und ich überlegte eine Millisekunde lang, dass ich ihn vielleicht aufhalten sollte, doch ehe ich mich versah, bedeckten seine Lippen die meinen und ich sagte allen meinen inneren Stimmen, sie sollten verschwinden. Mama kriegte was.

Der Kuss war langsam und erforschend – kein heftiger Angriff und kein Besitzergreifen, wie ich es mir von diesem riesigen Mann erwartet hätte –, einfach nur ein wunderschönes, empfindsames Ziehen weicher Lippen an meinen. Wenig später zog er den Kopf eine Spur zurück, vermutlich um meine Reaktion auf diese überraschende Wendung der Ereignisse zu überprüfen. Doch ich hatte genug gesehen. Meine Hand schlich seinen Hinterkopf hoch und drückte ihn wieder an mich, während mein Mund erneut den seinen suchte. Er gab ein leises Brummen von sich und bevor ich mich versah, zog eine seiner Hände meinen Schenkel zu seiner Hüfte hoch und ich konnte spüren, wie sein Prügel an mein Becken presste. Ich stöhnte in diesem Moment vielleicht ein bisschen und ich kniff ihn auch in die Unterlippe, damit er darüber informiert war, dass ich mehr von ihm kosten musste.

Unsere Zungen erkundeten einander und mein Kopf war erfüllt von dem wunderbaren Duft, den ich jetzt nur noch mit Marks wunderbarer Männlichkeit assoziierte. Alle meine Sinne brummten, als der Kuss sich zu einem wilden Aufeinandertreffen von Lippen, Zähnen und Zungen ausdehnte – und unsere Hände dabei aus Verlangen, so viel wie möglich voneinander zu spüren, umherstreiften. Meine Hände beschlossen Prioritäten zu setzen und versuchten seinen Po zu finden, aber die verdammten Dinger kamen nicht hin, weil er mich so hoch über dem Boden hielt. Also entschied ich mich zu improvisieren und ging zu seinen Armen und Schultern.

Ach. Du. Heilige. Scheiße.

Das war zweifelsohne der tollste Körper, mit dem ich jemals in Kontakt gewesen bin, und meine Finger waren ekstatisch darüber, dass sie freies Spiel hatten, alle die verschiedenen Senken und Kurven zu erkunden, die ihnen zur Verfügung standen. Mark war einfach so hart – überall – aber auch überraschend warm. Ich konnte mir vorstellen, wie viel mehr Spaß das sein musste, wenn er kein Shirt trug.

Ich war derart vertieft in meine eigene Erkundungstour, dass ich nicht bemerkt hatte, wie eine seiner Hände sich zu meinem Hintern vorgearbeitet hatte, denn *seine* Arme reichten dahin – total ungerecht. Ich schwöre, dass seine Handfläche eine meiner Pobacken vollständig umfasste, doch ich konnte mich nicht mit irgendwelchen Gefühlen der körperlichen Unzulänglichkeit aufhalten, denn es war klar, dass ihm sehr gefiel, was er spürte, wenn ihr wisst, was ich meine.

Seine Lippen verließen die meinen und zogen eine Spur hinunter zu meinem Hals. Ich konnte nicht anders, als meinen Kopf nach hinten zu neigen, um ihm besseren Zugang zu verschaffen, während er sich küssend und kneifend seinen Weg hinunter zu meinem Schlüsselbein bahnte, meinen Pullover dabei zur Seite schiebend.

Oh wow. Das war gut. Wirklich gut.

Und dann klopfte es dreimal kurz an die Tür.

Scheiße! Nein!

»Ignorieren«, murmelte Mark in meiner Halsbeuge, wo seine Zunge angefangen hatte, wundervolle Dinge anzustellen.

»Ja«, erwiderte ich stöhnend, nicht ganz sicher, was ich bejahte.

Es klopfte wieder.

Diesmal knurrte Mark tatsächlich.

Dann fiel es mir wieder ein. »Scheiße. Ich habe den Zimmerservice bestellt. Hab's total vergessen«, ächzte ich.

»Wir brauchen keine Nahrung.« Er hatte seinen Kopf immer noch nicht wegbewegt. »Nur Sex. Viel Sex.«

Und dann wurde mir klar, was wir gerade vorgehabt hatten, und es fiel mir wieder ein, warum das keine so gute Idee war. Ganz zu schweigen davon, dass wir uns auf das Geld konzentrieren und diese scheiß beängstigende Situation ausbügeln sollten – nicht Sex haben! Verdammte Hormone.

»Mark, du wirst mich loslassen müssen, damit ich die Tür öffnen kann. Ich mag ja quirlig sein, aber sogar ich muss zugeben, dass mein Versuch, dich physisch zu übertrumpfen, zu einer echten Blamage führen würde.«

Endlich hob er seinen Kopf und sah mich finster an, aber die Wirkung war dahin, weil seine Augen völlig aufgegeilt und sanft waren. Verdammt, an den Blick könnte ich mich gewöhnen.

Doch jetzt war nicht die Zeit dafür. Widerwillig setzte er mich ab und ich stellte überrascht fest, dass meine Knie mich nicht so gut trugen wie sonst. Ich stützte mich mit einer Hand an Marks Brust und ging dann so nonchalant wie möglich zur Tür der Suite, dankbar dafür, dass ich meine festeren Stiefel angezogen hatte – seht ihr, es war doch clever, für jede Eventualität zu packen.

Es stellte sich auch heraus, dass mein Instinkt, mich durch das Zimmerservice zu retten, funktionierte, nur nicht so, wie ich mir das vorgestellt hatte. Ursprünglich hatte ich ein Steak-Dinner bestellt, als ich damit gerechnet hatte, während meiner Beichte etwas als Ablenkung für Mark zu benötigen. Zum Schluss hatte mich das Dinner stattdessen vor ungeplantem Sex bewahrt, obwohl ich mir nicht vollkommen sicher war, wie ich das fand. Manchmal möchte ein Mädchen nicht gerettet werden, selbst wenn es in Form eines vollen Tellers Ofenkartoffeln geschieht.

Ich ließ den Kellner ein und stand unbeholfen daneben, während er unser Abendessen auf dem Tisch anrichtete. Ich wollte Mark ansehen, um seine Stimmung beurteilen zu können, konnte mich jedoch nicht dazu überwinden, also holte ich schließlich meine Tasche, um Trinkgeld herauszuholen. Der Kellner fragte, ob ich wolle, dass er den Wein öffnet, doch ich lehnte ab und begleitete ihn zur Tür.

»Also«, sagte ich schließlich, während ich mir ein Lächeln abzwang und Mark in die Augen sah. »Ich hoffe, das Filet wird dir schmecken.«

Tote Nutten können den Running Man nicht machen (Zu krass? Pardon.)

MARK

ICH RIEB mir das Gesicht mit den Händen und ließ das kühle Wasser auf meinen Rücken spritzen, während ich mich einseifte. In meinem Alter sollte ich die gelegentliche kalte Dusche gewöhnt sein, aber Fiona war eine völlig andere Geschichte. Sie hatte mich beinahe völlig entfacht und mein Schwanz schrie mir immer noch ins Ohr, dass ich einfach in das Hauptzimmer hinausgehen und sie an der Wand nehmen solle.

Nach dem besten Kuss meines Lebens und der stimmungszerstörenden Unterbrechung durch den Zimmerservice hatte ich keinen Bock auf Steak gehabt, selbst wenn es Filet Mignon war und wahrscheinlich so viel kostete wie mein Lebensmittelbudget für einen Monat. Da war auch noch Fionas rascher Stimmungswechsel gewesen, der mir nicht gefallen hatte.

Bereute sie unseren Kuss? Na ja, ich nehme an, es nur als Kuss zu bezeichnen, war ein bisschen eine Untertreibung, aber trotzdem. Ich hoffte verdammt noch mal, dass sie ihn nicht bereute, denn es würde wieder passieren, wenn der Zeitpunkt kam. Wir spielten jetzt vielleicht dieses Spiel, aber ich hatte nicht vergessen, dass das Endziel war, sie für mich zu gewinnen, so seltsam sich das immer noch anhörte in meinem Kopf.

Also hatte ich sie gefragt, wo das Badezimmer war, und hatte meine Tasche mit hineingenommen, um mich der obligaten kalten Dusche zu unterziehen. Ich hatte versprochen, zum Abendessen in ein paar Minuten zurückzukommen, und hatte ihr gesagt, sie solle ohne mich anfangen. Und das war gut so, denn es funktionierte nicht. Kühlere Temperaturen allein würden meinen ausgewachsenen Ständer nicht beruhigen, also musste ich die Sache in die Hand nehmen.

Zehn Minuten später hatte ich frische Klamotten angezogen und fühlte mich dank der Aktivitäten in der Dusche ein wenig entspannter. Ich wagte mich hinaus in den Hauptwohnraum und entdeckte Fiona, wie sie am Küchentresen lehnte, an ihrer Lippe knabberte und zum Fenster hinaussah. Als ich ihre Sichtlinie kreuzte, schien sie zu erschrecken, und ihre Wangen wurden sofort rot. Oh ja, unser Kuss hatte sie keineswegs kaltgelassen.

Ich hoffte schon, dass wir dort weitermachen könnten, wo wir aufgehört hatten, nachdem wir gegessen und uns das Geld geholt hatten, obwohl ich immer noch der Meinung war, dass ihre Geschichte sich zu gut anhörte, um wahr zu sein. Aber ich war gewillt mir den Ort anzusehen, wenn auch nur die entfernteste Möglichkeit für uns bestand, diese bescheuerte Situation hinter uns zu lassen. Zur Hälfte konnte ich glauben, dass mein alter Herr sich so selbstsüchtig und idiotisch verhalten hatte, aber die andere Hälfte ahnte, dass es nicht so einfach sein konnte. Das würden wir dann ja sicherlich sehen.

»He«, sagte Fiona mit einem verlegenen kleinen Winken. »Ich dachte mir, ich warte auf dich.« Sie deutete zum Tisch, wo die Teller noch immer diese silbernen Cloches hatten.

»Das hättest du nicht müssen«, erwiderte ich, aber sie sah mir nicht in die Augen. Ich seufzte. »Sieh mal, ich erkenne, dass dir das peinlich ist, was zwischen uns geschehen ist, aber das muss es nicht sein. Wir können das für den Augenblick beiseiteschieben und uns auf das Essen und das Geld konzentrieren, wenn du dich dann besser fühlst.«

Ich sah ihr Unbehagen gar nicht gern und ich nahm mir vor, mich nicht wie ein Neandertaler zu benehmen und über den Tisch hinweg über sie herzufallen. Ich konnte geduldig sein.

Nein, wirklich.

Sie seufzte ebenfalls und die Spannung schien aus ihr direkt und komplett abzufließen. »Danke.« Sie beehrte mich mit einem ihrer wunderschönen Lächler. »Ich glaube, langsam holt mich die Verrücktheit dieser ganzen Situation ein.«

»Weißt du, Shortcake, mir ist klar, dass ich dir noch nicht für deine Hilfe gedankt habe, und ich sollte wirklich mehr Dankbarkeit an den Tag legen, anstatt dich ständig anzuschreien, wie ich es anscheinend tue. Also danke, Fiona«, sagte ich verdrossen.

Sie lächelt mich weiter an, während sie sich anmutig auf ihren Platz am Tisch setzte und mir deutete, sich zu ihr zu gesellen. »Gern geschehen.«

»Bist du dir sicher, dass das stimmt?«, fragte ich zum zehnten Mal, seit wir in meinen Truck gestiegen waren.

»Ich bin mir vollkommen sicher – hör auf, so ein Schisshase zu sein«, antwortete Fiona.

Ich konnte mich noch nicht einmal über ihre Bemerkung aufregen, so verwirrt war ich. »Ich kann mir meinen Vater bloß nicht vorstellen, wie er einen Ort wie diesen betritt.«

»Was soll das denn heißen, ›einen Ort wie diesen‹?«

»Na, du weißt schon.«

»Nein. Bitte klär mich auf. Was genau stimmt denn nicht mit diesem Ort?«

»Es ist nicht so, dass etwas *nicht stimmen* würde. Ich meine, wenn einem so etwas gefällt. Aber du kennst meinen Vater nicht – er würde sich niemals hier sehen lassen.«

Sie schwang die Beifahrertür auf und sagte: »Vielleicht ist das ja der ganze Sinn. Schon mal darüber nachgedacht?«

Und dann sprang sie aus dem Truck und schritt zum Eingang des knalligsten Nachtklubs, den ich jemals zu Gesicht bekommen hatte. Außen sah er aus, als hätte eine Neon-Flamingo-Fabrik darüber gekotzt, und ich war mir ziemlich sicher, dass er innen nicht viel dezenter aussehen würde.

Widerwillig öffnete ich meine Tür, denn ich wusste, das ich bei Fiona bleiben musste, selbst wenn es eher meinetwegen als ihretwegen war.

»Du solltest dich lieber beeilen und mich einholen, Champ, sonst werden sie sich auf dich stürzen«, sagte sie, als sie in ihren aufreizenden Stiefeln davonstolzierte und lachte.

Mehr musste ich nicht hören, um meinen Arsch in Fahrt zu bringen und mich zu beeilen, sie einzuholen. Sie konnte mich einen Schisshasen nennen, so viel sie wollte, vorausgesetzt sie ließ mich nicht mitten in einem Nachtklub für Schwule in New Jersey an einem Go-go-Boy-Abend stehen.

Als Fiona gesagt hatte, sie wüsste, wo das Geld war, hatte ich angenommen, es wäre irgendwo im Apartment des alten Herrn versteckt, aber ich hätte wissen müssen, dass es nicht so einfach sein würde.

Nach unserem Abendessen war ich losgegangen, um den Truck zu holen, und hatte Fiona gesagt, dass ich sie in zwanzig Minuten beim Hoteleingang treffen würde. Auf keinen Fall würde ich das Hoteldiener-Ding machen und sie wie ein Gentleman vom Hotelzimmer abholen. Ich war vollkommen dafür, sie auf längere Sicht zu umwerben, aber ich hatte meine Prinzipien und das Gentleman-Zeug konnte warten. Der Hoteldiener würde keinen Cent von mir kriegen.

Und tatsächlich, als ich in die breite Einfahrt fuhr, stand sie da. Fort war das Skihasen-Ensemble. Stattdessen trug sie nun ein tief ausgeschnittenes, aufreizendes grünes Shirt zu einer hautengen Jeans, schwarzen, bis zum Oberschenkel reichenden Fick-mich-Stiefeln mit Pfennigabsätzen und einer endgeilen Lederjacke.

Ach. Du. Heilige. Scheiße.

Sie war ein lebendig gewordener feuchter Traum.

Sie schlenderte zum Truck herüber, bevor ich meine Sinne beisammenhatte und die Tür öffnen konnte. Ich fühlte mich wie ein Depp, als der Hoteldiener ihr in den Truck half und sie ihm ein großes Lächeln und ein Trinkgeld schenkte. Verdammt.

»Äh, du siehst, du siehst … irre aus«, murmelte ich wie ein totaler Schwachkopf.

Sie lächelte, gurtete sich an und legte eine schwarze lederne Umhängetasche auf den Sitz zwischen uns. »Danke.«

Ich saß einfach nur da, bis sie mich aufforderte loszufahren.

»Äh, hinter uns sind Leute, die auch vorfahren wollen.«

»Ach, Scheiße. Richtig. Tut mir leid.« Mich immer noch wie ein verdammter Schwachkopf benehmend, trat ich ein wenig zu stark aufs Gas, so dass die Reifen quietschten. Konnte das noch peinlicher werden?

Fiona auf dem Beifahrersitz versuchte, schaffte es aber nicht, ein Lachen zu verbergen.

»Also, wo fahren wir hin?«, fragte ich, in dem Versuch, mein Verhalten etwas unter Kontrolle zu kriegen. Mein Plan, auf cool zu machen, ging vollständig den Bach runter.

Sie holte ihr Handy heraus und tippte ein paar Mal herum. »Scheint, als wäre sein Apartment ungefähr fünfzehn Minuten von hier entfernt. Bei der nächsten Ampel links abbiegen.« Sie fing an, mich zu einem heruntergekommenen umgebauten Motel in einem miesen Stadtviertel zu dirigieren. Das überraschte mich nicht im Geringsten. Auf dem Parkplatz standen etliche Wagen neueren Baujahres und in einigen Fenstern brannten Lichter. Wir parkten vor Unit 122 und stiegen aus.

Ich sah mich auf dem Parkplatz um und die Haare an meinem Nacken standen mir zu Berge. Es fiel mir jedoch nichts Ungewöhnliches auf, daher verbuchte ich es unter Adrenalin. Als ich mich wieder dem Unit zuwandte, drehte Fiona gerade einen Schlüssel im Schloss und öffnete die Tür. Scheiße!

»Warte!«, sagte ich, sprang auf sie zu und erschreckte sie zu Tode.

»Was?!«, kreischte sie und sprang zurück.

»Nichts. Ich wollte nur nicht, dass du zuerst reingehst, für den Fall, dass sich jemand dort drinnen befindet oder, ich weiß nicht, etwas, das ich nicht will, dass du es siehst.«

»Was? Etwa eine tote Nutte oder so? Diese Situation mag ja seltsam sein, aber ich bezweifle doch sehr, dass wir eine Leiche da drinnen finden werden.« Sie sah mich an und schüttelte den Kopf. »Du siehst zu viel fern.«

»Trotzdem«, sagte ich, während ich mich vor sie drängte, das Apartment betrat und dabei ein Licht einschaltete.

Die Wohnung war ein völliges Chaos. Es war klar, dass Lou und Terry sie bereits gefilzt hatten und meine Hoffnung, das Geld zu finden, war sofort zunichte gemacht.

Fiona andererseits marschierte schnurstracks hinein und schien unbeeindruckt zu sein.

»Shortcake, ich glaube, wir kommen zu spät.«

Sie ging einfach weiter durch die schmutzige Wohnung, wand sich mühelos um Stühle und Kommodenladen, die umgeworfen und ausgeleert worden waren, bis sie das Waschbecken vor dem Badezimmer erreichte. Dort hockte sie sich hin und holte eine kleine Taschenlampe aus ihrer Umhängetasche.

Was zum Teufel?

Sie griff hinter ein freiliegendes Rohr und versuchte, mit dem Kopf so weit wie möglich unter das Element zu kommen, um besser sehen zu können.

»Aha!«, verkündete sie und sprang unter dem Becken hervor, einen kleinen Schlüssel in der Hand. »Gewonnen!«

Und dann machte sie eine äußerst hinreißende Version des Running Man und sang dazu einen erfundenen Rap mit dem Inhalt, dass man sich mit dem A-Team nicht anlegen sollte. Es war ein bisschen irreal und sehr verrückt.

Ich musste dem schließlich Einhalt gebieten. »Ich hasse es, deine kleine Touchdown-Feier zu unterbrechen, aber würde es dir etwas ausmachen, mir zu erklären, was los ist?«

Sie hörte auf zu tanzen. »Ach ja, richtig. Also dieser kleine alte Schlüssel gehört zu einem Vorhängeschloss, wo das Geld ist.«

»Ernsthaft? und wo wäre das?«

»In irgend so einem Klub. Dein Dad kennt den Besitzer und die Lady erlaubt ihm, einen Spind im Belegschaftsraum zu benutzen. Die ganze Geschichte hab ich nicht mitbekommen, aber ich habe die Adresse. Auf geht's, Chief!«

Ich schüttelte den Kopf. »Sie sind unglaublich, Frau Pierce.«

»Ich weiß.« Sie zwinkerte mir zu und ich verspürte wieder diesen *Sucker-Punch*.

Zehn Minuten später, als ich ihr in meinen ersten Nachtklub für Schwule folgte, verspürte ich eine ganz andere Art von unerwartetem Schlag. *Ach, keine voreiligen Schlüsse – ihr wart nicht dort. Und übrigens, ist es verwunderlich, dass ein Kerl, dessen Vater ihn Mary rief, auf diesem Gebiet ein wenig empfindlich ist? Ich werde auf eure Entschuldigung warten.*

Äh, ich warte immer noch.

Wählen Sie einen Penis! Irgendeinen Penis!

FIONA

Ich fühlte mich irgendwie schlecht, dass ich dem Klub hatte ausweichen wollen. Ich hatte schon in dem Moment, als Kelly mir den Namen des Lokals gegeben hatte, gewusst, worauf wir uns gefasst machen mussten – es gab nicht viele Möglichkeiten, »The Manaconda Club« fehlzuinterpretieren. Ich hatte mir gedacht, Mark würde sich besser schlagen, wenn er weniger Zeit bekam, über potenziell bevorstehende Szenarien nachzudenken.

Ich war nicht überrascht, dass er mir an den Fersen klebte, als ich die Tür des Klubs öffnete und meine Augen und Ohren einem Angriff ausgesetzt sah. Von etwas, das ich am Besten mit zwei Worten beschreiben kann – protzig und wild.

Es. War. Unglaublich.

Wenn auch ein wenig laut für den Zweck des Abends.

Klubmusik dröhnte aus den Lautsprechern, während bunte Lichter über die Menge jagten, die sich auf der Tanzfläche in der Mitte drängte. Körper hüpften, schüttelten und wogten sich zum hämmernden Beat. Alle paar Meter befand sich eine kreisrunde Plattform, die sich weit über den Tanzboden erhob, und auf jeder tanzte ein sehr fitter halbnackter – okay, eher zu vier Fünfteln nackter – junger Typ an einer Stange. Zusätzlich zu dieser glühend heißen Unterhaltung gab es noch eine lange schwarze Bar an der Seitenwand, wo etliche Barkeeper unter weiteren Neonlichtern standen, Cocktails servierten und an der lebhaften Stimmung teilnahmen, die von der Menge ausstrahlte.

Das war ein Montagabend in Atlantic City? Plötzlich war ich sauer, dass wir das Treiben am Wochenende verpasst hatten.

Weil mein Blick so schnell herumhuschte, damit ich alles mitbekam, bemerkte ich nicht sofort den sehr großen Mann mit Schnurrbart, der zu meiner Rechten stand. Er trug eine schwarze Hose und ein enges schwarzes T-Shirt, mit dem eines von Mark nicht so leicht hätte mithalten können.

»Ausweis und fünfzehn Dollar Eintritt«, sagte er zu mir. Dann musterte er Mark ziemlich gründlich und sagte: »Du zahlst nichts.«

Ich musste ein Lachen unterdrücken, während ich in meine Tasche griff, um mein Geld und meinen Führerschein herauszuholen, doch als ich sie dem Türsteher geben wollte, sah ich, dass Mark bereits meinen Eintritt bezahlt hatte und versuchte, auch für sich zu zahlen. Der Türsteher wollte das extra Geld nicht nehmen, daher verzog Mark das Gesicht und steckte es wieder ein.

»He, ist es montags immer so voll?«, fragte ich laut, als er meinen Ausweis kontrollierte.

Der große Mann beugte sich herunter, damit er durch den Lärm des Klubs zu hören war. »Nee, nur einmal im Monat, am Manaconda-Montag.« Er deutete auf eine Plattform. »Go-go-Boys.«

»Verstanden,« erwiderte ich, als er mir meinen Führerschein zurückgab. Dann fiel mir ein, dass wir uns lieber an die Arbeit machen sollten. »Ist Angie heute da?«, fragte ich.

Das erntete mir einen scharfen Blick. »Was willste denn von Angie?«

Ich zeigte ihm mein bestes Lächeln, dasjenige, mit dem ich in der Arbeit die Schwierigkeiten abwendete. »Ich bin eine Freundin von einer Freundin – muss sie nur was fragen.«

Er sah mich misstrauisch an. Anscheinend sprachen schwule schnauzbärtige Männer aus New Jersey nicht auf meine Reize an. Hm. Also das nervt.

»Angie hat keine Freundinnen und wir brauchen hier keine Schwierigkeiten.«

Scheiße, das würde schwieriger werden, als ich gedacht hatte. Und jetzt würde uns dieser Kerl wie ein Schießhund beobachten.

Aus dem Nichts packte Mark meine Hand und sagte: »Keine Bange, Schätzchen! Lass uns unsere hübschen Allerwertesten auf die Tanzfläche schwingen.« Und dann zerrte er meinen verdammt verdutzen Hintern in die Menge.

»Heilige Scheiße! Hast du das wirklich gerade gesagt?«, rief ich ihm zu und lachte, sobald wir uns in sicherem Abstand zu dem Türsteher befanden.

»Ich musste doch *irgendetwas* tun – du hast riesige Bullseyes auf unsere Rücken gemalt!«

»O mein Gott, warte, bis ich es Nate und Laney erzähle – ach, und auch Jake –, ich hab jetzt seine Nummer. Könntest du es vielleicht nochmal sagen, damit ich es filmen kann? Es wäre einfach leichter, wenn ich einen Text an alle aussenden könnte«, flehte ich ihn an, bekam aber nur ein Knurren dafür.

»Hör zu, wir müssen uns einen Weg überlegen, wie wir in den Belegschaftsraum kommen, ohne erwischt zu werden. Irgendwelche Ideen? Ich würde ja sagen, wir probierens mal mit Ablenkung, aber diese ganze verdammte Bude ist eine einzige große Ablenkung.« Er machte eine finstere Miene, während er sich umsah.

Okay, das war offensichtlich nicht seine Szene. Na gut.

»Na ja, es gibt immer mindestens einen heterosexuellen Barkeeper in Schwulenklubs, also könnte ich versuchen, einen zu finden und mir meinen Weg in den Belegschaftsraum mit ihm zu erflirten«, schlug ich vor.

»Auf keinen verdammten Fall.«

Also das war ein entschiedenes Nein. Vermutlich hatte er eine feste Meinung zu dem Thema. »Also warum sehen wir uns nicht einfach um? Vielleicht haben wir Glück.«

Wie sich herausstellte, hätten meine Worte nicht perfekter sein können. Als wir uns durch den Klub bewegten, konnte ich gar nicht zählen, wie oft Mark angebaggert wurde und/oder seine Arme befummelt wurden. Sein Gesicht war puterrot, als wir schließlich den hinteren Teil des Klubs erreichten, wo sich die Toiletten befanden, aber es war nicht klar, ob die Farbe von Scham oder Zorn stammte. Ich habe nicht nachgefragt.

Wir wagten uns in einen dunkleren Gang, der vier geschlossene Türen enthielt. Zwei waren Toiletten, obwohl man nicht sagen konnte, ob sie für ein spezifisches Geschlecht bestimmt waren, denn sie waren beide nur mit abstrakt gemalten Bildern von Penissen gekennzeichnet.

Hmm, der Stil der Malerei war eigentlich ganz hübsch – ich fragte mich, ob der Künstler auch andere Themen außer Schwänze übernahm. Ich würde diesen Gedanken für später ablegen müssen.

Die anderen beiden Türen auf dem Gang waren nicht gekennzeichnet. Eine davon musste der Belegschaftsraum sein.

Ich wanderte lässig an der ersten Tür vorbei und drehte probeweise am Türknauf. Abgesperrt. Mark sah, was ich vorhatte, und versperrte die Sicht auf mich, als ich die zweite probierte. Nicht abgesperrt. Ich schlüpfte hinein und schloss die Tür hinter mir, ehe Mark einen Einwand erheben oder eine Silbe äußern konnte.

»Nur für Angestellte, Süße«, ertönte eine Stimme hinter mir. »Magst du keine Schwänze auf der Toilette bei dir, dann ist dieser Klub nichts für dich.«

Ich drehte mich um und sah einen der Barkeeper von vorhin, der an einem Spind lehnte und mich beäugte. Ich warf mein Haar zurück, in der Hoffnung, dass es mir gelungen war, einen nicht-schwulen auszusondern, doch es zeigte keine Wirkung.

»Nicht böse sein, Schnuckelchen, du bist alle Arten von hinreißend und diese Stiefel sind mega-geil, aber du musst kehrtmachen und flitzen.«

Verdammt.

»Oh, tut mir leid«, kicherte ich und holte alles raus, was ich an dummer Blondine in mir hatte. »Ich dachte, das wäre die Damentoilette.«

Damit erreichte ich nichts. Er blieb stehen. »Wie ich schon sagte, über den Gang – such dir einfach einen Penis aus.«

Hätte ich es nicht unbedingt auf die Spinde, an denen er lehnte, abgesehen gehabt, hätte ich diese Situation urkomisch gefunden. Leider war das nicht der richtige Zeitpunkt.

»Gut«, sagte ich und verwarf die List. »Später.« Ich drehte am Knauf, ging hinaus und knallte genau gegen eine sehr feste Brust, die einem sehr verärgerten Mark gehörte.

»Hör auf damit!«, forderte er.

»Okay, in Ordnung. Aber das war definitiv der Belegschaftsraum. Da drinnen ist ein Barkeeper, und der spielt nicht herum.«

Mark sah mich wieder finster an. Hier war jemand aber grantig.

»Gib mir den Schlüssel und verdünnisier dich. Ich werde mich drum kümmern.«

Ich hob die Hände ergebungsvoll in die Höhe. »Na schön.

Wenn du glaubst, du kriegst das besser hin, dann sei mir willkommen.« Ich gab ihm den Schlüssel. »Die Spinde sind entlang der hinteren Wand, und was ich so sehen konnte, haben nur ein paar Schlösser.«

»Verstanden. Und jetzt versteck dich in einer der Toiletten, falls der Typ herauskommt.«

»Warte. Brauchst du nicht eine Tasche oder sowas? Deswegen habe ich die ja mitgebracht.« Ich hielt die Umhängetasche in die Höhe.

»Scheiße«, murrte er. Ich sah total ein, dass er keine Damentasche tragen wollte, aber sie war nicht sehr mädchenhaft – sie war sogar ziemlich zweckmäßig. Und angesichts dessen, wo wir uns befanden …

Mark entriss mir die Tasche und ich schlich mich in einen der Penis-Räume, völlig ahnungslos, was mich erwartete.

Hm. Nun, es stellte sich heraus, dass er wie andere Toiletten auch war. In gewisser Weise war ich enttäuscht – ich hatte irgendwie das Gefühl gehabt, die Türbearbeitung würde etwas Aufregenderes versprechen. Ach, na ja, kann auch gleich pinkeln gehen, wenn ich schon hier bin.

Ich erledigte mein Geschäft, wusch mir die Hände, fuhr mir mit den Fingern durchs Haar, um es zu glätten, und machte mich so gut zurecht, wie es ohne meine Tasche ging, und das alles, während ich mit den Jungs und Mädels plauderte, die kamen und gingen. Aber es gab immer noch kein Zeichen von Mark. Zu diesem Zeitpunkt war es zehn Minuten her, also wagte ich einen Blick auf den Gang hinaus. Kein Mark – nur eine Gruppe betrunkener Kerle auf dem Weg zum Hinterausgang zum Rauchen.

Wo zur Hölle steckte er?! Ich schloss die Tür wieder, lehnte mich an das Waschbecken und trommelte mit den Fingern auf der Oberfläche.

In dem Augenblick sprang die Tür auf und Mark kam herein, rot im Gesicht. Er packte meine Hand und riss so heftig an mir, dass ich beinahe die Balance verlor. Er sprintete quasi aus der Toilette und steuerte schnurgerade auf den Hinterausgang zu, während ich hinter ihm her stolperte. Als wir die Schwelle überschritten hatten, flehte ich ihn an sich einzubremsen, und erst dann schien ihm bewusst zu werden, dass ich mich nicht wie ein Gepard bewegen konnte, mit oder ohne Stöckel.

»Tut mir leid«, sagte er, als er ein wenig abbremste und um die Ecke des Gebäudes zum vorderen Parkplatz und zu seinem Truck bog.

»Und?« Ich war schrecklich gespannt zu erfahren, was geschehen war.

»Ich hab's«, sagte er nur.

»Im Ernst?!« Ich sprang auf und ab und kreischte. »O mein Gott. Das ist so unglaublich! Ich fasse es nicht, dass du das geschafft hast. Wie bist du an dem Kerl vorbeigekommen?«

»Ich möchte nicht darüber reden«, sagte er, während er die Beifahrertür öffnete und mich auf den Sitz hob, ohne auf meine Hilfe zu warten. Er schlug die Tür zu und stakste zu der Fahrerseite hinüber.

Oje.

Sobald er eingestiegen war, drehte er die Zündung und wir rasten vom Parkplatz. Ich glaube, keiner von uns hatte eine Ahnung, wo wir hinfuhren, aber ich war genauso froh wegzukommen, wie er es war. Ich musste dasitzen und nichts tun und mir auf die Zunge beißen, um mich davon abzuhalten, ihn auszufragen, aber ich wollte so *schrecklich* gerne wissen, was geschehen war.

Fünf Minuten später fuhr er auf den leeren Parkplatz eines Lebensmittelladens und stellte den Motor ab. »Jetzt freu dich nicht zu früh, ehe wir es gezählt haben – ich weiß nicht, wie viel da ist.« Er reichte mir meine Umhängetasche und ich öffnete sie und lugte hinein.

Zusätzlich zu meinen eigenen Sachen befand sich eine

Einkaufstüte aus Plastik voller Bargeld darin. Also ich mag ja aus dem Geldadel stammen, aber das bedeutete für mich Kreditkarten und Urlaube und geile Kleidungsstücke. Ich hatte tatsächlich noch nie in meinem Leben so viel Geld zu Gesicht bekommen. Das war so seltsam. Ich holte die Einkaufstüte heraus und reichte Mark mehrere Bündel. Wir fingen beide an zu zählen.

Siebenundvierzigtausend Dollar. *Siebenundvierzigtausend Dollar!*

Wir sahen einander an, als es fertig zusammengezählt war und er zeigte mir endlich ein Grinsen. Ich erwiderte es und dann verwandelte es sich in ein voll aufgedrehtes Killer-Lächeln. »Wir haben's geschafft, Shortcake.«

Ich konnte nicht anders. Ich hüpfte über die Sitzbank und küsste ihn bewusstlos.

Nachdem er seine anfängliche Überraschung überwunden hatte, beteiligte Mark sich mit Gusto. Obwohl die Position unbequem war und die Tasche und das Geld zwischen uns, gelang es uns, all die richtigen Teile einzubeziehen. Seine Zunge fuhr über meine und ließ mich stöhnen, während ich seinen Hinterkopf packte und mir zum ersten Mal wünschte, dass er längere Haare hätte, damit ich mich an etwas festhalten konnte.

Eine seiner Hände wanderte nach unten zu meiner Taille und er hob mich ohne Mühe über die Sachen auf dem Sitz auf seinen Schoß. Ich quietschte ein bisschen vor Überraschung, aber er brachte mich rasch mit seinem Mund zum Schweigen. Ich atmete ihn ein und stieß innerlich einen Seufzer aus, als meine Hände zu wandern begannen. Sie kamen allerdings nicht weit, denn als die Dinge gerade anfingen gut zu werden, klopfte es an das Fenster auf der Fahrerseite.

Mein erster Gedanke war, dass wir von den Bullen wie Teenager in einem Truck mit angelaufenen Scheiben beim Knutschen erwischt worden waren. Doch dann fiel mir ein, dass die Bullen wahrscheinlich nicht mit dem Lauf einer Schusswaffe an eine Scheibe klopfen würden.

Scheibenkleister.

Fahrt nach Jersey: 200$, Erfrischungen unterwegs: 30$, ein Arschloch reinlegen: unbezahlbar

MARK

»Tut mir leid, dass ich eure kleine Schmuserei unterbrechen muss, aber wir müssen reden«, ertönte die Stimme des Mannes, der die Waffe in der Hand hielt. Ein Mann, von dem ich wusste, dass sein Name entweder Lou oder Terry war.

Verdammt.

Ich war durch die Ereignisse im Klub derart aus dem Gleichgewicht gebracht worden, dass ich an nichts anderes gedacht hatte, als verdammt noch mal mit dem Geld zu türmen. Ich musste versuchen, die Dinge wieder ins Lot zu bringen und Fiona zu schützen. Ich nehme an, dass die gute Nachricht war, dass wir das Geld hatten, also hoffte ich verdammt noch mal, dass das reichen würde.

Fionas Mund stand offen und sie starrte die Schusswaffe an, sprachlos. Ich hob sie vorsichtig von meinem Schoß herunter und setzte sie so weit wie möglich von der Waffe entfernt ab.

»Shortcake, sieh mich an«, redete ich ihr zu.

Sie riss ihren Blick schließlich los vom Fenster und sah mich unverwandt an. Ihre hinreißenden grünen Augen waren vor Schreck weit offen.

»Alles wird gut. Ich werde ihnen einfach das Geld geben. Du wirst hier im Truck bleiben. Hast du mich verstanden?«

Sie muss ein wenig unter Schock gestanden haben, denn zum ersten Mal in ihrem Leben hat sie kein Wort geäußert. Sie saß nur da und nickte einmal ruckartig.

Ich öffnete die Tür und sah noch einmal zu ihr zurück, bevor ich hinausstieg und mich vor Lou und Terry stellte. »Bleib hier.«

Ich schloss die Tür hinter mir, Beutel mit Geld in der Hand und entfernte mich so weit es ging vom Truck, ohne die beiden zu alarmieren.

Sie trugen beide Lederjacken und Jeans, wie jeder normale Typ. Genau wie ich eigentlich. Der einzige eklatante Unterschied war, dass der spitzbärtige Kerl eine Pistole in der Hand hielt.

»Ihr Amateure kriegt's gar nicht mit, wenn euch jemand folgt«, sagte er und steckte die Waffe dann zum Glück hinten in den Bund.

Irgendwie hatte ich kein allzu schlechtes Gewissen deswegen, dass mir diese bestimmte Fähigkeit fehlte. Ich hatte die Hoffnung, dass es dabei bleiben würde, dass ich in meinem Leben nur dieses einzige Mal jemanden den Grund gab mich zu verfolgen.

Ich hob die Hände in einer abwehrenden Haltung. »Wir wollen keine Schwierigkeiten. Wir haben das Geld.«

»Ach nee. Warum glaubst du waren wir hinter euch her? Und jetzt nimm die Hände runter, bevor uns wer sieht und denkt, das wär'n Autoraub.«

Ich tat es sofort. Das mochte das erste Mal sein, dass ich ein »Geschäft« abwickelte, es war aber offensichtlich, dass Lou und

Terry mehr Übung darin hatten. Ich hielt es hier für klug, der Stimme der Erfahrung zu vertrauen.

»Wir haben uns gedacht, dass dein alter Herr früher oder später alles ausquatschen würde. Es kam nur darauf an abzuwarten. Und jetzt, wenn es dir nichts ausmacht, gib es her, damit wir hier wegkönnen.«

»Kein Problem«, sagte ich und griff in die Tasche.

»Stell dich wenigstens hinter den Truck, Junge. Herrgott, das ist ja, als würdest du darum betteln, dass die Bullen auftauchen«, sagte der zweite Kerl. »Verdammte Amateure, Lou«, murmelte er.

Und wieder fühlte ich mich nicht im Geringsten unzulänglich, weil ich die richtige Etikette für diese Situation nicht kannte.

Und die Draufgabe – jetzt wusste ich, welcher Lou und welcher Terry war.

Ich ging hinter den Truck und sie folgten mir. Ich zählte die Bündel im Kopf, damit ich die richtige Anzahl herausfischen konnte, für den unwahrscheinlichen Fall, dass sie uns den Rest behalten ließen.

Unerwarteterweise hörte ich Lou sagen: »Tut mir leid, dass ich dein Mädchen mit der Knarre verschreckt habe. Musste nur sicherstellen, dass du nicht versuchen würdest, mit dem Geld zu flüchten und unterzutauchen.«

Ich wandte mich zu ihm um. »Sehen wir denn so doof aus?«

»Na ja, nein, aber wenn man bedenkt, wer dein alter Herr ist, spricht nichts für dich, wenn du verstehst.«

»Ich hab schon begriffen«, erwiderte ich, denn das ergab tatsächlich einen Sinn. »Wenn wir euch die zweiunddreißig Riesen geben, lasst ihr uns also gehen.« Ich hatte Angst, dass zu viel Hoffnung in meiner Stimme lag.

Terry spottete, als wäre er beleidigt worden, und Lou sagte: »Ja, Junge. Obwohl es so aussieht, sind wir nicht wirklich ganz böse. Wir führen ein Unternehmen genau wie alle anderen.«

Bei dem Punkt würde ich mich jetzt nicht mit ihnen streiten. Ich wollte nur verdammt schnell von hier weg. Ich fing an das Bündel zu übergeben, als Terry sich einmischte.

»Der Preis ist eigentlich auf dreiunddreißig raufgegangen. Fürs Tanken, weißt du.« Er kratzte sich am Kinn.

»Natürlich«, sagte ich, als wäre ich ein Idiot, weil ich nicht daran gedacht hatte. Ich griff in die Tasche, holte noch Tausend heraus und übergab sie.

Terry zählte das gesamte Geld und nickte zu Lou, dann steckte er es ausgerechnet in eine Health Foods-Tüte. Anscheinend aßen schlimme Jungs gerne Reformkost.

Lou streckte die Hand aus und mir blieb nichts anderes übrig, als sie zu schütteln. »Hat mich gefreut, Geschäfte mit dir zu machen, Junge. Falls du mal 'nen Kredit brauchst …«

»Ja, danke. Ich werde an euch denken.« Ich fing an, mich rückwärts zur Fahrerseite zu bewegen, denn ich war nicht gewillt, ihnen meinen Rücken zuzudrehen, ehe sie nicht fort waren.

»Aber du solltest deinem alten Herrn sagen, dass er nicht mehr so viel Glück wie diesmal haben wird, wenn wir sein Gesicht noch einmal zu sehen kriegen.«

»Wenn ich noch einmal das Missvergnügen habe, mit ihm zu reden, dann werde ich das direkt weitergeben«, antwortete ich.

Lou grinste, dann drehten sie sich um und gingen zu ihrem Wagen. Ich wartete, bis sie abgefahren waren, bevor ich in den Truck stieg und die Tür schloss.

»Ist das gerade wirklich geschehen?«, ertönte Fionas zweifelnde Stimme von der anderen Seite des Trucks. Ich sah hinüber und bemerkte, dass sie ihr Fenster geöffnet hatte – sie hatte die ganze verdammte Sache mitangehört. Ihre grünen Augen waren weit offen und wild.

»Jawohl, bin mir sicher, das ist es.« Ich hielt die Tasche mit dem restlichen Geld in die Höhe. »Und wir sind gerade vierzehntausend Dollar reicher geworden.« Das Lächeln, das sich über mein Gesicht ausbreitete, konnte ich nicht verhindern.

Sie verlor den geschockten Gesichtsausdruck und erwiderte mein Lächeln. »Na ja, großer Mann, ich würde sagen, du hast es verdammt noch mal verdient!«

Das erste, was wir taten, als wir wieder sicher in der Hotelsuite waren, war, dass wir alle angerufen und ihnen erzählt haben, dass das Problem erledigt war und wir alle erleichtert aufatmen konnten. Es fühlte sich verdammt gut an, die Neuigkeit weitergeben zu können. Wir erzählten den Teil mit der Pistole und dem extra Geld allerdings nicht, denn wir wollten nicht, dass sich jemand wegen Ersterem Sorgen machte, und wir hatten keine Ahnung, was wir von Zweiterem halten sollten.

Als nächstes bestellten wir eine Flasche Champagner beim Zimmerservice. Ich mochte das Zeug nicht mal besonders, aber es schien angesichts dessen, wie viel wir zu feiern hatten, obligat zu sein.

Nachdem der Kellner ihn entkorkt und entsprechend Trinkgeld bekommen hatte und hinausbegleitet worden war, wandte sich Fiona zu mir und prostete mir zu.

»Auf den bescheißenden Trickbetrüger«, sagte sie, und ich musste lachen, als ich mit ihr anstieß und wir beide einen Schluck nahmen.

»Und nun«, fuhr sie grinsend fort, »wirst du mir erzählen, was in dem Klub passiert ist?«

Ich zuckte zusammen. Besonders gerne wollte ich nicht darüber sprechen, da sie jedoch die hartnäckigste Person war, die ich jemals kennengelernt hatte, wusste ich, dass sie es früher oder später aus mir herauspressen würde. Ich hatte eine dunkle Ahnung, dass sie noch schlimmer als Bailey war.

»Na schön«, gab ich nach.

»Warte, warte, warte!«, sagte Fiona. »Ich muss es mir bequem machen für die Geschichtenstunde.« Sie stellte ihre Sektflöte ab und zog sich so gut wie ganz aus. Als Erstes musste die Lederjacke dran glauben und dann waren die Stiefel dran. Sie hatte absolut keine Ahnung, wie diese ganze Szene antörnte – mit dem Hinuntergleiten jedes Stiefelreißverschlusses antwortete mein Schwanz mit einer Bewegung in die Gegenrichtung.

Diese Frau würde mich noch umbringen.

Bis sie sich dann endlich auf dem Sofa niederließ, nur in ihrem aufreizenden Top und der hautengen Jeans, war ich ein verdammtes Wrack. Ich tänzelte zum anderen Ende des Sofas, wo ich mich hinplumpsen ließ und mir sofort ein Kissen hernahm, um die Aufwölbung hinter meinem Reißverschluss zu verdecken. Ich wünschte, ich hätte wenigstens daran gedacht, meine Jacke oder mein Button-down anzubehalten. Mein T-Shirt und meine Hose verbargen nicht viel.

»Okay, ich bin soweit«, sagte sie und nahm einen Schluck ihres Getränks.

»Gut.« An den Klub zurückzudenken half, dass sich die peinliche Situation von selbst erledigte. »Es war wirklich keine große Sache – es war einfach weit jenseits meiner Komfortzone, das ist alles.«

Sie sah mich finster an. »So erzählt man aber keine Geschichte. Eine Geschichte beinhaltet Details und muss alle Dialoge enthalten, die stattgefunden haben.« Sie machte Gesten, als würde sie zu einem kleinen Kind sprechen. »Adjektive und Adverbien sind auch sehr willkommen. Versuch's nochmal.« Sie nickte aufmunternd.

Was sollte das sein? Die Märchenstundenversion von »Mister Mark besucht die Go-go-Boys«?

Ich sah sie genauso finster an und fuhr fort: »Okay, okay. Also. Ich bin in den Belegschaftsraum gegangen und dieser

Barkeeper war immer noch dort. Er war nicht unhöflich oder so, aber er wollte mich offensichtlich rauswerfen. Bevor er das tun konnte, habe ich ihn gefragt, ob Tony heute Abend da war.«

»Wer ist Tony?«

»Keine Ahnung. Ich hab mir einfach gedacht, wir sind in New Jersey, also kann man darauf wetten, dass jemand mit dem Namen Tony dort arbeitet.«

»Du bist cleverer, als du aussiehst«, sagte Fiona, die Hand unter dem Kinn und ein reizendes Lächeln im Gesicht.

»Mensch, danke. Jedenfalls hat sich herausgestellt, dass meine Vermutung richtig war, und er hat gesagt, dass Tony später kommen würde. Und hier kommt jetzt die schwierige Stelle. Ich glaube, dieser Typ und Tony mögen sich nicht besonders, denn der Barkeeper-Kerl wurde plötzlich viel freundlicher.« Ich hatte gehofft, es dabei belassen zu können.

Fehlanzeige.

»Ach ja? Erzähl mal«, sagte sie. Sie besaß nicht mal die Anständigkeit, ihre Vorfreude auf meine nächtliche Qual zu verbergen.

»Gott, bist du neugierig! Und du holst dir viel zu viel Spaß daraus.«

»Ach, das tue ich definitiv. Und jetzt red weiter.« Sie war ein Welpe, der ungeduldig auf den Spaziergang wartete.

Ich schnaufte frustriert, fuhr jedoch fort. Je eher das vorbei war, desto besser. »Na schön. Er hat sich vorgestellt und dann angefangen, mich anzubaggern und mir allerlei persönliche Fragen zu stellen.«

Fiona deckte ihren Mund ab bei ihrem misslungenen Versuch, ein Lachen zu unterdrücken.

»Ich bin froh, dass ich dich unterhalten kann, Shortcake.«

»Es tut mir leid, aber das Bild, das ich gerade sehe, ist spektakulär.« Dann schnaubte sie. Und ab da ging es dann einfach bergab, als sie den Verstand verlor.

Ich rieb mich an den Haaren. »Lass es mich wissen, wenn du fertig bist, dann werde ich die Geschichte zu Ende erzählen.« Ich nahm einen großen Schluck von meinem Champagner und stand auf, um mir mein Glas nachzufüllen.

»Kann ich getrost weitererzählen, oder hast du dir in die Hose gepinkelt?«, fragte ich, als ich wieder auf der Couch saß und ihre Heiterkeit ein wenig nachgelassen hatte.

Sie nickte nur, anscheinend aus Angst, schon sprechen zu müssen.

Ich sah sie an und verdrehte die Augen und bereitete mich auf weitere Demütigungen vor. »Ich war so nah dran am Geld, ich musste die Rolle einfach spielen. Also hab ich ihm erzählt, dass Tony mich verrückt macht und dass ich versuchen würde ihn abzuschütteln, er aber Zeug von mir in seinem Spind gelagert hat. Da ich den Schlüssel hatte, wird ihm das nicht allzu verdächtig vorgekommen sein. Ich schaute nach und alle Schlösser außer einem waren Kombinationsschlösser, also hab ich das eine aufgemacht und das Geld geholt. Möchtest du noch Champagner?«, fragte ich und stand wieder auf.

»Oh nein, das wirst du nicht.« Sie zeigte auf mich. »Da ist etwas, das du mir nicht erzählst. Raus damit!«, forderte sie.

Ich wusste, dass ich bei meinem Ende zu schnell gewesen war. Verdammt.

»Gott, kannst du eine Nervensäge sein. Hast du dafür ein Pfadfinderinnenabzeichen gekriegt?«

Sie verdrehte die Augen.

»Wenn du es wissen musst, während ich ihm die Sicht auf den Spint versperrt habe, mag sein, dass er mich da am Hintern gepackt und mir ein paar wirklich unpassende Dinge ins Ohr gesagt hat. So. Das ist alles. Zufrieden?« Gott, war das peinlich.

Sie strahlte. »Ach, mehr als du ahnst. Ich füge das dem Teil der Geschichte hinzu, wo du mich *Püppi* genannt hast. Ha! Wo ist denn mein Handy?« Sie fing an, danach zu suchen.

»Nicht einmal denken.« Ich schnappte mir ihr Handy von seinem Platz am Couchtisch und steckte es in meine Gesäßtasche, ehe ich mich wieder hinsetzte, sodass ich ihr praktisch den Zugriff blockierte.

»Ach, komm schon. Lass mir doch meinen Spaß. Wie heißt der denn?«

»Wer?«

»Na der Barkeeper! Du hast gesagt, dass er sich vorgestellt hat. Hast du ihm deine Nummer gegeben?«

»Bist du wahnsinnig?«

»Ich werde erst aufhören, wenn du mir mein Handy gibst.«

»Sicher nicht.«

»Er hat schrecklich gut ausgesehen, wenn ich jetzt so darüber nachdenke. Ihr zwei würdet ein süßes Paar abgeben,«, neckte sie mich weiter. »Und jetzt her damit!« Sie streckte die Hand aus und stampfte mit ihrem nackten Fuß auf den Boden.

»Nein.« Ich verschränkte die Arme.

»Ist es nicht toll, dass die Schwulenehe endlich legalisiert wurde?«, reizte sie mich.

»Eigentlich finde ich das schon toll. Und ich bin mir sicher, der Sowieso wird bald die wahre Liebe finden.«

Daraufhin knurrte sie und stieß eine Art manischen Schlachtenruf aus, während sie sich mit dem ganzen Körper auf mich katapultierte. Ich bewegte keinen Muskel, während sie sich beim Versuch, meinen Körper mit diversen Handgriffen nach vorne zu kriegen, erschöpfte. Nach ein paar Minuten gestand sie sich die Niederlage ein, sank auf meiner Schulter zusammen und legte den Kopf auf der Rückenlehne des Sofas ab. Dadurch wurde ihr Hintern auf eine besonders erfreuliche Ebene angehoben, und ich nahm meine Arme wieder auseinander, damit ich ihm ein paar anspornende Klapse geben konnte. »Aber, aber«, sagte ich und umkreiste ihre Schenkel mit meinen Armen.

Sie hob den Kopf und lehnte sich zurück, damit ich ihr

Gesicht sehen konnte. Sie war von der Anstrengung errötet und ihre blonden Haare waren wild zerzaust. »Hast du gerade meinen Po getätschelt wie bei einem Baby und ›Aber, aber‹ gesagt?«

»Na ja, ich würde nicht sagen, dass du wie ein *Baby* bist.«

Sie blies sich ein paar verirrte Haarsträhnen aus dem Gesicht. Das war ziemlich niedlich.

»Es ist okay, Shortcake. Vielleicht gelingt es dir nächstes Mal besser«, sagte ich zu ihr und warf sie dann um, sodass ihr Rücken flach auf der Couch lag und ich über ihr in der Luft hing.

»Du wirst mich wieder küssen, nicht wahr?«, fragte sie ein wenig außer Atem.

»Ich hatte es ernsthaft in Erwägung gezogen.« Ich senkte mein Gesicht, bis unsere Nasen sich fast berührten.

»Ich weiß nicht, ob das eine gute Idee ist«, sagte sie.

»Küssen? Ich denke, das ist eine großartige Idee.« Ich lächelte sie an.

»Du weißt schon, was ich meine – ein Verhältnis anfangen.«

»Es ist nur ein Kuss. Und außerdem feiern wir doch.«

»Sehr witzig. Wir haben gemeinsame Freunde. Was geschieht, wenn einer von uns den anderen satthat?«

An der Stelle musste ich behutsam vorgehen. Ich konnte mir nicht vorstellen, jemals genug von ihr zu haben, so fremd mir dieser Gedanke auch war und so talentiert sie darin war, mich zu ärgern. Aber sie war verdammt neckisch und ich vermutete, dass sie mir ähnlicher war – oder meinem früheren Ich –, als mir bewusst gewesen war. Beziehungen wollte sie grundsätzlich keine. Zumindest jetzt noch nicht.

»Lassen wir es darauf ankommen.« Ich hoffte, dass diese Antwort funktionieren würde.

»Aber irgendwie hänge ich gerne mit dir rum. Du bist nicht wirklich so irritierend, wie ich dachte.« Sie lächelte.

»Nochmals: Mensch, danke.«

»Was ich meine, ist, wenn wir ein paar Mal Sex haben und uns dann woanders umschauen, wäre das nicht unangenehm? Ich glaube, ich war noch nie mit jemandem befreundet, nachdem ich mit ihm geschlafen habe.«

Ich auch nicht, aber diesen Brocken Information würde ich nicht teilen.

»Du machst dir zu viele Sorgen. Und außerdem kannst du nicht wissen, was passieren wird.«

»Doch, das kann ich«, erwiderte sie, die Unbeschwertheit dahin. Scheiße. Das war der Blick einer Frau, die Ballast mit sich rumschleppte. Normalerweise wäre ich jetzt getürmt, doch ich stellte fest, dass ich mich an ihrer Stelle aufregte.

War sie verletzt worden? Hatte ein Kerl sie wie Scheiße behandelt und weggeworfen? Ich musste diese Gedanken für später speichern und mich auf den Augenblick konzentrieren.

»Shortcake, lass es uns Schritt für Schritt angehen. Du weißt, dass ich mich zu dir hingezogen fühle. Fühlst du dich auch zu mir hingezogen?«

»Du weißt, dass es so ist. Das ist nicht das Problem.«

»Soweit ich das beurteilen kann, ist das einzige Problem im Moment, dass wir uns nicht küssen«, versuchte ich witzig zu sein, aber es trug nicht dazu bei, die ernste Stimmung zu heben. Daher sah ich mich gezwungen zu sagen: »Ich verspreche, dass ich dir nicht wehtun werde. Du kannst mir vertrauen.« Ich küsste sie auf die Nase. Zuerst küsste ich ihren Kopf und jetzt ihre Nase? Das war unbekanntes Terrain für mich.

Aus irgendeinem Grund löste der kleine Kuss Tränen bei ihr aus. »Auch ich mache mir deswegen keine Sorgen.«

»Sag mir, was ich tun kann, um etwas zu lindern.« Ich küsste sie auf die Stirn. »Soll ich dich loslassen? Wenn es das ist, was du willst, dann werde ich es tun. Du musst es nur sagen.«

Sie biss sich auf die Unterlippe und zwinkerte eine Träne weg, dann sah sie mir direkt in die Augen. Gefühlte Minuten lang, was in Wirklichkeit Sekunden waren. Dann schien sie eine Entscheidung getroffen zu haben.

»Nein, du kannst mich nicht loslassen. Küss mich einfach.«

Also tat ich genau das.

Ach, du lieber Gott, ist das geil

FIONA

Was tat ich bloß? Ich meine, ich wusste, was ich tat – ich küsste diesen unglaublich geilen Mann. Diesen Mann, von dem ich erkannte hatte, dass er so viel mehr als irgendein einfältiger, eingebildeter Dummkopf war. Er war witzig und fürsorglich und großzügig und er kümmerte sich um die Seinen. Er interessierte sich auch sehr dafür, was ich dachte und tat – selbst wenn ich mein Mundwerk vom vorliegenden Thema abdriften ließ, schien er mich irgendwie unterhaltsam zu finden. Und er wollte gute Dinge für mich. Alles kam so unerwartet, doch hier war ich nun in einem Hotelzimmer in Atlantic City und machte mit einem Kerl rum, der sich dermaßen richtig anfühlte, dass ich nicht wusste, wie ich über all das denken sollte.

Aber es spielte keine Rolle, dass es sich richtig anfühlte. Ich war für *niemanden* die Richtige. Nicht, dass Mark mir direkt seine unsterbliche Liebe erklärt hätte oder so, aber ich konnte es in meinen Knochen spüren, dass er nach etwas streben wollte – so sehr das auch meinem ersten Eindruck von ihm zuwiderlief.

Doch mit jeder Beziehung, die über Sex hinausgeht, handelt man sich Ärger ein.

Sex war einfach – es war physischer Kontakt mit ein paar Lachern obendrauf. Eine Beziehung bedeutete Transparenz. Sie bedeutete Verletzlichkeit. Sie bedeutete, dass er herausfinden würde, wer ich wirklich bin und all die Dinge über mich, die kaputt sind. Sie bedeutete, dass er die Macht haben würde mich zu brechen, und ich ihn ganz bestimmt irgendwann brechen würde. Sie würde damit enden, dass er im besten Fall enttäuscht ist – im schlimmsten Fall ein gebrochenes Herz hat – und ich mich mit Schuld zu einem Eiscreme-Marathon zusammenkuschle und ihr zuhöre, wie sie sagt: *»Ich hab's dir ja gesagt.«*

Und jetzt, da ich ihn kannte und wusste, wie er war, konnte ich mir seine Reaktion gut vorstellen, wenn ich ihm schließlich den Krebs und seine Nebenwirkungen gestehe sowie die durchaus bestehende Möglichkeit, dass er zurückkehren konnte. Jederzeit. Er würde sich um mich kümmern wollen – das hatte ich bei seiner Hingabe seiner Mutter gegenüber gesehen – und plötzlich wäre ich zerbrechlich, genau so, wie ich es bei meinen Eltern bin. Ich hatte es dermaßen satt, schwach zu sein – und das in Marks Augen gespiegelt zu sehen, könnte mich durchaus umbringen.

»Wie oft muss ich dir noch sagen, dass du mit deinem Gejammer aufhören sollst?«, sagte Vagina. *»Wenn du diese Bumsgelegenheit verpasst, werde ich dich schneiden!«*

Jetzt übertreib mal nicht, du blöde Kuh, und gib mir 'ne Minute Zeit. Herrgottnochmal!

Aber verdammt, sie hatte recht – warum sollte ich meine Zeit mit all diesem negativen Was-wäre-wenn vergeuden? Ich befand mich direkt in der Mitte von Sexy-Muskel- Zauberland und ich hielt eine Selbstmitleidsorgie ab, anstatt mich auf dem Rummelplatz zu amüsieren! Und außerdem wusste ich doch gar nicht mit Sicherheit, ob er mehr als Gelegenheitssex wollte, also könnte das toll funktionieren. Ja, bleiben wir dabei.

»Das hört sich schon besser an!«, sagten Uterus und all die anderen Mädels, außer Schuld und Stolz, aber die sind sowieso ein bisschen prüde.

Ich gab meinem Gehirn einen Ruck und sprang zurück zu dem Moment, als Marks Mund gerade meinen verlassen hatte, um meinen Hals hinunter zu wandern und ein Zittern am ganzen Körper bei mir auszulösen – wie hat er das bloß gemacht? Während er sich auf meinen Hals konzentrierte, manövrierte ich mich so, dass ich endlich diesen Arsch begrapschen konnte.

Wow. Betrachtet mich als bekehrt – Training ist fantastisch! Ein Hoch auf alle diese Wiederholungen!

Meine Hände liebkosten und streichelten, wo sie auch hinkamen – seine Hüften, seinen Rücken, seine Schultern. Ich hatte keine Ahnung gehabt, dass der menschliche Körper so viele Kanten und Konturen haben konnte. Es war an der Zeit, ihm das Shirt auszuziehen und sich das genauer anzusehen.

Ich zog seinen Kopf von meinem Hals hoch und konnte nicht widerstehen, ihn noch einmal zu küssen, ehe ich sagte: »Mark, wenn du dein Shirt nicht ausziehst, werde ich es in zwei Teile zerreißen.« Seine Augen waren ein wenig glasig, wie meine sicherlich auch, aber er grinste und erhob sich auf seine Knie.

Du heilige Scheiße – das war ein Anblick!

Dann griff er mit einer Hand hinter seinen Kopf, zog sich das Shirt in einer flüssigen Bewegung über den Kopf herunter und legte eine Brust, Bauchmuskeln und Schultern und … und alles, was ein Mann wie er so hatte, frei. Mit anderen Worten: Ich glaube, ich habe das Atmen eingestellt und war theoretisch betrachtet einen Augenblick lang tot.

Laney und ich haben uns über diese ultra-sinnliche und beeindruckende männliche Fähigkeit, ein Shirt auf diese Weise auszuziehen, oft unterhalten. Wir sind beide felsenfest davon überzeugt, dass die genau wissen, was das bei einer Frau bewirkt – nicht, dass wir uns beschweren würden. Wir haben es selbst auch einmal ausprobiert, hatten jedoch sehr wenig Erfolg. Laneys riesengroßer Vorbau stand ihr bei ihrem Versuch im Weg und ich musste ihr helfen, die Arme aus der Zwangsjacke zu ziehen, die sie sich geschaffen hatte. Mein Versuch lief auch nicht besser – ich kam aus dem Shirt raus, aber es zerzauste meine Haare völlig und dehnte den Halsausschnitt meines Shirts von Stella and Jamie.

Ach ja, richtig, zurück zu Mark und seinem unglaublichen Körper – *ihr solltet mittlerweile wissen, dass ich schusselig bin, also findet euch damit ab!* Sein Shirt wurde rasch weggeworfen und ich konnte den vollen Anblick genießen.

Leider wurde meine kleine Besichtigungstour unterbrochen, denn Mark lag Sekunden später schon wieder auf mir. Aber ich hatte recht gehabt, dass meine sensorische Reise über seinen Körper wesentlich besser ohne Shirt sein würde. Seine Haut war glatt und heiß, der Kontrast der harten Muskeln darunter – und da war dieser berauschende Duft, der mein Gehirn mit allerlei unanständigen Gedanken füllte. Ich würde herausfinden müssen, welches Cologne er trug, und ein Fläschchen bei mir tragen, wenn unsere kleine Affäre zu Ende war.

Oje – bleib in der Gegenwart, Fiona!

Mittlerweile war Marks Hand unter meine Bluse geschlüpft und schob sie über meinen BH. Ich half, indem ich die Arme und den Kopf hob, damit er sie drüberziehen konnte. Jetzt war er an der Reihe mit dem Unter-die-Lupe-Nehmen, aber in Wahrheit war da nicht allzu viel. Ich hoffte, dass er nicht enttäuscht sein würde. Konnte man nach seinem Knurren urteilen, dann musste ich mir vermutlich keine Sorgen machen. Sein Kopf senkte sich und er brannte einen Pfad von meiner Taille hoch zu der Mitte meines eher nicht existenten Dekolletees. Er sah mir in die Augen und ich bemerkte, dass seine Pupillen seine braunen Regenbogenhäute fast überholt hatten. Und ich schwöre, dass seine verdammten Wimpern mir zuklimperten!

»Deine Haut ist unglaublich«, sagte er, dann neigte er sich wieder hinunter und biss mich sanft in den Hals – gerade fest genug, dass ich stöhnen musste. An dieser Stelle war ich derart angetörnt, dass ich den Verschluss auf der Vorderseite meines BH nicht schnell genug öffnen konnte. Ich brauchte seinen Mund auf meinen Brüsten *ASAP*. Zum Glück konnte Mark meine Gedanken lesen und bedeckte sofort eine feste Spitze mit seinen Lippen, während seine schwielige Hand die andere streichelte. Seine Berührung löste eine Welle der Erleichterung aus, die durch meinen Körper fuhr. Es fühlte sich an, als hätte mein gesamtes Wesen darauf gewartet – auf seine Berührung und möglicherweise auf diesen bestimmten Mann. Es war solch ein erschreckendes und fremdes Gefühl.

Ich hatte jedoch keine Zeit, mich mit diesem Gedanken aufzuhalten, denn danach ging alles blitzschnell. Wir kamen nicht schnell genug aus unserer Kleidung und ehe ich mich versah, waren meine Beine um seine Taille gewickelt und er hob mich hoch und schritt zum Hauptschlafzimmer. Ja, bitte!

»*Jippie!*«, hörte ich die weiblichen Bauteile rufen.

Er lehnte ein Knie an das Bett und senkte uns beide ab, dann stürzte sein Mund zu einem wilden Kuss auf meinen herab. Ich hielt ihn weiterhin mit meinen Beinen fest umschlossen und streichelte seine Arme, genoss deren Wärme und Stärke. Es war, als würde ich mit den Händen über eine Reliefkarte fahren, aber auf eine super-sinnliche Weise.

»O mein Gott«, keuchte ich, als sich meine Mitte zusammenzog. »Mehr.«

Das musste man ihm nicht zweimal sagen. Seine Hand glitt über meinen Hintern und meinen Schenkel, bis sie den Weg zwischen unseren Körpern fand und sein Daumen meinen Kitzler fand, den er streichelte und umkreiste, bis ich dachte, ich würde durchdrehen. Und dann bin ich, glaube ich, durchgedreht, als mein Orgasmus plötzlich über mich hereinbrach und ich weiter keuchte und in Marks Mund stöhnte und das Gefühl hatte, ich würde den Bezug zur Realität verlieren.

Sanft biss er in meine Unterlippe. »Du bist so verdammt sexy, wenn du kommst«, ächzte er.

Als mein Herzschlag sich gerade verlangsamte, stand er plötzlich vom Bett auf und ich fing an in Panik zu geraten. Das heißt, bis mir klar wurde, dass ich endlich meinen ersten Vollkörperanblick vom nackten Mark bekam und – heilige Mutter der männlichen Perfektion! Dieser Kerl war wie eine lebende, atmende Statue, dessen Titel wäre: »Ach, du lieber Gott, ist das geil!«

Das Mondlicht, das durch das Fenster drang, warf abertausende Schatten über seinen wohlgeformten Körper, und der Atem verließ wieder meine Lunge. So etwas hatte ich in natura noch nie gesehen. Sein Hüft-V war so gemeißelt, dass es ein großes V mit Rufzeichen war!

»Wo gehst du hin?«, gelang es mir in meinem atemlosen Zustand zu krächzen.

»Kondom«, erwiderte er und drehte sich dann um, vermutlich um seine Hose im anderen Zimmer zu suchen. Ach, diese Ansicht war so herrlich wie die erste. Wie viele Muskeln hat der menschliche Hintern eigentlich? Ich dachte darüber weiterer Sekunden nach, ehe ich ihn stoppte.

»Hier«, sagte ich und drehte mich zur Seite, um die Lade des Nachtkästchens zu öffnen. »Ich wette, dass das Days Inn keine Kondome zur Verfügung stellt.« Ich blickte über meine Schulter und bemerkte, dass sein Blick unverwandt auf meinem Hintern ruhte. Hm, er schien meinen Po auch nett zu finden, so wie er war. Dieser Typ tat meinem Ego richtig gut.

Ich hielt das Kondom in die Höhe und er kletterte rasch auf das Bett und legte sich neben mich.

»Vielleicht war ich voreilig bei meiner Beurteilung dieses Hotels.« Er nahm das Kondom und riss die Verpackung mit den Zähnen auf, während ich meine Hände zu seinem steifen

Schwanz hinunter bewegte, ihn umfasste und anfing, ihn zu streicheln. Er stöhnte und erlaubte mir ihn kurz zu erkunden, ehe er meine Hände zur Seite schob und das Kondom darüberstülpte. Da hatte es jemand aber eilig.

Da mir das Vergnügen, seinen Schwanz streicheln zu dürfen, genommen worden war, gingen meine Hände zu seiner Brust und legten sich flach auf seine Brustmuskeln. Ich konnte seine Brust bei meiner Berührung sowohl grummeln spüren als auch hören, und mein Herzschlag beschleunigte sich erneut.

Das hier fand tatsächlich statt. Gott, ich hoffte, ich machte keinen Fehler. Doch an diesem Punkt fühlte sich alles so gut und richtig an, dass weder Schuld noch Stolz und keine Armee innerer Mädchenstimmen mich stoppen konnten.

Als Mark schließlich in mich hineindrückte, seufzte er tatsächlich meinen Namen, Ich stöhnte in Erwiderung wie ein schamloses Luder, gegen deren Rolle ich wirklich nichts hatte. Wir fingen an, einen perfekten Rhythmus zu etablieren, und sein Mund suchte abermals nach meinem.

»Du fühlst dich so verdammt gut an«, stöhnte er zwischen feuchten Küssen.

Als Reaktion darauf wickelte ich meine Beine um ihn und klammerte mich fest, während unsere Zungen und Lippen einander erkundeten und unsere Körper sich immer und immer wieder verbanden. Ich züngelte sein Ohr und spürte, wie er erzitterte über mir, während er weiter in mich hineinstieß und ich jede seiner Bewegungen erwiderte.

Irgendwann bin ich vielleicht bewusstlos geworden, als er mein Bein hob, um es auf seiner Schulter abzulegen und seine Stöße beinahe verzweifelt wurden. In dieser neuen Position hatte ich den Blick frei auf sein herrliches Gesicht und seine großartige Brust und er traf immer wieder genau den richtigen Punkt. Es war so gut, dass ich im Prinzip nur ein fauler Ball Papp war und nicht wirklich etwas beitrug, sondern seine Muskeln machen ließ, was sie am besten konnten.

Es. War. Verdammt. Heiß.

Mark fing an vor Anstrengung und Intensität zu ächzen, und ich erkannte, dass er so nah dran war wie ich. Ich packte seine Hüften und biss fest auf meine Unterlippe – das reichte, um uns beide um den Verstand zu bringen. Gut möglich, dass das der beste Orgasmus meines Lebens war. Und wenn man aus Marks Gekeuche schließen konnte, dann dachte ich, dass seiner auch verdammt gut gewesen war.

Er ließ sich neben mich fallen. Gott sei Dank, denn ich vermutete, dass sein ganzes Gewicht mich wie ein Insekt zerquetschen würde. »Shortcake«, sagte er beim Ausatmen, »ich bin mir ziemlich sicher, dass du mich noch ins Grab bringen wirst.« Er atmete noch immer angestrengt, und ich konnte nichts tun, außer zu lachen und einen Kuss auf seine Brust zu platzieren. Er senkte sein Kinn, um mich anzusehen. »Nicht, dass ich mich beschweren würde, wenn du verstehst.« Und dann sind wir beide praktisch eingeschlafen.

Es war schließlich ein ziemlich langer Tag gewesen.

Wer A sagt ... muss auch Bergtour sagen

MARK

Ich beobachtete Fiona beim Schlafen, wobei ich mir nur etwas wie ein Wichser vorkam. Es war fast zwei Uhr morgens und ich wusste, dass ich vor der Heimfahrt noch ein wenig schlafen sollte, aber ich konnte mich einfach nicht beruhigen. Fiona war nach unseren Aktivitäten zuvor direkt eingeschlafen. Ich hatte mich um das Kondom gekümmert und war zum Bett zurückgekehrt, wo ich die Decke zurückzog und sie so verschob, dass ihr Kopf auf einem Kissen lag. Dann konnte ich nicht anders und arrangierte sie wieder so, wie sie vorher war, mit dem Kopf auf meiner Brust ruhend und einem Arm über meinem Bauch. So war's besser.

Wenn ich auch vor heute Nacht mir nicht sicher gewesen war, wie gut sie zu mir passte, jetzt war ich mir verdammt sicher. Irgendwie war diese winzige, resolute und quirlige hübsche Giftnudel nur für mich gemacht worden, und ich dachte zurück an all die Zeiten, in denen ich Kerle wie Nate verarscht hatte, weil sie Fotzenknechte waren. Jetzt kapierte ich es sogar und ich fühlte mich dadurch gar nicht mal wie ein Mädchen, wie ich es angenommen hatte. Genau das ist es, was ich persönliche Weiterentwicklung nenne.

Jetzt würde der schwierige Teil sein, die Dinge ungezwungen zu halten, bis Fiona zu derselben Schlussfolgerung kam. Aber ich konnte das – ich würde das tun. Es gab keine andere Möglichkeit. Sie gehörte mir und ich würde sie nicht gehen lassen. Mit diesem Gedanken spürte ich endlich das Gewicht meiner Lider und driftete davon, mit Vorfreude auf einen weiteren Tag mit diesem Mädel.

»SAURE SAHNE und Zwiebel oder Salz und Essig?«, fragte sie. Anscheinend war sie nun, nachdem wir Sex gehabt hatten, gewillt, ihre Snacks mit mir zu teilen.

Ich war an diesem Morgen aufgewacht, als Fiona sich mein Brustbein hinunterküsste, und ich würde lügen, wenn ich sage, ich könnte mir nicht vorstellen, jeden Morgen auf diese Weise geweckt zu werden. Wir waren eine Weile in einem Wirrwarr von Gliedern und Zungen herumgerollt, bevor wir die Action in die Dusche mitnahmen, wo wir es schafften, eine gute halbe Stunde damit zu verbringen, den Anderen zu lecken. Dann blieb mir nichts anderes übrig, als zu verlangen, dass sie sich mit den Händen an der Duschwand abstützte, damit ich sie von hinten nehmen konnte. Ich musste ihr sagen, dass ich dieses schnieke Hotel mit seinem endlosen Vorrat von sowohl heißem Wasser als auch Kondomen nun völlig anders wertschätzte.

Als wir beide befriedigt und sauber waren, wurde uns bewusst, wie spät es war, also packten wir rasch unsere Sachen zusammen, um sofort aufbrechen zu können. Diesmal hatte ich keinen Einwand, als Fiona einen großen Kaffee bestellte. Ich wusste, dass wir sowieso alle paar Stunden stehenbleiben würden, um uns Snacks zu besorgen. Also was machte es schon für einen Unterschied? Fiona war nicht nur eine redselige Reisende, sondern auch eine hungrige. Nicht, dass sie sich diesen Appetit nach den letzten zwölf Stunden oder so nicht verdient hatte.

Wir verließen gerade Raststätte Nummer zwei, als sie mich nach meinem Chips-Wunsch fragte. »Weder noch. Ich werde bei meinen Erdnüssen bleiben, danke«, erklärte ich ihr.

»Du liebst deine Nüsse, was?«, fragte sie.

Ich war dabei, mir eine nette kleine Retourkutsche von der Art *»Du scheinst sie ja auch zu mögen«* auszudenken, als ich hinübersah und bemerkte, dass sie einfach nur lächelte und in sich hinein summte, sich der Zweideutigkeit überhaupt nicht bewusst, die sie mir gerade gesteckt hatte. Ich konnte mich nicht dazu durchringen, zu antworten, also behielt ich meinen Lacher für mich. Mein Lächeln konnte ich allerdings nicht zurückhalten.

Das führte dazu, dass sie sich auf dem Sitz herüberbeugte und mich auf die Wange küsste. Verdammt, diese Frau würde mich ganz schön auf Trab halten. Und das fand ich auch gut so.

Wie war ich nur in diese Situation gekommen? Vor ein paar Wochen hatte ich Beziehungen oder auch nur einfachen Wiederholungen abgeschworen. Plötzlich war ich Wachs in den Händen dieser Frau. Aber weiß der Teufel, ob ich jetzt noch was dagegen tun könnte. Ich würde mich einfach gegen den verbalen Niederschlag wappnen müssen, den ich von all den Jungs kriegen würde.

Tja. Wer A sagt …

»Wie wär's mit einer deiner Playlists, Shortcake?«

Wir trafen nach Einbruch der Dunkelheit wieder bei der Wohnung ein und waren beide erschöpft. Ich wusste nicht, wie ich das mit dem Übernachten geschickt anstellen sollte, daher wartete ich, bis sie gähnte und sagte, sie würde schnell eine Dusche nehmen und sich dann aufs Ohr hauen. Ich zog ihren Koffer von der Ladefläche meines Trucks und bot ihr an ihn für sie hochzutragen, sie bestand jedoch darauf, das selbst zu erledigen, weil er einer von diesen »Räderdingern« war.

Ich verstand den Wink, daher beharrte ich nicht darauf, mit hoch zu kommen. Shortcake wurde schon wieder nervös. Ich achtete allerdings sehr wohl darauf, ihr einen glühenden Kuss zu geben, bevor ich sie durch die Tür ihres Gebäudes gehen ließ. Soll sie 'ne Weile daran herumkauen.

Ich wusste, dass Jake und meine Mom sicher darauf warteten, dass ich vorbeischaute, damit sie mich über die Reise ausfragen konnten. Ich hatte auch über das zusätzliche Geld nachgedacht und entschieden, dass meine Mom es sich einfach nehmen sollte. Wenn es jemand verdient hatte, dann sie, und der alte Herr konnte einfach annehmen, dass die Kredithaie es für ihre Mühe einbehalten hatten.

Wie vorhergesehen brannte in dem kleinen Haus Licht, als ich in die Einfahrt fuhr und parkte. Ich hatte kaum die Gelegenheit, die vordere Treppe hochzusteigen, als die Tür schon aufflog und Jake mich in eine riesige ungestüme Umarmung nahm.

»Ich kann's nicht fassen! Du hast's geschafft!« Er schlug mir so fest auf den Rücken, dass er etwas Lebenswichtiges delogiert haben könnte, bevor er sich zurückzog und mir auf die Schulter schlug. »Du hast ganze Arbeit geleistet, kleiner Bruder.« Er lächelte unentwegt.

Ich machte ein falsches mürrisches Gesicht für ihn. »Vielleicht könntest du deinen Dank ausdrücken, indem du mir ein Bier bringst, anstatt mich so unsanft zu begrüßen.«

Er lachte. »Kommt sofort.« Er ging zum Eingang zurück und wurde durch unsere Mutter ersetzt, die mich ebenfalls umarmte, nur tat sie es auf normale Weise, nicht so, dass es innere Blutungen verursachte.

»Ich kann dir gar nicht sagen, wie erleichtert ich bin dich in einem Stück zu sehen. Ich war krank vor Sorge.« Sie nahm mein Gesicht in ihre Hände und untersuchte mich nach Verletzungen.

»Es ist alles gut gelaufen, Mom, aber ich muss schon ein Hühnchen mit dir rupfen«, fing ich an mit ihr zu schimpfen.

»Ich weiß, ich weiß, du bist wütend, weil ich deinen Vater besucht habe, ohne es dir zu sagen. Aber du hast ja auch eigene Pläne gemacht. Was vorbei ist, ist vorbei. Konzentrieren wir uns auf die guten Dinge.« Sie sah mich unverwandt an.

»Das kann ich gerne tun«, sagte ich schließlich.

Nachdem wir uns hingesetzt hatten und Jake mir mein wohlverdientes Bier geholt hatte, erzählte ich ihnen von dem zusätzlichen Geld und wie ich darüber dachte.

»Ich kann es mir nicht einfach nehmen! Es gehört mir nicht. Und wer weiß, wo er es überhaupt herhat«, wandte meine Mutter ein.

»Mom, du kannst es dir definitiv nehmen, und das solltest du auch.« Jake unterstützte mich. »Er hat es wahrscheinlich sowieso beim Glücksspiel oder beim Poker gewonnen. Betrachte es einfach als nachträgliches Kindergeld.«

Ich zeigte auf meinen Bruder. »Genau.«

»Ich weiß nicht«, sagte sie und biss sich auf die Lippe. »Und was ist mit meiner Steuer? Würde es nicht seltsam aussehen, wenn ich plötzlich vierzehntausend Dollar besitze?«

Ich winkte ab. »Das kann man umgehen – wir werden uns schon was einfallen lassen.«

»Gebt mir wenigstens ein bisschen Zeit, um darüber nachzudenken. Okay?«

»Na klar«, sagte ich und Jake nickte zustimmend, obwohl

wir beide wussten, dass sie zum Schluss das Geld bekommen würde, ob sie nun zustimmte oder nicht. Sie wehrte sich immer, wenn ich meinen finanziellen Beitrag leisten wollte. Doch dieses Mal würde ich nicht nachgeben, vor allem weil das Geld aus der Tasche des Spermienspenders stammte.

»He, ich treffe mich mit Nate und Gavin noch zu einer Runde Poolbillard. Du solltest mitkommen«, sagte Jake.

Ich war hin- und her gerissen. Die Fahrt hatte mich erledigt, aber ich hatte Angst, dass ich, wenn ich in mein leeres Bett nach Hause ging, nur an Fiona denken würde. »Nur kurz vielleicht«, sagte ich.

Wir gaben unserer Mom einen Gutenachtkuss und nahmen dann verschiedene Fahrzeuge. Jake borgte sich Moms winziges Auto. Das Bild, wie er sich mit seinen sechs Fuß und vier Zoll in das kompakte Fahrzeug quetschte, reizte mich zum Schmunzeln, als ich aus der Auffahrt fuhr und in Richtung der Bar aufbrach, die lustigerweise »Jake's« hieß. Was soll ich sagen? Es war unser Lieblingslokal, auch wenn es den gleichen Namen wie mein Trottel von einem Bruder hatte.

Es stellte sich heraus, dass die gesamte Mannschaft beschlossen hatte, heute im Jake's zu erscheinen. Brett, Gavin, Trey und Court – noch ein Kerl aus der Arbeit – spielten Pool, und ich entdeckte Nate an der Bar, wie er noch eine Runde abholte.

»He, da ist ja der Mann der Stunde!«, rief er, als er mich entdeckte.

Ich grinste nur und stahl eines der Biere, die der Barkeeper soeben vor ihm abgestellt hatte. Ich nahm einen kleinen Schluck von dem Fassbier – ein schön hopfiges IPA. Nate hatte bei Bier immer einen hervorragenden Geschmack.

Jake ging zur Bar und mir fiel auf, dass er sich das Steißbein massierte. »Verdammtes Auto. Das Ding ist für die vertikal Benachteiligten geschaffen worden.«

Was mich natürlich an Fiona denken ließ. Wieder einmal. Ich stöhnte.

»Was ist denn mit dir los?«, fragte Nate, der mir einen Seitenblick zuwarf.

»Nichts. Lass uns Pool spielen.«

Gavin und Brett haben gegen uns alle groß abgesahnt, obwohl Trey und Court darauf beharrten, sie könnten noch eine Wende herbeiführen. Nate, Jake und ich, da wir die Zeichen erkannten, verabschiedeten uns und setzten uns an einen nahegelegenen Tisch. Wir wechselten alle zu Wasser, denn wir wussten, dass wir bald fahren mussten.

Als wir saßen, rekapitulierte ich das Abenteuer in Atlantic City, wobei ich diesmal die Ausschnitte mit der Waffe und dem extra Geld einbezog. Ich deutete auf Nate. »Du kannst Laney nicht von der Pistole erzählen, sonst dreht sie verdammt noch mal durch wegen Fiona.«

Er nahm die Hände in die Höhe. »Ich habe verstanden. Wenn sie's rauskriegen sollte, würde sie dich bei den Eiern packen. Und mit den Schuldgefühlen könntest du nicht leben, glaube ich.«

Ich wusste, dass er recht hatte. Laney sorgte sich um Fiona und würde definitiv, und zurecht, es mir vorwerfen, wäre ihrer Freundin etwas zugestoßen. Zum Glück war das nicht der Fall gewesen. Eigentlich hatte Fiona sich sogar unglaublich toll verhalten.

»Warum zum Teufel lächelst du bei dem Gedanken, dass man dir deine Eier abschneidet?«, fragte mein Bruder.

»Ich habe nicht gelächelt.«

»Doch, das hast du«, sagten sie beide zur gleichen Zeit.

»Wenn, dann nicht über meine Eier, das kann ich euch versprechen. Ich habe nur an Fiona gedacht. Ihr hättet sie dort oben sehen sollen.« Ich schüttelte den Kopf. »Diese Frau fürchtet sich vor gar nichts.«

»Da ist es schon wieder«, sagte Jake und deutete auf mein Gesicht.

»Was?«, fragte ich.

»Heilige. Scheiße«, sagte Nate und setzte sich auf.

»Was denn?!«, wollte ich diesmal wissen.

Jake sah Nate und dann wieder mich an, scheinbar so verwirrt wie ich. Bis seine Lippen sich langsam kräuselten und er den Kopf mit einem bellenden Lachen zurückwarf.

Langsam wurde ich sauer. Ich nahm einen kurzen Schluck von meinem Wasserglas und knallte es dann auf den Tisch.

Nate schaute entgeistert drein, Jake klatsche jedoch mit der Hand auf den Tisch. »Ich wusste es! Du hast sie komplett gebumst!«

Ach, Scheiße.

Es war nicht so, dass ich das ewig geheim halten wollte, aber ich hatte doch gehofft, die Dinge mit Shortcake genauer zu fixieren, bevor sich die ganze Welt einschaltete.

»Du hast doch nicht, oder?«, fragte Nate, der endlich seine Sprache wiedergefunden hatte.

»Es könnte sich etwas zugetragen haben. Mehr werde ich aber nicht sagen. Und das verlässt nicht diesen Tisch!«

»Mann, kennst du Laney nicht? Die wird mich auf keinen Fall am Leben lassen, wenn sie herausfindet, dass ich das schon vor ihr gewusst habe«, sagte Nate.

»Vielleicht hat Fiona es ihr ja auch schon erzählt, hm?«, bot ich an. »Soweit ich das beurteilen kann, hat sie absolut keinen Filter, also wird es sicher bald aufkommen. Arbeite einfach mit mir.«

»Ja, okay.«

In der Zwischenzeit unterhielt sich Jake immer noch prächtig auf meine Kosten. »Hassficken soll ja echt angesagt sein. Nicht, dass ich es jemals persönlich erfahren hätte, aber ich erkenne das Potenzial. Die ganze Energie, die da umgeleitet wird auf das gegenseitige Hirnrausficken.« Er johlte.

»Hassficken?« Nate sah mich an. »Im Ernst?«

»Ja«, erwiderte Jake, bevor ich es konnte. »Die beide zanken sich ständig und treiben sich gegenseitig in den Wahnsinn. Das ist klassisch – Verdruss, der in einen guten Fick umgelenkt wird.«

Ich stützte den Kopf auf die Hände. Scheiße.

Nate war sauer. »Ich mag dieses Mädel, du solltest sie also lieber nicht ausnutzen oder wie Dreck behandeln. Ich meine, ich weiß, dass sie auch keine Beziehung will, aber das bedeutet nicht, dass du ein Arschloch sein darfst.«

Doppelt Scheiße. Jetzt hatte ich die Bestätigung für meine Vermutung, dass Fiona keine Beziehungen will. Das würde ein schwieriger Weg werden, der da noch vor mir lag.

»Es war *kein* Hassficken und ich bin kein Arschloch gewesen.« Ich hob den Kopf und warf Jake einen bohrenden Blick zu. »Es ist kompliziert. Außerdem, wem geht es denn was an, außer mich und Fiona?«

Nate bemerkte meinen Gesichtsausdruck und schien zu einer zufriedenstellenden Schlussfolgerung zu kommen. »Okay, okay. Ich hab's kapiert.« Er hob die Hände. »Ich muss eben aufpassen auf Fiona – sie ist irgendwie die verrückte kleine Schwester mit dem groben Mundwerk, die ich nie gehabt habe. Ach, Moment mal. Ich hab ja *doch* schon eine von denen.« Er lächelte.

»Schon in Ordnung, Mann«, sagte ich zu ihm und drehte mich dann zu meinem Arschloch von einem Bruder. »Scheint fast so, als würdest du um 'nen Schlag auf den Hals *betteln*. Warum ist das so?«

»Verdammt, kleiner Bruder. Ich hatte vergessen, wie viel Spaß es macht dir auf die Nerven zu gehen.« Er grinste mich an.

In diesem Augenblick schwor ich mir, mein eigenes Kind niemals zu quälen, indem ich ihm ein Geschwisterchen bescherte. Dann saß ich mit meinem Wasser da und überlegte mir mein weiteres Vorgehen.

Ganz oben auf der Liste standen zwei Dinge – dem lieben alten Dad adieu zu sagen und Fiona in mich verliebt zu machen.

Ein Klacks.

Scheiße.

Liar, Liar, Panties on Fire

FIONA

Es WAR der folgende Nachmittag und ich gähnte, als ich an meinem Schreibtisch saß und zum zehnten Mal in den letzten fünf Minuten auf mein Handy schaute. Nichts.

Was in Ordnung war, denn ich wollte mit Mark ohnedies nichts Festeres anfangen, richtig? Es ist ein Abenteuer gewesen und wir haben Sex gehabt. Am Besten, es dabei zu belassen.

Ooooder vielleicht wäre das Freunde-mit-Vorteilen-Ding-Machen die bessere Entscheidung. Wir würden das hinkriegen, dass es funktioniert, auch wenn wir gemeinsame Freunde hatten, um die wir uns kümmern mussten. Es war ja nicht so, dass einer von uns es auf eine höhere Stufe heben und eine feste Beziehung anfangen wollte oder so.

Ächz. Davon bekam ich Hirnschmerzen.

Das Telefon klingelte und ich fuhr erschrocken von meinem Sitzplatz hoch, nur um festzustellen, dass es das Bürotelefon war. Ach ja, richtig, mein Job. Hoppla.

»Guten Tag. *Precision Lawns and Landscaping.* Fiona am Apparat. Wie darf ich Ihnen heute behilflich sein?«

»He, Fiona! Genau dich wollte ich sprechen«, sagte die Stimme am anderen Ende. Sie kam mir bekannt vor, ich konnte sie aber nicht einordnen.

»Das höre ich oft, aber leider müssen Sie mir helfen. Mit wem spreche ich?«, fragte ich in einem heiteren Ton.

»Du kränkst mich, Fiona. Es ist dein zukünftiger Ehemann – das heißt, falls ich dich überreden kann, dich für Bunco zu interessieren.«

Ich lächelte. »Hallo, Jake. Warum rufst du auf dieser Leitung an? Hast du denn nicht meine Handynummer?«

Er lachte. »Mark hat dich aus den Kontakten gelöscht. Er hat gesagt, dass ich es immer schaffe, die Dinge zu versieben, wenn ich den Mund aufmache, also darf ich mit dir außerhalb seiner Gegenwart nicht sprechen.«

Ich musste kichern. Hmm. Interessant.

»Was kann ich heute für dich tun? Ich vermute, dass du nicht wegen eines Rasenservice anrufst, denn du wohnst ja nicht hier.«

Er antwortete nicht sofort. »Eigentlich rufe ich *schon* gerade deswegen an.«

»Was meinst du damit?« An dieser Stelle war ich wirklich verwirrt.

»Ich habe mich umgehört, und dein Chef Jax hat einen wirklich beeindruckenden Ruf hier in der Stadt.«

Aus irgendeinem lächerlichen Grund war diese Bemerkung wie ein Erfolgserlebnis für mich – was wirklich unangebracht war, denn ich arbeitete erst seit ein paar Monaten hier und das Einzige, was ich zu dem Unternehmen beigesteuert hatte, war, dass ich die Telefonanrufe entgegennahm und vergaß die Kaffeemaschine aufzufüllen.

»Nun, es freut mich, das zu hören«, erwiderte ich, ohne zu wissen, wo das hinführte.

»In Ordnung, ich werde es dir einfach genauer erklären. Ich ziehe in Erwägung, wieder in die Gegend zu ziehen, und ich möchte mit den Besten arbeiten. Das ist zufälligerweise dein Chef. Wie sieht's mit einer möglichen Vorsprache aus? Falls ich zu weit gehe oder dir das unangenehm ist, würde ich das völlig verstehen, aber ich dachte mir, fragen schadet nicht.«

Ich war total schockiert. »Du willst wieder hierherziehen? Wann ist das passiert? Weiß Mark das? Weiß Kelly es schon? O mein Gott, sie wird ja so begeistert sein. Das ist so aufregend! Jetzt wird unsere Willkommensparty eine echte sein. Ach, Moment, du solltest das ja gar nicht erfahren – vergiss, dass ich was gesagt habe. O mein Gott, das ist ja so aufregend! Ach, und natürlich werde ich dich Jax vorstellen, obwohl das möglicherweise gar nicht zu deinem Vorteil ist. Ich bin nicht gerade die beste Referenz. Aber wir werden uns was einfallen lassen. Wow. Einfach nur wow!«

»Atmen, Fiona! Ich habe gesagt, dass ich es in Erwägung ziehe. Das ist noch keineswegs eine ausgemachte Sache. Es gibt viele Dinge, die ich bedenken muss.«

Ich murrte in das Telefon. »Spaßverderber. Also mit anderen Worten, Klappe halten? Da hast du dir wirklich die Falsche ausgesucht, Jake. Das weißt du schon, oder?«

Er lachte. »Versuch's, so gut es geht.«

»Wenn ich fragen darf: Was hat diesen plötzlichen Sinneswandel verursacht? Nach dem, was Mark mir erzählt hat, hast du doch ein ziemlich geiles Ding unten in Florida laufen.« Ich lehnte mich auf meinem Stuhl zurück und drehte einen Stift in meiner Hand. Sofort fiel er mir herunter. Wieso sieht das bei anderen Leuten immer so einfach aus?

»Ja, na ja, es läuft nicht ganz so, wie es aussieht«, sagte er. Und Mann, als ob ich das nicht kannte. »Und außerdem habe ich durch dieses ganze Debakel mit Mom und Dad angefangen, über ein paar Dinge nachzudenken.«

»Das ist verständlich. Nun, ich werde mein Bestes tun, um

meinen Mund zu halten, aber ich werde nichts versprechen. Ich kann jedoch versprechen dich Jax vorzustellen.«

Ich schnappte mir einen anderen Stift und machte mir ein paar Notizen zu der Verabredung für das Treffen, ehe wir uns verabschiedeten.

»ICH BEGREIFE IMMER NOCH NICHT, was wir hier tun«, sagte Laney, als ich um die Duftstände in Macy's schlich. Sie trottete hinter mir her, ihre heiße Schokolade von Caribou in der Hand. Für mich wird es immer unbegreiflich sein, wie sie in Kaffee die größte Erfindung der Menschheit erkannte – na ja, das und Diane von Fürstenbergs Wickelkleid. Das sieht wirklich an jedem gut aus, müsst ihr wissen. Und weil's mir gerade einfällt: Penizillin war auch keine üble Erfindung … schon klar, ich schweife ab …

Es war Donnerstag und ich hatte immer noch keinen Mucks von Mark gehört. *Es waren zwei Tage vergangen, Leute – zwei Tage!* Daher war ich zu dem Schluss gekommen, dass unsere heiße Liebesnacht eine einmal-und-vorbei Art von Sache war. Das war nicht völlig überraschend, obwohl ich es außergewöhnlich enttäuschend fand, aus Gründen, über die ich nicht nachdenken wollte. Manchmal wird einem erst bewusst, was man will, wenn man es nicht bekommt. Das muss doch ein Lied abgeben.

Jedenfalls dachte ich mir, ich hole mir die Bestätigung, dass unsere eine Nacht Marks Modus Operandi entsprach und er nicht, sagen wir mal, während der letzten beiden Tage von einer Klippe gestürzt war. Diese Information war definitiv einen Besuch bei Caribou Coffee wert, wo ich Laney so ganz beiläufig aushorchen konnte. Dann konnte ich die ganze Sache abhaken und mein normales Leben weiterleben – ein Leben ohne *Sopranos*-Kerle und Schusswaffen und *Manaconda Mondays* und Roadtrips und sexy bemuskelte Arme und versengende Küsse und intensive, Zehen-kräuselnde Orgasmen und liebevolle Umarmungen und – ach, um Himmels willen!

Ich hatte Laney seit dem Wochenende nicht mehr gesehen, also verabredeten wir uns zu einem Kaffee/einer heißen Schokolade nach der Arbeit. Ich war derart damit beschäftigt gewesen, mich in das mit Mark hineinzusteigern, dass ich nicht einmal das mit Jakes möglichem Umzug zurück nach Greensboro ausgeplaudert hatte. Bin ich gut!

Sie und ich hatten noch das Abendessen zu planen, und ich war schrecklich gespannt zu erfahren, ob jemand bei Marks Vater gewesen war, um ihm mitzuteilen, dass sein Geld fort war – buhuu. Ich konnte mich jedoch nicht dazu überwinden, Mark anzusimsen oder anzurufen. Eine stillschweigende Abfuhr reichte – ich brauchte keine weitere mündliche oder schriftliche Bestätigung von der Quelle.

Ich wartete an einem Fenstertisch auf Laney, nachdem ich unsere Getränke bereits bestellt hatte, und versuchte mir die beste Methode einfallen zu lassen, wie ich so ganz beiläufig Fragen zu Marks Intimleben stellen konnte. Herrje, würde das schwierig sein. Schließlich hatte ich beschlossen, einfach auf meine normale, verrückte Art zu improvisieren, als Laney durch die Tür kam.

»Ich weiß, ich weiß. Skechers sind keine passende Bürokleidung. »Verjage die Mode-Dämonen und lass sie hinter dir«, sagte sie, als sie sich dem Tisch näherte und sich auf den Sitzplatz mir gegenüber fallen ließ.

Ich sah mir ihr Outfit, zu dem tatsächlich Skechers zählten, genau an, doch ich musste ihr Punkte geben für ihr hübsches asymmetrisches Top. Weil ich wusste, dass es sie amüsierte, bekreuzigte ich mich jedoch und richtete eine geflüsterte Bitte um Vergebung in Laneys Namen an meine innerliche Modekennerin und Christian Louboutin, während ich schon dabei war. »Erledigt«, sagte ich.

Sie verdrehte die Augen, nahm einen Schluck von ihrem Getränk und seufzte. »Nate hat Rocco abgeholt und sie gehen zu einem Abendessen nur für Männer, also habe ich den ganzen Abend frei.«

»Hui – das ist toll. Vielleicht können wir noch was essen gehen nachher. Du weißt ja, dass wir noch eine Party für Jake planen müssen«, fing ich an.

»Ich habe heute schon darüber nachgedacht. Ich weiß, dass es als Ausrede begonnen hat, damit wir mit Kelly rumhängen konnten, aber ich hab immer noch Lust es zu machen«, sagte sie. »Aber zuerst: Ich habe seit deiner Rückkehr aus Atlantic City noch gar nicht mit dir gesprochen. Ich brauche eine volle Rekapitulation!«

Ich lehnte mich auf meinen Sitz vor, denn ich wollte die guten Dinge endlich weitergeben können. »Ich hab dir doch schon fast alles erzählt. Ein pikantes Detail habe ich allerdings ausgelassen. Du musst mir aber schwören, dass du es nicht Nate erzählen wirst, sonst dreht Mark durch.« Ich erzählte ihr von dem Klub und den Kerlen, die auf Marks geilen Körper scharf waren.

Wir lachten beide wie Idiotinnen, als ich zu Ende erzählt hatte. Laney schnaubte und sagte dann: »Pech für die Jungs, das Mark nicht vom anderen Ufer ist. Ich habe den Eindruck, dass er ein totaler Hurenbock ist – er hätte eine Rekordzahl von Verabredungen ansammeln können.« Sie kicherte weiter, aber meine Stimmung legte eine Bauchlandung hin.

Scheiße. Das war die Information, für die ich hergekommen war, wieso fühlte ich mich dann, als hätte jemand gerade die ganze Luft aus dem Raum gesaugt?

Leider konnte ich meine Emotionen nicht rasch genug vor Laney verbergen. Sie lächelte und kräuselte die Augenbrauen zu einer stummen Frage. Ich probierte ein Grinsen, dass bestimmt eher als Grimasse rüberkam und dann versuchte ich, mich hinter meinem Kaffee zu verstecken. Ihr verging das

Lächeln sofort und ihre linke Hand ging nach oben und rieb an ihrer Wange. Scheiße! Das war ihr verräterisches Zeichen.

»Ach, Fiona«, sagte sie.

»Was?«, erwiderte ich, stellte meinen Kaffee wieder ab und verscheuchte sie mit der Hand. »Das war keine große Sache. Ich hatte früher schon so kurze Affären. Na und?«

Sie stellte ihren Ellenbogen auf den Tisch und hielt sich immer noch das Gesicht. »Vermutlich. Aber du scheinst nicht wirklich okay zu sein. Was ist passiert? Ich meine, ich brauche keine Details über das Geschehen an sich, aber habt ihr zwei darüber geredet? Wusstet ihr, worauf ihr euch einlasst?«

»Nein … ich weiß nicht. Wir haben nicht darüber geredet – weder davor noch danach –, aber wir hatten einander irgendwie umtanzt, also musste es vermutlich geschehen.« Ich zupfte an der Naht meiner Kaffeemanschette.

Sie packte meine Hand. »Wegen dem, was ich vorhin gesagt habe. Ich weiß nicht mit Sicherheit, dass er nur Verhältnisse hat. Das war nur eine Vermutung. Ich meine, ihr zwei könnt das mit dem Flüchtig-Kennen so wie immer machen. Das heißt, außer du willst … willst du … willst du eine Beziehung?« In ihrer Stimme lag bei Weitem zu viel Hoffnung.

Ich schnaufte abfällig. »O Gott, nein. Du kennst mich – wie lange ist das jetzt? – und du stellst mir so eine Frage? Ich mache mir ein bisschen Sorgen um den Zustand unserer Freundschaft.« Ich versuchte witzig zu sein, aber selbst ich wusste, dass es falsch klang.

»Oh.« Sie zog ihre Hand zurück und ergriff wieder ihre heiße Schokolade.

»Was?«

»Es ist nur so, dass ein Teil von mir vermutlich gehofft hat, dass du endlich zu einer Beziehung bereit bist. Mehr nicht.«

Ja, sag bloß. Sie war ungefähr so opak wie eine Frischhaltefolie.

Aber sie sah so verdammt traurig aus, dass ich irgendwie wütend auf mich war, weil ich sie enttäuscht hatte.

»Sieh mal«, sagte ich. »Ich bin vielleicht nicht die ›Beziehungsfrau‹, aber ich kann zugeben, dass ich vielleicht auf eine Freunde-mit-Vorzügen-Abmachung gehofft hatte.«

»Du hast ›hatte‹ gesagt. Warum kannst du das nicht weitermachen? Und dann vielleicht mal schauen, wo es hinführt …«

Oje!

»Weil er nicht angerufen oder gesimst hat, seit er mich am Donnerstag abgesetzt hat, und ich muss ständig an ihn denken und ich werde wahnsinnig, weil ich im Kopf den besten Sex meines Lebens noch einmal erlebe!«, platzte es aus mir heraus – vielleicht eine Spur zu laut, wenn man nach den starren Blicken aus verkniffenen Gesichtern ging, die ich von zwei älteren Frauen auf der anderen Seite des Ganges bekam.

Hoppla.

Na ja, offensichtlich hatte keine der beiden jemals einen Mann gebumst, der wie ein verdammter Berg gebaut und lieb zu seiner Mutter war. Verdammt.

»O mein Gott«, sagte Laney.

Ich kannte diesen Blick – und diesen Tonfall.

Rückzug!

»Du magst ihn.«

Ich verdrehte die Augen. »Aber natürlich mag ich ihn. Glaubst du, dass ich mit Leuten Sex habe, die ich hasse? Wer macht sowas?«

»Nein, ich meine, du *magst* ihn.«

Ich spottete: »Ja, richtig. Weißt du, was ich mag?« Ich knallte meinen fast leeren Becher hin. »Ich mag, wie er riecht. Das macht mich verrückt und lässt mich an Dinge denken, an die ich sonst niemals denke. Und das zündet ein Feuer in meinem Slip!« Ich sah hinüber zu den Frauen mit dem Tollen-Sex-Mangel. »Jawohl, Ladies. Feuer. Im. Slip. Und ich bin auch keine Lügnerin!« Ich zeigte auf sie und höhnte wie eine geistig gestörte Version einer Kaffeehauspoetin.

An dieser Stelle übernahm Laney, denn ich hatte offensichtlich den Verstand verloren. »Gehen wir«, sagte sie im Aufstehen und sammelte meine Tasche zusammen mit allen ihren Sachen ein. Ich stand auf und ging geradewegs vor ihr auf die Tür zu. Ich hatte die Nase voll davon. Ich würde mich nicht irgendeines Mannes wegen zur Spinnerin verwandeln!

Laney versuchte sich bei den Frauen, die tragischerweise noch nie im Sexy-Muskeln-Zauberland gewesen sind, zu entschuldigen, dann rannte sie, um mich einzuholen, als ich in meinen Zehn-Zentimeter-Absätzen über die Gehsteige des Friendly Centers stapfte.

»Wo zum Teufel läufst du hin?«, fragte Laney. Als ich nicht antwortete, hörte ich sie murmeln: »Na wenigstens habe ich bequeme Schuhe an.«

Also befanden wir uns jetzt in Macys und liefen durch die Herrenduftabteilung auf der Suche nach was immer das verdammt berauschende Cologne war, mit dem Mark mich angelockt und überrumpelt hatte.

Ich wandte mich zu Laney, um ihr noch einmal meine Strategie zu erklären. »Ich werde einen schweinegroßen Flakon davon, was immer es ist, dass er trägt, kaufen, damit ich ein bisschen gute alte Immersionstherapie machen und mich von meiner verdammten Pawlowschen Reaktion auf diesen Duft befreien kann!« Ich klammerte mich an die Theorie, dass es sein Duft und nicht der Mann an sich war, der mich hereingelegt hatte, sodass ich möglicherweise – *schluck* – Gefühle entwickelte.

»Hast wohl recht«, sagte Laney in einem mickrigen Versuch, mich zu ermutigen.

»Da gibt's viel zu verdammt viele von denen.« Ich sah mich hilflos um, was ein bisschen traurig war, denn ich glaube, ich habe mich noch nie in meinem Leben anders als selig gefühlt in einem Kaufhaus.

»Vielleicht kann ich helfen. Beschreib mir den Duft«, trug Laney mit dringend benötigtem Enthusiasmus bei. Deswegen liebe ich diese Frau.

Ich dachte an Mark und meine weiblichen Bauteile seufzten sofort. Klappe, blöde Kühe! Mama muss Dämonen austreiben! Ich blendete sie aus und versuchte mich zu konzentrieren. »Ich weiß nicht – ein bisschen würzig und irgendwie krautig und holzig, aber so wie eine Lieblingsdecke, die man aus einer alten Zedernholzkiste holt.« Ich starrte in die Luft und überhörte beinahe ihr unterdrücktes Schnauben. »Was denn?!«

»Ich sag's dir nur ungern, aber dich hat's schwer erwischt.«

Hatte ich gerade gesagt, dass ich sie liebe? Vergesst das. Für mich war sie gestorben.

Ich meckerte: »Ach, halt die Klappe und hilf mir diesen Scheiß zu finden.«

Laney kicherte und ging brav zum ersten Tresen hin.

Lady Gaga würde eine schreckliche Ninja abgeben

FIONA

»ICH HABE NEUIGKEITEN«, singsang Laney am Telefon später an diesem Abend.

»Du hast das Cologne gefunden?«, fragte ich aufgeregt. Vielleicht hatte Nate die ganze Zeit gewusst, was es war! Oder auch nicht, denn das wäre seltsam.

Wir hatten bei Macey's total zugeschlagen und als wir den vierzigsten Duft gerochen hatten, waren unsere olfaktorischen Sinne taub und alles fing an nach alten Füßen zu riechen, die in sportliches Deodorant getaucht worden waren. Schließlich hatten wir aufgegeben und beschlossen, uns was zu essen zu genehmigen, wo wir uns dann versprachen, Mark und/oder die Ereignisse, die dazu geführt hatten, dass ich ihn gefickt habe, nicht zu besprechen.

Stattdessen erzählte Laney mir von Nates zunehmend seltsamen Verhalten, doch diesmal machte sie sich deswegen keine Sorgen. Stattdessen hatte sie Freude daran. Das war eine überraschende, aber willkommene Wendung der Dinge.

Anscheinend hatte Nate etwas geplant, denn zweimal in der vergangenen Woche hatte sich Laney ihm von hinten genähert, ihn unabsichtlich erschreckt, und jedes Mal war er bis an die Decke gesprungen und hatte dann wie Woody Allen herumgestottert und gestammelt. Der Mann hatte zweifelsohne etwas auf dem Kerbholz.

»Er würde doch nicht …«, fing ich an. Ich konnte mir niemals vorstellen, dass Nate Laney betrügen würde, aber ich musste dafür sorgen, dass ihre Gedanken nicht in diese Richtung wanderten.

»Nein, nein – definitiv nicht«, versicherte sie. »Beide Male, als ich ihn überrascht habe, hatte er in sein Handy getippt und versucht, es ganz schnell vor mir zu verbergen.«

»Ähm …«, äußerte ich und hörte dann auf, denn: War das nicht genau die Art von Verhalten, das ein untreuer Mann an den Tag legen würde? *Tut mir leid, Nate, ich habe zwar vollstes Vertrauen in dich, aber was auch immer du vorhast, du musst ein bisschen subtiler sein, Mann.*

»Nein, du verstehst nicht. Er hat kein Passwort auf seinem Handy und er bittet mich immer, es für ihn zu beantworten oder seine Texte zu checken, wenn er keine freien Hände hat. Das bedeutet, dass er online etwas plant.« Sie hob die Augenbrauen und lächelte.

Die Glühbirne ging endlich an. »Dein Geburtstag! Natürlich! Oh, ich frage mich, was er vorbereitet. Glaubst du, dass es eine Reise ist? Die würdest du absolut verdienen, und wenn deine Eltern Rocco nicht nehmen können, dann weißt du doch, dass ich das würde.« Ich freute mich so sehr für sie, dass sie einen so tollen Kerl hatte.

»Ich weiß es noch nicht, aber ich bin trotzdem aufgeregt. Und das Beste habe ich dir noch gar nicht erzählt. Er hat bei seinem Vermieter gekündigt, also wird er ab nächsten Monat offiziell bei uns wohnen!«, verkündete sie.

Ich kreischte. »O mein Gott! Ich freu mich ja so für euch.«

Ich langte über den Tisch und umarmte sie. »Ich finde, wir sollten eine Flasche Champagner oder sowas öffnen, aber dann werden wir nicht fahren können.« Mein Lächeln verwandelte sich in ein Schmollen.

Sie winkte ab. »Ein anderes Mal.«

Ich sah meine beste Freundin an und sie strahlte vor Zufriedenheit. »Laney, ich kann mir niemanden vorstellen, der das Glücklichsein mehr verdient als du.«

Sie hatte mich angelächelt und dann meine Hand über den Tisch gepackt. »Ich schon.«

Und damit wechselte ich das Thema zur Planung von Jakes Party, während wir unser Mahl beendeten.

Es war nun schon nach Einbruch der Dunkelheit und ich hatte mich schon auf das Bett vorbereitet, als Laneys Anruf kam.

»Nein, das Cologne habe ich nicht entdeckt. Das da ist viel besser!«, stichelte sie.

»Du lieber Jesus, Nate fliegt mit dir nach Paris! Ich liebe den Mann!«

Laney lachte. »Nein, es geht um Mark.«

Bilder von Paris im Frühling wurden abgelöst von jenen, wo ich mir spät am Abend Reality-TV mit meinen Kumpeln Benn und Jerry anschaue. Kim würde wahrscheinlich auch eingeladen werden, aber wenn sie nicht herausbekam, wie sie Eiscreme köstlich verbessern kann, würde sie warten müssen, bis sie dran war.

»Hallo?«, hörte ich.

»Ich ignoriere dich.« Ich klemmte mir das Handy ans Ohr und öffnete die Zahnpastatube.

»Es sind gute Neuigkeiten – das verspreche ich«, bettelte sie.

»Gut. Red weiter, wenn's sein muss.«

»Also. Als ich nach Hause kam, haben Nate und ich uns unterhalten und ich habe ganz beiläufig gefragt, was Mark so für Stelldicheins hat und—«

»DU HAST WAS?!« Die Zahnbürste fiel ins Waschbecken und ich stützte mich mit den Händen am Bassin ab. Tief einatmen, Fiona.

»Halt die Klappe und hör mir zu! Ich war eine totale Ninja – er hatte keine Ahnung, warum ich danach gefragt habe.«

Dazu schnaufte ich abschätzig.

Sie ignorierte mich. »Jedenfalls hatte er gesagt, dass Mark in Gesellschaft immer klarstellt, dass er nur unverbindliche Einmaltreffen macht—«

Ich richtete mich auf. »*Das* sind deine guten Nachrichten? Was hast du für morgen geplant? Wirst du mir ein Pferd kaufen und dann ›war nur 'n Spaß‹ sagen?«

»Wenn du jetzt nicht die Klappe hältst und mich ausreden lässt, werde ich das vielleicht tun!« Sie benutzte den Tonfall, den sie für Rocco reserviert hatte, wenn er etwas besonders Unpassendes getan hatte, wie das eine Mal, als er Nates Mama gefragt hatte, ob sie gerne einen großen Hintern zum Sitzen hätte.

Mit anderen Worten, ich hatte die Wahl, ihr entweder zuzuhören, während sie ausredete, oder aufzulegen und ihren Zorn auf mich zu ziehen. Ich zog es vor zuzuhören.

»Na schön.« Ich hatte nicht gesagt, dass ich dabei nett sein würde.

»Wie ich bereits *sagte*«, sie betonte das Wort demonstrativ, »stellt Mark laut Nate immer – *immer* – sicher, dass er und seine ›Partnerin‹ auf derselben Wellenlänge sind, *bevor* er zur Tat schreitet. Und – hör gut zu – er schläft niemals mit Frauen, mit denen er abhängt.« Sie hörte sich an, als hätte sie gerade irgendeine Art unglaubliche Nachricht überbracht und wartete auf Lob. Äh, vielen Dank für die Information, dass der Kerl, den ich gefickt habe, ein total unkritischer Hurenbock ist.

»Ich verstehe nicht«, war alles, was ich sagen konnte. An dieser Stelle sank ich auf den Badezimmerboden auf meinen Po, den Rücken an die Wand gepresst. Ich fühlte mich komisch.

»Fiona, das bedeutet, dass er bei dir sein Schema total verlassen hat. Er lernt eine Frau niemals vorher kennen. Er hängt nie mit ihr in der Freizeit oder als Freund ab. Er hat nie Verabredungen. Erst mit dir hat er damit angefangen!«

»Was meinst du damit? Wir gehen nicht miteinander. Er hat mich seit zwei Tagen nicht mal angerufen!«

Sie seufzte. »Beantworte mir das: Was war das Letzte, dass er zu dir gesagt hat, bevor ihr euch neulich getrennt habt?«

Ich dachte zurück an die Szene auf dem Gehsteig, wo ich mich auf unterschiedliche Weisen verwirrt gefühlt hatte. Ich war verlockt und verängstigt zugleich gewesen, und als er versucht hatte, einen Weg hinauf in meine Wohnung zu finden, hatte ich ihm eine Abfuhr erteilt, mit der Ausrede, ich sei müde.

Und dann dieser Kuss! Oje!

»Äh, ich glaube, Worte hat er nicht benutzt – eher nur so seine Zunge«, murmelte ich ins Telefon hinein.

»Ha! Ich wusste es. Er fährt total auf dich ab!«

»Warum hat er dann nicht angerufen, verdammt noch mal?«, brüllte ich, ehe ich es mir noch einmal überlegte. »Ich meine, warte mal. Nein. Ich will nicht mit ihm ausgehen. Ich will nur heißen Sex mit ihm, Laney«, jammerte ich wohl.

»Rede dir das nur immer wieder ein, Mädel, aber du bist die Einzige, die es dir abkauft. Und er hat deswegen nicht angerufen, weil er dir ein bisschen Raum lässt. Ich garantiere dir, dass er dich in den nächsten vierundzwanzig Stunden anrufen wird. Und außerdem hat Nate gesagt, dass er länger gearbeitet hat, um Sachen nachzuholen. Und dann ist da die ganze Sache mit seinem Papa – sie streiten sich alle darüber, wer ihm von dem Geld erzählen wird. Sei ein bisschen nachsichtig mit deinem neuen Freund.« Sie kicherte.

Miststück!

»Er ist nicht mein Freund!«

»Werden wir ja sehen. Jedenfalls wollte ich dir die frohe Botschaft mal überbringen. Und wie ich gesagt habe: Mach dir keine Sorgen. Ich war eine totale Ninja, also wird Mark nie erfahren, dass ich geschnüffelt habe.«

Ich musste mich um zu viele andere Dinge kümmern, um auch noch Laney daran zu erinnern, dass sie ungefähr so subtil war wie Lady Gaga. Ich legte auf und saß noch ein paar Minuten da, ehe ich meinen Hintern hob und mir endlich die Zähne bürstete.

Freund?

Nein.

Absolut nicht.

Seht mich an, wie empfindsam und scheiße ich bin

MARK

Nate: Aufgepasst, Mann.

***Mark:** Weswegen?*

***Nate:** Laney hat mich über dich ausgefragt. Fiona rastet total aus.*

***Mark:** Scheiße*

***Nate:** Was wirst du tun?*

***Mark:** Ich werde mir was einfallen lassen. Ich war so überschwemmt, ich bin nicht mal zum Atmen aufgetaucht.*

***Nate:** Ich weiß – deswegen schicke ich dir ja die Warnung. Du solltest deinen Arsch lieber in die Gänge kriegen, falls du bei ihr eine Chance haben willst. Wobei das »Falls« zur Debatte steht.*

***Mark:** Okay, danke, Mann. Bereite schon mal alle deine Witze und Beleidigungen vor. Ich gehe jetzt vollen Einsatz.*

***Nate:** Du hast mir grade den Tag gerettet, du kleiner Fotzenknecht-Depp! Wow, das hat sich gut angefühlt. Bis später.*

Ich verdiente es, also dachte ich mir, mir die ganzen Retourkutschen zu ersparen. Wer war jetzt die Fickmuppet?

Es war zehn Uhr am Abend am Donnerstag und ich war

erschöpft. An den letzten paar Abenden hatte ich Arbeit mit nach Hause genommen und versucht auf Stachanow-Manier alles abzuarbeiten. Es wäre nicht so schlimm gewesen, nur war uns, als ich in Atlantic City war, eine Bestellung geplatzt bei einem meiner Jobs, und der Klient bei einem anderen drohte damit, den Architekten zu feuern, was unseren Starttermin weit nach vorne verschieben und unseren ganzen Terminplan durcheinanderbringen würde.

Und als wäre das nicht schon genug, befanden Jake, Mom und ich uns in einer Pattsituation, was die Frage betraf, wer den alten Herrn besuchen und ihm die Nachricht überbringen sollte, dass sein Geld komplett weg war und seine Geringschätzung von jedermanns Sicherheit ihm genau das eingebracht hatte, was er auch verdient hatte – eine riesengroße Krankenhausrechnung und keine Zukunft.

Zum Glück konnten wir unsere Befürchtung, dass unsere Mom mit dem Arschloch wieder zusammenkommen wollte, zu den Akten legen. Sie war genauso befeuert wie wir, wenn nicht sogar mehr. Ich weiß, dass wir beide, Jake und ich, Gefallen an dem Gedanken fanden, es ihm endlich persönlich zu zeigen, doch unsere Mom bestand darauf, die einzige Person zu sein, mit der er redete. Ich glaube, sie hatte Angst, er könnte unsere Gefühle verletzten oder so was, jedenfalls sagte sie immer wieder, dass er es nicht verdiente zu sehen, was aus uns Tolles geworden war, und auch gefiel ihr der Gedanke nicht, dass wir im selben Raum mit dem Arschloch sein würden. Also gut, sie hatte »Nichtsnutz« gesagt, aber ich bin mir sicher, dass sie »Arschloch« gemeint hatte. Wir mussten uns allerdings bald entscheiden, denn er hatte schon mit ihrem Erscheinen samt Geld gerechnet.

Angesichts all dessen, zusammen mit der Angsthasennummer, die Fiona am Dienstag wieder abgezogen hatte, ließ ich die ganze Situation ein paar Tage lang schmoren. Aber es sah so aus, als wäre meine Zeit abgelaufen. Ich wollte nicht, dass sie ausflippte und mich abtat – ich hatte nur beabsichtigt ihr Zeit zu geben, mich ein bisschen zu vermissen, und sich mit dem Gedanken anzufreunden, mich um sich zu haben. Anscheinend hatte mein Plan Fehler. Jetzt musste ich mir einen neuen einfallen lassen. Und zwar schnell.

Mark: *He Shortcake. Bist du wach?*

Fiona: *Jetzt schon, dank des nervenden Kerls, der mich gerade angesimst hat.*

Mark: *Ah, ich liebe es, wenn du so nett und charmant bist.*

Fiona: *Haha. Führt das irgendwo hin?*

Mark: *Und ob. Bin überhäuft gewesen mit Arbeit, seit wir wieder da sind, aber ich wollte wissen, ob du morgen Abend Zeit für ein Dinner hättest. Tut mir leid, dass das so kurzfristig kommt.*

Ich war stolz auf mich, dass ich so feinfühlig und scheiße war und nicht zuließ, dass sie mich hänselte.

Mark: *Fiona? Bist du noch wach?*

Vielleicht war meine Vorstellung von Einfühlsamkeit anders als ihre.

Fiona: *Tut leid – hab nur Termine geguckt, und es stellt sich heraus, dass ich morgen Abend Haare waschen muss.*

Was für eine kleine Klugscheißerin.

Mark: *Sieh mal, es tut mir leid, dass ich so lange gebraucht habe, um dich zu kontaktieren. Falls das hilft, ich musste an das denken, was du in der Dusche gemacht hast …*

Ehrlich, ich wollte ihr nur sagen, dass ich überhaupt nicht aufgehört hatte, an sie zu denken – und nicht nur an den Sex, obwohl das ein Teil davon war. Ich *bin* nun mal ein Kerl. Würde ich ihr sagen, dass sie mir gefehlt hat, oder zu aufmerksam werden, würde ich sie definitiv verscheuchen.

Fiona: *Na das will ich doch hoffen – das war eine meiner besten Arbeiten.*

Mark: *Und ob, Gnädigste. Also Dinner?*

Fiona: *Du willst ernsthaft ein Rendezvous?*

Mark: *Ja.*

Nichts.

Mark: *Shortcake, ich habe dich bereits nackt gesehen und etliche Mahlzeiten mit dir eingenommen. Ich glaube, du kommst damit zurecht.*

Fiona: *Na schön. Welche Zeit und was soll ich anziehen?*

Ich war verleitet, ein Takeaway vorzuschlagen, aber das würde nicht gut zu meiner neuen Strategie passen. Das würde nur zu einem nackten Dinner werden und der Plan war doch, ihr den Hof zu machen, nicht sie zu bespringen.

Ich weiß. Ich bin genauso verwundert wie ihr.

Mark: *7:15 und zieh an, was du willst – wir gehen ins Marshall Free House.*

Fiona: *Okay. Werde mich jetzt wieder schlafen legen.*

Ich wollte ihr sagen, dass ich mir wünschte, dort zu sein.

Mark: *Träum was Schönes, Shortcake.*

Das musste für jetzt erst mal langen.

»Ich wollte parken und raufkommen, um dich abzuholen!«, schrie ich durch mein Fenster, als ich vor Fionas Gebäude vorfuhr. Sie sah auf, erschrocken, als hätte sie mich nicht erwartet. Da stand sie am Gehsteig, Handy in der Hand, die Stirn in Falten gelegt – obwohl die sich wieder glättete, als sie mich entdeckte. Hm, das fühlte sich echt verdammt gut an. Dann lächelte sie mich süffisant an und die Frechheit war wieder da.

»Hallöchen, männlicher Mann. Dachte mir, ich treff dich hier unten«, sagte sie, als sie auf den Truck zuging und das Handy zurück in ihre Handtasche steckte.

Sie sah aus wie eine Magazinwerbung – ihr Haar war zu einer Art schlampigen Knoten gekämmt, was sicherlich lässig aussehen sollte, aber tatsächlich jede Menge Zeit und Präzision erforderte. Und sie trug diese Hose, die gewagt tief auf ihren Hüften hing. Die einzigen Worte, die ich in meinem Vokabular habe, um die zu beschreiben, sind M.C. Hammer-Hose – aber total geil auf eine mädchenhafte Art und Weise.

Okay, ich werde jetzt einfach aufhören, denn es ist mehr als offensichtlich, dass ich nicht die geringste Ahnung von Mode habe. Und das stört mich auch nicht im Geringsten.

Es reicht wohl, wenn ich sage, dass meine zukünftige Freundin mega-scharf war. Sie hatte die offizielle Erlaubnis, ihre Nase wann immer sie wollte in meine Angelegenheiten zu stecken.

Ich fragte mich allerdings schon, ob sie »Leute« oder sowas hatte, die sie zurechtmachten, wann immer sie ihre Wohnung verließ und in die Welt hinausmarschierte. Ich habe davon schon mal gehört, aber ich bin mir ziemlich sicher, dass das nur für reiche Leute ist, die in New York und L.A. leben, nicht für eine große Metropole wie Greensboro, North Carolina. Ich hatte das Gefühl, dass ich noch viel zu lernen hatte.

Ich hörte lange genug auf, sie wie ein Idiot anzustarren, um den Gang in Parken zu legen und ihr bei der Tür zu helfen. Die Hammer-Hose sah von hinten genauso gut aus. Ich schloss ihre Tür und bald schon fuhren wir auf die Fahrbahn für die kurze Fahrt zum Restaurant.

Sie öffnete den Mund, um etwas zu sagen, doch ich kam ihr zuvor, denn ich wollte den Ton angeben an diesem Abend. »Du siehst wunderschön aus.«

Ihr fiel der Mund zu und dadurch wurde verhindert, dass sie sagen konnte, was sie geplant hatte. Ihre Wangen wurden ein wenig rot und schließlich sagte sie: »Danke. Du siehst auch nicht übel aus.«

Ich betrachtete meine Cargohose und das schlichte Baumwoll-Button-down. Wenn sie meinte. »Danke«, erwiderte ich.

In dem Moment läutete ihr Handy in ihrer Handtasche und ich schwöre, dass ich es anknurrte.

»Musst du das annehmen?«, fragte ich.

»Absolut nicht.«

»Na dann, okay.« Es gab wirklich keine andere mögliche Antwort.

Das Klingeln stoppte, als der Anruf vermutlich in die Mailbox umgeleitet wurde, aber dann startete es ein paar Sekunden später erneut.

Diesmal warf Fiona ihre Tasche auf den Boden der Beifahrerseite, überlegte es sich dann aber und hob sie ein paar Sekunden später wieder auf und durchsuchte sie nach dem schuldigen Gerät. Sie stach auf das Handy ein und hielt es sich ans Ohr.

»Ich antworte nur, um dir zu sagen, dass ich mein Handy abschalte, du kannst also ruhig aufhören anzurufen. Ich werde für den Rest des Abends nicht antworten und ich fand es nur fair, dir das zu sagen, denn ich möchte nicht, dass du irgendwelche verrückten Schlüsse ziehst, wieso deine Anrufe unbeantwortet bleiben, weil ich irgendwo am Straßenrand schmachte und bei einem letzten Versuch, mit meiner geliebten Mutter zu sprechen, vergebens nach meinem Handy keuche, ehe ich in dem Haufen verbogenen Stahls sterbe, der einmal ein Wagen war. Ich will nicht, dass du mit Dad den Rand des I-40 die ganze Nacht abläufst und nach meiner Leiche suchst. Ich liege nicht im Sterben, ich werde mein Telefon nicht abheben und ich werde nicht darüber reden. Gute Nacht und ich liebe dich.« Sie setzte an das Handy von ihrem Gesicht wegzuziehen, holte es aber noch einmal zurück. »Sag Dad, dass ich ihn auch liebe.«

Sie tippte auf die Beenden-Taste, warf das Handy zurück in ihre Handtasche und stieß einen riesigen Seufzer aus. Dann drehte sie sich zu mir. »Glaubst du, Kelly würde mich adoptieren?«

»Shortcake, angesichts dessen, dass wir uns gegenwärtig auf einem Date befinden und ich jeden Zentimeter deines nackten Körpers gesehen habe, würde ich sagen, dass diese Frage einen Tick unpassend ist.«

Sie verzog den Mund. »Hmm. Ja, du hast vermutlich recht.«

»Ich würde ja fragen, ob alles okay ist, aber ich glaube, dass sogar die Leute im nächsten Ort wissen, dass das nicht der Fall ist.«

»Hach. Das war meine Mutter.« Sie schüttelte den Kopf.

»Das hab ich mitbekommen.«

Sie verdrehte die Augen. »Ich habe ihr erzählt, dass ich ein Rendezvous habe.«

»Und?« Mir war nicht klar, wo das Problem lag. Ich machte den Blinker an und bog ab in Richtung Battleground Avenue.

»Ich gehe eigentlich nicht zu vielen Dates«, gestand sie.

»Ich auch nicht.« Ich sah zu ihr hinüber und grinste – auf eine Weise, die, wie ich hoffte, eher konspirativ als lasziv rüberkam.

»Ja, ich weiß«, murmelte sie leise. Mist. Da hatte jemand wohl Geschichten über mich gehört. Ich wusste, dass das passieren würde, aber ich musste es im Keim ersticken.

»Bis du aufgetaucht bist«, sagte ich geradeheraus. Ich sah wieder hinüber, um ihre Reaktion abzuschätzen.

Sie wand sich auf ihrem Sitz. »Das ist eine schlechte Idee«, war alles, was sie sagte.

»Warum sagst du so etwas?«

»Es ist einfach so«, seufzte sie. Nun, das würde nichts bringen.

»Nenn mir einen guten Grund«, forderte ich sie heraus.

Sie sah durch das Fenster auf der Beifahrerseite und ich dachte für einen Moment, dass sie mir nicht antworten würde. Dann sagte sie: »Es ist kompliziert.«

Jetzt war ich dran mit dem Augenverdrehen. »Hör auf, drum herum zu tanzen und gib mir was Handfestes, Shortcake.«

Sie drehte ihren Körper zu mir. »Na schön. Ich möchte nicht, dass unsere Freunde sich für einen von uns entscheiden müssen, wenn das hier vorbei ist. Genau das ist ein verdammt guter Grund!«

Ja, sie hatte immer noch den Eindruck, dass das hier eine Art temporäre Freunde-mit-Vorteilen-Sache sein würde. Zugegeben, würden wir uns so treffen, wie ich das wollte, und uns tatsächlich irgendwann aus irgendeinem unvorhersehbaren Grund trennen, dann wäre da tatsächlich was dran. Aber wer möchte sich schon mit so einem deprimierenden Gedanken aufhalten? Also entschied ich mich für die beste Antwort, die mir einfiel.

»Na schön. Falls die Dinge zwischen uns enden, kannst du sie haben. Außer Jake – das wäre an Feiertagen und bei Familientreffen etwas schwierig«, versuchte ich zu scherzen.

Sie äußerte sich verächtlich. »Nicht ›falls‹. ›*Wenn*‹ die Dinge enden.«

»Bist du eine Hellseherin oder sowas? Trägst du eine Kristallkugel, von der ich nichts weiß, in einer deiner riesigen Handtaschen mit dir rum?«

»Weißt du, Mark, normalerweise bin ich ein Riesenfan von Sarkasmus, aber ich meine es völlig ernst und du spielst die Sache nur herunter.«

Ich bog auf den Parkplatz des Restaurants ein und legte beim Truck den Hebel auf Parken. Ich wandte mich zu ihr und sagte: »Wenn ich dir eine Sache versprechen kann, Fiona, dann, dass ich nichts davon auf die leichte Schulter nehme.« Und damit öffnete ich meinen Sitzgurt und stieg aus, um mein Mädchen zu holen. Denn das war sie – sie wusste es bloß noch nicht.

Die schlimmste Art von Schwierigkeiten

FIONA

WAS ZUM TEUFEL sollte das denn heißen? Was auch immer es bedeutete, ich befand mich definitiv in Schwierigkeiten – Überdrüberschwierigkeiten, auch bekannt als *verdammte* Schwierigkeiten. Es schien, als hätte Laney vielleicht doch recht gehabt – Mark wollte *daten*-zusammensein und ausgehen.

Ich wusste nicht, wie man das macht!

Ich wollte das nicht tun!

Ich war nicht fähig dazu!

Stolz mischte sich an dieser Stelle ein. »*Um Gottes willen hyperventiliere bitte nicht und fall mir am Parkplatz des Marshall Free House ja nicht in Ohnmacht. Wir werden uns diese Schottischen Eier bestellen und wenn es das Letzte ist, was wir tun! Reiß dich verdammt noch mal zusammen!*«

Ich fing langsam an, sie wirklich nicht zu mögen, aber es war was dran an dem, was sie sagte – das mit den Schottischen Eiern und nicht die Panik kriegen und nicht hyperventilieren. Das war vollkommen gerechtfertigt.

Mark öffnete meine Tür und streckte eine Hand aus. Ich hatte keine andere Wahl, als sie zu nehmen, bemerkte, wie warm und stark sie war, während meine zitterte – obwohl sich meine Atmung wie durch ein Wunder etwas beruhigt hatte.

Der Wichser hat mich einfach nur angelächelt, als wäre er glücklich wie nie und wüsste, wie panisch ich war.

Diese Schottischen Eier sollten den Herzschmerz, der auf ihn wartete, lieber wert sein.

Als wir in das Restaurant gingen und die Empfangsdame uns zu unserem Tisch brachte, zwang ich mich, nicht an das beängstigende Thema Rendezvous zu denken. Leider bedeutete das, dass mein Gehirn beschloss, zu dem Telefongespräch zurück zu schalten, das ich an diesem Abend zuvor mit meiner Mutter geführt hatte.

Ich hatte einen wirklich herrlichen Tag gehabt und freute mich darauf, Mark zu sehen, auch wenn es mir allerlei Sorgen bereitete. Ich hatte in der Arbeit nichts verbockt und diese Tatsache hatte Jax und Ollie ein wenig perplex gemacht. Sie waren es bereits so sehr gewöhnt, dass ich Dinge versaute, dass es ein Wunder war, dass mir noch nicht gekündigt worden war.

Ollie versicherte mir stets, dass Jax meinen Lebenslauf gesehen hatte, ehe er mich angestellt hatte, er war sich meiner häufigen Jobwechsel also bewusst und er wusste, dass es einen Grund dafür geben musste. Zum Glück steckte Jax ein wenig in der Zwickmühle, als ich meinen Lebenslauf einschickte, daher blieb ihm nicht viel anderes übrig, als mich zumindest zu interviewen. Und da brilliere ich, wie man mir sagt. Ollie hat gesagt, Jax wäre wie gebannt gewesen von mir und bot mir den Job an, noch bevor er wusste, was geschehen war. Ich bin wohl recht charmant.

Auf jeden Fall hatte ich einen tollen Tag gehabt und dann rief mich direkt nach der Arbeit meine Mutter an.

Sie fing an zu reden, noch bevor ich auch nur eine Chance hatte sie zu grüßen. »Schätzchen, ich weiß, das kommt in letzter

Minute, aber besteht irgendwie die Möglichkeit, dass du heute Abend einen Sprung zu uns machst und dich bei Barbaras Dinnerparty blicken lässt? Sie vergöttert dich und hat gesagt, dass ihr Enkelsohn mehr über die LLS Regatta erfahren möchte. Er ist sehr engagiert in seinem Segelklub und das könnte der Sache einen großen Auftrieb geben. Er wird heute Abend zu dem Essen erscheinen – es ist um 8:00 Uhr, du hast also jede Menge Zeit. Könntest du das irgendwie einrichten? Ich bin mir sicher, dass es viel interessanter ist mit ihm zu reden, als mit uns alten Leuten.«

»Hallo, Mom«, sagte ich.

»Oh, es tut mir leid, Schätzchen. Ich weiß nicht, wo mir der Kopf steht. Wie geht es dir?« Ich konnte sie mir genau vorstellen, wie sie in der Küche stand, vertieft in ihren Papierkram und versuchte, hundert Dinge gleichzeitig zu organisieren.

»Mir geht's gut«, sagte ich, warf meine Tasche hin und ließ mich auf die Couch plumpsen. »Bei der Arbeit läuft's großartig und gestern Abend bin ich sogar zu einem Mädelsabend mit Laney gekommen.«

»Ach, wie geht es ihr denn? Ich fasse es nicht, dass ich den berühmten Nate noch nicht kennengelernt habe! Obwohl, nach den Bildern zu urteilen, die sie gepostet hat, würde ich sagen, sie hat sich einen heißen Feger geangelt.« Sie kicherte.

»Nö, sie hält ihn schon unter Kontrolle«, scherzte ich. »Und sie ist toll – Nate zieht offiziell nächste Woche bei ihr ein.«

»Ahh. Ich freu mich ja so für sie!«

»Ja, ich auch.«

Schweigen.

Mist. Ich wusste, dass sie sich in Gedanken gerade das Gleiche auch für mich wünschte. Ich holte tief Luft und beschloss aus irgendeinem unbegreiflichen Grund, es ihr zu erzählen. »Also hör zu. Wegen heute Abend. Ich habe nämlich eine Verabredung, also werde ich nicht kommen können.«

Wieder Schweigen.

»Mom?«

»Du hast eine Verabredung«, sagte sie eher als Feststellung denn als Frage.

»Ja. Ich habe eine Verabredung.«

»Mit einem Mann.« Wieder eher eine Feststellung als eine Frage.

»Nein, mit einem kleinen Kind. Natürlich mit einem Mann!«

»Ich … Ich weiß nicht … Hast du wirklich eine Verabredung?« Dieses Mal war es eine definitive Frage.

»Ja, Mutter. Bei dir hört sich das an, als hätte ich einen riesigen Kropf oder ein Problem mit Körpergeruch. Mir wurde eigentlich sogar gesagt, dass ich ganz hinreißend bin, weißt du. Es liegt nicht außerhalb des Reichs der Möglichkeiten, dass ein Mann mich ausführen und mit mir ein Mahl zu sich nehmen will.«

»Natürlich nicht! Ich war nur so überrascht. Ich meine, nicht überrascht, nur unvorbereitet. Natürlich würde dich jemand ausführen wollen – welcher Mann bei klarem Verstand würde dich nicht wunderbar finden, heiß lieben und verehren?«

Ach du lieber Herr, jetzt geht das wieder los.

»Schon gut. Du musst nicht übertreiben. Außerdem ist es nur ein Abendessen. Das ist keine große Sache.«

An dieser Stelle hörte ich sie tatsächlich ein bisschen wimmern. Sie versuchte, ihre Hoffnungsfreude zurückzuhalten. Ich musste das abbrechen – sofort.

»Jedenfalls tut es mir leid, dass ich es nicht schaffen werde, aber sag Frau Rogers, dass ich mich gerne ein anderes Mal mit ihrem Sohn über die Regatta unterhalten werde.«

»Ach, richtig. Natürlich. Die Regatta. Mach dir deswegen keinerlei Sorgen. Konzentrier du dich auf deine Abendunterhaltung.«

Gott, ich hoffte, sie würde nicht Blut sehen, so fest wie sie sich auf die Zunge biss. Das Telefonat musste einfach enden, ehe sie sich verletzte.

»Ich werde jetzt zum Laden laufen und mich dann für das Abendessen herrichten, aber mach dir einen schönen Abend und wir hören uns später noch, okay?«

»Okay, Schätzchen. Viel Spaß! Ich hab dich lieb!«

»Hab dich auch lieb. Tschüss.«

Nachdem ich schnell zu der Apotheke gelaufen war, um mir meine verschreibungspflichtigen Medikamente zu holen, und einem kurzen aber ergiebigen Abzweiger zu einer winzigen Boutique auf dem Heimweg, wählte ich sorgsam ein Outfit für den Abend aus. Mark hatte gesagt, ich könnte anziehen, was ich wollte, also entschied ich mich für einen saloppen Freizeitlook, um zu vermitteln, dass ich mich nicht allzu sehr angestrengt hatte. Ich entschied mich für meine Haremshose von D&G, ein Baumwoll-Tanktop und mein Lieblingsjackett aus Denim von Blue Religion, denn es war heute Abend etwas kühler. Mein Make-up ließ ich so, wie es war, steckte meine Haare hastig zu einem Knoten am Oberkopf zusammen und putzte mir die Zähne.

Und falls es nicht zu euren Gewohnheiten zählt, täglich ein Gebet zu sprechen, dürfte ich dann vorschlagen, die Zahnputzzeit für die notwendige spirituelle Kontaktaufnahme zu nutzen? Man kann nichts tun, außer frei zu denken oder Selbstreflexion zu betreiben, daher ist das ein wunderbarer Zeitpunkt, um mit dem Mann da oben zu konferieren.

He, Gott, wie läuft's? Ich fühl mich ganz okay, aber ich bin ein bisschen verwirrt wegen des Mannes, der mich anscheinend für sich beanspruchen will oder sowas. Außerdem sind meine Haare diese Woche komisch – was ist damit los? Ach ja, danke für den tollen Parkplatz gestern. Und zuletzt wie immer: Bitte lass mich leben. Danke, Gott!

Spucken und ausspülen.

Ich weiß, dass das ein bisschen untraditionell ist, aber wir müssen alle damit klarkommen, wie es für uns passt, stimmt's? Jedenfalls habe ich nicht lange gebraucht, um mich herzurichten, daher war ich, als es 7:00 Uhr wurde, super rastlos und beschloss, in meine Keilsandalen zu schlüpfen und Mark unten zu treffen. Ich sperrte gerade meine Tür ab, als mein Telefon wieder klingelte.

»He, Mom, hast du was vergessen?«, fragte ich.

»Nein, nicht direkt«, erwiderte meine Mutter. »Mir ist nur gerade eingefallen, dass du gar nicht gesagt hast, mit wem dieses Date ist.«

Gütiger Gott.

»Deswegen, weil du ihn nicht kennst. Hast du gedacht, ich würde das Date erfinden?« Ich hoffte, dass Necken vielleicht dafür sorgen würde, dass sie aufhörte herumzuschnüffeln.

»Mach dich nicht lächerlich.« Sie rang sich ein lässiges Lachen ab. »Es ist also niemand, den wir kennen?«

Ich verdrehte die Augen, als die Türen des Fahrstuhls sich öffneten. »Nein, Mom. Es ist nur dieser Kerl namens Mark und, wie ich schon sagte, es ist nur ein Date – keine große Sache. Ich steige jetzt in den Fahrstuhl, das Signal wird also abbrechen. Schönen Abend noch!« Ich legte auf, als die Türen sich schlossen und mich von der äußerst unangenehmen Unterhaltung befreiten.

Als ich aus dem Gebäude trat, um am Gehsteig zu warten, läutete mein verdammtes Telefon schon *wieder*. Verdammt, Frau, ich liebe dich sehr, aber hör auf mich anzurufen! Ich sah nach, nur um sicherzugehen, dass es tatsächlich die Frau war, die mich geboren hatte, die ich auf die Mailbox verlegte – und nicht, sagen wir mal, ein freundlicher Kundenservicemitarbeiter aus Indien – als ich Marks Stimme aus dem Truck rufen hörte.

Zu dem Zeitpunkt war ich dermaßen erleichtert, von Miss In-meine-Angelegenheiten-Einmischen abgelenkt zu werden, dass ich kurz unachtsam war und Mark buchstäblich *anstarrte*. Zum Glück erinnerte ich mich rasch wieder an meine Mission, diese Sache locker anzugehen, und holte das Schmunzelgesicht heraus, dass ich mir spezifisch für Mark aufgehoben hatte.

Nicht, dass das etwas geholfen hätte. Hier saß ich nun dem Mann am Tisch gegenüber, bei dem einem das Wasser im Munde zusammenlief und der soeben seine »Absichten« oder sowas eingeworfen hatte.

Iiih!

Ich öffnete den Mund und wollte sagen, dass … irgendwas, als er mir wieder zuvorkam.

»Ist es dir recht, wenn wir die Schottischen Eier als Vorspeise bestellen?«, fragte er.

Stolz schaltete sich wieder ein und sagte mir, was ich bereits wusste. *»Fiona, Mädchen, du bist in* verdammten *Schwierigkeiten.«*

Das Abendessen war unglaublich, wie das gesamte verdammte Rendezvous, wenn ich ehrlich bin. Die zuvor erwähnten Schottischen Eier waren perfekt, zudem war Mark ein hervorragender Tischgenosse. Nicht nur, dass er in seinem saloppen Button-down scharf aussah, er war auch witzig und clever und zuvorkommend, ohne es die ganze Zeit hervorzukehren. Er behielt den gleichen sarkastischen Charme bei, der mich in sein Netz verwickelt hatte, und ich vergaß beinahe, dass ich mich gegen dieses Ausgehen doch eigentlich wehren sollte.

Wenn ich so darüber nachdenke, dann stelle ich schockiert fest, dass ich seit der Highschool nicht nur niemals einen festen Freund gehabt hatte, sondern meines Wissens nach auch noch nie ein echtes Date – von der Sorte, die nicht als reine Vorstufe zu einem beabsichtigten Sprung in die Federn geplant wird. Dieses Abendessen mit Mark war mein erstes echtes Erwachsenen-Rendezvous, eine Tatsache, die mich plötzlich ein bisschen traurig machte.

»Sei nicht traurig! Wir können das noch immer zu tollem Sex nach dem Abendessen umkehren!«, sagte Vagina, die darin von ihrer perversen Truppe unterstützt wurde.

Ich brauchte Schuld wieder, um mich daran zu erinnern, warum einen festen Freund zu haben eine fürchterliche Idee war und ungerecht Mark gegenüber – einem Kerl, der, wie mir langsam klar wurde, ganz wunderbar war.

Doch diese Art von Gedanken führte mich nirgendwohin, also musste ich bei diesem Truck den Rückwärtsgang einlegen und wieder dorthin gelangen, wo ich gute Zeiten gehabt hatte. Und wie ließe sich das besser bewerkstelligen, als dadurch, dass ich mich mit ihm über seinen Doppelspielchen treibenden Vater unterhielt, der demnächst wieder vom Karma geohrfeigt werden würde? Ich weiß nicht, wieso alle annehmen, dass ich so nett bin.

»Also morgen ist es soweit, hm?«, fragte ich, als ich die letzte Gabel voller Schokoladenkuchen aufnahm. Er ließ mich sogar den letzten Bissen runterschlucken – was zum Teufel soll ein Mädchen damit anfangen?!

»Ja«, sagte er und kratzte sich an dem kleinen Stück Dreitagebart an seinem Kinn. »Ich glaube, Jake und ich werden uns eine Niederlage eingestehen und Mom alleine hingehen lassen müssen. Aber wir werden definitiv vor der Tür lauschen, für den Fall, dass er auf sie losgeht.«

»Ich finde, es ist klug, sie alleine reingehen zu lassen.«

»Ach, das tust du, ja? Was für eine Überraschung.« Er grinste mich an. Ich wollte ihm das Grinsen aus dem Gesicht küssen.

»Ja, das tue ich. Sie muss das zu ihren eigenen Bedingungen zu Ende bringen«, sagte ich vollkommen ernsthaft.

»Also ich bin sehr froh, dass du es gutheißt, Shortcake.« Er machte eine kleine Verbeugung.

»Du klingst so aufrichtig«, erwiderte ich und neigte den Kopf zur Seite.

»Dann hab ich es nicht richtig gesagt.« Er gab dem Kellner ein Zeichen zum Zahlen, dieses verdammte Grinsen noch immer in seinem dummen heißen Gesicht.

»Ach, halt die Klappe.« Das war meine brillante Retourkutsche. Toll. »Was glaubst du, wird er tun?«

»Da ist nicht viel, was er tun kann. Das ist ja das Schöne daran.«

»Also ich bin froh, dass du dort sein wirst, um deine Mom zu unterstützen, falls es zu Schwierigkeiten kommt.«

»Ich würde niemals zulassen, dass man sie verletzt.« Sein Ton war ruhig und ernst.

Ich hatte keine Antwort.

Säuberungsaktion in Zimmer 437

MARK

Ich war ein wenig enttäuscht, dass ich das Abendessen mit einer so ernsten Note hatte enden lassen, denn bis zu dem Punkt war es verdammt spaßig gewesen. Fiona aß sehr gerne, was ich bereits von ihrer Kocherei und den Fressgelagen auf dem Roadtrip wusste, aber es war großartig, sie in ihrem Element zu sehen. Sie stritt sich mit mir um das letzte Ei und stöhnte sich durch den Hauptgang, daher blieb mir kaum etwas anderes übrig, als ihr den Großteil der Nachspeise zu überlassen, während ich zusah und versuchte, nicht steif zu werden. Was ich nicht begriff war, wie dieses Mädel es schaffte, so winzig zu bleiben, wo sie doch so viel aß. Vermutlich verbrannte sie es irgendwie, indem sie ihr Mundwerk so strapazierte, wie sie es tat – was ich jetzt größtenteils charmant im Gegensatz zu, wie ich zuvor gedacht hatte, irritierend fand.

Draußen hielt ich ihre Hand und hielt sie fest, als sie versuchte, sie mir zu entziehen. Nach einem Schnaufen und begleitenden Augenrollen gab sie nach und versuchte erst wieder, sich zu entfernen, als ich ihr in den Truck half. Auf der Fahrt zurück zu ihrer Wohnung rutschte sie die ganze Zeit unruhig herum.

»Shortcake, ich kann dich praktisch nachdenken *hören*, so scharf tust du es«, sagte ich, während ich in eine Parklücke einen Block von ihrem Gebäude entfernt fuhr.

Sie ächzte abschätzig und gurtete sich ab. »Zu deiner Information: Ich habe an meine Mutter gedacht«, log sie – schlecht.

»Ach ja?«

»Ja, tatsächlich.«

Ich ließ das eine Weile stehen, während ich herum ging und ihr aus dem Truck half. Ihre Hand zitterte nicht mehr so, wie zuvor, als wir das Restaurant erreichten, aber sie war definitiv durcheinander.

»Also hast du darüber nachgedacht, wie du deiner Mutter von dem Kerl erzählen wirst, den du gleich in dein Bett einladen würdest?«

Das wurde mit einem Aufschrei der Entrüstung und einem Stoß gegen den Arm belohnt. Das war's ja wert.

Während sie damit beschäftigt war, mich anzugreifen, unterbrach ich mit: »Denn sollte das der Fall sein, dann wirst du nicht viel zu sagen haben. Du kannst jedoch von dem Kerl erzählen, der dich zum Essen ausgeführt hat, weil er dich mag und gerne in deiner Gesellschaft ist. Derselbe Kerl, der dich zu deiner Tür begleiten und dir einen Gutenachtkuss geben wird – und dann, morgen, dich anrufen und um ein weiteres Date bitten wird. Von dem Kerl kannst du ihr erzählen.«

Ich weiß nicht, ob ich tatsächlich schon einmal einen Menschen geifern gesehen hatte, aber so lassen sich die Geräusche, die in diesem Augenblick aus Fionas Mund kamen, am besten beschreiben. Ich hatte möglicherweise das Unmögliche erreicht und sie sprachlos gemacht. Ich schleppte sie am Gehsteig mit, während sie versuchte sich wieder einzukriegen. Diesmal versuchte sie nicht einmal sich loszureißen.

Ich stand zu meinem Wort und nach einem verdammt heißen Kuss, der anfing, sich in das Terrain des Begrapschens zu verirren, schloss ich die Tür zu ihrer Eigentumswohnung auf und schob sie sachte hinein, während sie mit vor Lust glasigen Augen zu mir hochstarrte. Meine waren sicher ein Spiegelbild.

JETZT BEFAND ich mich auf dem Heimweg, aber ich dachte mir, dass ein Anruf bei Jake angebracht wäre.

»Hey, Schwachkopf!«, grüßte er wie immer.

»He, Hirni. Ich rufe wegen morgen an. Schon was entschieden?«

Er seufzte. »Ich weiß nicht. Ein Teil von mir will dort reinstürmen und es ihm geben, aber der andere Teil von mir wäre schon zufrieden, wenn er ihn nie wieder zu Gesicht bekommen würde. Die einzige Schlussfolgerung, die ich treffen konnte, ist, dass wir sicherstellen müssen, dass Mom das ohne Schaden übersteht.«

»Ditto. Ich glaube, wir werden sie reingehen lassen müssen, so wie sie das möchte. Aber egal, was sie sagt, du und ich werden direkt vor der Tür draußen stehen und nicht wie zwei Deppen im Auto warten.«

»Auf jeden Fall. Willst du ihr das sagen oder soll ich?«

»Mach du nur. Ich fahr jetzt nach Hause und ich brauche etwas Schlaf. Um wieviel Uhr fahren wir hin?«

»Ich glaube, sie hat 10:30 Uhr gesagt.«

»Hört sich gut an. Ich werde euch beide dort treffen, außer ich höre vorher etwas anderes.«

»Geht klar. Bis später.«

»Bis später.«

Am nächsten Morgen fuhr ich vor dem Klinikgebäude vor und parkte meinen Truck auf dem Platz neben dem

Auto meiner Mom. Meine Nerven waren angespannt und ich konnte es kaum erwarten, das hinter mich zu bringen. Ich hatte wenig Schlaf gefunden, trotz meines durch die Aktivitäten der Woche verursachten Erschöpfungsgrades. Meine Gedanken waren immer wieder zu den verschiedenen möglichen Auswirkungen abgeschweift, die sich heute gezeigt hätten, hätten wir das Geld nicht geholt. Mein Bauch brannte vor Wut wegen der Absicht, die mein Vater hatte, das Geld zu nehmen und meine Mom zum Opfer der Schläger und dessen, was die für sie vorgesehen hatten, zu machen.

Das Einzige, was mich aufmunterte, war, zu wissen, dass selbst wenn er das Geld gekriegt hätte, sein idiotischer Plan ja beinhaltete, es gleich wieder an eine andere Gruppe von Trickbetrügern weiterzureichen. Mit anderen Worten, er würde so oder so bis zu den Augäpfeln in Scheiße stecken. Ich glaube, dass war der Gedanke, der mich dann um zwei Uhr morgens endlich hatte einschlafen lassen.

Ich fand Jake und unsere Mom in der Haupteingangshalle und ich musste zweimal hinsehen. Trug sie Make-up? Ich musterte sie von Kopf bis Fuß und mir wurde bewusst, dass sie nicht nur ihr Gesicht gemacht hatte, sondern ein stylisches Outfit trug, das neu aussah und ihr perfekt passte. Die Bluse war ein tiefes Blau und der schwarze Rock endete knapp über dem Knie, zeigte Bein und – ach du heilige Scheiße, sie trug Stöckelschuhe. Nicht Shortcake-hohe High-Heels, aber immerhin Stöckelschuhe. Was war mit meiner Mutter geschehen?

Sie entdeckte mich und begrüßte mich mit einem nervösen Lächeln und einem kleinen Winken. Jake ging neben ihr auf und ab und erübrigte einen kurzen Blick auf mich, als ich mich näherte.

»Du siehst hübsch aus«, sagte ich zu meiner Mutter, als ich mich hinunterbeugte, um sie auf die Wange zu küssen. »Bist du bereit für das hier? Jake und ich können immer noch—«., setzte ich an, aber sie unterbrach mich.

»Absolut nicht. Ich bin so bereit, wie ich nur sein kann.«

»Dann lass uns das hinter uns bringen«, murrte Jake, und wir gingen alle zum Aufzug, er voraus.

Vor Zimmer 437 drückte unsere Mom uns ein letztes Mal die Hände, dann schlüpfte sie durch die Tür hinein. Jetzt war es tatsächlich soweit. Endlich.

Der Klang ihrer Absätze, die ans andere Ende des Zimmers klackerten, hallte in meinem Schädel und ich hörte kurz auf zu atmen, damit ich alles hören konnte.

»Jim.« Okay, schön starke Stimme – selbstbewusst.

»Gott sei Dank! Wird auch Zeit. Langsam wurde ich – wow, sie einer dich an!« Er klang völlig überrascht. Ha! Da kannst du vor Neid erblassen, alter Mann!

»Ich habe Neuigkeiten.« Sie kam gleich auf den Punkt.

»Bitte sag mir, dass du das Geld gekriegt hast.« Seine Stimme hörte sich schwach und ein bisschen weinerlich an.

»Habe ich«, erwiderte sie.

»Gott sei Dank.« Ich konnte sein erleichtertes Ausatmen bis auf den Gang hinaus hören. Ich sah mich um, um zu sehen, ob noch jemand auf uns achtete. Der Flur war leer.

»Habe ich…«, wiederholte sie und dehnte die Worte, »aber dann war da dieser bedauerliche Zusammenstoß mit den Kerlen, von denen du es dir geborgt hast. Die waren nicht allzu erpicht darauf, dass ich es behalte.«

»Was zur Hölle?! Deswegen hab ich dir doch gesagt, du sollst anfangs der Woche kommen, bevor sie die Gelegenheit haben, zum Haus zu kommen, um es sich zu holen!«

Ich wollte das Zimmer betreten, aber Jake hielt mich zurück. »Gib ihr noch eine Minute.« Wo er plötzlich seine Ruhe herhatte, war mir schleierhaft. Ich war verdammt heiß.

»Ist das so?«, fragte meine Mutter, vollkommen ruhig. »Wie kommst du darauf, dass sie zu meinem Haus gekommen wären? Laut unserem letzten Gespräch haben sie von mir doch nicht einmal etwas gewusst.«

»Ich weiß nicht … das haben sie nicht!«, versuchte er es mit Vertuschung. »Verdammt! Das verdammte Geld! Haben sie alles genommen?«

»Sie haben das Geld genommen, noch bevor es die Staatengrenze überschritten hat, nicht in meinem Haus! Und leider kann ich dir nichts geben, du wirst dir also was anderes einfallen lassen müssen.«

»A … Aber«, setzte er wieder an, »was ist mit dem Geld – das Geld, dass du investierst?«

»Ach das? Na ja, ich glaube, ich habe es mir anders überlegt. Ich mag die Leute nicht besonders, mit denen du dich abgibst«, erwiderte sie forsch-fröhlich.

»Also was verdammt noch mal soll ich jetzt tun?!«, schrie das Arschloch.

Jake musste mich wieder zurückhalten.

»Ich habe nicht die geringste Ahnung, Jim. Aber ich kann dir sagen, was du *nicht* tun wirst.« Ihre Stimme war plötzlich frostig geworden, ihr Worte schnitten die Luft in einem Ton, den ich bei ihr noch nie zuvor gehört hatte. »Du wirst mich *nie wieder* kontaktieren, und die wirst *keinen* Fuß mehr in diese Stadt setzen.

»Dann wirst du *vergessen*, dass du jemals eine Frau und zwei Söhne hattest, was dir sowieso schon zur Gewohnheit geworden sein sollte. Und zum Schluss: Wenn du später heute dann die Scheidungspapiere bekommst, wirst du die verdammten Dinger so schnell wie möglich unterschreiben, damit ich *mein Leben* weiterleben kann«, fauchte sie ihn praktisch an.

Was zum Teufel? Ich sah Jake an, nur um festzustellen, dass er genau so überrascht war wie ich. Er sah mich an und schüttelte den Kopf und wir lauschten weiter.

»Also ich glaube, ich habe alles Nötige gesagt, also werde

ich jetzt gehen. Und wenn du noch einen Rat möchtest: Du solltest dir überlegen, wie du bald wieder gehen kannst, denn ich kenne mehr als ein paar Leute, die dich noch eher loswerden wollen als ich. Und ein paar von denen könnten mit einer hinter dem Rücken gebundenen Hand bankdrücken.«

Der Klang ihrer klackernden Absätze ertönte wieder, gefolgt vom jämmerlichen Flehen unseres Vaters.

»Kelly, warte! Du kannst mich hier nicht einfach hängen lassen!« Das wiederum war gefolgt von einem Plumps und einem Schmerzensschrei, doch die Absätze zögerten keine Sekunde.

Unsere Mom kam aus dem Zimmer stolziert und ging geradewegs an uns vorbei zu den Aufzügen. Wir waren beide verdutzt und brauchten kurz, um unsere Beine wieder in Gang zu kriegen. Noch immer vor uns, kam sie an einer Krankenschwester vorbei.

»Vielleicht schauen Sie mal nach dem Mann in Zimmer 437. Ich glaube, er könnte aus dem Bett gefallen sein.« Die Schwester eilte an uns vorbei und unsere Mutter drehte sich um. »Kommt ihr oder was ist?«

Wer war diese Frau und was zum Teufel hatte sie mit meiner Mutter gemacht?

»Scheiße, am besten hat mir der Teil gefallen, wo sie gesagt hat, dass Lou und Terry nicht ›erpicht‹ darauf wären ihr das Geld zu lassen«, sagte Jake und schlug auf den Tisch.

Unsere Mom kicherte und ich lachte, ehe ich mir noch einen Schluck von meinem Bier gönnte. »Ich bezweifle doch sehr, dass dieses Wort jemals einem von den beiden über die Lippen gekommen ist«, antwortete ich.

»Zum Glück hab ich sie nie kennengelernt, also werde ich dir das einfach glauben müssen.« Meine Mom schob sich die

Haare hinter ihr Ohr und nahm einen Schluck von ihrem Champagner. »Ich fasse es nicht, dass ihr Jungs mich dazu gebracht habt, um eins am Nachmittag Champagner zu trinken.«

»Ich möchte nicht missverstanden werden«, sagte ich, »aber ich hätte nie gedacht, dass du es in dir hast. Du hast ihn vernichtet und bist megacool geblieben.«

»Das hab ich auch nicht gewusst.« Sie zeigte mir ein kleines Lächeln. »Und pass auf, was du sagst.« Sie schlug mir auf die Hand. »Und nun, ihr Jungs habt heute ja vielleicht nichts zu tun, aber ich habe eine lange Liste mit Sachen zu erledigen, und ich muss heute Nacht arbeiten.« Sie stand vom Tisch auf und nahm ihr Glas zum Spülbecken mit.

Jake und ich standen beide auf und umarmten sie zum Abschied.

»Wenn das nächste Mal in der Arbeit jemand aus der Reihe tanzt, dann werde ich dich hinschicken«, scherzte ich. »Du warst unglaublich.«

Und das war kein Scherz.

Ein Schnellkurs in Fitnessstudio-Etikette

FIONA

»DAS IST NICHT GERAD DAS, was ich mir vorgestellt habe, als du ›Date‹ gesagt hast.« Ich blickte ein bisschen jämmerlich hoch in Marks schönes Gesicht.

»Was meinst du damit? Ich liebe dieses Lokal.« Er zwinkerte mit diesen lächerlichen Wimpern.

Ich sah zu, wie er sich zufrieden umsah. »Das ist mir bewusst.« Ich deutete auf seinen Bizeps. »Obwohl ich es hätte wissen müssen, als du zu mir gesagt hast, ich solle ein T-Shirt und ›diese elastische Hose‹ anziehen. Aus irgendeinem Grund dachte ich, du wolltest dir meinen Hintern besser ansehen können.«

»Na ja, das kommt noch dazu«, sagte er, grinste schelmisch und klatschte mir danach auf besagten Hintern. »Komm schon, Shortcake, Schluss mit den Ausreden.«

Ich hätte unser Ziel erraten müssen, kurz nachdem er mich nach der Arbeit von meiner Wohnung abgeholt und mir eine Belk-Tasche gereicht hatte. Der Grad der Erregung, der nach der Geste in der Folge durch meine Adern floss, war mehr als nur ein wenig übertrieben. Aber wenn ein Mann wie er – dessen ganzes Wesen förmlich schrie, dass er kein Shopper war und es niemals sein würde – dir eine Tasche von einem edlen Kaufhaus gibt, was soll ein Mädchen dann anderes tun als dahinzuschmelzen? Ich schnappte mir die Tasche und küsste ihn auf die Wange. Meine Spidey-Sinne hätten eine Art Bestechung vorhersehen müssen.

»Ich habe die Verkäuferin gebeten etwas auszuwählen, das eine Frau, die nur Stöckelschuhe in ihrem Schrank hat, tragen würde. Sie ist auf das da gekommen. Ich hoffe, es gefällt dir.«

Er sah nervös drein, also stürzte ich mich auf die Tasche, um seinem Leid ein Ende zu setzen. Darin befand sich ein kleines Paar blütenweiße Socken und eine Schuhschachtel mit ›Madden Girl‹ auf dem Deckel. Eine Schuhschachtel! Lieber Herr, erinnere mich, warum ich diesen Mann nicht für immer behalten sollte. Ich hob den Deckel und das Seidenpapier und zum Vorschein kam das glitzerndste Paar Sneaker, das ich jemals gesehen hatte. Sie schimmerten sogar im Sonnenlicht, das durch das Truck-Fenster hereinkam. Ich wollte heulen, aber ich hielt mich zurück, als ich mich zu Mark wandte.

»Ich liebe sie!«, sagte ich und warf mich quer über den Sitz auf seinen Schoß.

Eine nicht jugendfreie Knutscherei und eine schnelle Fahrt später kamen wir an unserem Ziel an, wo mein Enthusiasmus sich ein wenig zu legen begann – aber nur wegen des Orts, nicht wegen des ersten Paars Turnschuhe für Erwachsene, das ich jemals besessen hatte (mit oder ohne Glitzer).

»Na schön«, schnaufte ich und trat an die seltsame Apparatur heran, die versprach, für den Tonus und die Straffung meiner Oberarme zu sorgen.

Mark fuhr absichtlich die ganze Länge meiner Arme hinunter, ehe er meine Hände an die Griffe der Maschine bugsierte. Ich erschauderte.

Ich wünschte, ich könnte es dieser gottverlassenen Folterkammer zuschreiben, in die er mich gelockt hatte. Manchen Menschen als Fitnessstudio bekannt, war dieses Etablissement voller Lärm und übler Gerüche und schwitzender Menschen und Maschinen, die wie Roboter aussahen, die kurz davorstanden die Welt zu übernehmen. Aber nein, dieser grauenhafte Ort war nicht der Grund für mein Schaudern.

Es war der reizende Mann, der hinter mir stand. Eben jener, der mich in den letzten beiden Wochen langsam gequält hatte, mit verführerischen Berührungen, leidenschaftlichen Küssen und Nächten, die im totalen sexuellen Frust endeten.

Die ganze Horde blöder Kühe in meinem Kopf und meinen unteren Zonen lagen mir alle damit in den Ohren, dass ich doch einen Weg finden solle, das sexy Biest festzunageln und besinnungslos zu ficken. Ich hatte den Verdacht, dass sogar Schuld insgeheim an dieser Stelle Zeit für sich und ihren Vibrator buchte. Wir waren alle angespannt wie eines von Marks T-Shirts, und ich war verpflichtet und fest entschlossen, loszulegen.

Leider war die momentane Umgebung für Verführung weniger als ideal. Also musste es ›Trizepsdrücken‹ sein. Ächz.

»Also ich hab es jetzt auf die niedrigste Gewichtsstufe eingestellt, denn du machst das ja zum ersten Mal und ich möchte nicht, dass du's übertreibst.« Er trat von dem Stapel schwarzer Gewichte in der Mitte der Maschine zurück und drehte sich zu mir, anscheinend, um meine Position zu prüfen oder so.

»Ach, komm schon«, widersprach ich, total beleidigt. »Du kannst schon ein paar mehr dazugeben. Ich *habe* schließlich schon mal trainiert, weißt du.« Ich erwähnte nicht, dass das letzte Mal in der Turnstunde an der Highschool war.

Er hob die Hände in abwehrender Haltung. »In Ordnung, Shortcake. Begriffen – wollte nur auf dich aufpassen.« Er fügte noch ein paar Gewichte hinzu.

Ehrlich, wie schwierig konnte das denn schon sein?

Die Hände auf der Stange, drückte ich langsam nach unten.

Nichts.

Offensichtlich musste ich mich ein wenig anstrengen. Keine große Sache.

Ich drückte mit einer meiner Ansicht nach ordentlichen Portion Kraft nach unten.

Die gottverdammte Stange bewegte sich nicht.

Hörte ich da ein Kichern? Mein Blick huschte zu Mark, der ohne Erfolg versuchte sein Lachen zu unterdrücken.

Ich räusperte mich vorwurfsvoll und er nahm eine neutrale Position ein.

Kein Herumblödeln mehr, ich würde dieses verdammte Trizepsding beherrschen!

Ich drückte mit jedem Gramm, das ich besaß, und stieß ein sehr undamenhaftes Grunzen aus, als die Stange nach unten ging und ich meinen gesamten Oberkörper aus Protest schreien hörte. Als sie die tiefste Position erreichte, ließ ich die Stange triumphierend los und setzte an, meinen Sieg mit Geschrei zu feiern.

Das heißt, bis die Gewichte mit einem unglaublich lauten Wumm auf ihren Stapel niederstürzten und jedes einzelne Gesicht in der gesamten verschwitzten, stinkenden, mit Robotern gefüllten Bude sich in unserer Richtung drehte.

Mark verdeckte sich die Augen und schüttelte langsam den Kopf, ich nahm an aus Beschämung oder Ungläubigkeit.

Ich tat einfach, was ich in vierundzwanzig Jahren des Sich-Beschämens gelernt hatte. Ich erwiderte die missbilligenden Blicke, lächelte und zuckte mit den Schultern. »Hoppla.«

Nach dem Debakel mit dem Krafttrainingsgerät mit Gewichten, entschied Mark, dass Cardio nun angesagt wäre, also stellte er eine elliptische Maschine für mich ein und dann fing er an, einen ganzen Marathon auf dem Laufband zu laufen.

Ich hatte, was mich selbst überraschte, sogar Spaß. Dieser

bestimmte Roboter war in gewisser Weise wie ein selbstangetriebenes Fahrgerät. Ich konnte vorwärts oder rückwärts gehen und das Ding war an einen Fernseher angeschlossen, den ich auf jeden Sender einstellen konnte. Ich bekam im Endeffekt Bewegung, ohne es zu bemerken, denn ich vertiefte mich völlig in Ina Gartens Vorbereitung für ein richtig tolles Picknick für Jeffrey – obwohl ich mir immer denke, dass eine passendere Schreibweise Geoffrey wäre. Richtig?

Jedenfalls, als Ina sich abmeldete, war ich bereit, das Gleiche zu tun, also sprang ich von der elliptischen Maschine und fiel dabei beinahe auf die Nase. Die sollten wirklich ein Warnschild aufhängen, dass man beim Verlassen des Fahrgeräts aufpassen soll. Ich deutete Mark, dass ich auf dem Weg in die Umkleide war, und er antwortete mit einem Nicken und einem Lächeln.

Allerdings ging ich nicht direkt in die Umkleidekabine. Es schien, als wären meine Füße an den Gummifußboden genagelt. Während seines Weltrekordmarathons hatte Mark sich die Freiheit genommen, sein Shirt auszuziehen, sehr zur Freude der weiblichen Anwesenden. Aber verdammt, ich konnte es ihnen keineswegs verübeln.

Schweiß glänzte auf Brust, Gesicht und Armen, während seine Beine wie wild auf dem Laufband pumpten. Weit und breit war nichts Schlabberiges in Sicht, nur schwerverdiente Muskeln und glänzende Haut. Er bemerkte, dass ich angehalten hatte, und sein Blick blieb auf meinem haften, während seine Füße unbeirrt weiterliefen. Als ich mich immer noch nicht bewegte, wechselte sein Lächeln ins Selbstzufriedenheitsterrain.

Er wusste ganz genau, was er mir antat. Der Teufel soll den Mann holen.

Ich zwang meinen Körper sich zu bewegen und einen Zahn zuzulegen.

Die letzten beiden Wochen waren nicht nur frustrierend gewesen, sondern auch aufregend, unterhaltsam und, wenn ich so sagen darf, *romantisch*. Mark hat mich richtig herausgefordert und mir dabei auch das Gefühl gegeben, die schönste Frau der Welt zu sein, wovon ich mit Sicherheit wusste, dass das nicht der Fall war. Diese Ehre gebührt Penelope Cruz und niemand wird mich je von etwas anderem überzeugen können.

Das Einzige, was fehlte, war der Sex, obwohl unser ganzes Geknutsche auch sensationell war, das muss ich schon sagen. Dennoch war mir deutlich bewusst, dass dieses Arrangement wie keines war, das ich jemals zuvor gehabt hatte. Mark war irgendwie mein fester Freund.

Iiih!

Ein Beweisstück, das mir diese Schlussfolgerung nahegelegt hatte, war Marks Reaktion auf eine Situation am vergangenen Wochenende.

An diesem Freitag hatte meine Mutter angerufen, doch diesmal war es nicht gewesen, um mich wegen meines mysteriösen Mannes auszuhorchen. Ich versuchte immer noch Mark geheim zu halten, damit ich nicht das Mutterschiff von der Leine ließ und sie herunterkam, um seine Frackmaße zu nehmen. Der Zweck des Anrufes war eigentlich mir mitzuteilen, dass Chandler Rogers, Barbara Rogers' Enkelsohn, am nächsten Tag in Greensboro sein und mich gerne zum Mittagessen ausführen würde, um mit mir über die Wohltätigkeitsregatta für die Leukämieforschung zu reden. So etwas machte ich ständig und ich sagte ohne Nachdenken zu.

Nun ja, ich will nur sagen, dass jemand anderer sehr spezifische Gedanken zu dieser Idee hatte.

»Du gehst zu einer Verabredung mit diesem Kerl?«, fragte Mark ungläubig, als ich ihm erklärte, wieso ich am Sonnabend nicht mit ihm abhängen konnte.

»Es ist keine Verabredung.« Ich lachte, doch innerlich spürte ich Zufriedenheit angesichts seiner Eifersucht.

»Wie würdest du es dann nennen? Ein Mann, der nicht mit

dir verwandt ist, führt dich alleine zum Lunch aus.« Ich konnte sein finsteres Gesicht am Telefon *hören*.

»Es ist nur ein Treffen zum Lunch zwecks Besprechung der Spendensammlung für das Herzensanliegen meiner Eltern.« Ich achtete sehr genau darauf, nicht zu sehr ins Detail zu gehen.

Geht nur und setzt euch eure Richterkappe auf. Ich hatte Mark kein Wort von meiner Leukämie oder ihren Auswirkungen erzählt. Er sollte mein Stecher sein, und Stecher unterhielten sich nicht über Krebs. Obwohl die Tatsache, dass wir gar nicht fickten, gewisse Zweifel an dieser Argumentation aufkommen ließ.

»Findest du es nicht seltsam, dass deine Eltern *dich* ständig anrufen, damit du ihnen bei *ihrer* Wohltätigkeitsorganisation hilfst?«

Ich atmete scharf ein, bereit, es ihm zu geben, aber was konnte ich denn wirklich sagen, ohne zu viel preiszugeben?

Er fuhr fort: »Ich meine, versteh mich nicht falsch. Ich finde, dass du eine sehr großzügige Person bist, dass du deine Freizeit opferst, und genauso denke ich auch über deine Eltern. Aber wieso bist du besser qualifiziert als sie, um diesen Kerl über irgend so eine Spendenveranstaltung zu informieren? Besonders, wenn es sich genau wie ein Date anhört.«

Oje!

Na ja, Mark, die Tatsache ist, dass ich das sprichwörtliche Vorzeigekind für diese Charity bin, und der einzige Grund, wieso es sie gibt, ist die Frau, die du momentan nicht fickst. Ich werde oft wie ein Showpony herausgeholt, um bewundert zu werden, und ich diene als Beispiel für die Möglichkeiten, die vor uns liegen. Ich bin Harry Potter eigentlich nicht unähnlich, doch anstatt »Der Junge, der überlebt hat« zu sein, bin ich »Das Mädchen, das überlebt hat« – aber wieviel sie mich anstarren und die ganze Aufmerksamkeit, das ist ziemlich genauso. Tut mir leid, dass ich nicht erwähnt habe, dass ich eine Leukämieüberlebende bin, aber wenn ich es dir gesagt hätte, dann müsste ich dir alles erzählen und du würdest mich wie ein zerbrechli-

ches Stück Porzellan behandeln, und dann müsste ich dich in den Schwanz boxen.

Nein, das konnte ich nicht wirklich sagen.

»Wir sind eben … Wir sind uns eben sehr nahe, und sie zählen auf mich. Sie haben mir immer so viel ausgeholfen, also helfe ich ihnen, wenn ich kann.« Ach ja, und weil Schuld mich nicht nein sagen lässt. »Sieh mal, es ist doch nur ein Mittagessen. Dann können wir beide, du und ich, hinterher was unternehmen.« Ich versuchte ihn friedlich zu stimmen.

Er atmete aus. »In Ordnung.«

»Gut.«

»Nicht ›gut‹. In Ordnung.«

Darauf musste ich grinsen. »Wir könnten uns einen Film ansehen und du darfst auch wählen«, köderte ich ihn.

»Du weißt schon, dass ich sonst niemanden treffe, oder?«, sagte Mark aus heiterem Himmel oder zumindest fühlte es sich so an. Musste das jetzt sein?

»Hmm«, war das Einzige, was ich herausbrachte.

Ich hörte ein widerwilliges kurzes Kichern am anderen Ende der Leitung. »Du machst mich fertig, Smalls. Wir sehen uns morgen. Und dass du mir ja Lust auf Hard-core-Action hast, denn ich hab was vor mit dir, Shortcake.«

Ooh! Das hörte sich vielversprechend an. Gott sei Dank kam er endlich zu Sinnen. Und ich hatte den besten Stringtanga von La Perla für den Anlass! Die weiblichen Bauteile fingen an zu jubeln, doch dann unterbrach uns seine Stimme und alle unsere Sexy-Zeit-Hoffnungen wurden zerschlagen wie die jedes liederlichen Mädchens in jedem Horrorfilm, der jemals gedreht wurde.

»Der neue Film mit Bruce Willis ist heute angelaufen.« Sein Kichern wurde heftiger und regelrecht selbstgefällig – und wenn ich sagen darf, gemein. Wichservisage.

Auf meinem Weg in die Umkleidekabine, von seinem verlockenden Körper weg, erinnerte ich mich an dieses selbstgefällige, wichservisagenartige Kichern und verfluchte ihn erneut dafür, dass er mich heiß machte und mir keine Ruhe ließ, aber ohne abzuliefern.

Ich hatte eine kalte Dusche nötig, da ich jedoch keine frische Wechselkleidung dabeihatte, benutze ich nur die Räumlichkeiten und spritzte mir kaltes Wasser ins Gesicht, während ich auf Mark wartete. Ich griff gerade nach einem Papiertuch, als hinter mir eine zuckersüße Stimme ertönte.

»Mach dir keine Hoffnungen, Liebes. Er nimmt keine Rückrufe an, du solltest heute Abend also lieber genießen. Vielleicht solltest du aber über eine Dusche nachdenken.«

Ich sah mich um, mit triefendem Gesicht, und sah Sport-BH-Barbie hinter mir stehen, Designer-Wasserflasche in der Hand und mit enthusiastisch salutierenden Möpsen. Vielleicht habe ich auch hingestarrt. Okay, ich habe hingestarrt. Wie kriegte sie diese Dinger in den BH? Durch die Ablenkung, die ihre Brustdrüsenshow bot, dauerte es einen Moment, ehe ihre Worte zu mir durchdrangen.

Moment mal.

Was zum Teufel?

Ich zeigte wie ein Depp auf mich selbst. »Äh, redest du mit mir?«

Sie verdrehte die Augen und verlagerte das Gewicht auf eine Hüfte. »Na, mit wem sonst?«

Was waren wir? Fünf?

»Für wen hält sich diese Kuh?«, fragte Vagina, die nach ein paar besonders harten Wochen bereits angespannt und nervös war.

Ich nahm mir einen Moment Zeit, um mir das Gesicht abzuwischen und alle zu beruhigen, und dann fiel es mir plötzlich ein. Die Frau war eine von Marks Affären für eine Nacht. Und wie unschwer zu erkennen war, sah sie grünes Licht jeder Schattierung und ihr gefiel die Konkurrenz nicht.

Ich richtete mich zu meiner vollen Größe auf – diesen Mann

soll der Teufel holen, weil er mir Turnschuhe gekauft hat, die nur einen Zoll an zusätzlicher Höhe boten! »Und Sie sind?«, fragte ich, vollkommenes Selbstbewusstsein in der Stimme simulierend.

»Aubrey«, antwortete sie und inspizierte ihre makellosen Nägel. »Ich versuche nur, auf dich aufzupassen, Süße«, sagte sie mit äußerster *Un*aufrichtigkeit, wobei sie praktischerweise den nicht ausgesprochenen Teil wegließ, der höchstwahrscheinlich etwas in der Art von »wie ich dir auch über diese malerische Klippe und in das felsige Meer darunter helfe. Hoppla. Mein Fehler.«

Sie bekam ein falsches Lächeln von mir retour. »Danke, *Süße*, aber ich denke, ich habe alles im Griff.« Ich startete zum Ausgang.

Ihre Hände gingen zur Abwehr nach oben. »In Ordnung, aber weine dich nicht bei mir aus, wenn er deine Nummer vergisst.«

Ich ging gemäßigten Schrittes weiter an ihr vorbei, dem Drang widerstehend, ihr eine Beleidigung ins Gesicht zu werfen, und betrat auf der Suche nach Mark den Hauptbereich des Studios. Unsere Gedanken mussten synchron gewesen sein, denn ich stieß praktisch direkt mit ihm zusammen. Er packte mich an den Oberarmen, ehe ich mit seiner verschwitzten nackten Brust kollidierte.

»He, Shortcake. Bereit zum Aufbrechen?«

»Definitiv«, sagte ich und ärgerte mich über mich selbst, weil ich Sport-BH-Barbie gestattet hatte, mir unter die Haut zu gehen.

Und wenn man vom Teufel spricht. »Hi, Mark.« Ich hörte ihre Stimme wieder hinter mir tönen. Ich würde sie in Hinterhalt-Barbie umtaufen müssen.

Ich sah zu Mark auf und bemerkte, wie seine Augen über meinen Kopf zu dem großbusigen Modell hinter mir drifteten. Wem machte ich was vor? Mit ihr konnte ich es nicht aufnehmen. Wollte ich auch gar nicht. Ich war bei der Sache sowieso nur wegen des Sex dabei, und sobald ich das noch ein paar Mal bekommen hatte, würde er zu einer anderen Version von Aubrey weiterziehen.

»Ach, hei.« Mark machte eine Pause und ich sah, wie ein Anflug von Panik über sein Gesicht huschte. Interessant. »Aubrey«, brüllte er praktisch.

Er hatte ihren Namen nicht vergessen.

Ist es schlimm, dass ich mich totlachen wollte?

Danach konnte die Frau nicht schnell genug abhauen. Mark machte einen Abstecher in die Umkleidekabine, um sich rasch zu duschen, und dann brachen wir auch schon auf.

»Also«, sagte Mark, als wir aus dem elenden Fitnessstudio traten und uns zu seinem Truck begaben. »Das lief nicht wirklich ganz so, wie ich mir das vorgestellt hatte.«

Da ich mir nicht sicher war, ob er von meinem wenig herausragenden athletischen Können oder dem Zusammentreffen mit Aubrey sprach, beschloss ich, ersteres anzunehmen. »Hmm, dann scheinst du nicht ganz so intelligent zu sein, wie ich dachte. Aber ich werde schon sagen, dass ich auf diesem elliptischen Ding Spaß gehabt habe – das hat wirklich Potenzial.«

»Mit dir kann man echt Pferde stehlen«, sagte er, nahm meine Hand und hob sie an seinen Mund, um sie zu küssen.

»Ich freue mich, dass du das findest. Wir werden sehen, wie du dich machst, wenn ich dich zum Shoppen mitnehme.«

Bildete ich mir das nur ein oder wurde er ein bisschen blass im Gesicht?

Hundepullover und Panikattacken

FIONA

AM NÄCHSTEN ABEND fand Jakes langersehntes Willkommen-zuhause-Dinner statt. Und soweit ich wusste, war ich immer noch die Einzige, die Kenntnis davon hatte, dass er ans Übersiedeln dachte.

Wie versprochen hatte ich ein Treffen mit Jax arrangiert, und nach dem Lachen und dem deutlichen Kameradschaftsgeist zu urteilen, derer ich Zeugin wurde, nahm ich an, dass das Treffen gut verlaufen war. Meine Vermutung, was als Nächstes passieren würde, war allerdings so gut wie jedermanns.

Ich konzentrierte mich immer noch hauptsächlich darauf, Mark wieder ins Bett zu kriegen, Luder, das ich bin, aber die vorangegangene Nacht hatte keine Früchte getragen, wie ich es mir erhofft hatte. Er hatte sich wieder einmal aus der schönen heißen Umklammerung befreit, in die wir eingetaucht waren, und ließ mich praktisch in seinem Kielwasser keuchend zurück. Kitzler redete nicht mehr mit mir und all die anderen Mädels fingen an Marks Namen zu verfluchen. Er war bei meinen unteren Regionen jetzt allgemein bekannt als »Dieser verdammte Klitoris-Schäker« und »Zukünftiger Blutfleck auf dem Karma-Highway«. Worauf in Gottes Namen wartete er?

Über eine Ablenkung froh, verbrachte ich den Vormittag mit dem Lebensmitteleinkauf mit Laney und dem Abwehren von Kellys Anrufen zu den Fragen, was sie mitbringen, was sie anziehen, wann sie hinkommen solle und ungefähr noch zehn andere Dinge. Ich hatte alles über ihre herausragende Leistung im Reha-Zentrum gehört und freute mich schon sehr, sie wiederzusehen und sie lange in die Arme zu nehmen. Ich war so verdammt stolz auf sie.

Nate und Gavin sagten zu Rocco am Nachmittag auszuführen, damit Laney und ich die Dinnerparty vorbereiten konnten. Na ja, eigentlich, damit Laney in einem Panikanfall das Haus zusammenräumen und ich die Dinnerparty vorbereiten konnte. Ich liebe diese Frau wie eine Schwester, aber eines Tages werde ich ein Interventionsteam rufen müssen. Obwohl ich zugeben musste, dass das Haus generell viel sauberer war, seit Nate auf der Bildfläche erschienen war. Trotzdem. Laney hatte mehr Ramschschubladen als jede mir bekannte Person – und dennoch fielen mir ständig irgendwelche vereinzelten Sachen an jeder denkbaren Stelle ihres Hauses in die Hände. Es war nicht ungewöhnlich, dass man ein Deko-Kissen hochhob und darunter eine Packung Papierklammern und eine Flasche Hustensaft versteckt fand. Wahre Geschichte.

Jedenfalls, während sie Dinge wegräumte, wusch und schnitt ich diverse Zutaten und bereitete Dips und Brotteig zu. Als ich alles getan hatte, was ich konnte, holte ich drei große Pappkartonbögen aus ihrem Versteck in der Garage. Ich packte sie gerade aus, als Laney wieder auftauchte.

»O mein Gott! Ich kann's nicht glauben, dass wir das tatsächlich geschafft haben!« Sie hielt sich den Mund zu.

Ich riss das erste Einpackpapier herunter und deckte ein riesengroßes Foto in Postergröße von Jake und Mark als

Jugendlichen auf – genau das, das uns bei unserem ersten Mittagessen mit Kelly in Lachkrämpfe hatte ausbrechen lassen. Marks knochiger kleiner Hintern schaute zur Kamera und Jakes sehr freches Lächeln strahlte, während er seinen Bruder im Schwitzkasten hielt. Seht ihr? Ich hatte von Anfang an gewusst, dass er Ärger machen würde.

Laney, die den Rest sehen wollte, riss voller Ungeduld die nächsten beiden auf – eines, das an Jakes sechzehntem Geburtstag gemacht worden war und ein weiteres von den beiden Brüdern, auf dem Jake sich wie ein Esel benahm und Mark schüchtern in die Kamera lächelte.

Süßer Mark.

Oje!

Wir rannten wie Verrückte herum und versuchten, alle Vorbereitungen in letzter Minute zu erledigen und uns gleichzeitig Zeit einzuräumen, uns schönzumachen, bevor alle eintrafen. Ich hatte ein ausgestelltes Goldlamé-Kleid und Stiefel mit Keilabsätzen gewählt und ich hatte beträchtlichen Aufwand darin investiert, Laney zu überreden, ein Pin-up-Kleid im Neckholder-Stil in einem kräftigen Rot zu tragen. Sie sah umwerfend aus und ich wusste einfach, dass Nate an seiner Zunge ersticken würde. Ich verlieh Laneys Make-up gerade den letzten Schliff, als die Türglocke läutete.

»Ich weiß, dass wir früh dran sind, aber ich dachte mir, ihr könntet Hilfe gebrauchen, also habe ich Jake zur Tür raus gezerrt und wir haben uns aufgemacht – ach du lieber Gott!« Kelly blieb auf ihrem Weg in den Hauptwohnbereich wie angewurzelt stehen. Laney, die gerade die Tür geöffnete hatte, trappelte hinter ihr her, Jake im Schlepptau. Kelly bedeckte sich das Gesicht und ich konnte nicht erkennen, ob sie sich beim Anblick der gewaltigen Fotos ihrer Jungs ein Lachen oder Tränen verkniff. Ich musste nicht lange warten, um es herauszufinden, denn sie fing an sich ihr Gesicht zu fächern. »Ach, ihr

Mädels werdet mich noch zum Weinen bringen! Seht euch nur meine Lieblinge an.«

Doch mein Blick ging nicht zu den Fotos. Stattdessen wanderte er Kellys Körper hinunter, registrierte ihre schlanke Figur und das hübsche geblümte Wickelkleid, das sie umhüllte. Ich staunte auch über ihr gestyltes Haar (ein stufiger Bob!) und das sorgsam aufgetragene Make-up. Das war eine fesche Puppe!

»Kelly, heilige Scheiße, du siehst scharf aus!«

»Total«, echote Laney.

Kelly errötete leicht und wandte den Blick von den Fotos ab und zu ihrem Kleid hinunter. »Findet ihr?«, fragte sie zögerlich.

»Ich *weiß* es. Verdammt, Frau«, sagte ich, und wir Mädels lachten alle drei.

»Herrgott, was ist das denn?!« Jake starrte jetzt auf die Fotos, die er eben erst bemerkt hatte.

»Äh, Überraschung?«, sagte Laney, während ich zur gleichen Zeit rief: »Willkommen zuhause!«

Als die Gäste nacheinander eintrafen, hatte Jake den Schock so einigermaßen verdaut und sogar angefangen, ein paar selbstironische Witze rauszuhauen. Nates Eltern trafen ein, zankten sich über etwas, das ich nicht genau hören konnte, und bald darauf kam Rocco aus der Garage, platzte zur Tür herein und sprintete praktisch in Riordans Arme. Er wurde daraufhin mit einer dicken Umarmung und einen Schwung auf den Rücken des alten Mannes belohnt. Erin, Nates Mutter, bedeckte Rocco mit Küssen, während der so tat, als wäre er gekränkt. »Omi, ich bin fast schon sechs!«

Gavin, der sich gemächlicher bewegte, schlenderte herein, ging direkt in Richtung Küchentresen und stahl ein paar Pilzcrostini und einen Muschelspieß. Ich wollte ihm gerade eine auf seinen doofen Hinterkopf verpassen, als ich ein Plumpsen aus Richtung der Garage hörte.

Ich drehte mich um und sah Nate, wie er sich abwesend seinen Hinterkopf rieb, wo die Tür ihm offensichtlich soeben einen Schlag verpasst hatte. Er stand still im Eingang und seine Augen waren laserfokussiert auf Laney, die sich mit Erin unterhielt. Laney hatte ihn noch nicht gesehen, aber Nate hatte anscheinend alles gesehen, was er sehen musste, denn im nächsten Augenblick öffnete er den Mund und sagte: »Heirate mich.«

Alle, außer Rocco natürlich, standen sprachlos da, als Laney sich schließlich zu Nate umdrehte. »W … Was?« Sie führte ihre rechte Hand zu ihrer Wange hoch.

Nate streckte sich und sagte es noch einmal, genauso laut: »Heirate mich.«

»Ach herrje, du liebes Jesuskind«, flüsterte Erin hörbar und griff sich an die Brust.

Laney machte einen zögerlichen Schritt auf Nate zu. »Ist das dein Ernst?« Ich konnte ihre Hände zittern sehen, als diese beide ihre Wangen hielten.

»Ich habe in meinem ganzen Leben noch nichts ernster gemeint.« Nate trat auf sie zu, bis nur mehr ein Fuß sie trennte. »Also wie lautet deine Antwort? Lass mich nicht hängen.« Nate lächelte sein überwältigend schönes Lächeln, das von seinen ebenso überwältigenden Grübchen begleitet wurde. Wie könnte ein Mädchen zu diesem Gesicht denn jemals nein sagen?

»Ich mag mich täuschen, aber ich glaube nicht, dass du mir überhaupt eine Frage gestellt hast. Es hörte sich mehr wie ein Befehl an«, sagte Laney mit einem frechen kleinen Grinsen, während ihre Hände zu ihren Hüften sanken.

Nate verdrehte die Augen und nahm dann ihre Hände in seine und fragte mit angemessener Aufrichtigkeit und Ernsthaftigkeit: »Laney, würdest du mich bitte heiraten?«

»Scheiße. Natürlich!«, rief Laney aus und warf ihre Arme um ihn.

»Mommy hat «Scheiße‹ gesagt!«, brüllte Rocco.

FÜNFZEHN MINUTEN und eine Milliarde Umarmungen später stand ich da und starrte meine beste Freundin an, deren Gesicht buchstäblich vor Freude strahlte. Oder vielleicht war das nur der Widerschein des prächtigen Diamanten, der jetzt ihre Hand zierte. Es stellte sich heraus, dass Nate keine Reise nach Paris geplant hatte, er hatte stattdessen einen Heiratsantrag geplant. Als er sie in dem Kleid erblickt hatte, hatte er ihr jedoch, anstatt seine Zunge zu verschlucken, spontan den Antrag gemacht.

Ich bewunderte noch immer den Ring, als ich plötzlich ein Kribbeln mein Rückgrat hochwandern spürte und ich wusste, ich wusste einfach den Grund dafür. So unglaublich sich das anhört, aber ich spürte tatsächlich seine Anwesenheit im Raum. Was zum Teufel? In diesem Augenblick hätte keine dem Menschen bekannte Kraft – nicht einmal eine Einladung, mit Jimmy Choo persönlich Schuhe zu flicken – mich davon abhalten können, mich umzudrehen und Mark anzusehen. Mein Bauch machte einen Sturzflug mit Überschallgeschwindigkeit, während mein Herz plötzlich zu Heavy Metal abrockte und ich erstarrte.

Er war die pure Perfektion – schwarze Anzughose, gebügeltes moosgrünes Button-down mit der gerade richtigen Anzahl an offenen Knöpfen, glattrasiertes Gesicht und ein Blick, der beeinflusst war von … *etwas* und fest auf mich gerichtet war.

Mein Mund vergaß, wie er Speichel produzieren sollte und meine Stirn fühlte sich plötzlich feucht an, so wie so ziemlich mein gesamter Körper. Ich öffnete den Mund, hatte jedoch keine Worte, und er stand sowieso am anderen Ende des

Raumes, also hätte er mich ja ohnedies nicht hören können. Ein sehr fremdes Gefühl durchflutete mich und in diesem Augenblick wurde mir klar, dass ich echte *Gefühle* für diesen Mann hegte. Gefühle, die wenig mit meinem Vorhaben, ihn ins Bett zu kriegen oder seinem geilen Körper zu tun hatten. Wegen dieser Gefühle wollte ich ihn behalten – zum Teufel mit den Konsequenzen.

Mein Gesicht muss ein offenes Buch gewesen sein, denn Marks Blick fuhr jeden Zentimeter ab und er atmete sichtbar aus, senkte den Kopf und steckte die Hände in die Taschen. Er schien … erleichtert zu sein.

Ich wünschte mir zugleich wegzulaufen oder ihn in ein anderes Zimmer zu zerren und aus dieser verrückten Sache schlau werden zu können, doch ich wählte weder noch und konzentrierte mich stattdessen auf meine Verpflichtungen als Gastgeberin und als Köchin. Ich zog mich in die Küche zurück, entschuldigte mich aus meinem Gespräch und stellte ein wenig Privatsphäre für die Panikattacke sicher, die ich jeden Augenblick haben würde.

Ich hielt mich am Tresen fest, fühlte mich noch immer verwirrt und heiß. Ich verstand dieses Gefühl nicht, dass bei Marks Anblick und den Gedanken an ihn durch mich schoss. Ich machte ein paar beruhigende Atemzüge und ließ es dann setzen.

Vielleicht fühlt sich ein Hund so, wenn man ihm seinen ersten Hundepullover schenkt. Er ist seltsam und fremd und anfangs ein bisschen beängstigend und sie denkt sich: *Nein, nicht für mich. Mir geht's gut.* Dann, wenn sie ihn erst einmal anhat und eine Weile trägt, spürt sie langsam, wie warm und knuddelig er ist, ganz zu schweigen von dem tollen Zebramuster – *findet euch einfach damit ab, denn selbst wenn er nur erfunden ist: keiner meiner Hunde würde etwas anziehen, das nicht mindestens von einem Designer stammt.*

Ich zog Bilanz aus meinen Gefühlen und meinem allgemeinen Geisteszustand, wenn ich mit Mark zusammen war oder wenn ich an ihn dachte, was ich in letzter Zeit scheinbar nicht lassen konnte. Ja, es fühlte sich definitiv so an, als wäre ich in etwas Warmes und Weiches verwickelt. Es war ein verdammt schöner Pullover und er fühlte sich wirklich saumäßig knuddelig an. Ich dachte mir, dieser Pullover könnte mitunter doch etwas für mich sein.

Also war ich vermutlich der Hund und meine Gefühle der Pullover? Oder Mark war der Pullover und ich war immer noch der Hund? Moment mal. Das ist keine sehr schmeichelhafte Analogie. Egal. Das war viel zu verwirrend.

Ich schwor mir, die Gedanken für den Augenblick beiseite zu schieben und richtete meine Aufmerksamkeit auf die Suppe, die in einem großen Topf vor sich hin köchelte. Zeit, loszulegen und den riesigen Elefanten im Raum zu ignorieren – den, der möglicherweise einen zebragestreiften Pullover anhatte.

Ich mit meiner beschissenen großen Klappe

MARK

Ich stand neben Jake und er verarschte mich wegen der lächerlichen Fotos, die jemand, **räusper**, beschlossen hatte zu vergrößern, in dem deutlichen Versuch, die richtige Note der Schmach für den Abend beizusteuern. Ein Punkt an die Damen. Gut gemacht.

Ich ertrug meine verdiente Strafe und versuchte nicht mal, eine aus Revanche auszuteilen. Ich war von dem Gedanken an Fiona und dem Blick, den sie mir zugeworfen hatte, als ich heute Abend hereinspaziert war, zu sehr abgelenkt. Ich hatte ihn auch ganz sicher nicht falsch verstanden. Sie hatte vielleicht versucht es zu verbergen, aber es war deutlich in ihrem Gesicht zu erkennen, bevor sie in die Küche geflüchtet ist.

Ich hatte es ihr angetan.

Dem Fick sei Dank.

Nein, ernsthaft. Dieser bescheuerte Plan von mir, ihr den Sex vorzuenthalten, bis ich mir sicher war, dass sie genauso tief drinnen steckte wie ich (Herrgott, sogar meine Wortwahl war sexuell angehaucht)? – schlechtester Plan aller Zeiten. Meine Eier schmerzten derart, dass es ein Wunder war, dass ich noch laufen konnte.

Jetzt, wo ich eine gewisse Bestätigung für Fionas Gefühle hatte, ging es *los*. Diese Party konnte nicht schnell genug zu Ende gehen. Shortcake sollte lieber aufpassen, denn ich würde kommen, sie zu holen. (Gottverdammt, ich hab's schon wieder getan – ich muss mich wirklich endlich flachlegen lassen.)

Ich beschloss ein wenig Abstand zu ihr zu halten, denn ich konnte ja nicht gut auf Laneys Küchentresen über sie herfallen. Und außerdem war sie total Reh im Scheinwerferlicht, also war es nur fair ihr eine Minute Zeit zu lassen. Ganz zu schweigen davon, dass die Düfte, die aus der Küche strömten, nichts weniger als fan-mega-tastisch waren, also würde ich das jetzt ja wohl auch nicht versauen wollen.

Eine starke Hand packte mich an der Schulter und drehte mich um.

»Hast du schon die tollen Neuigkeiten gehört?«, fragte Nate, ein megageiles Grinsen im Gesicht.

»Welche Neuigkeiten? Ich bin gerade erst eingetroffen.«

Laney tauchte zwischen uns auf und schob ihre Hand in mein Gesicht. Kurz dachte ich, sie würde mir eine kleben – ich bin mir sicher, dass ich es verdient hatte für irgendwas –, doch dann bemerkte ich den Diamanten, der kurz davor war mir ein Loch ins Auge zu stechen. Du lieber Himmel, er hatte es tatsächlich durchgezogen!

»Kein Scheiß?« Ich sah zu Nate.

»Kein Scheiß«, erwiderte er und grinste immer noch wie ein Idiot.

Ich umarmte Laney. »Weißt du, Liebes, du könntest einen Besseren kriegen, aber ich freu mich trotzdem für dich.«

Sie wich zurück und stieß mich am Arm, aber ihr Grinsen war so breit wie Nates'. »Danke, denke ich.«

Ich streckte die Hand aus, um Nates' zu schütteln. »Du

hattest also genug Eier in der Hose, um es durchzuziehen, hm? Glückwunsch, Mann.« Und ich stellte fest, dass ich mich ehrlich für sie freute. Seht mich an, wie erwachsen ich bin.

»Danke«, erwiderte er und sah sich dann um. »Wo ist Bay? Ich dachte, du wolltest sie unterwegs abholen.«

»Sie konnte es doch nicht einrichten, aber du solltest sie definitiv anrufen und ihr die frohe Botschaft mitteilen – ich weiß, dass es ihr leidtun wird, dass sie das verpasst hat.«

Ich hatte tatsächlich vorgehabt Bailey mitzunehmen, aber als ich ihre Wohnung erreichte, konnte ich schon erkennen, dass etwas nicht in Ordnung war. Wenn ich es nicht besser wüsste, hätte ich schwören können, dass sie geweint hatte.

»Könntest du einfach was erfinden?«, hatte sie mich gebeten, als sie die Tür geöffnet und den Kopf herausgestreckt hatte.

»Was denn? Dass du plötzlich nicht hingehen willst?«

»Was ist schon dabei? Ich habe deinen Bruder noch nicht mal kennengelernt«, hatte sie entgegnet, plötzlich defensiv.

Widerwillig hatte ich zugestimmt es fallenzulassen, in dem Wissen, dass ich bereits spät dran war, aber ich war immer noch fest entschlossen, der Sache auf den Grund zu gehen. Nur halt nicht im Moment. Nein, ich hatte unglaubliches Essen, das ich essen musste, ein paar Hände, die ich schütteln musste, und mein Mädel nach Hause zu bringen. Nicht schlecht für einen Samstagabend.

»Hast du schon einmal daran gedacht, Koch zu werden?«, fragte ich ein paar Stunden später, als wir unterwegs zu meiner Wohnung waren. Ich machte meine Absichten kristallklar, indem ich nicht einmal fragte, ob meine Wohnung okay war. Fiona würde selbst den Mund aufmachen müssen, falls sie schlafen gehen wollte. Sie hatte bereitwillig ihren Wagen bei

Laney stehenlassen, daher rechnete ich nicht mit irgendwelchen Überraschungen.

»Auf keinen Fall«, sagte Fiona und schüttelte emphatisch den Kopf.

»Shortcake, alles was du gekocht hast, hat sagenhaft geschmeckt. Du wärst der Hit als Chefköchin.« Die Vehemenz, mit der sie es abtat, war mir ein echtes Rätsel. »Was war das nochmal für eine Suppe?«

Sie lächelte in meine Richtung. »Zucchini mit Crème fraîche und Koriander.«

»Da hast du's! Ich mag Zucchinis gar nicht und ich hab mir nachgenommen – so gut sind deine Speisen. Und lass mich erst gar nicht von dem Huhn anfangen.« Ich nahm ihre Hand und hielt sie auf meinem Oberschenkel.

Sie grinste mich weiter an. »Also es freut mich, dass es dir geschmeckt hat und ich koche tatsächlich sehr gern. Aber Chefköchin könnte ich niemals werden.«

»Warum zum Teufel denn nicht?« Ich fühlte mich ihretwegen defensiv und hatte wieder das Gefühl, dass ich irgendetwas übersehen hatte. Irgendjemand hatte Schuld daran, dass sie sich negativ sah. Ich hoffte, ich müsste niemanden in den Hintern treten.

Sie seufzte. »Na ja, erstens habe ich keine Meisterprüfung. Zweitens braucht man viel Intelligenz und die Fähigkeit, unter Druck ruhig zu bleiben, um Chefkoch zu sein. Hört sich das nach mir an?«

Ich überlegte kurz. Hätte sie mir diese Frage vor einem Monat gestellt, hätte ich wahrscheinlich gelacht, doch nun hatte ich hautnah erlebt, wie gut sie sich durch schwierige Situationen hindurchmanöverieren konnte. Und von der dummen Blondine, für die ich sie am Anfang gehalten hatte, war sie meilenweit entfernt. »Ich finde, dass du dein Licht unter den Scheffel stellst und dich kleiner machst, als du bist.«

»Ich glaube, dieses Detail ist ziemlich offensichtlich, großer Mann.« Sie lachte über meinen unbeabsichtigten Wortwitz.

»Beantworte mir eine Frage. Gefällt dir der Job, den du jetzt hast, genauso gut wie das Kochen?«

Sie drückte meine Hand. »Es ist sehr viel mehr komplizierter als das, Mark. Vertraue mir.«

Ich erkannte, dass das Thema für den Abend erledigt war, doch ich wollte nicht aufgeben. Mein Mädchen verdiente es, auf jede Weise glücklich zu sein und verdammt sei jeder und alles, was im Wege stand.

»Also, was wirst du jetzt, wo du mich hier hast, mit mir machen?« Fiona hockte auf meiner Couch, ein schlankes Bein über das andere geschlagen, das goldene Kleid den Schenkel hochgeschoben, sodass ein paar Lederstiefletten zur Schau gestellt wurden, die hinter meinen Rücken gehörten.

»Ich werde dir eine Frage stellen.« Ich stand ein paar Fuß von ihr entfernt, die Hände an den Hüften.

Ihr freches Lächeln ließ ein wenig nach. »Oh.«

»Willst du mit mir zusammen sein?«

Ihre Stirn legte sich in Falten. »Natürlich. Ich hätte gemeint, dass das offensichtlich ist. Ich versuche schon seit Wochen, dich wieder ins Bett zu kriegen – du bist derjenige, der sich immer entzieht.«

»Du weißt, so habe ich das nicht gemeint.« Ich hätte damit rechnen müssen, dass sie es absichtlich falsch verstehen würde.

Sie entfaltete die Beine und rutschte auf der Couch nach vorne, die Hände auf dem Schoß verschränkt. »Mark, du weißt doch, dass ich dich wirklich mag, und ich finde dich unglaublich attraktiv. Ich verbringe auch gerne Zeit mit dir. Aber ich bin nicht dafür geschaffen, die Freundin von jemandem zu sein, wenn es das ist, was du wissen willst.«

»Das *ist* es, was ich wissen will und das weißt du.« Ich behielt einen sanften Ton bei. »Ich glaube, dass du Angst hast, und Ausflüchte machst. Wovor hast du Angst?« Ich setzte mich neben sie, nahm eine ihrer Hände und rieb den Handrücken mit meinem Daumen. »Shortcake, was macht dir Angst daran?«

Sie ächzte und ließ die Stirn auf unsere verbundenen Hände auf ihrem Schoß fallen. »Ach. Das ist so schwierig. Ich weiß es nicht mehr.«

»Was sagt dir dein Bauchgefühl in diesem Moment?«, fragte ich und hoffte wie verrückt, dass ich die gewünschte Antwort bekommen würde.

»Ehrlich?« Sie zog den Kopf zurück und sah mich an.

»Ehrlich.«

»Es sagt mir, dass ich dir vertrauen kann.«

»Das kannst du.«

»Es sagt mir auch, dass ich so geil bin, dass ich dir durchaus körperlichen Schaden zufügen würde, sollte ich wieder einen Korb bekommen, Mark.«

Ich lachte. »Keine Körbe mehr. Versprochen.« Wie es schien, war die Frage-und-Antwort-Stunde zu Ende, also lehnte ich mich vor und suchte ihre Lippen mit den meinen.

Die Dinge wurden rasch ernst – wir waren beide durch die letzten paar Wochen dermaßen überdreht und angespannt, dass ich mich langsam fragte, ob ich überhaupt lange genug durchhalten konnte, um sie zuerst kommen zu lassen. Da ich wusste, dass ich mich unter Kontrolle halten musste, beschloss ich meinen Schlachtplan zu ändern. Ich wich für einen Moment zurück, als mir bewusstwurde, dass sie meinen Gürtel bereits geöffnet hatte und sich mit einer Hand an meinem Knopf zu schaffen machte, während die andere sich an meinen Nacken klammerte.

»Na komm, Shortcake, wir machen im Schlafzimmer weiter.« Ehe sie protestieren konnte, warf ich sie mir in einem Gamstragegriff über die Schulter und schritt den Flur entlang.

Sie kreischte und klatschte mir auf den Hintern, während sie mir androhte, etwas Unangenehmes mir ihrem Absatz zu machen, wenn ich sie nicht runterließ. Das war niedlich.

Ich ließ sie ohne viel Federlesen auf das Bett plumpsen.

»Warum tust du mir das an?!«

»Weil ich es kann.« Ich zuckte mit den Schultern und kniete mich dann auf das Bett.

Sie schnaubte und zog ihr Kleid herunter.

»Oh nein, das wirst du nicht tun.« Ich zog es gleich wieder hoch, so weit, bis es in einem goldenen Streifen unter ihren Brüsten zusammengeballt war. »Verdammt.« Ich hatte es vermisst, sie so zu sehen, seidige nackte Haut und Spitzenhöschen.

Meine Hände teilten ihre Beine an den Knien und ich beugte mich vor, um sie auf beide Innenschenkel zu küssen. Gänsehaut bildet sich auf ihrer Haut und sie atmete kurz erschrocken auf, also vergrub ich meine Nase in der Spitze ihres Slips, spürte ihre Hitze und genoss ihren Duft. »Dein Höschen ist bereits feucht«, sagte ich.

Sie keuchte ein wenig. »Ach was. Du hast mich so scharfgemacht. So viel Wäsche musste ich in meinem ganzen Leben noch nicht waschen.« Sie hielt meinen Kopf fest, als hätte ich die Absicht, meinen Lieblingsort auf dieser Welt zu verlassen.

Meine Finger hakten sich seitlich in ihr Höschen ein und zogen es herunter. Ich brachte meine Hände wieder hoch zu ihren Falten, schleckte dann mit meiner Zunge und kreiste um ihre Klitoris.

»O Gott«, stöhnte sie.

Da ich ihren Geschmack liebte, fuhr ich mit meiner Erkundung mit der Zunge fort und fügte dann meinen Zeigefinger hinzu, der sich langsam seinen Weg hinein bahnte. Sie war triefend nass. Ich war so hart wie Stein und hoffte verdammt noch mal, dass ich durchhalten würde.

»Mark«, stöhnte sie, als ich die perfekte Stelle fand. »Ich will dich in mir drinnen.«

Die Bitte der Dame wollte ich nicht ignorieren, also opferte ich mich und beschloss, ihr nachzukommen. Rasch zog ich ein Kondom aus dem Nachtkästchen über und legte mich mit den Ellbogen auf dem Bett und meinen Händen um ihr Gesicht auf sie.

»Gott, du bist unglaublich«, murmelte ich, als sie sich unter mir wand. »Ich schob ihr die Haare aus dem Gesicht und zog ihre Lippen mit meinem Daumen nach. Sie öffnete den Mund und biss darauf.

Okay, das war's. Die Kombination aus Winden, Beißen und ihrem Nachgeschmack auf meiner Zunge trieb mich zum Handeln, ich presste also in ihre Mitte und zog dann nur einmal zurück, bevor ich ganz hineinstieß. Ich ächzte und sie wimmerte wie eine Katze, die Krallen in meinem Rücken, um den Vergleich besonders treffend zu machen.

»Hör nicht auf«, sagte sie, und ich fuhr in einem langsamen Rhythmus fort, während wir uns beide bemühten, ihr Kleid den Rest des Weges hinunter zu schieben. Ihr dünner BH kam als Nächstes dran und dann zerrten meine Zähne an ihren granulierten Nippeln, während sie ihre Zustimmung stöhnte und sich an meinem Hinterkopf festkrallte.

Da ich unbedingt sehen wollte, wie sie mich ritt, drehte ich sie ohne Mühe um, ohne unsere Verbindung zu verlieren, und stieß in sie hoch. Sie schrie auf und fand ihren Rhythmus, eine Hand auf meiner Brust und die andere an ihrer eigenen.

Scheiße, war das geil.

Ich umklammerte ihre Hüfte mit der einen Hand und packte ihren Hintern mit der anderen, während sie mich ritt. Sie wurde schneller und fing an zu wimmern, als ich jedes Mal nach oben stieß, um ihr zu begegnen.

»Heilige Scheiße, Mark«, keuchte sie.

»Shortcake«, erwiderte ich durch zusammengebissene Zähne. »Du musst für mich kommen.«

Sie bewegte sich jetzt noch schneller und ich konnte die Worte, die aus ihrem Mund drangen, nicht verstehen. Das Einzige, was ich wusste, war, dass sich nichts in meinem Leben jemals besser angefühlt hatte und dass ich im Laufe der nächsten paar Sekunden kommen würde. Ich führte meinen Daumen hinunter zu ihrem Kitzler und umkreiste ihn ein paarmal.

Das führte zum gewünschten Ergebnis. Sie explodierte um mich herum, wand sich und drückte meinen Schwanz zusammen mit ihren inneren Wänden, als sie den Höhepunkt erreichte. Natürlich folgte ich ihr unmittelbar danach.

Sie sank zu einem verschwitzten Häufchen auf meiner Brust zusammen, mein Schwanz war noch immer in ihr. Ich hätte mich nicht bewegen können, auch wenn ich es versucht hätte. Um ehrlich zu sein, wollte ich für den Rest meines Lebens einfach so liegenbleiben, Fiona auf mir drauf, befriedigt, glücklich und entspannt.

Als ich die Energie wieder aufbringen konnte, führte ich meine Hand nach oben und streichelte ihr Haar. »Lebst du noch?«

»Knapp«, murmelte sie. »Eigentlich bin ich vielleicht sogar tot. Ich bin mir noch nicht sicher. Ich lass es dich später wissen.«

Ich kicherte, und die Bewegung meiner Brust bewegte sie mit.

»He, hier versuchen ein paar Leute zu schlafen, also hör auf damit«, sagte sie.

»Ich sag's dir nur ungerne, aber da ist noch die Sache mit dem Kondom irgendwann zu erledigen.« Ich streichelte weiter ihr Haar und war genauso wenig begeistert davon, unseren Kontakt zu unterbrechen, wie sie.

»Bäh«, war alles, was sie sagte.

»Bist du jetzt ein Schaf?«

»Schhh. Kein Schaf. Im Tiefschlaf.« Sie hörte sich betrunken an.

Ich musste wieder lachen, sodass sie endlich von mir herunterrollte und sich auf dem Bett ausbreitete.

»Bin gleich wieder da.« Ich beugte mich hinüber und küsste ihre Lippen, bevor ich mich aufrichtete und das Kondom entsorgen ging.

Als ich zum Bett zurückkam, lag sie in exakt derselben Position, herrlich nackt und auf dem Rücken liegend, die Hände über dem Kopf. Ich kletterte wieder über sie, setzte Küsse auf ihren Bauch, die Brüste, das Kinn und die Lippen. Mein Blick wanderte über ihr Gesicht und sie öffnete schläfrige Augen und zeigte mir ein Lächeln, das so süß war, dass es mir praktisch den Atem raubte.

Ohne zu denken, fuhr ich fort und machte das Dümmste der Welt. Ich öffnete meinen großen beschissenen Mund und sagte das Eine, was alles mit Sicherheit ruinieren würde.

»Ich bin dabei, mich in dich zu verlieben, Shortcake.«

Der Duft der Männer

(Al Pacino wird in diesem Bericht nicht erscheinen)

FIONA

NEIN NEIN NEIN NEIN NEIN!

Warum musste er das sagen? Ich sonnte mich so selig in meinem Nachglühen und schrieb im Kopf an meinem Tagebucheintrag über den besten Sex meines Lebens. Ich wollte sogar klassische Phrasen wie »geschwollener Schwengel« und »glitzerndes Portal der Weiblichkeit« und »feuriger Höhepunkt« einfügen, und dann musste er alles ruinieren, indem er das verdammt Wunderbarste sagte, das jemand zu einem anderen Menschen sagen kann.

Verdammt!

Ich flippte daraufhin total aus, indem ich quietschte – ja, ich quietschte tatsächlich – und mich dann so schnell wie möglich ins Badezimmer zurückzog.

Ich war schon ein paarmal in Marks Haus gewesen, aber nie

lange, damit ich nicht meinen weiblichen Charme spielen lassen konnte, zu einem Zeitpunkt, der mit seinem Plan »Fiona mit Tricks zum Kauf der Kuh zu bewegen« in Konflikt geraten würde. Bis zu diesem Abend hatte ich nur den Hauptwohnbereich und die Küche gesehen. Das Haus lag eingebettet in einer ruhigen Straße in einem älteren Viertel mit wunderschönen alten Bäumen und gewundenen Gehsteigen. Mark hielt die Wohnung sehr sauber und die Einrichtung war klassisch, aber schlicht – nichts auch nur im Geringsten überladen und doch eine Stufe über dem Dekor eines »Single-Kerls in seinen Zwanzigern«,

Was ich von dem Schlafzimmer zu Gesicht bekommen hatte während meines dortigen umgedrehten Rittes schien ganz ähnlich zu sein, und nun konnte ich meinen ersten Blick in sein Badezimmer werfen. Auch das war sauber aufgeräumt, doch das war nicht das Erste, was ich bemerkte. Kaum hatte ich die Tür hinter mir zugeschlagen und mich daran gelehnt, umgab mich dieser Duft. Er war ein bisschen anders – ein bisschen steriler – als wenn er sich mit Marks eigenem Geruch vermengte, doch er war es definitiv.

Da ich froh war, mich auf etwas anderes konzentrieren zu können, als das, was er gerade Haarsträubendes gesagt hatte, ließ ich mich von meiner Nase leiten und schnüffelte mich wie ein Bluthund hinüber zu einem Seifenstück, das unauffällig auf einer schlichten Seifenschale neben dem Wasserhahn lag.

Seife? Unmöglich.

Seife brachte einen nicht dazu, einen ganzen Menschen mit einem Bissen verschlingen zu wollen. Seife ließ keine Schmetterlinge in deinen Bauch eindringen und einen Rave veranstalten. Seife ließ einen nicht seine Bedenken in den Wind schlagen und totalen Liebeskummer riskieren. Wegen Seife verfiel man keinem Kerl.

Nein! Das durfte nicht wahr sein!

Ich drehte mich um und riss die Tür auf. Mark stand direkt vor mir, die Hände beiderseits der Tür abgestützt. Ich zuckte zurück, war ein bisschen erschrocken, und schoss dann unter einem seiner Arme durch und rannte in das Wohnzimmer, wo ich mir mein Kleid vom Boden schnappte. Den Slip soll der Kuckuck holen.

Splitterfasernackt suchte ich nach meiner Handtasche und krabbelte wie wild umher auf der Suche nach meinem Handy. Eine kurze Notfallbotschaft an Laney und schon warf ich mir mein Kleid über den Kopf. Denn ich wusste, dass Mark mich nicht einfach hinausspazieren lassen würde – und ich konnte dieses Gespräch nackt nicht führen.

Mark, der es anscheinend nicht eilig hatte, tauchte schließlich aus dem Schlafzimmer auf, bekleidet nur mit Boxershorts. Er verschränkte die Arme und lehnte sich an die gegenüberliegende Wand, während ich versuchte, meine Hände mit dem Richten meines Kleides und dem Herumspielen mit meiner Tasche zu beschäftigen.

Er sagte noch immer nichts.

Ich wollte das wirklich nicht tun.

Noch immer kein Wort.

Scheiße.

»Wie oft habe ich dir schon gesagt, dass das eine schlechte Idee ist?«, sagte ich schließlich, von Angesicht zu Angesicht und mit einem ganzen Zimmer, einer ganzen Welt zwischen uns.

»Ich hab doch schon zugestimmt, dass du unsere Freunde haben kannst, falls aus der Sache mit uns aus irgendeinem unvorhersehbaren Grund nichts wird. Ich mag Nate nicht einmal so besonders.«

Machte er verdammte Witze?

»Das ist kein Scherz, Mark.«

»Ich weiß, dass es das nicht ist. Weißt du, wie oft ich in

meinem Leben einer Frau gesagt habe, dass ich etwas für sie empfinde? Ein Mal. Dir.« Er behielt seine Ruhe und seine Pose bei.

»Das wird nicht gut ausgehen.« Mein gesamtes Wesen flehte ihn an, das einfach zu akzeptieren.

»Das hast du bereits gesagt. Aber bevor diese Diskussion sich *wieder mal* nur um dich dreht, muss ich dich fragen: Hat dich jemand verletzt? Hat ein Kerl dich schlecht behandelt? Dir das Herz gebrochen? Oder sogar schlimmer?«

Was? Wie zum Teufel war er denn darauf gekommen?

»Was?! Wieso zum Teufel würdest du sowas denken?«

Seine Ruhe schwand ein wenig. »Betrachte es aus meiner Perspektive. Du magst mich, du verbringst gerne Zeit mit mir, du fühlst dich zu mir hingezogen, der Sex ist großartig, wir haben Spaß miteinander.« Er zählte die Dinge an den Fingern ab. »Es muss doch einen Grund dafür geben, dass du es nicht mal probieren willst!«

»Den gibt es!« Ich wusste, dass was dran war an dem, was er sagte, und ich wusste auch, dass ich ihm alles würde erzählen müssen.

»Dann erzähl es mir, damit ich es reparieren kann.«

»Oje! Das ist genau das Gegenteil von dem, was ich will!«

»Was willst du dann?« Sichtlich frustriert rieb er sich über die Haare.

Ich tat ihm das an.

»Ich will, dass mein Leben einfach, überschaubar ist«, fing ich an.

»Langweilig? Einsam?«, konterte er. Er war beleidigt.

»Normal.«

»Was ist denn normaler als einen festen Freund zu haben?«

»Du verstehst das nicht.« Herrgott, ich spielte immer wieder die gleiche Platte ab.

»Dann hilf mir. Um Gottes willen, Fiona, hilf mir es zu

begreifen. Was habe ich übersehen?« Er gestikulierte mit offenen Armen.

»Es kann nicht andauern, Mark.«

»Wieso? Und diesmal will ich die Wahrheit hören«, verlangte er.

Ich blieb standhaft, aber ich wusste, dass mein Blick sanft geworden war. »Weil immer wieder gute Dinge weggenommen werden. Vielleicht vertraue ich dir, aber ich traue keiner guten Sache, und es gibt nichts, was du tun kannst, um das zu ändern.«

»Was ist dir genommen worden? Erzähl es mir.« Er stieß sich von der Wand ab und seine Stimme war wieder sanft, als er auf mich zutrat.

»Meine Kindheit, meine Zukunft«, flüsterte ich.

»Was soll das bedeuten?«

Ich schluckte den Kloß in meinem Hals hinunter und wünschte mir mit ganzer Kraft, dass ich einfach alles löschen könnte.

Doch das konnte ich nicht. Also ließ ich es alles raus.

»Als ich neun war, wurde Leukämie bei mir diagnostiziert. Wir haben lange dagegen angekämpft, mit vielen Medikamenten, die die Leukämie schließlich besiegten, aber eine Menge sonstiger Schäden anrichteten. Ich kann keine Kinder bekommen. Es besteht eine erhöhte Wahrscheinlichkeit, dass ich andere Krebsarten bekommen werde. Mein Gehirn funktioniert nicht richtig. Ich bin vierundzwanzig Jahre alt und ich habe einen Kardiologen und einen Pulmologen. Meine Knochen sind schwach. Ich fühle mich ständig doof und unzulänglich und ich kann nicht mal einen Job behalten, bei dem ich Anrufe beantworte und Kaffee koche. Ich werde allen zur Last fallen, die mich lieben, und ich könnte kein weiteres Herz aushalten, das irgendwann wegen mir brechen wird.«

Bei dem Wort »Leukämie« war er auf der Stelle stehengeblieben.

»Shortcake. Fiona. W … Was … Warum hast du mir das nicht erzählt? Bist du krank? Ich meine, geht es dir im Moment schlecht? Scheiße, habe ich dir wehgetan? Ich kann nicht fassen, dass ich dich so herumgeworfen habe. Und ich habe dich Gewichte stemmen lassen!«

»Das ist genau der Grund, weshalb ich es dir nicht erzählt habe«, sagte ich, die Stimme von Tränen belegt, die bereits unterwegs waren.

»Was meinst du damit?«

»So, wie du mich gerade ansiehst. Deswegen habe ich es dir nicht erzählt. Ich wollte die sexy, lustige, verrückte Fiona sein – nicht die versehrte, kranke, zerbrechliche Fiona. Das war ich früher immer.«

Er verringerte die Distanz zwischen uns und nahm meine Hände. »Du bist nicht versehrt! Du bist schön und du *bist* sexy und lustig und absolut durchgedreht, und das liebe ich so an dir! Aber ich kann nicht ignorieren, was du durchmachst – was du durchgemacht hast.«

Ich versuchte ihm meine Hände zu entziehen, doch er hielt sie fest. »Sieh doch, Mark. Du hast eine Frau verdient, die witzig und clever und sexy und *gesund* ist. Nicht jemanden, um den du dich irgendwann wahrscheinlich wirst kümmern müssen, der dir nicht all das geben kann, was du dir von deinem Leben wünschst.«

»Was, wenn *du es bist*, die ich mir wünsche für mein Leben? Was, wenn ich mich um dich kümmern *möchte*? Hab ich denn keine Wahl bei der Sache?«

»Nein, hast du nicht. Ich werde jetzt gehen. Ich habe Laney bereits angesimst und wahrscheinlich wartet sie mittlerweile schon draußen.«

»Tu das nicht, Shortcake.« Seine Augen waren feucht.

»Ich muss.« Ich zog wieder an meinen Händen und diesmal ließ er los.

»Musst du nicht.«

»Du wirst mir später noch einmal dankbar dafür sein.«

»Ich versichere dir, das werde ich nicht.«

Draußen ertönte eine Hupe, und ich küsste ihn rasch auf die Wange, ein letztes Mal. »Leb wohl, Mark«, flüsterte ich, und dann stürzte ich, ehe ich es mir anders überlegen konnte, zur Tür hinaus.

Lektionen vom Karma und seinen Gefolgsleuten

MARK

»ALSO DAS IST NOCH erbärmlicher als ich es mir vorgestellt habe.«

Vielleicht ist es nicht so schlimm, wenn ich nur ein Auge öffne.

Nö, funktioniert nicht. Bailey stand am Ende meiner Couch, die Hände an den Hüften und einen Ausdruck im Gesicht, der anzudeuten schien, dass sie soeben etwas Faules gekostet hatte.

»Wenn du nicht da bist, um mir noch was zu trinken zu bringen, dann verschwinde sofort«, murmelte ich.

»Ich meine, ich wusste, dass es nichts Gutes bedeuten kann, wenn du nicht in der Arbeit erscheinst, aber du warst nicht mal im Fitnessstudio – es ist was Ernstes.«

Das Lied, das auf meinem Handy spielte, endete und fing abermals an.

»Willst du mich verarschen? Hast du das Lied auf Dauerschleife? Wie oft hast du's dir schon angehört?«

»Nach Sonntagmorgen bin ich dann mit dem Zählen durcheinandergekommen. Hast du gewusst, dass Fiona im vierzehnten Stock wohnt? Das muss doch eine Bedeutung haben, richtig?«

»Verdammt. Ich werde Verstärkung brauchen. Halte durch, Buffy. Bin gleich wieder da.«

Sie verließ das Zimmer, um Gott weiß wohin zu gehen und es ging mir auch am Arsch vorbei. Ich wollte nur in Ruhe gelassen werden, um mich besaufen und mir das verdammte Lied anhören zu können. Pech, dass ich nix mehr zum Saufen hatte.

Jedes Wort von »*Kiss Me Slowly*« brannte sich in mein Hirn und bei jedem Vers und Refrain erinnerte ich mich an jeden einzelnen Augenblick mit Fiona, sogar diejenigen, wo ich sie hatte umbringen und die Leiche verstecken wollen. Ihr Lächeln, ihre mega-sexy kleinen Outfits, ihr cleveres Mundwerk, ihr Lachen, ihre Augen, wie sie über alles mit mir stritt, wie sie sich in meinen Armen anfühlte, wie sie alles verändert hat.

Es war amtlich.

Ich hatte Rückgrat wie eine Frau gezeigt.

Die Ironie kam bei mir nicht an. Fiona hatte mich gleich nach irrem Sex abserviert, der niemals wiederholt werden würde. Wie oft hatte ich schon das Bett einer Frau verlassen, zufrieden mit der Gewissheit, dass ich nie wieder mit ihr schlafen würde?

Karma hatte mir einen ordentlichen Tritt in den Hintern gegeben.

»Okay«, fing Bailey an und unterbrach damit erneut meinen mentalen Zusammenbruch. »Ich gebe gerne zu, dass ich diese Scheiße nicht alleine hinkriege. Hilfe ist unterwegs.«

»Ich will keine Hilfe. Geh weg.« Ich legte den Arm über die Augen.

»Geh weg«, äffte sie mich in der Stimmlage einer Neunjährigen nach. Mit ihrer normalen, auch als Blödfrauenstimme bekannten Stimme fuhr sie fort: »Spielt's nicht. Wenn man dich so ansieht, wie du in deinem Elend schwelgst, dann scheint das recht ansprechend zu sein, aber in Wirklichkeit macht es mich einfach nur ein bisschen krank.« Sie tat so, als müsste sie kotzen.

Warum zum Teufel hatte ich ihr einen Schlüssel gegeben? Ich habe kein Haustier, ich habe keine Pflanzen. Ich könnte einfach das Lagerservice der Post in Anspruch nehmen, wenn ich die Stadt verlasse. Idiot.

»Also zuerst einmal musst du dir Klamotten anziehen. Ich mag ja immun gegen dich sein, aber der Rest der weiblichen Bevölkerung scheint dich aus irgendeinem Grund für gutaussehend zu halten. Zieh dir wenigstens eine Hose an – die Boxershorts sind grenzwertig unzüchtig und ich kann die Augen nicht dauernd abwenden.«

Ich überlegte mir, ob ich sie ganz ausziehen sollte, um sie zu verscheuchen, doch dann fiel mir wieder ein, dass wir miteinander arbeiten mussten – und es gibt wirklich kein Zurück, wenn deine Kollegin und Beinahe-Schwester deinen Schwanz erst einmal gesehen hat.

»Wer genau kommt her?«

»Jennifer Lawrence. Was meinst du denn, wer es sein wird, verdammt? Laney.«

»Was zum Teufel? Scheiße. Hol mir eine Hose, ja?«

Sie stolzierte an mir vorbei auf dem Weg zu meinem Schlafzimmer und schnipste mit dem Finger gegen mein Ohr.

»Au! Hast du niemand anderen, den du quälen kannst?«

Ihre Stimme ertönte vom entfernten Flur. »Ich habe eine Liste, aber du hast heute den Treffer gezogen, Arschloch.«

Sie kam mit einer Jogginghose und einem blauen T-Shirt zurück. Ich sollte mich wohl aufsetzen. Aua. Ich verdrängte die Schummrigkeit und zog mich an.

Bailey drehte meine Musik ab.

»He! Ich habe mir das gerade angehört!«

»Nein, hast du nicht. Du hast uns beide damit gequält.«

»Ich mag das Lied. Es ist echt gut.«

»O mein Gott. Schmollst du etwa? Ich bin fast geneigt in die Hose reinzuschauen, um sicherzugehen, dass du noch Eier hast.«

»Du verstehst das nicht.« Ich legte mich zurück auf die Couch und ignorierte ihre Bemerkung, weil sie ein wenig zu nah an der Wahrheit lag.

»Dann erklär es mir.«

Ich hob den Kopf und erwiderte ihren Blick. »Warum muss ich dir immer Zeug erzählen, während du deinen Scheiß so fest unter Verschluss hälst wie einen Entenarsch?«

»Weil ich nicht diejenige bin, die seit zwei Tagen nicht mehr geduscht hat und nicht zur Arbeit gekommen ist, damit sie sich mit einem rührseligen verdammten Lied und einer Flasche Jack zusammenkuscheln kann.«

Da war was dran.

»Fiona. Fiona hat mit mir Schluss gemacht.«

»Ach nee. Das weiß ich schon – Leukämie, beschissene Nachwehen, glaubt, sie ist eine schlechte Partie – was noch?«

Ich setzte mich auf. »Moment mal. Woher weißt du das, wenn ich es eben erst erfahren habe – Moment mal, welchen Wochentag haben wir heute?«

Sie schob meine Beine beiseite, etwas brutal meiner Meinung nach, und setzte sich auf die Couch, wo sie anfing, vor meinem anderen Ohr zu schnipsen. »Montag!«

»Aua! Hör mit dem Scheiß auf!« Wäre sie ein Mann, könnte ich ihr dafür eine verpassen. Diese Frau verkörperte perfekt die Ungerechtigkeit von zweierlei Maß.

»Ach, jetzt mach mal nicht so'n Theater. Ich hab's erst gestern Abend erfahren. Notfall-Mädelsabend bei Fiona. Ich hab's nur mit Mühe überlebt.« Ihr Kopf fiel zurück.

»Also was soll ich machen. Ich kann sie ja schlecht *zwingen*, mit mir zusammen zu sein.«

Die Türglocke läutete und Bailey hob einen Finger als

Zeichen, dass ich warten solle, während sie Laney hereinließ.

»Verdammt, ihn hat's schlimmer erwischt als sie«, sagte Laney, als sie mich sah.

»Das ist doch gar nichts«, sagte Bailey. »Du hast die *Thunder-Down-Under*-Show verpasst, die ich vorhin noch gesehen haben. Es war obszön.«

Laney stellte ihre Tasche ab und ging in die Küche. Sie kam zurück mit einem Sportgetränk und ein paar Ibuprofen, die sie aus ihrer Tasche ausgegraben hatte. Sie reichte mir beide und zuckte mit den Schultern. »Ich bin Mutter.«

Ich nahm sie und musste dann einfach fragen: »Wie geht es ihr?«

»Sie ist ein verdammtes Wrack, so wie du«, sagte Bailey, ehe Laney antworten konnte. »Ich hab grad versucht herauszufinden, wie sein betrunkener Schädel sich an die Ereignisse erinnert. Ich komme mir wie Derek Waters vor – aber der Typ darf wenigstens mittrinken.«

»Na ja, also ich hab nichts Hochprozentiges mehr da, also hast du verschissenes Pech«, sagte ich in einem wahrscheinlich bockigen Ton. »Aber wie ich schon sagte, ich kann sie nicht *zwingen*, mit mir zusammen zu sein, du kannst also auch nichts machen.«

»Das ist mir für euch beide so unangenehm«, sagte Laney, die nette. »Sie *will* ja mit dir zusammen sein, aber du musst verstehen, all das Zeug, das sie sich selbst einredet, ist so fest verwurzelt in ihren Gedanken, dass sie nicht darüber hinausschauen kann. Ich bin ihre beste Freundin und selbst ich muss behutsam vorgehen, was das alles betrifft.«

»Also falls du die Meinung meiner Wenigkeit hören willst, ich kenne da einen Ort, an dem du anfangen könntest«, sagte Bailey.

War es möglich, dass sie tatsächlich Hilfreiches beizusteuern hatte? Ha!

»Du musst aufhören, alle Frauen in deinem Leben so zu

behandeln, als würden sie zerbrechen, wenn du ihnen nicht ständig auf die Pelle rückst« Sie guckte vorwurfsvoll.

Was für ein Blödsinn.

»Wovon redest du? *Dich* behandle ich doch nicht so«, protestierte ich.

»Das ist nur, weil du denkst, dass ich ein halber Kerl bin. Ich zähle nicht.«

»Laney behandle ich nicht so«, konterte ich.

»Deswegen, weil sie und Nate dich beide in den Arsch treten würden.«

Laney trat dazwischen. »Ich muss sagen, ich stimme zu, Mark.« Sie zögerte kurz und redete dann weiter. »Nimm zum Beispiel deine Mutter – ich finde das echt süß, wie sehr du dich um sie kümmerst, aber hast du sie in letzter Zeit gesehen? Zum ersten Mal in ihrem Leben zeigt sie's allen und macht sich eine Liste. Ganz allein.«

Ich starrte sie an.

Es war doch immer mein Job gewesen, auf meine Mom aufzupassen. Sie braucht mich.

Oder?

Scheiße.

»Das war Fiona«, sagte ich schließlich.

Beide nickten sie.

»Deswegen hat sie's mir nicht erzählt, nicht wahr? Wegen dem Gesundheitszeug, meine ich.«

»Ich bin mir sicher, ein Teil davon ist darauf zurückzuführen«, erwiderte Laney. »Aber ich glaube, der größere Teil ist, dass sie sich, trotz allem äußerlichen Anschein, *selbst* als schwach sieht und nichts, das wir tun können, wird das ändern.«

Ich warf die Ibuprofen ein und spülte sie mit der ganzen Flasche Sportgetränk hinunter. »Also wenn die Damen mir behilflich sein würden, dann würde ich mich gerne darum kümmern.«

Und nun: »Der erstaunliche, sich in Luft auflösende Mann!« Teile eins und zwei

FIONA

»VIELEN HERZLICHE DANK«, sagte ich, während ich zum x-ten Mal an diesem Abend mein Lächeln bemühte. »Wir sind Ihnen wirklich dankbar für Ihre Unterstützung.«

Das Paar beendete das Schütteln meiner Hand und mischte sich wieder unter die Schar der Anwesenden und Spender. Meine Mutter beugte sich zu mir, um mir ins Ohr zu flüstern.

»Bist du sicher, dass es dir gut geht, Schätzchen? Du siehst blass aus. Ist da was im Anflug?«

Ich schüttelte den Kopf und zuckte mit den Schultern. »Mir geht's gut – nur eine anstrengende Woche.«

Es war Freitagabend und ich war wieder auf einer Veranstaltung, doch diesmal waren wir nur Gäste, Gott sei Dank. Das bedeutete jedoch nicht, dass wir bei unseren Verpflichtungen zurückschalten konnten. Jederzeit, wenn wir uns in der Gegenwart von Megareichtum befanden, hatten wir einen Job zu erledigen.

»Ach, du armes Ding«, kam von Schuld die Schelte. *»Tut mir*

leid, dass ich dir wegen all der Kinder dort draußen, die noch immer Hilfe benötigen, Umstände machen muss.«

Okay, okay. Sie hatte absolut recht, aber manchmal will man als Frau sich einfach einen Abend, oder zehn, freinehmen können, um in Trauer zu schwelgen, wenn einem das Herz gebrochen wurde. Selbst wenn man selbst diejenige ist, die es gebrochen hat.

Ich nahm mir fest vor mich zu bessern und stattdessen morgen zu schwelgen. Ich war die ganze Woche lang ein totaler Zombie gewesen, und mittlerweile war Jax wahrscheinlich soweit, dass er mich feuern wollte. Wenn Ollie nicht dagewesen wäre, um einzuspringen, dann wäre ich sicherlich bereits entlassen worden.

Doch morgen war Sonnabend und ich hatte keine Verpflichtungen, also plante ich das voll auszunutzen. Ich hatte Tina und Amy das Zeichen gegeben, Kim am Tresen warten lassen und die guten alten Ben and Jerry auf Abruf bereitstehen. Dieses Mal würden sie allerdings im Schichtbetrieb arbeiten. Täuschst du mich einmal, schäm dich. Tust du's zweimal …

… muss ich mich schämen.

In der Tat.

Ich hatte mir das selbst angetan. Welcher Idiot lehnt einen Kerl ab, der dir unter die Haube schaut und trotzdem mit dir zusammen sein will?

»Es ist nur zu seinem Besten, und das weißt du«, schaltete sich Schuld wieder ein.

Weißt du, wenn du mich schon zwingst, diesen verdammten rechten Weg zu beschreiten, dann könntest du dich wenigstens am Wein beteiligen!

Wahrscheinlich ist diese Woche die schlimmste meines ganzen Erwachsenenlebens gewesen.

Als Laney mich bei Mark abgeholt hatte, hatte sie sich wie die vorbildliche beste Freundin benommen. Ich schäme mich, dass ich jemals in Erwägung gezogen hatte, sie gegen Rocco einzutauschen. Sie stellte null Fragen und fuhr wie der geölte Blitz von Marks Haus weg. Als wir ihr Haus erreicht hatten, gab sie mir ein riesengroßes bequemes T-Shirt, eine Decke und eine Tüte Cheetos. Dann machte sie es uns auf der Couch bequem und kuschelte mich in ihre Arme. Ich weinte in ihre gewaltigen Brüste und sie streichelte meine Haare. Keiner von uns hatte auch nur ein Wort gesprochen.

Nachdem sich mein Geheule zu einem gelegentlichen Schluckauf verringert hatte, ließ sie mich los und sah mir ins Gesicht. »Möchtest du darüber reden?«

Ich schüttelte den Kopf und hickste noch einmal.

»Okay, ich werde jetzt mein Shirt wechseln gehen, damit ich nicht aussehe, als würde ich an einem Nasses-T-Shirt-Wettbewerb teilnehmen, und dann werden wir uns ein paar verrückte Bitches im Fernsehen angucken.« Sie stand auf und sah dann zurück auf mich herunter. »Aber morgen werden wir reden, Fi.«

Eine Stunde später schliefen wir beide auf der Couch ein, mit Orange Fingers und dem Fernseher noch an. Erst später dämmerte es mir, dass ich die Verlobungsnacht meiner besten Freundin mit meinem eigenen Drama gekapert hatte, und weder sie noch Nate hatten es mit auch nur einem Wort erwähnt. Verdammt, hab ich außergewöhnliche Freunde.

Am nächsten Tag fühlte ich mich immer noch elend, aber ich schleppte mich nach Hause, nachdem ich Laney versprochen hatte, eine Mädels-Quasselrunde am selben Abend bei mir zu Hause zu veranstalten. Sie nahm es auf sich, Bailey und Charlotte einzuladen, ihre Nachbarin, weil sie der Meinung war, dass die Chancen, dass wir das Problem, das mich ins Trudeln gebracht hatte, was auch immer es war, besser verstünden, je mehr Frauen wir miteinbezogen. Zu diesem Zeitpunkt kümmerte es mich nicht mehr, wer von meinen Angelegenheiten erfuhr. Ich wollte nur, dass dieser riesige Knoten in meiner Brust verschwand. Und außerdem war Charlotte in

Texas geboren und aufgewachsen und neigte dazu, verrückte Südstaaten-Sätze rauszuschleudern und Leute »*Sugar*« und »*Honey Pie*« zu nennen. Ich dachte mir, das alleine würde schon helfen.

Also verbrachte ich den Abend damit, mein Herz auszuschütten und mit diesen tollen Frauen Wein zu trinken. Sie waren verständlicherweise ein bisschen schockiert über die Großzügigkeit, mit der ich meine persönliche Geschichte teilte – Charlotte und Bailey hatten von meiner Leukämie nicht einmal gewusst, noch weniger von dem restlichen Shitstorm.

Sie versuchten allesamt mir zu versichern, dass Mark ein erwachsener Mann war und selbst die Entscheidungen darüber treffen konnte, was er wollte und was nicht. Und ich musste die Belehrungen erdulden, wie sehr ich es doch verdiente, glücklich zu sein, und aufhören musste, mir so viele Sorgen zu machen.

Dennoch war ich am Ende des Abends wieder genau dort, wo ich angefangen hatte – gebrochenes Herz und schmerzende Brust. Das Problem war, dass sie, so sehr sie sich auch bemühten, nicht wissen konnten, wie es sich anfühlte in meinen Schuhen zu stecken, auch wenn es geile Manolos waren.

Die restliche Woche war genauso. Laney rief ständig an und simste dauernd und versuchte manchmal, weitere Ratschläge zu geben, doch wir wussten beide, dass es uns nicht vorwärtsbrachte. Bei der Arbeit war ich unbrauchbar, und am Donnerstagmorgen, als ich geistesabwesend eine Packung Zucker in den Kaffeefilter schüttete, befahl Jax mir schließlich, einfach nach Hause zu gehen und mich auszuruhen.

Doch Ausruhen bedeutete herumzuliegen und an Mark zu denken, und das war das Letzte, was ich tun wollte. Ich beschloss stattdessen einkaufen zu gehen und mich selbst zum Mittagessen auszuführen. Der Durch-Schein-zum-Sein-Theorie huldigend, warf ich mich in Schale und machte mich auf zum

Friendly Center, wo eine Göre stets gute Mode, Nahrung und hoffentlich eine Perspektive finden konnte.

Ich hielt bei ein paar hübschen Boutiquen und kaufte mir ein paar hübsche Sachen. Ich wollte gerade zu Soma gehen und mir sexy Unterwäsche besorgen, als mir einfiel, dass es niemanden gab, der solche Dinge sehen würde, also ging ich rasch weiter und schniefte nur ganz leicht.

Da ich eine Ablenkung und Koffein nötig hatte, ging ich zu Caribou und riss die Glastür auf – um ausgerechnet direkt mit jener Person zu kollidieren, die ich am wenigsten zu sehen erwartet hatte.

»Terrence?!«

Sein Gesicht erhellte sich, als er mich sah, und zum Vorschein kam dieses perfekt unvollkommene Lächeln. Es wärmte mich sofort, aber nicht auf dieselbe Weise wie früher.

»Fiona! Ach du heilige Scheiße!« Er hüllte mich in eine Umarmung, während er zwei Take-away-Becher balancierte. Ich erwiderte mit einer festen Umarmung. »Es ist so schön, dich zu sehen«, sagte er zu meinem Oberkopf. Wieso waren alle so verdammt groß?

Er wich zurück und wir traten zur Tür hinaus, um den Leuten den Weg nicht zu blockieren. »Du siehst wie immer so hübsch aus«, sagte er lächelnd.

Ich musste lachen. »Du siehst auch nicht so übel aus. Was machst du hier? Ich dachte, du wärst jetzt in Raleigh zuhause.«

Er sah ein bisschen verlegen drein. »Na ja, das bin ich, aber meine … meine Freundin ist hier in Greensboro.«

Ich wusste nicht, welche Reaktion er sich erwartete, aber trotz des miserablen Zustandes meines eigenen Liebeslebens, freute ich mich sehr für ihn. »Wirklich?« Ich legte eine Hand an meine Brust und dehnte es theatralisch aus.

Das entspannte ihn sofort und er lächelte wieder. »Ja. Sie macht ihr Praktikum im Krankenhaus.« Er deutete die Straße hinunter. »Ich bin eigentlich gerade auf dem Weg, ihr ihren

Kaffein-Fix zu bringen«, sagte er und hob einen der Becher, die er in den Händen hielt. »Weißt du, ich bin froh, dass ich dir zufällig begegnet bin. Ich hatte vorgehabt dich anzurufen.«

Hä? »Ach ja?«

»Hast du kurz Zeit?« Er stellte die Becher auf den nächstgelegenen Tisch und deutete mir mich zu setzen.

»Aber sicher«, erwiderte ich, war mir aber völlig *un*sicher.

Wir setzten uns und er legte sofort los. »Also ich habe das Gefühl, dass ich dir eine Entschuldigung schuldig bin.«

Ich riss den Kopf zurück. »Wie um alles in der Welt kommst du darauf? Ich bin doch diejenige, die zum Hulk wurde, als du mir gesagt hast, dass du eine Beziehung haben möchtest.«

Plötzlich sah er verlegen drein. »Ja, was das betrifft … muss ich dir was gestehen.«

In der Geschichte der Menschheit ist diesen Eröffnungsworten noch nie etwas Gutes gefolgt. Ich wappnete mich.

»Erinnerst du dich an das eine Mal, als ich in der Stadt war und du hinüberfahren und Rocco abholen musstest?«

»Äh jaaa ….« Was sollte das werden?

»Na ja, du hast ein paar Dokumente am Tresen liegen lassen. Medizinische Unterlagen.«

Scheiße.

»Ich weiß, dass das eine totale Verletzung deiner Privatsphäre war, aber ich hatte die erste Seite gesehen, und als ich die gelesen hatte, konnte ich irgendwie nicht aufhören. Ich habe den ganzen verdammten Stapel gelesen – deine gesamte Krankengeschichte war da zusammengefasst.«

Ich wusste haargenau, von welchem Stapel er sprach, und plötzlich erinnerte ich mich an dieses Wochenende, als wäre es gestern gewesen. »Das war das Wochenende, an dem du früher wegmusstest.«

Er sah mir direkt in die Augen. »Ich musste nicht früher weg. Ich hab Panik gekriegt.«

»Aber bei deinem nächsten Besuch in der Stadt hast du mir

erzählt, dass deine Gefühle sich zu mehr entwickelt hatten und dass du eine Beziehung wolltest.«

»Ja«, sagte er und rutschte unruhig auf dem Stuhl hin und her. »Deswegen bin ich dir ja eine Entschuldigung schuldig. Ich habe deine Privatsphäre verletzt, dann hab ich dich angelogen und bin getürmt. Als ich zu Hause war, fühlte ich mich dann wie ein Arschloch, weil ich dich stehengelassen habe und wie ein ängstliches Kind davongelaufen bin, als ich herausgefunden hatte, dass die Frau, mit der ich abhing, Ballast mit sich herumschleppte.«

»Wieso hast du ursprünglich überhaupt angenommen, dass ich nur eine lockere Beziehung haben wollte? Ich meine, ja, das war irgendwie bescheuert meine privaten Sachen zu lesen, aber ich kann's dir nicht verübeln, dass du davongelaufen bist. Was ich nicht kapiere, ist, wieso du zurückgekommen bist und wieso du plötzlich mehr wolltest.« Ich war total perplex.

»Dafür schulde ich dir noch eine Entschuldigung«, sagte er und holte dann tief Luft. »Ich fühlte mich so schuldig wegen dem, was ich getan hatte, und ich dachte daran, dass du jemanden brauchst, der sich um dich kümmert, anstatt dich abzuservieren. Also hab ich mir gesagt, ich muss meinen Mann stehen und derjenige sein.«

Was. Zum. Teufel?

»Also, nur damit ich das richtig verstehe. Du hast dich schuldig gefühlt. Dann habe ich dir so leidgetan, dass du beschlossen hast, dich zu opfern?! Das ist … Das ist … schrecklich … verrückt … und wirklich verdammt peinlich, Terrence!«

»Ich weiß!« Er bedeckte sich die Augen mit den Händen.

Ich wurde langsam sauer. »Wieso genau hattest du das Gefühl, du musstest mir das erzählen? Besonders jetzt, wo es in der Vergangenheit liegt? Ich hatte von dir nie den Eindruck, dass du etwas loswerden musst, wenn du weißt, dass es die andere Person verletzt.« Ich fing an meine Sachen zusammenzusuchen, damit ich mich schleunigst davonmachen konnte.

»Nein – das ist nicht der Grund, wieso ich es dir erzählen musste«, sagte er flehend. »Bitte gib mir nur noch eine Minute.«

Ich ließ meine Taschen fallen und verschränkte die Arme. »Warum dann?«

»Weil, als ich Carly traf – ich weiß nicht. Als ich sie traf, war ich wie vom Blitz getroffen und ich wusste in dem Augenblick, was für ein Narr ich gewesen bin, weil ich mir die Frauen immer auf Armeslänge ferngehalten hatte.« Er fuhr sich mit der Hand über sein Gesicht, war sichtlich frustriert.

»Du und ich, wir sind uns ähnlich, Fiona, ob du es nun einsiehst oder nicht. Ich hatte Angst davor, jemanden an mich heran zu lassen, und ich nahm an, dass es nicht fair wäre, jemand anderen meine Karriere, für die ich die Hälfte der Zeit abwesend sein musste, aufzuzwingen.«

Er legte seine Hände auf den Tisch. »Sieh mal, ich verstehe, dass deine Situation definitiv viel ernster ist, aber ich glaube, dass die Befürchtungen die gleichen sind. Du hast Angst davor, Pläne für deine Zukunft zu machen. Und du hast Angst davor, jemanden an dich heranzulassen, weil du sie nicht verletzen willst. Aber Schätzchen, *niemand* hat eine Garantie für die Zukunft – ganz egal, ob derjenige auf seinem Sterbebett liegt oder gesund wie ein Pferd ist. Wenn sich die Gelegenheit bietet, muss man sie festhalten, und wenn die Liebe kommt, muss man sie festhalten und einfach einen verdammten Tag nach dem anderen annehmen.«

Er nahm meine Hand und drückte sie. »Fiona, ich weiß, dass du und ich nicht zusammen sein sollten, aber ich werde es niemals bereuen dich in meinem Leben gehabt zu haben. Ich möchte nur wirklich, dass du dir nicht selbst im Weg stehst, sondern glücklich wirst.«

Na prima. Scheiße. Jetzt war mein Zorn doch glatt weg.

Ich konnte nicht wirklich etwas sagen. Das war zu viel Information, als dass ich sie hätte auf einmal verarbeiten können.

Terrence stand auf. »Tut mir leid, dass ich dich aus dem Hinterhalt überfallen habe, also ruf mich ruhig später an und brüll mich an«, neckte er mich. »Ich muss jetzt laufen, aber ich meine es ernst – du kannst mich jederzeit anrufen.« Er setzte einen Kuss auf meinen Oberkopf. »Ein Tag nach dem anderen, Liebes. Ich verspreche dir, das funktioniert.« Und fort war er.

Er war wie ein sonderbarer Bote des Schocks und der Ehrfurcht, kurz da und schon wieder weg. Danach hatte ich meine Bestellung auf einen Grande vergrößern und fragen müssen, ob sie vielleicht Alkohol hinter dem Tresen hatten.

Das war gestern gewesen, und ich hatte noch immer nicht vollständig verarbeitet, was Terrence gesagt hatte, aber ich hatte ein ungutes Gefühl, dass es wichtig war. Nachdem ich diese Gedanken beiseitegeschoben hatte und mich wieder auf die Party konzentrierte, strich ich mein Kleid glatt – mein *schwarzes* Kleid – und versuchte für meine Mutter beruhigend zu lächeln. Doch sie sah mich gar nicht an.

»Fiona?«

Geheiligtes Jesuskind und all seine Babyfreunde – diese Stimme kannte ich.

»Ich glaube, wir sind uns noch nicht begegnet«, meldete meine Mutter sich zu Wort, als ich versuchte mich im freien Raum zu verstecken. »Ich bin Johanna Pierce«, grüßte sie den einzigen Mann auf der Erde, der mich zugleich in kleine Stücke brechen und ganz machen konnte. Verdammt!

»Mark Beckett«, hörte ich ihn sagen und dann konnte ich die Augen nicht mehr abwenden.

Möglicherweise habe ich gewimmert.

Seine Stimme richtete sich an meine Mutter, doch seine braunen Augen wichen keine Sekunde von mir. Er stand da, in einem perfekt geschnittenen dunklen Anzug und einer *orangefarbenen* Krawatte – die Farbe der Leukämie-Aufklärung – und ich dachte, ich müsste in Ohnmacht fallen. Ich hatte ihn schon mit einer Cargohose und einem Henley für gutaussehend gehalten, doch das war nichts gegen einen Anzug. Es war dem nackten Mark ebenbürtig, und das wollte was heißen.

»Meine Güte«, hörte ich meine Mutter flüstern.

Meine Güte in der Tat. War es hier drin wirklich plötzlich so verdammt heiß?

Ich konnte meine Zunge nicht dazu bewegen, richtig zu funktionieren, also sprach ich in Zungen und stieß eine Kombination aus ungefähr zehn Wörtern gleichzeitig aus. »Waberichwerho.« Dann versuchte ich, die Peinlichkeit für uns alle zu beenden, indem ich mir die Hand vor meinen dummen Mund hielt.

Ich sah einen von Marks Mundwinkeln zucken. »Ich freue mich auch dich zu sehen, Shortcake.«

Vor dem starren Blick, mit dem meine Mutter mich anstarrte, gab es kein Entkommen, daher musste ich meine Hand entfernen und mich zusammenreißen. »Ähm … also … Mom, das ist mein Freund Mark.« Seine Augenbrauen hoben sich daraufhin und ich ignorierte es. »Mark, das ist meine Mutter, Johanna.«

»Ja, wir haben uns soeben kennengelernt, Fiona«, sagte meine Mutter mit Bedacht. Zu Mark sagte sie: »Ich freue mich, Sie kennenzulernen, Mark. Es kommt nicht oft vor, dass wir Fionas *Freunde* treffen.« Ihr Blick verlagerte sich ja ach so dezent wieder zu mir hin.

»Äh, was machst du hier?«, fragte ich, wobei ich versuchte, nicht panisch oder unhöflich oder total verrückt zu klingen.

»Bin nur zum Spenden hier und um dir das zu geben.« Er streckte die Hand aus, die Handfläche nach oben, auf der ein kleiner Strass-besetzter rosafarbener USB-Stick zum Vorschein kam.

Unweigerlich kam ein Lächeln über meine Lippen, als ich das kleine Gerät mit zittrigen Fingern von seiner ausgestreckten Hand nahm. »Du musst dir deiner Männlichkeit aber sehr sicher sein«, neckte ich ihn. Was zum Teufel tat ich? »Was ist das?«

»Nur etwas, von dem ich möchte, dass du es siehst«, sagte er und somit absolut nichts Hilfreiches. Dann wandte er sich wieder zu meiner Mom, streckte die Hand aus und sagte: »Es hat mich gefreut, Sie kennenzulernen, Frau Pierce.« Zu mir sagte er nur: »Wir sehen uns, Shortcake.« Und dann war er fort.

Wie kam das nur, dass Männer bei mir ständig Bomben platzen ließen und dann in einer Rauchwolke verschwanden?

Ach du meine Güte.

Zu Ihrer Information – Die Apokalypse naht

FIONA

Ich schloss die Tür meines alten Schlafzimmers, den Laptop meines Dads unter den Arm geklemmt. Ich hatte nicht die geringste Ahnung, was auf diesem USB-Stick war, doch auf keinen Fall würde ich es meine Eltern sehen lassen.

Der Rest der Veranstaltung war im Flug vergangen, hauptsächlich weil ich so völlig und vollkommen abgelenkt gewesen war. Meine Mutter hatte, wie ich es von ihr erwartet hatte, mich zur Seite genommen und über unseren mysteriösen Besuch ausgefragt. Ich musste ihr schließlich gestehen, dass er in der Tat *jener* Mark war, mit dem ich mich traf, aber ich sorgte dafür, dass sie wusste, dass es aus war.

»Nun, es hat nicht so ausgesehen, als wäre es für *ihn* aus«, hielt sie es für nötig hervorzuheben.

»Mom, wir haben gemeinsame Freunde. Wir werden uns gelegentlich begegnen müssen, aber es würde nicht funktionieren, vertrau mir.«

»Ich verstehe nicht. Magst du ihn denn nicht?« Sie glättete

ihr makelloses Haar, das an diesem Abend zu einem seitlichen Dutt gebunden war. Sie sah wunderschön aus.

Ich mochte ihn sogar sehr. Ich hatte Angst, ich könnte in ihn verliebt sein.

»Das ist es nicht.«

»Was dann? Er schien nett zu sein, und selbst ich konnte erkennen, dass er ein heißer Typ ist.« Sie lächelte frech.

»Bäh – einfach nur bäh. Das wollte ich gar nicht wissen. Ich laufe jetzt zur Toilette.« Ich musste vermeiden, genau das gleiche Gespräch zu führen, das ich die letzte Woche mit allen geführt hatte. Ich wollte mir ersparen, dass meine Mutter dasselbe Mantra »Gib der Liebe eine Chance« wiederholte, also richtete ich es ein, ihr bis zu der Fahrt zu ihnen nach Hause aus dem Weg zu gehen. Und sogar meine Mutter war nicht so dumm gewesen dieses Thema vor meinem Vater anzusprechen. Ich war mir ziemlich sicher, dass der Wunsch meiner Mutter, mich zu verheiraten, in seinem Ausmaß nur dem Wunsch meines Vaters gleichkam, jedem Mann, der sich seinem unschuldigen kleinen Mädchen näherte, die Eier abzureißen.

Da ich mich nun aber sicher in meinem Schlafzimmer niedergelassen hatte, kam für mich die Stunde der Wahrheit. Ich drückte auf die Ein/Aus-Taste und wartete, bis der Computer hochgefahren war. In der Zwischenzeit zog ich eines meiner seidenen Nachthemden an und putzte mir die Zähne.

He, Gott, ich bin's wieder. Also ich hab vielleicht eine Woche hinter mir, wie du ja sicherlich weißt. Hast du eine Ahnung, ob die nächste besser sein wird? Mark ist heute Abend zu der Spendenveranstaltung gekommen. Mir ist schon klar, dass du das bereits weißt – du hattest ja nichts damit zu tun, oder? Bitte mach ihn glücklich – er ist dir gut gelungen und er verdient es wirklich. Okay, das wär's dann auch schon. Oh, Moment, eins noch. Die Peeptoe-Slingpumps, die ich kaufen wollte, waren vergriffen – könntest du vielleicht … vergiss es. Danke, dass du mich leben lässt. Bis später.

Spülen und spucken.

Es war soweit. Ich nahm den Laptop mit ins Bett und legte mich bäuchlings hin, ehe ich den USB-Stick ansteckte. Eine Videodatei öffnete sich. Die trug den Titel »Liebe Fiona«. Ich atmete tief durch, dann doppelklickte ich.

Beinahe hätte ich vor Schreck die Luft angehalten, als Marks schönes Gesicht auf dem Bildschirm auftaucht, obwohl ich nicht wusste, was ich sonst erwartet hatte, was hochpoppen würde. Im Hintergrund konnte ich sein Wohnzimmer erkennen.

»He, Shortcake«, sagte er mit einem traurigen Lächeln. Ich wollte die Hand ausstrecken und ihn berühren. »Also ich weiß, dass du wahrscheinlich nichts von mir hören willst, aber ich habe ein paar Dinge zu sagen und dann wollen ein paar andere Menschen dir was sagen.«

Was denn sagen?

»Ich glaube, ich verstehe es jetzt ein wenig besser, und ich gebe dir keine Schuld, aber du musst trotzdem etwas wissen.« Er atmete tief durch und starrte die Kamera an. »Du, Fiona Pierce, bist der stärkste Mensch, den ich jemals in meinem Leben kennengelernt habe. Ja, du bist winzig und du hast die Muskelmasse einer Zweijährigen.« Er lächelte und damit war es fast um mich geschehen. »Aber du besitzt Stärke dort, wo es zählt. Dein Charakter, deine Entschlossenheit, deine Unabhängigkeit, dein Elan und Tatendrang, anderen zu helfen, deine Bereitschaft, alleine deinen Weg zu gehen, ohne anderen deine Probleme anzuhängen. All das und noch mehr.« Meine Augen füllten sich mit Tränen, doch ich zwang sie aufzuhören, damit mein Blick auf sein perfektes Gesicht nicht blockiert wurde.

»Und da ist noch nicht mal mitgerechnet die Stärke, die du in allen in deinem Umfeld zum Vorschein bringst. Du hast ganz alleine meiner Mom gezeigt, wie stark sie tatsächlich sein kann – ich kümmere mich seit Jahren um sie, und dann kommst du und plötzlich hat sie ›Eier‹ wie ein Mann, wie du es so treffend bezeichnet hast.« Bei dieser Bemerkung verdeckte er sich kurz die Augen mit der Hand. »Der Punkt ist, dass sie es immer in sich gehabt hat, aber du hast es zum Vorschein gebracht. *Du* warst das, Shortcake.« Er zeigte durch den Bildschirm auf mich.

»Und dann bin da ich. Bevor du aufgetaucht bist, war ich irgendwie ein Arschloch. Schockierend, ich weiß.« Er grinste und mein Herz machte einen Salto in meiner Brust. Ich stieß gegen meinen Willen ein prustendes Lachen aus.

»Ich bin mir sicher, du lachst dich gerade krumm deswegen.«

Woher wusste er das?

»Ich weiß jetzt, dass ich Angst hatte, mich jemandem gegenüber zu öffnen. Ich dachte, man wird zur Zielscheibe, wenn man jemanden mag – es war einfacher, allein zu sein. Aber du hast das geändert – du hast mich mutig genug gemacht, es zu riskieren. Und selbst wenn es zwischen uns nicht funktionieren sollte, werde ich es niemals bereuen. Du hast mich zu einem Besseren gemacht.« Ganz sicher würde er mich zum Weinen bringen.

»Und jetzt, bevor ich offiziell meinen Männerausweis verliere und mit zu vielen Gefühlen in Verbindung trete, muss ich dir eine Frage stellen.« Er bewegte sich und es fühlte sich an, als würde sein Blick sich in mich brennen. »Was wäre, wenn ich einen fürchterlichen Autounfall hätte und gelähmt oder irgendwie traumatisch verletzt würde? Würdest du dir wünschen, ich hätte dich gehen lassen, ehe so etwas hätte passieren können? Denk drüber nach und bleib dran.« Der Bildschirm wurde schwarz.

Ich saß schockiert da, hatte aber keine Zeit zu verarbeiten, was er gefragt hatte.

Plötzlich leuchtete der Bildschirm wieder auf und es war Laneys Gesicht zu sehen. Zu behaupten, ihr Lächeln hätte etwas Erzwungenes gehabt, wäre eine Untertreibung.

»Hi, Fi. Bring mich nicht um. Diesen Mann soll der Teufel holen – er ist so überzeugend, wenn er fest entschlossen ist. Tut mir leid.« Sie zuckte mit den Schultern. »Aber da ich nun schon mal da bin, habe ich etwas zu sagen, und ich bin irgendwie froh, dass ich mit der Kamera spreche, denn dann kannst du nicht das Thema wechseln.«

Grrr.

»Du weißt ja, dass ich dich nicht mehr lieben könnte, wenn du meine eigene Schwester wärst, aber ich bin nicht die Freundin gewesen, die ich hätte sein sollen. Vermutlich ist mir jetzt erst bewusst geworden, wie viel von deinen eigenen Schmerzen und Schuldgefühlen du zurückhältst, als wir diese Woche angefangen haben, richtig darüber zu sprechen. Du bist immer meine furchtlose und verrückte und liebenswerte Fiona gewesen.« Sie lächelte, aber sie hatte Tränen in den Augen.

Und ich auch.

»Ich hasse es, dass du eine tapfere Miene machst, obwohl du innerlich leidest.« Sie wischte mit einem Finger unter ihrem Auge und atmete aus.

»Also hier ist das Angebot. Du hast mir Mut gemacht Nate eine Chance zu geben, und jetzt sieh dir uns an – wir werden heiraten.« Sie musste lächeln und ich lächelte ebenfalls. »Also werde ich das Gleiche für dich tun, denn ich möchte, dass du so glücklich bist wie ich – und es ist nicht so, dass ich mich für Marcia halte. Mir ist es recht, wenn ich Jan bin, solange du auch glücklich werden kannst, was immer das bedeutet.

»Allerdings werde ich Mark so fest in den Hintern treten, dass er keine Popressübungen mehr wird machen können – oder was zum Teufel er sonst macht –, sollte er dir auch nur ein bisschen wehtun. Ich liebe dich, Fi. Und gib dem Kerl eine Chance – ich glaube ich habe noch nie jemanden so elend gesehen.« Sie kicherte und winkte mir kurz zu, bevor sie die Kamera abdrehte.

Als nächster kam Jake dran, ausgerechnet er. »He, zukünftige Ehefrau. Ich weiß nicht, wieso Mark mich gebeten hat mit dir zu reden, denn jede Frau, die zwischen uns beiden die Wahl hätte, würde natürlich mich wählen, aber da ist er selber schuld.« Er lachte ein bisschen wahnsinnig.

»Ich möchte dir allerdings dafür danken, dass du mir bei meinem kleinen Projekt geholfen hast.« Er zwinkerte in die Kamera, sein freches Lächeln voll zur Schau gestellt. »Die Dinge entwickeln sich richtig gut dank dir. Und wenn ich vollkommen ehrlich sein soll, dann muss ich zugeben, dass mein kleiner Bruder ein ziemlich heißer Kandidat ist, trotz seiner Fehler. Das eine, das ich dir sagen kann, ist, dass er mich kein einziges Mal in meinem Leben im Stich gelassen hat, was ich für mich selbst nicht unbedingt sagen kann. Freu mich schon auf das nächste Abendessen! Wir sehen uns.«

Kurz und wonnig. Genau das *Gegenteil* davon, wie ich Jake beschreiben würde.

Bevor ich mehr als nur lächeln konnte angesichts Jakes kurzer Rede, tauchte Jax am Bildschirm auf.

Was zum Teufel?

Seine Igelfrisur war wie immer verwuschelt und sein schelmisches Grinsen brachte den Computer zum Strahlen.

»Ich hab mir gedacht, es wäre ein Spaß, wenn ich dir am Anfang von diesem Video gleich sage, dass du gefeuert bist, aber dein Freund hier war nicht meiner Meinung.« Er lachte über seinen eigenen Witz und machte dann einfach weiter. »Also werde ich mich kurzfassen.«

Er nahm einen ernsten Tonfall an, den ich nicht oft zu sehen bekam. »Fräulein Fiona, wissen Sie, warum ich Sie angestellt habe?« Er machte eine Pause, als könnte ich ihm tatsächlich antworten. »Ich habe Sie angestellt, weil von dem Augenblick an, als Sie bei Ihrem Interview den Mund aufmachten, haben sie mich verdammt glücklich gemacht. Als Sie an diesem Tag gegangen sind, war ich so verdammt gut gelaunt, dass Ollie beinahe einen Arzt rufen wollte.

»Und das machst du mit jedem Kunden, mit dem du sprichst. Ich hätte dir das schon früher zeigen sollen, aber siehst du das?« Er hielt die Kamera an seinen Computerbildschirm. Ich konnte etwas erkennen, aber nicht viel. »Alle diese Kundenbewertungen erwähnen dich. Natürlich lieben sie mich, weil ich brillant bin und sie gut behandle, aber jede Bewertung, seit du hier zu arbeiten angefangen hast, schwärmt davon, wie großartig auch du bist.«

Er drehte die Kamera wieder in seine Richtung. »Also mir ist es sowas von scheißegal, ob du ein Dokument falsch ablegst, den Kopierer demolierst oder Kokain in die Kaffeemaschine schüttest. Du bist verdammt großartig in deinem Job und dass du mir das ja nie anzweifelst. Also das ist alles, was ich für den Augenblick habe, aber ich sehe dich dann am Montag.« Er griff nach der Taste, um das Video abzuschalten, und holte das schelmische Grinsen wieder hervor. »Ach, und übrigens: Ich werde den Kaffee machen.«

Der Bildschirm wechselte und mein Herz machte wieder einen Salto in meiner Brust. Es war Mark.

»Ich bin's also wieder. Ich werde dich gehen lassen und du kannst entscheiden, was du als nächstes tun willst. Aber ich kann dir mit hundertprozentiger Sicherheit sagen, dass ich mit dir zusammen sein will, und ich möchte, dass wir uns um *einander* kümmern. Hoffentlich wird das bedeuten, dass wir das Beste im Anderen zum Vorschein bringen und glücklich sind, aber selbst wenn nicht und es passiert Scheiße, dann ist es immer noch das, was ich will. Bis später, Shortcake.« Er zwinkerte und schaltete die Kamera aus. Das Video war zu Ende.

Es war ein bisschen ein Schock.

Ich war zu gleichen Teilen peinlich berührt, verwirrt und platt nach dieser Welle der Zuneigung von den Menschen in meinem Leben und der Mühe, die Mark sich gemacht hatte, weil er um mich kämpfen wollte.

Ich heulte mir die Augen aus und schlief ein in dem Wissen, dass ich beim Aufwachen am Morgen wie Sloth aus den *Goonies* aussehen würde.

»Raus aus den Federn, meine Hübsche!«, hörte ich die Stimme meines Vaters neben mir. Ich öffnete die Augen einen Schlitz weit und sah ihn, wie er in seinem marineblauen Morgenmantel neben dem Bett stand. Draußen war es noch dunkel.

»Tut mir leid, dass ich dich so früh wecken muss, Schätzchen, aber ich konnte nicht schlafen – mir ging zu viel durch den Kopf«, sagte er.

»Wie spät ist es?«, konnte ich murmeln. Mein Gesicht spannte und meine Augen waren praktisch zugeschwollen nach all dem Weinen am Vorabend.

»Sechs Uhr dreißig – ich weiß, es ist noch früh, aber ich möchte mit dir reden.«

Was war das? Beichtstunde vor der Apokalypse? Seit wann hatten alle mir so verdammt viel zu sagen?!

»Dad«, wimmerte ich, »ich brauche meinen Schlaf. Du kannst später mit mir reden.«

»Ich möchte reden, bevor deine Mutter aufwacht.«

Damit hatte er meine Aufmerksamkeit. Er hielt nie etwas vor ihr geheim. Ich zwang mich, mich aufzusetzen, und stopfte die Decke um mich herum. Er machte den Anfang.

»Ich habe einen Anruf erhalten.«

Jetzt war ich völlig wach. »Von Laney? Wann? Ist etwas passiert?«

Er schüttelte den Kopf. »Nicht von Laney – Mark. Er hat mich anfangs der Woche angerufen.«

»Du machst einen Scherz.« Nicht genug, dass er meine Freunde zusammengetrieben hat, um mir emotionale Reden zu halten – er hatte auch noch meinen Vater hinzuziehen müssen? Konnten die sich nicht alle eine Promi-Wohltätigkeitsorganisation suchen, auf die sie sich stattdessen konzentrieren können? Ich bin mir sicher, dass es jede Menge streunende Katzen gibt, die einen guten Katzenminze-Lieferanten brauchen.

»Bevor du irgendwelche voreiligen Schlüsse ziehst, möchte ich dir erzählen, warum er angerufen hat.«

»Ich weiß, warum er angerufen hat. Ich habe mich von ihm getrennt und er setzt Erpressung ein, um mich aus irgendeinem unerklärlichen Grund zurückzubekommen!« Ich schnaufte empört.

»Er hat angerufen, um mich zu deiner Gesundheit zu befragen, nicht wegen irgendetwas in Zusammenhang mit einer Beziehung. Das geht nur euch beide etwas an.«

Ha! Schön wär's. »Aber meine Gesundheit ist für den öffentlichen Diskurs freigegeben?«

Er warf mir den »Paps«-Blick zu. Vermutlich ist die eigene Krankengeschichte ohnedies öffentlich, wenn die Hälfte von Raleigh sie kennt.

»Was hast du ihm erzählt?«

»Zuerst gar nichts«, sagte er und ließ sich dann auf der Bettkante nieder. »Aber dann, je länger ich mich mit ihm unterhalten habe, desto mehr ist mir klargeworden, wie sehr er dich mag und wie sehr er sich um dich sorgt.«

Ich wusste nicht, was ich sagen sollte.

»Fiona, wieso musste es dieser junge Mann sein, den du erst seit einer kurzen Weile kennst, der mir sagt, dass mein kleines Mädchen in Angst lebt?«

»Er hatte kein Recht—«, fing ich an, doch mein Dad unterbrach mich.

»Mag sein, aber *ich* habe das Recht. Deine *Mutter* hat das Recht. Du bist immer eine so fröhliche, positive junge Frau gewesen. Dein Lächeln erhellt den Raum – du wirst mit allem spielend fertig. Wie kann es sein, dass ich nicht gewusst habe, dass du jeden Tag damit verbringst, auf die nächste Hiobsbotschaft zu warten?«

Nun, da war ich überfragt. Ich sah meinen Papa an und wurde wieder an die Gründe erinnert. Aber ich vermutete, das Spiel war aus.

»Ich wollte nicht, dass du dir weiterhin Sorgen um mich machst. Ich habe gesehen, wie sehr euch die Leukämie belastet hat, und ich wollte, dass ihr denkt, dass mein Leben wieder perfekt ist.«

»Aber das ist es offenbar nicht gewesen.«

»Nicht so sehr«, gestand ich und zuckte jämmerlich leicht die Schultern.

Er nahm mich in seine Arme. »Mein kleines Mädchen«, flüsterte er, und ich weinte ein bisschen in sein Hemd. Wenn das so weiterging, näherte ich mich langsam dem Dehydrierungsgrad eines mit einem hübschen Pyjama bekleideten Trockenfleisch-Sticks. Entzückend. Kein Wunder, dass Mark so scharf auf mich war.

Im Anschluss an unser Gespräch machte mein Papa Pfannkuchen, während ich in der Küche saß und meine Kur bestehend aus Fruchtsaft, Wasser und Kaffee zu mir nahm und mir dabei ein kühles Tuch auf die Augen hielt, damit ich eines Tages hoffentlich wieder zu einem normalen Sehvermögen zurückkehren würde. Er stellte mir meinen Teller vor mich hin und ging dann weg, um meine Mutter aufzuwecken, damit wir ein Familientreffen abhalten konnten.

Juhu. Stichwort Sarkasmus.

Doch es stellte sich als gar nicht so schlimm heraus. Mein Vater, der meine Vorliebe für Listen kannte, kam mit einer Liste nach der anderen. Zuerst kam die Statistik dran, wie wahrscheinlich es war, dass jemand wie ich noch einen Krebs bekäme. Dann kamen Listen dran, die sich auf die Gesundheit meines Herzens, meiner Lungen und meiner Knochen bezogen. Und zum Schluss holte er noch eine Liste mit Therapeuten hervor und meine Eltern ermunterten mich beide, mich besonders auf diese Liste zu konzentrieren.

Unser Treffen endete und es folgten zahlreiche Umarmungen und Versprechen sich zu melden, bevor ich meine Sachen zusammensuchte und mich auf den Weg zurück nach

Greensboro machte. Im letzten Augenblick nahm mich mein Paps jedoch beiseite und erinnerte mich exakt daran, wer er war. »Übrigens, falls du vorhast, mit diesem Mark auszugehen, bitte erinnere ihn daran, dass ich weiß, wo ich ihn finden kann, sollte ich jemals einen Anlass dazu haben.«

Großer Gott.

In meinem Hirn schwirrten die Gedanken bis zur Überlastungsgrenze den ganzen Weg nach Hause – ich hatte viel nachzudenken.

Doch zuerst war ich jemandem eine Antwort schuldig.

Fiona: *Danke für das Video, denke ich.*

Mark: *Ja, ich hab mir gedacht, dass es in beide Richtungen ausschlagen kann.*

Fiona: *Kann ich etwas Zeit zum Nachdenken bekommen?*

Mark: *So viel du brauchst, Shortcake. Du weißt, wo du mich finden kannst.*

Die Zukunft

MARK

Sechs Wochen später

»Zum hundertsten Mal. Ja, ich werde zur Verlobungsparty kommen.«

»Reiß *mir* nicht den Kopf ab. *Ich* bin nur der Überbringer. Laney hat sich nicht getraut, dich nochmal anzurufen. Feigling«, sagte Bailey am anderen Ende der Leitung.

»Ich bin ein erwachsener Mann. Ich kann im selben Raum wie Fiona sein und trotzdem nicht durchdrehen. Und außerdem freue ich mich sogar, sie zu sehen«, gab ich zu, während ich mich auf meinem Schreibtischsessel zurücklehnte.

»Du machst dir also immer noch Hoffnung? Sei mir nicht böse, wenn ich das sage, aber du bist ein Masochist, Beckett.«

»Ich glaube, das ist das erste Mal, das ich dich gehört habe, wie du etwas auf halbwegs höfliche Weise sagst«, hänselte ich sie.

»Schieb's dir in den Arsch, Romeo«, knurrte sie.

»Und ja, ich mache mir Hoffnung. Sie wird ihre Meinung nämlich ändern – du wirst schon sehen.«

»Also ich hoffe uns allen zuliebe, dass sie das tut, denn ich weiß nicht, ob ich noch mehr von diesen GNO, die sie ständig organisiert, ertragen kann. Ich meine, es ist schon schlimm genug mit diesem ganzen Hochzeitszeug.«

»Was zum Teufel ist ein GNO? Hört sich nach Frauenarzt-Problem an.«

»Ich weiß – die haben tatsächlich ein Akronym dafür. Es soll für ›Girls' Night Out‹ stehen, aber ich bezeichne es im Geheimen als ›Got No Orgasms‹. Da trinkt und unterhält sich nur ein Haufen Mädels über Männer. Ich meine, manchmal ist es gar nicht so schlimm. Aber mit der ganzen Mädchen-Hochzeitsscheiße? Ich kotze alles aus, was mit ›Mädchen‹ zu tun hat.« Sie machte ein schönes Würgegeräusch. »Laney zwingt mich ein Kleid bei der Hochzeit zu tragen«, jammerte sie.

»Bailey, du bist einer der Brautjungfern. Natürlich musst du ein Kleid tragen. Ich glaube, dass du sogar genau das gleiche Kleid wie die anderen Brautjungfern tragen musst.«

»Was? Das ist doch idiotisch.«

»Die Regeln stammen nicht von mir. Jedenfalls muss ich jetzt los. Aber wir sehen uns heute Abend. Und komm nicht in Jeans und T-Shirt! Das ist die Art von Party, für die man sich schön anzieht.« Ich erhob mich von meinem Stuhl.

»Arschfi—«, setzte sie an, doch ich legte auf und lachte.

Ich schnappte mir meinen Helm und ging zur Wohnungstür, um bei der Mannschaft vorbeizuschauen. Bevor ich sie erreichte, klopfte es jedoch an der Tür. Ich drehte den Knauf und schwang sie auf, denn ich rechnete damit, einen der Jungs zu sehen. Stattdessen stand Fiona auf der obersten Stufe und sah aus wie ein verdammter Traum. Mann, vielleicht war sie das.

»Hi, Mark«, sagte sie leise.

Nö, kein Traum.

»He, Shortcake«, erwiderte ich und mir war unweigerlich ein beklopptes Lächeln ins Gesicht gepflastert. Wie sie das Lächeln erwiderte, verriet mir, dass es so doof aussah, wie es sich anfühlte.

»Tut mir leid, dass ich dich so überfalle, aber ich habe endlich den Mut gefunden, also musste ich es einfach ausnutzen.« Sie sah hinab auf ihre Füße, die in Designer-Schuhen steckten, ehe sie wieder meine Augen suchte und ihr Gesicht auf die verdammt niedlichste Art verzog.

»Du kannst mich jederzeit überfallen – das weißt du doch.« Ich wurde langsam nervös. So lange hatte ich gewartet und hatte mir Zuversicht abgerungen, doch jetzt, als der Moment da war, hatte ich Angst, sie könnte die Sache ein für alle Mal beenden. »Komm ruhig rein.« Ich trat beiseite und hielt ihr die Tür auf. Wenn ich schon den Laufpass kriegen musste, dann konnte ich wenigstens für ein wenig Privatsphäre dabei sorgen.

Sie trat ein, ging zu meinem Schreibtisch und drehte sich dann erst um. »Du bist so geduldig gewesen, und dafür möchte ich dir wirklich danken. Ähm … Es ist viel geschehen.« Sie fuhr mit den Händen über den Rock ihres sexy Sommerkleides hinunter. Frauen tragen keine sexy Outfits, wenn sie mit einem Kerl Schluss machen, oder? Ach, wem machte ich was vor? – sie sah in allem sexy aus, also ist das ein überflüssiges Argument.

»Ach ja?«, war alles, was ich herausbrachte.

»Ja«, setzte sie erneut an. »Ich habe angefangen, einen Therapeuten zu besuchen, den mir mein Onkologe empfohlen hat. Das hat mir geholfen, eine neue … Sicht … der Dinge zu entwickeln. Ich nehme mir eine Auszeit von der Stiftung meiner Eltern – von dem Wohltätigkeitskram eigentlich. Mein Therapeut meint, um nicht hinter jeder Ecke mit dem Schlimmsten zu rechnen, muss ich die Vergangenheit so viel wie möglich loswerden und mich auf die Zukunft konzentrieren.«

»Das hört sich recht klug an«, sagte ich und zwang mich dann zu fragen: »Also in welchen Teil falle ich – die Vergangenheit oder die Zukunft?«

Sie drehte sich um, nahm eine Heftmaschine vom Schreibtisch und spielte damit, um ihre Hände zu beschäftigen. »Ich spiele auch mit dem Gedanken, eine kleine Cateringfirma zu gründen – eine *sehr* kleine.« Es war, als hätte sie meine Frage nicht gehört.

»Das hört sich nach einer prima Idee an«, antwortete ich und freute mich ehrlich, obwohl ich nicht begriff, was sie damit sagen wollte.

»Ja, das ist witzig. Deine Mom hatte die Idee.«

Also das war jetzt aber überraschend. »Meine Mom?«

Sie lachte kurz. »Ja, weil sie ja so viel Erfahrung als Kellnerin hat, hat sie eine Menge tolle Ideen. Ich weiß nicht. Zum jetzigen Zeitpunkt ist es nur ein Ansatz.«

»Wow. Daran habe ich nie gedacht – natürlich wäre sie eine große Hilfe auf dem Gebiet.« Ich kratzte mich am Kinn.

»Die Zukunft«, sagte sie plötzlich, dabei sah sie mir ernst in die Augen.

Mein Herz war möglicherweise stehengeblieben. »Was?«

»Die Antwort ist, dass du ein Teil dieser Zukunft bist – wenn du es sein möchtest, wo du ja weißt, wie sie aussehen könnte.«

Kaum hatte sie ihren Satz beendet, da hob ich sie hoch und küsste sie zu Tode. Sie fing nach der Hälfte des Kusses zu lachen an, woraufhin ich ebenfalls lachen musste. »Wir hören uns wie vollkommene Idioten an«, brachte ich zwischen dem Lachen und den Küssen heraus.

»Nein, *ich* bin die Idiotin. Beinahe hätte ich dich gehenlassen«, sagte sie und legte ihre Hände um mein Gesicht.

Ich wich zurück und sah sie an. »Nee, das hätte ich nie zugelassen, Shortcake.«

Sie machte ein verächtliches Geräusch. »Eingebildeter Mistkerl.« Aber sie lachte.

»Weißt du doch«, erwiderte ich und zog sie wieder an mich.

Die Party war in vollem Gange, als wir beim Restaurant ankamen. Ein kleiner Umweg zu Fionas Wohnung endete mit einer wilden Runde von etwas, das man vermutlich als Versöhnungssex bezeichnen konnte. Was auch immer es war, ich freute mich auf noch viel mehr davon.

»Ach, Gott sei Dank, dass ihr hier seid!« Laney sprach Fiona sofort an, als wir den privaten Raum betraten. Sie bemerkte erst kurz darauf, dass Fiona und ich gemeinsam hereingekommen waren. Sie zeigte zwischen uns hin und her, ihr Mund stand weit offen. »Ihr … Ihr … wirklich?« Sie strahlte uns an. Wir nickten beide und dann DREHTE SIE DURCH.

Da war Gekreische, von dem ich wahrscheinlich nur einen Teil hörte – der Rest war nur für die Hunde der Nachbarschaft wahrnehmbar –, und ein paar komische Bemerkungen zum Brady Bunch. Als das Gekreische wieder anfing, gelang es mir, Fiona lange genug zu beruhigen, um sie rasch zu küssen, bevor ich mich auf die Suche nach Testosteron begab.

Ich fand Nate, Gavin und ein paar der anderen Jungs zusammen bei der provisorischen Bar in der Ecke. Nach einer Runde Händeschütteln und ein wenig Aufziehen wegen meiner Begleitung, schaltete Nate sich ein.

»He, wieso erfahre ich erst jetzt, dass dein Bruder zurück nach Greensboro zieht?«

Ich hob abwehrend die Hände. »Frag mich nicht – ich hab's erst neulich erfahren, als er mich angerufen hat, um es mir zu erzählen.« Wahrheitsgemäß hatte Jake mir gefehlt, seit er vor ein paar Wochen weggefahren war, aber das würde ich ihm niemals sagen.

»Worum geht's da? Ich meine, nicht dass ich nicht froh wäre, ihn in der Nähe zu haben, aber ich dachte, er liebt Florida.«

»Weiß der Geier«, erwiderte ich. »Er hat nur gesagt, dass er irgendeinen Scheiß regeln muss, dann wird er in ein paar Monaten herziehen, hoffentlich. Ich weiß nicht, was er vorhat.« Ich verschwieg den Teil, wo er gesagt hatte, dass er herzog, um mir Fiona wegzunehmen. Wieso fehlte er mir nochmal?

»Muss was mit den Kochkünsten seiner Zukünftigen zu tun haben«, spottete Gavin, als hätte er meine Gedanken gelesen.

»Pass auf, Junior, sonst fängst du dir 'ne gebrochene Nase ein«, sagte ich zu dem kleinen Mistkerl. Okay, klein war er vielleicht nicht, aber ein Mistkerl definitiv.

»Reg dich ab, Beckett. Ihr vertrottelten liebeskranken Arschlöcher seid doch so leichte Zielscheiben«, hielt er mir vor und trat dann klugerweise ein paar Schritte zurück. »Ich hol uns'n paar Bier.«

Ich konzentrierte mich wieder auf Nate, angesichts dessen, dass er und Laney die eigentlichen Ehrengäste bei dieser Party waren. »Gratuliere, Mann. Ich freue mich riesig für euch. Laney wird aber alle Hände voll zu tun haben.« Es war meine Aufgabe, es ihm schwerzumachen.

»Apropos«, erwiderte er. »Ich hoffe, es macht dir nichts aus, dass ich mir deine neue Freundin geborgt habe, um die Lage zu retten und mich herauszureißen.«

Ich sah ihn nur fragend an.

»Der Koch sollte irgendein gesundes Scheißzeug für meinen Vater zubereiten, jetzt behauptet er aber, es ist ein fixes Menü ohne Ausnahmen, und Laney hat jetzt die Panik gekriegt.«

Nates Papa hatte letzten Sommer einen Herzanfall und seine Mama achtete seither genau auf Riordans Diät. Sie hatte Laney mit an Bord geholt, daher wusste ich, dass das den

Abend durchaus versauen konnte. Wollen wir mal sagen, Riordan war niemand, den man leicht beruhigen konnte. Und Erin auch nicht.

»Also wenn jemand in der Lage ist, einen professionellen Koch zu bezirzen, dann Fiona«, sagte ich.

»Genau das hab ich mir auch gedacht«, sagte Nate.

Gavin näherte sich und reichte uns beiden ein neues Bier – wahrscheinlich eine Entschuldigung, weil er ein Depp gewesen war. Oder auch nicht.

»Auf die verrücktesten Frauen«, sagte Nate und hob sein Bier in die Höhe.

»Auf den Mann, der mutig genug ist, sich meine megaverrückte Schwester aufzubürden«, schaltete Gavin sich ein und hob das seine.

»Auf die Damen, die mutig genug sind, sich … alles aufzubürden«, sagte ich zum Schluss, als wir mit den Flaschen anstießen und einen ordentlichen Schluck von unserem Bier nahmen.

Ja, ich war eine Fickmarionette.

Und was stört dich daran?

Epilog

MARK

Drei Monate später

»Beeil dich, Shortcake! Die Zeremonie fängt in fünfzehn Minuten an.«

»Ich musste nur sichergehen, dass Kelly alles unter Kontrolle hat!«, schrie sie beim Hinaufeilen über die Vordertreppe der Kirche, wo ich wartete.

Ich streckte ihr meine Hand entgegen und sie seufzte theatralisch, bevor sie mir ihr Handy gab. Sie war hinreißend, wenn sie schmollte. Dabei wünschte ich mir auch immer, an ihrer Unterlippe knabbern zu können.

Ich schaltete das Handy aus und stopft es in die Tasche meines Fracks. »Es wird schon alles perfekt funktionieren. Ihr beide seid das doch hunderte Male durchgegangen, alles ist vorbereitet und du hast selbst gesagt, dass die Rezepte einfach sind.«

Sie seufzte abermals. »Du hast recht. Ich weiß nicht, warum ich mir deswegen Sorgen mache. Ich sollte mich auf Laney konzentrieren – ich bin eine fürchterliche Brautjungfer.«

»Wenn du wegen eines Anrufs verschwindest, bist du noch nicht fürchterlich. Ihr Mädels habt den ganzen Vormittag miteinander verbracht und sie ist bereit loszulegen.«

»Ich hasse es aber, dass Kelly nicht hier sein kann«, sagte sie leise, während ich die Vordertür der Kirche öffnete und sie hineinführte.

»Wir werden sie beim Empfang sehen, und Jake hat versprochen viele Fotos zu schießen. Und jetzt küss mich schnell, denn ich muss zu Nate und verhindern, dass er uns in Ohnmacht fällt.«

Das tat sie und ließ ihre Lippen zu lange verweilen, als es sich für einen kirchlichen Rahmen gehörte – nicht, dass ich mich beschweren würde. Dann warf sie mir ihr bezauberndes strahlendes Lächeln zu und stolzierte in ihren hellbraunen Stöckelschuhen und dem blauen Kleid davon, ein umwerfender Anblick wie immer. Ach, richtig – vor ein paar Wochen bin ich ausgeschimpft worden, weil ich die Wörter »hellbraun« und »blau« verwendet hatte, und wurde informiert, dass die Hochzeitsfarben nur als die sehr eleganten »Pergament« und »Helles Himmelblau« bezeichnet werden durften. Das war der Augenblick gewesen, als ich befand, dass Nate noch mehr unter dem Pantoffel stand als ich.

Kaum zu glauben, dass Nates und Laneys Hochzeit bereits direkt bevorstand. Die letzten drei Monate seit ihrer Verlobungsfeier und dem »offiziellen« Anfang von Fiona und mir als Paar waren wie im Flug vergangen.

Am Anfang hatte ich mir geschworen, behutsam vorzugehen und Fiona nicht zu überfordern, doch sie hatte das praktisch unmittelbar beendet und wir hatten seither jede Nacht miteinander verbracht. Obwohl wir immer noch zwei Wohnadressen führten, wohnten wir eigentlich zusammen.

Schnell? Mensch, ja.

Angsteinflößend? Ein bisschen, besonders als ich zum ersten Mal einen Blick in ihren Kleiderschrank werfen konnte und mir klarwurde, dass wir ein ganzes Zimmer ihrer Garderobe widmen mussten, sollten wir uns jemals eine gemeinsame Wohnung suchen. Die Schuhe würden möglicherweise einen kleinen Anbau benötigen.

Aber wir achteten darauf, offen miteinander zu kommunizieren, und der Therapeut half ihr, die Dinge durchzugehen und sich auf ihre Stärken zu konzentrieren. Ihr Mantra war einen Tag nach dem anderen anzugehen, und dabei war ich total mit im Boot.

Und dieser Funke einer Idee, den meine Mom gehabt hatte mit dem Catering. hatte sich tatsächlich in ein tolles Zusatzgeschäft für die beiden entwickelt. Sie übernahmen nur kleine Veranstaltungen, aber es sprach sich herum und ich war mir sicher, dass der heutige Hochzeitsempfang zu neuen Aufträgen führen würde.

Anfangs hatte Fiona den Empfang nicht machen wollen, denn sie wollte sich ganz auf Laney konzentrieren können. Doch als Nate und Laney beschlossen, nur Horsd'œvres und Getränke zu servieren und das Geld für Mega-Flitterwochen zu sparen, gab Fiona schließlich nach.

Die Firma tat ihrem Selbstbewusstsein richtig gut und sie und meine Mom arbeiteten traumhaft gut miteinander. Meine Mom ließ Fiona niemals durchdrehen, weil sie etwas vergessen oder den Überblick über ihre Gedanken verloren hatte, und sie war immer diejenige, die die Verantwortung für das Servierpersonal und die Organisation hatte. Dadurch konnte Fiona sich auf ihre Lieblingsfunktionen im Unternehmen stürzen, zu denen die Zusammenstellung der Menüs, das Kochen und das Plaudern mit den Klienten zählten. Es war eine wunderbare Partnerschaft, und ich war mir ziemlich sicher, dass sie das zu einem Vollzeit-Geschäft machen und einen Manager würden anstellen können, wenn sie das wollten. Wir würden bloß abwarten müssen – ein Tag nach dem anderen.

Ich ging über den Mittelgang der Kirche, die ungefähr halb voll war, und suchte Nate, in der Hoffnung ihn noch stehend anzutreffen. Er befand sich genau dort, wo ich ihn stehengelassen hatte, in der Sakristei gleich neben dem Altar und bei Gavin. Gavin steckte ihm gerade einen Flachmann in seine Frackinnentasche, als ich eintrat, und Nate sah etwas ruhiger, obwohl immer noch blass aus.

»Also, Mann, alles ist unter Kontrolle. Die Mütter sowie Bailey und Fiona sind bei Laney, Rocco und Laneys Dad warten darauf, sie zum Altar zu führen und dein Dad wird die Mütter in ein paar Minuten hinführen. Du musst nur noch ein paar Minuten hier verharren, deine »Ich will«-Formeln sprechen und dann können wir uns alle was zu trinken holen.« Mir war schleierhaft, wie ich dazu gekommen war, dermaßen involviert zu sein in die Hochzeit meiner Freunde, doch es gab bestimmt schlimmere Dinge, als an der Seite eines guten Freundes zu stehen, wenn er sich an die richtige Frau bindet.

Nate atmete durch. »Okay, ich schaffe das.«

»Hast du Fiona schon das mit der Hochzeitsrede beim Empfang beigebracht?«, fragte Gavin.

Scheiße.

»Scheiße. Hab ich vergessen«, sagte ich und deutete ihm, er solle den Flachmann wieder herausholen, damit ich mir auch einen Schluck genehmigen konnte.

Hat ich's doch gewusst, dass ich was vergessen hatte.

Damals, bei der Verlobungsfeier, hatte Fiona nämlich darauf bestanden, vor der Menge einen Toast auszusprechen, bei dem sie auf ihre traditionelle Art etwas gesagt hatte, dass wirklich gut ankam. Ich glaube, der Satz, der die Menge zum Kichern gebracht hatte, war wörtlich: »Auf Laney und Nate, aus Anlass ihrer Vereinigung, mögen die Dinge stets glücklich für sie enden.« Obwohl das gewiss ein unvergesslicher Trinkspruch gewesen ist, war es keiner, den Nate und Laney bei ihrem Hochzeitsempfang wiederholt haben wollten. Als ihr Freund war ich beauftragt worden Fiona beizubringen, dass es nur die Rede Gavins als Trauzeuge an diesem Abend geben würde, obwohl ich mir nicht sicher war, wie die viel besser werden sollte. Aber es war deren Hochzeit und sie machten die Regeln.

»Ich werde sie dann später abfangen und es ihr sagen.«

In dem Augenblick kam der Pfarrer herein und ich versteckte den Flachmann hinter meinem Rücken.

Er lachte nur. »Sohn, denkst du, Jesus hat nicht getrunken?« Dann wandte er sich an Nate. »Bereit?«

Nate nickte einmal und verließ dann steif den kleinen Raum, um seine Braut zu treffen.

»Ich verstehe immer noch nicht, wieso ich keine Rede halten werde. Das Essen steht bereit und das Servierpersonal und die Assistenten haben alles im Griff. Ich bin nur hier, um mitzufeiern«, sagte Fiona und machte einen kleinen Shimmy.

Ich zog sie an mich und wickelte sie in meine Arme, damit ich sie an mir spüren konnte. »Dann mach Party so viel du willst, Shortcake«, sagte ich ihr ins Ohr, bevor ich sachte in das Läppchen biss. Sie erschauderte und ich lächelte.

Die kleine Band, die Laney angeheuert hatte, spielte gerade ihre erste Nummer, also wiegte ich Fiona ein wenig, als wir dort neben der Tanzfläche standen. Die Frischvermählten machten sich gerade für ihren ersten Tanz bereit und ich hatte vorgehabt, den Rest des Abends mit meinem Mädchen in meinen Armen zu verbringen, sowohl hier als auch oben in dem Hotelzimmer, dass ich für die Nacht gebucht hatte.

Nate und Laney hatten sich entschieden, zu »*The One*« von Kodaline zu tanzen, und als der Song anfing, musste selbst ich zugeben, dass sie echt verdammt perfekt aussahen, wie sie dort draußen so tanzten und nur Augen für einander hatten. Das heißt, bis Rocco sich entschloss, mitzumachen. Nate bückte sich und hob ihn mit Leichtigkeit hoch, damit er auch mittanzen konnte.

»Ahhh«, sagte Fiona gegen meine Schulter und ich hätte schwören können, dass ich ein Schniefen gehört hatte. Außer Nate und Laney gab es, glaube ich, keinen glücklicheren Menschen im Raum als meine Shortcake. So ist sie eben.

Als das Lied aus war und alle laut klatschten, lud der Sänger der Band alle ein, sich zum Paar auf der Tanzfläche zu gesellen und die Musik zu genießen. Fiona und Laney führten einen schockierend aufreizenden Tanz vor, nach dem ich Fiona beinahe noch in derselben Minute in unser Zimmer entführen wollte. Ich schaffte es zu widerstehen, aber ich sorgte dafür, dass alle Männer im Saal wussten, dass sie vergeben war. Ich war wenig subtil dabei, wie ich meine Besitzansprüche anmeldete, sodass Fiona einmal gezwungen war, mich auf die Brust zu schlagen und einen Neandertaler zu nennen.

Ich wollte gerade vorschlagen, dass wir eine Pause machen und uns einen Drink holen sollten, als der Sänger sich erneut an die Menge wandte. »Das ist ein Wunsch von Mark, einem der Trauzeugen heute Abend, Viel Spaß.« Verwirrt hob ich den Kopf und sah dann zu Fiona nach unten, denn ich war mir sicher, dass sie etwas damit zu tun hatte. Doch sie sah so ahnungslos drein wie ich.

Die ersten Akkorde eines Liedes, das ich besser als jedes andere auf dieser Welt kannte, erklangen im Raum. Ich drehte den Kopf in alle Richtungen auf der Suche nach dem Verantwortlichen und prompt stand da Bailey auf der anderen Seite des Raumes, an einen hohen Tisch gelehnt. Sie trug ein trägerloses Kleid, das mit Fionas identisch war, und ich musste zugeben, dass das Mädel sich dermaßen herausgeputzt ganz ordentlich machte. Als ich ihr ins Auge sprang, lächelte sie ihr Klugscheißerlächeln und hob stumm ihr Glas, um mir zuzuprosten. Ich lachte laut auf und begleitete eine verwirrte Fiona zurück auf die Tanzfläche, wo wir zu »*Kiss Me Slowly*« zu tanzen anfingen.

Fiona vergrub sich in mir und wich dann, nach einem Teil des Songs, zurück und sah mich an, die Augen erleuchtet. »Ich wohne im vierzehnten Stock! Das muss irgendeine Bedeutung haben!«

Ich lächelte und sagte: »Ja, ich glaube, das tut es.«

Das Lied ging gerade dem Ende zu, als ich Nates Stimme von meiner Rechten kommen hörte. »Was zum Teufel hat er vor?«

Ich drehte mich in seine Richtung und Fiona und ich gingen näher zu ihm hin. »Wer?«

»Dein Arschloch von einem Bruder«, sagte er und deutete mit dem Kinn zur gegenüberliegenden Seite des Raumes.

Ich darf Jake allerlei schmutzige Namen geben, weil er mein Bruder ist und er sie meist verdient, aber ich war doch etwas erstaunt über Nates beißenden Ton. Das heißt, bis ich hinüberschaute und sah, dass mein Bruder in der Tat das Arschloch war, das zufälligerweise in der Ecke des Raumes Bailey küsste, die Hand auf halber Höhe ihres Schenkels.

Mist!

Laney und Fiona hielten beide erschrocken die Luft an. Dann, aus einem nur der weiblichen Bevölkerung verständlichem Grund, seufzten beide und sagten: »Ahhh.«

»Dieser Scheiß darf nicht passieren«, fauchte Nate und fing an sich die Jacke auszuziehen.

»Mach mal halblang, Mayweather. Ich kümmere mich schon drum. Bleib bei deiner Braut und geh und schneid den Kuchen an oder so.« Ich musterte beide Frauen und sie bugsierten ihn fort.

Als ich die andere Seite des Raumes erreichte, waren die liederliche kleine Schlampe und der Hurenbock nirgends zu sehen. Ich stellte symbolische Bemühungen an, nach ihnen auf dem angrenzenden Flur und in der Herrentoilette (ich würde Jake alles zutrauen) zu suchen, fand jedoch nichts.

Im Saal fand ich dann den Rest der Hochzeitsgesellschaft, wie sie beisammenstanden und Rocco beim Vorführen einiger urkomischer Tanzbewegungen zusahen.

»Das hat er absolut von mir«, sagte Laney, und ich dachte tatsächlich, dass es ihr Ernst war.

Ich legte Nate eine Hand auf die Schulter und zeigte ihm ein Daumenhoch, als er sich zu mir drehte. Es hatte keinen Sinn, ihm den Abend zu verderben. Bailey und Jake waren beide erwachsen und sowieso hätte nichts, was ich gesagt hätte, etwas gebracht.

Rocco beendete seine Vorführung mit einer Verbeugung, die vom Jubel und Gejohle seiner Familie begleitet wurde, dann meldete sich Gavin zu Wort.

»Also, ich würde sagen, es ist an der Zeit«, sagte er, dann ging er zur Band hin und nahm das Mikro in die Hand, um mit der Rede des Trauzeugen zu beginnen. Wir wandten ihm alle unsere Aufmerksamkeit zu und er fuhr sich nervös mit der Hand durch seine verwuschelten braunen Haare.

»Äh also hallo, allerseits. Für diejenigen von euch, die mich nicht kennen: Ich bin Gavin, Laneys Bruder. Ich möchte ein paar Worte zu dem glücklichen Paar sprechen.« Er deutete ungefähr in unsere Richtung und jemand in der Menge johlte.

»Nate, ich habe nie einen Bruder gehabt, aber ich bin stolz, dich jetzt einen zu nennen. Du machst meine große Schwester und den kleinen Kerl glücklich und das ist es, was meiner Meinung nach zählt.«

Laney und Fiona machten beide wieder ahh.

»Laney, du bist eine großartige Schwester und eine bessere Freundin gewesen, als ich wahrscheinlich verdient habe, und ich freue mich wirklich sehr, dass du den richtigen Kerl gefunden hast, um deine kleine Familie vollzählig zu machen.«

Nate sah zu seinen Schuhen und Laney legte ihren Arm um seine Taille, während sie ihren Bruder anstrahlte.

»Nun wollte ich meine Rede an dieser Stelle eigentlich beenden, aber ich glaube, es muss noch etwas gesagt werden, wenn also bitte alle ihre Gläser erheben würden für den Trinkspruch.« Wir taten alle, wie uns befohlen, und Gavin lächelte. »Auf Laney und Nate, aus Anlass ihrer Vereinigung, mögen die Dinge stets glücklich für sie enden!«

Fiona kreischte und ballte die Fäuste in einer Siegergeste.

Laney vergrub ihr Gesicht in Nates Schulter.

Nate ließ den Kopf hängen und gab sich geschlagen.

Und ich warf den Kopf zurück und lachte mich tot.

Lesen Sie die Geschichte von Bailey und Jake in *Das Glückskind!*

E-Book und Taschenbuch (Bei Kindle Unlimited Mitgliedschaft kostenlos)

Vergesst nicht, euch für meinen deutschen Newsletter anzumelden, auf der ihr die neuesten Informationen zu den Veröffentlichungen finden könnt, zu besuchen!
https://bit.ly/deutschen_nl

Anmerkung der Autorin

Ich möchte mich bei dem großartigen Staat New Jersey entschuldigen. Ich bin's nicht, es ist Fiona. Ich schwör's.

Und wenn ihr euch fragt, wonach Mark so gut riecht, es ist die in Hudson hergestellte *Worker's Soap*. – Lässt schwer schuftende Männer delikat duften!

Über den Autor

Die Erfolgsautorin Sylvie Stewart, bei *USA Today* auf der Bestsellerliste, liebt schlechte Witze, geile Happy-End-Geschichten, Country-Musik und Stinktierbabys – nur vielleicht nicht alles auf einmal. Die meisten ihrer heißen Liebeskomödien spielen in North Carolina, auch bekannt als der beste Bundesstaat überhaupt, und sie hat eine Schwäche für die Umarmungen ihrer Kinder und richtig amüsante Gespräche mit ihrem Göttergatten. Sie flucht auch wie ein Seemann, scheint sich deswegen aber nicht zu einem schlechten Gewissen durchringen zu können. Wenn ihr kluge Südstaatenmädchen und scharfe Arbeitertypen mögt und gerne prustend mitlacht mit Figuren, die sich wie eure besten Freunde anfühlen, dann ist Sylvie die Richtige für euch.

sylvie@sylviestewartauthor.com
www.sylviestewartauthor.com

facebook.com/SylvieStewartAuthor
twitter.com/sylvie_stewart_
instagram.com/sylvie.stewart.romance
bookbub.com/authors/sylvie-stewart

Bücher von Sylvie Stewart

Werke von Sylvie Stewart mit deutschen Übersetzungen

E-Book und Taschenbuch (Bei Kindle Unlimited Mitgliedschaft kostenlos)

2022

The Fix / **Die Baustelle** (*Carolina Connections* #1)

The Lucky One / **Das Glückskind** (*Carolina Connections* #3)

The Game **/ Das Spiel** (*Carolina Connections* Book 4)

The Way You Are **/ So wie du bist** (*Carolina Connections* Book 5)

The Runaround / **Ausflüchte** (*Carolina Connections* Book 6)

The Nerd Next Door / TBD (*Carolina Kisses,* Book 1)

New Jerk in Town / TBD (*Carolina Kisses,* Book 2)

The Last Good Liar / TBD (*Carolina Kisses,* Book 3)

2023

Between a Rock and a Royal / TBD (Kings of Carolina #1)

Blue Bloods and Backroads / TBD (Kings of Carolina #2)

Stealing Kisses With a King / TBD (Kings of Carolina #3)

Game Changer / TBD

Then Again / TBD

About That / TBD

Full-On Clinger / TBD

Booby Trapped / TBD

Nuts About You / TBD

Danke, und lasst mal von euch hören!

Vielen herzlichen Dank, dass ihr *Der Funke* gelesen habt. Ich hoffe, Fiona und Marks Geschichte hat euch gefallen! Wenn ja, dann würde ich mich über eine Bewertung sehr freuen!

- Bezüglich meiner neuen Übersetzungen bleibt ihr auf dem Laufenden, wenn ihr euch für meinen deutschen Newsletter anmeldet: https://bit.ly/deutschen_nl
- Treten Sie meiner deutschen Facebook-Gruppe bei und erhalten Sie Vorabinformationen und Updates: https://www.facebook.com/groups/351129636474303
- Oder ihr besucht meine Website unter: https://www.sylviestewartauthor.com/deutschen-ubersetzungen

Nochmals vielen Dank!

XOXO,

Sylvie

Sylvie sagt:

Dann wollen wir mal auf den Boden zurückkommen und uns *The Spark* (*Der Funke*) ansehen.

Hallo meine lieben Leser! Das ist der Teil, wo ich weiterplappern darf, ohne dass man es streicht oder herausfiltert, also gürtet eure Lenden …

Gegürtet? Prima!

Ich muss ein Geständnis ablegen. Ich liebe Fiona. Ich möchte sie im wirklichen Leben zur Freundin haben, damit wir miteinander abhängen und Wein trinken und uns, albern wie wir sind, kaputtlachen können. Ich hätte gerne, dass sie bei mir einzieht und als Kindermädchen für meine Kinder bei uns wohnt, doch insgeheim wäre sie nur für mich da – und würde kochen, natürlich, denn der Scheiß findet hier selten statt. Ich bin eigentlich irgendwie sauer, dass sie nicht wirklich existiert. Seufz.

Einer der Gründe, weshalb ich glaube, dass Fiona Stimmen hört, ist, dass sie so gerne redet. Sie braucht jemanden, mit dem sie reden kann, wenn sie allein ist. Ich liebe ihr schmutziges Mundwerk, ihre abwegigen Gedanken und ihr Herz aus verdammtem Platin über alles! Und ich mag besonders den Leitgedanken, dass der Schein oft trügt.

Ich habe wunderbares Feedback zum Buch und Fiona und Mark von vielen von euch bekommen. Mark ist am Anfang noch ein harter Apfel, in den man beißen muss (*räusper*), doch wenn man dann seinen weichen Kern erreicht hat, entdeckt man einen wahrlich anständigen Kerl. Und ihr wisst ja, dass ich einen guten Streit liebe, die beiden waren dafür also reif! Im Geiste mampfte ich Popcorn und sah den beiden beim Streiten zu, während ich das Buch schrieb.

Trotzdem muss ich euch von einer meiner Lieblingsrückmeldungen von einer meiner Rezensentinnen erzählen, die Fiona nicht bei sich wohnen und sich von ihr mit tollen Speisen bekochen lassen wollte. Ich weiß, ich weiß. Eigentlich sollten wir uns von unserer besten Seite zeigen, aber ich werde das trotzdem weitergeben, denn so läuft das bei mir. Ich musste dabei so viel lachen, denn ich kann ihren Standpunkt TOTAL nachvollziehen. Einen kleinen Ausschnitt möchte ich euch präsentieren:

"I can totally see how and why so many people love this book. It is just a personal opinion that Fiona would ***just not...shut...up****. So as odd as this sounds, despite really not liking this book for myself, I would still recommend it for others."*

- Rezensentin

Ich LIEBE es! Ziemlich beeindruckend, nicht wahr? Oder finde nur ich das? Egal …

Ich weiß, dass dieses Buch ein paar unerwartete Wendungen genommen hat und manchmal verdammt ernst geworden ist, aber es ist meiner Meinung nach besser, *alle* Gefühle zu haben. Wie eine der verrückten Tussis in Steel Magnolias gesagt hat: Unter Tränen lacht sich's am besten. (So hat sie es nicht gesagt, aber ich darf nicht zitieren – meinetwegen!) Und nein, ich habe keine persönliche Erfahrung mit kindlichem Krebs gemacht und komme auch nicht aus einer zerrütteten Familie, aber diese Figuren haben mich angesprochen und mir ihre Geschichte erzählt. Meine Aufgabe war es, sie für euch niederzuschreiben.

Was ich allerdings schon am eigenen Leib erfahren habe, sind ein paar andere kleine Dinge im Buch. Die Go-go-Boys am Manaconda-Montag zum Beispiel (ha!) und natürlich all die örtlichen Treffs hier in Greensboro. Peinliche Hochzeitsansprachen, dass ich mich zu Tode schämte, und Spendensammler – ach, um Gottes willen, hört mir bloß auf.

Marks Muskeln. Beichtstunde wieder einmal. Ich bin kein Fan von Muskelprotzen. Gegen ein paar nette Bauchmuskeln oder einen festen Bizeps hätte ich nichts einzuwenden, aber müssen die Blutgefäße herausquellen? Äh, nein danke.

Nichtsdestotrotz ist das nun mal typisch für Mark und mir macht es Spaß, mich durch Fiona über ihn lustig zu machen. (Anmerkung: Mein Ehemann hat mich soeben darauf hingewiesen, dass ich eigentlich per Gesetz verpflichtet bin, dieses nette Bauchmuskelpaket abzuweisen – hat was mit dem Ehegelübde zu tun … bla bla bla)

Ein Auszug aus Das Glückskind

BAILEY

Endlich bogen wir in die Einfahrt ein und ich sprang rasch hinaus, um jegliche etwaige Hilfe zu umgehen, die möglicherweise angeboten werden würde. Jake, der keine Einladung zu benötigen schien, folgte uns hinein und schloss die Tür hinter uns.

Ich holte tief Luft und festigte meinen Rücken wie meine Entschlossenheit.

»Wie du sehen kannst, geht es uns gut. Ich weiß deine Hilfe zu schätzen – und die Burritos – aber es ist alles unter Kontrolle. Wir werden unseren Tag fortsetzen und du kannst mit deinem weitermachen.« Ich streckte meine Hand in Richtung der Tür, wie so eine verdammte Restaurantempfangsdame.

»Mhm«, erwiderte er und hatte die Frechheit, sich an die Vorzimmerwand zu lehnen und die Hände in die Taschen zu stecken.

Was sollte das? Posierte er für einen Junggeselle-des-Monats-Kalender?

Oje!

Ich führte die Empfangsdamengeste erneut aus.

Dieses Mal wurde sie mit einem Grinsen belohnt.

»Was?!«, wollte ich wissen.

Er musterte mich von oben bis unten. »Mhm.«

In diesem Moment wurde ich auf meine Kleidung und mein allgemeines Aussehen schmerzlich aufmerksam. Ich konnte spüren, wie die Hitze in meine Wangen aufstieg.

Meine Haare waren zu einem schlampigen Pferdeschwanz zusammengebunden und ich trug sportliche Shorts und ein Männer-T-Shirt. Ich musste nicht nach unten sehen, um zu wissen, dass sich am Saum ein Ketchup-Fleck befand und ein Rad fahrender Dinosaurier auf der Vorderseite. Ich habe keine Erklärung dafür.

Ich legte mir eindringlich nahe, Jakes Miene zu ignorieren und nicht einmal zu versuchen, sie zu interpretieren.

Dieser Augenblick erfasste perfekt den Grund, weshalb alle Textnachrichten und Anrufe von Jake in den letzten drei Wochen unbeantwortet geblieben waren.

Er simste nicht *mich* an.

Er simste die Frau von der Hochzeit an.

Die Frau, die ich eine Nacht lang vorgab zu sein.

Die Frau, die ich niemals sein würde.

Diejenige, die zu sein ich mir nicht leisten konnte.

Es war nicht wirklich meine Schuld. Jeder Film, der jemals gedreht wurde, war daran schuld, jedes Buch, das jemals geschrieben worden war, und jede verdammte Gesprächssendung, die jemals produziert worden war. Wenn man Single ist, an der Dreißigerschwelle, und dein einziger Geschwisterteil heiratet, dann macht das etwas mit einem. Zum Beispiel, dass Uhren zu ticken anfangen, Unsicherheiten aufblühen, kleine grüne Dämonen sich in deinem Gehirn niederlassen – lauter Dinge, von denen man bis zu jenem Tag gar nicht wusste, dass sie in einem steckten.

So geschah es, dass ich am Tag von Nates und Laneys Hochzeit aufgewacht und nicht ganz ich selbst gewesen war.

Ein Teil des Grundes war, das wusste ich, dass man von mir verlangte, dass ich sowohl Make-up, als auch ein beschissenes Kleid zur Hochzeit trage. Bailey Murphy hatte nichts übrig für mädchenhafte Scheiße. Doch wenn eine winzige Naturgewalt einem droht, einem an den Kragen zu gehen, wenn man nicht die zugewiesene Kleidung trägt (und dabei lächelt), dann gehorcht man. Ich hatte Fiona schon mal wütend gesehen, und es war nicht lustig. Sie nahm ihre Verantwortung als Brautjungfer sehr ernst, und ich wollte sie nicht noch zusätzlich provozieren.

Ich war zu den Anproben erschienen, wie angewiesen, und ich hatte die Braut (die in ihrem Kleid übrigens tatsächlich umwerfend aussah) mit Ohs und Ahs bewundert. Und ich hatte enthusiastisch an der Brautparty und am Junggesellinnenabschied teilgenommen, obwohl ich mich nicht so leidenschaftlich der Sache hingab wie eine gewisse hoffnungsvolle Braut, die von meinem großen Bruder ins Haus getragen werden musste, als der Abend vorbei war.

Die gesamte Woche lang, die vor dem großen Tag lag, war ich mit saumäßig hohen Stöckelschuhen in meinem Wohnzimmer hin und her gegangen, fest entschlossen, mich nicht vor allen Leuten, die ich kannte, durch einen Sturz auf die Fresse zu blamieren.

Ich dachte, ich wäre gut vorbereitet gewesen.

Ich hatte mich geirrt.

Beim Aufwachen spürte ich irgendein Stechen, aber ich tat es ab, denn es gab viel zu tun – zu dessen Schlimmstem gehörte, dass Fiona mir Augenbrauenhaare aus dem Gesicht zupfte, von denen ich mit Nachdruck behauptete, dass ich sie brauchte, damit sie mich warmhielten, wenn der Winter kam. Diese Ansicht teilte sie nicht.

Doch im Laufe des Tages war nicht mehr zu leugnen, was mit mir geschah.

Ich wurde ein Opfer des ältesten Klischees, das im Buche steht. Mein Bruder heiratete, meine Freunde hatten glückliche Beziehungen und ich war Single und stand kurz vor dem Dreißiger. Beinahe körperlich konnte ich spüren, wie der sprichwörtliche Schleier der alten Jungfer über mich herabfiel.

Und genau so kam es, dass ein großgewachsener, gutaussehender, schöntuerischer Kerl mit dem Namen Jake Beckett das zweitälteste Klischee im Buche bediente, indem er sich von einer Braujungfer flachlegen ließ.

www.ingramcontent.com/pod-product-compliance
Lightning Source LLC
Chambersburg PA
CBHW070819190726
48292CB00006B/2057
9781947853362